爱你这件事
比有言在先，还要更在先

姥姥

有言在先！

有爱的青春陪伴者

本文为架空背景,请勿对号入座。

因情节需要,本文关于哮喘疾病的抑制药物及病发症状、治疗方式等均为作者虚构,请勿代入现实。

愿你如尚楚一样,即使身处阴霾,也要用力发光,因为太阳一直都在。

祝阅读愉快!

有言在先 1

小姜宝 著
XIAO JIANG BAO

中原农民出版社
·郑州·

图书在版编目（CIP）数据

有言在先. 1 / 小姜宝著. -- 郑州：中原农民出版社, 2025. 2. -- ISBN 978-7-5542-3070-1

Ⅰ. I247.5

中国国家版本馆CIP数据核字第20246YX531号

有言在先.1
YOUYANZAIXIAN 1

出 版 人：刘宏伟	美术编辑：杨　柳
策划编辑：连幸福	责任印制：孙　瑞
责任编辑：连幸福	特约设计：Insect　姜　苗
责任校对：尹春霞	图片绘制：白　榆

出版发行：中原农民出版社
　　　　　地　址：河南自贸试验区郑州片区（郑东）祥盛街27号7层
　　　　　邮编：450016　电话：0371-65788662
经　　销：全国新华书店
印　　刷：天津睿和印艺科技有限公司
开　　本：880mm×1230mm　1/32
印　　张：9.25
字　　数：332千字
版　　次：2025年2月第1版
印　　次：2025年2月第1次印刷
定　　价：45.80元

如发现印装质量问题，影响阅读，请与出版社联系调换。

目录

...序篇 /001...

第1章
手脏 ⚡ 002

第2章
豆浆吸管 ⚡ 008

第3章
表彰 ⚡ 014

第4章
淋雨 ⚡ 020

第5章
楚楚和小白 ⚡ 025

第6章
发烧 ⚡ 028

...青训篇 /031...

第1章
第一名 ⚡ 032

第2章
空降 ⚡ 047

第3章
罚跑 ⚡ 057

第4章
小熊 ⚡ 070

第5章
指教 ⚡ 083

第6章
小野猫 ⚡ 095

第7章
格斗 ⚡ 109

第8章
贫民窟 ⚡ 127

第9章
特别 ⚡ 143

第10章
秘密 ⚡ 157

第11章
初雪 ⚡ 166

第12章
追赶 ⚡ 174

第13章
除夕 ⚡ 185

目录

...警校篇/197...

第1章
兼职 ⚡ 198

第2章
如果你累了 ⚡ 210

第3章
夏天的风 ⚡ 229

第4章
不和 ⚡ 243

第5章
下限 ⚡ 254

第6章
你就是你 ⚡ 270

番外
文化人 ⚡ 284

▶ 序篇

第1章 ⚡ 手脏

十月上旬，新阳市总算慢腾腾地入了秋，最后一丝暑气彻底被冷风击溃，空气清爽，云层厚重。

梧桐落叶积了一夜，厚度几乎能盖住脚背，系着红领巾的小男孩一脚跳上去，能听见叶脉破碎时咔嚓咔嚓的响声。

清晨六点三十三分，市区刚刚从寂静的夜里醒来，卖早点的小贩早早就出了摊，电动三轮车在巷子里一字排开，煤气炉架在车腰边上，车头用发黑的白鞋带绑了个大喇叭，吆喝着"窝窝头一块钱四个""菜包、肉包、豆浆、馒头、热油条"……

"劳驾让让——让让——"

尚楚骑着他那辆白色电瓶车，晃晃悠悠地穿过人流。他穿了一件浅蓝色衬衣，外面套了一件白色针织马甲，鼻梁上架着一副银框眼镜，头发精心打理过，每一根发丝都摆放得恰到好处，就差把"知识分子"四个大字刻在脸上——他把自己打扮得像个儒雅睿智的高级学者。

但他偏又长了双黑白分明、眼尾微翘的桃花眼，仔细看还会发现银框眼镜竟然只有个框，压根儿就没有镜片。车头贴了张卡通贴画，是只憨态可掬的小熊，车把上挂了一个白色塑料袋，装着两个烧卖、一根油条和一杯豆浆——这些都和他这身装扮格格不入，反倒是给他平添了几分烟火气。

尚楚好不容易从巷子里挤出去，到了市公安局门口，刚在路边锁好车，起身就看见白艾泽从地下车库的方向出来。

这家伙穿了一件某奢侈品牌早秋款风衣，黑色休闲裤把一双长腿修饰得恰到好处，裤they利落地扎进短靴，路边经过的女生都要红着脸多看他几眼。

尚楚撇了撇嘴，对他视而不见，抬脚就走。

"你的头盔呢？"白艾泽迈步走到尚楚身边，和他并行。

尚楚往嘴里扔了个烧卖，又喝了一口豆浆，没打算理白艾泽。

"如果你骑车再不戴头盔，"白艾泽双手插兜，面无表情，"以后就不要自己上班了。"

"姓白的，你大爷的……咳咳……"尚楚一口烧卖还没咽下去，差点儿被呛个半死，边翻白眼边说，"你哪只眼睛看见我没戴头盔了？你要闲着没事儿干，去抓几个犯罪分子呗，管我干吗？"

白艾泽眯着眼，点头说："可以，你这车五千三百块买的，找我借了五千块，把钱连本加息还清了，我可以不管你。"

"我……"脏话还没说出来，尚楚想了想自己银行卡里的余额，心中默念三遍"大丈夫能屈能伸，多屈能伸几次就当练仰卧起坐了"，然后他吞了一口豆浆，悄悄转移话题，"我哪天不戴头盔了？嘿，我今天这发型帅得是不是太过分了？"

说罢，他风骚地甩了甩头。一股茉莉头油的味道扑鼻而来，白艾泽往他头顶瞄了一眼，油光锃亮的，不知道往头上折腾了多少油，拿去食堂炒菜都够用了。

平时不赖床到最后一秒就绝不起床的人，今天难得起了个大早，敢情就是为了弄头发。

白艾泽眼神再往下移了点儿，看见尚楚一身文质彬彬的装扮。尚楚长相本来就惹眼，衬衣马甲这么一上身，斯斯文文清清爽爽的，看着就像局里新请来的客座教授，青年才俊，风度翩翩，招人得不得了。

白艾泽看不得他这副招蜂引蝶的样子，瞥了一眼他嘴角沾着的白色豆浆沫，说："尚警官这件针织外套好像尺寸大了一些，看起来有点眼熟。"

尚楚一哽，没想到这都能被发现。

他哪有这么板正的衣服，今天这不是为了接受领导表彰，特意起了个大早，在家连灯都没开，摸黑从衣柜里翻出一件白艾泽大学时候的衣服穿。

"白Sir记错了吧，"尚楚企图打个哈哈混过去，"这是我前几天刚买的，大是大了点儿，勉强能穿……"

"哦？"白艾泽看破不说破，"尚警官哪儿来的钱买衣服？每月工资不都按时上缴还债了吗？"

"白艾泽你别太过分！"尚楚咬牙切齿地从牙缝里挤出一句话，"我还没问你，我这个月的零花钱怎么比上个月少三百块？"

"月初我出差那周，你找宋尧借了两百块，买了一箱方便面、两箱啤酒和两箱冰棍。"白艾泽不冷不热地扫了他一眼，轻飘飘地说，"我替你还的钱，当然从你这个月零花钱里扣。"

"你怎么知道我找宋尧借钱的事？"尚楚大惊，转念又觉得哪里不对劲，"那还有一百块呢？"

"我请宋尧吃了一顿饭，他喝多了才把这件事告诉我。"白艾泽脚步一顿，颔首道，"饭钱，一百块。"

"你和宋尧都不是什么好鸟！"

尚楚低骂了一句，想着一会儿等他拿完表彰领完奖，奖金一到手，他爱吃多少泡面就吃多少泡面，爱怎么吃就怎么吃，白艾泽算什么，滚一边去！

两人嘴上有来有往，谁也不肯认输，肩并肩进了市局大门。

门卫老张正在浇花，他养的那只黑猫懒洋洋地在窗框上走来走去，眼神傲慢地扫视领地。

老张看他们俩竟然是一块儿来的，不仅没有吵架，气氛竟然还挺和谐，一时间觉得有点儿稀奇，问道："白警官好，尚警官好，你们今儿和好了？不闹矛盾了？"

"嘁，"尚楚哂笑了一声，"谁稀罕和他闹矛盾！"

白艾泽似笑非笑地勾起嘴角，对老张无奈地摇了摇头。

老张放下喷壶，笑眯眯地擦擦手，想起昨晚侄女交代他的事情，试探着问："尚警官，你还记得梅梅吧？"

"梅梅？"尚楚想了想，"没印象。"

"啧！"老张咂了咂嘴，"就九月初，你去师范大学给他们研究生新生做的那安全讲座……"

"停停停！"尚楚赶紧打断老张，"我想起来了，想起来了……"

他偷摸瞄了白艾泽一眼，心想这老头偏偏提这事儿干吗？

九月初是开学季，师范大学邀请市局派人去开个讲座。按理说这种鸡毛蒜皮的事儿随便找个片儿警去办了就行，但那会儿正好赶上新阳参评全国文明城市，上头把安全问题视作重中之重，生怕哪里出点什么纰漏，于是特地吩咐市局找个"刑侦经验丰富又不失风趣幽默，讲话得让那群学生爱听并且能听得进去"的人，这么几个条件一筛选，全局就剩尚楚符合条件。

尚楚想着去就去吧，随便讲几个案子唬唬他们，然后再老生常谈地规劝几句，最后升华一下高度，多简单。

他也确实出色地完成了任务，唯一一点就是讲座结束后的提问环节，一屋子的人争先恐后地要加他微信，男的女的都有，他头都大了，往黑板上唰唰写了市局的热线电话,说有事儿就打这个电话找警察叔叔。

等讲座散了场,一小姑娘拦着他,红着脸吞吞吐吐地说不出话,尚楚内心默念三遍"对祖国栋梁要有千万分的耐心",笑眯眯地问她:"怎么啦?"

没想到小姑娘像受了惊的兔子似的,一溜烟跑了。

晚上回了家,白艾泽正要把尚楚的衣服放进洗衣机,口袋里掉出一张粉色便利贴:

尚警官,我是梅梅,我的手机号是186××××6999,微信号也是这个。

白艾泽沉思片刻,拿着便利贴去找尚楚兴师问罪,问他是不是又在外面招惹女孩子了。尚楚正在床上打游戏,一头雾水地反问:"我怎么知道梅梅是谁?"

渣男特质显露无遗。

当晚,白艾泽把这位梅梅留下的粉色便利贴贴在尚楚床头,让他好好回忆回忆,导致他现在患上了"梅梅PTSD(创伤后应激障碍)",一听这名字就不自在。

老张偏偏没看出尚楚不对劲儿,一个劲地挤眉弄眼:"想起来了吧?梅梅啊,是我侄女,人可好了,长得也不错……"

尚楚头都大了,哭笑不得地说:"我说叔,我听出来了,你是要给我做媒啊?"

"那有什么不好的嘛!"老张一拍手,"你们男未婚女未嫁的,年纪正合适,绝配!"

"是不错。"白艾泽在一边淡淡道。

"不是!"尚楚义正词严,"别胡说啊!我只热爱工作,天地可鉴,我心永恒!"

白艾泽耐人玩味地挑了挑眉。尚楚一个头两个大,恰好黑猫"喵呜"叫了一声,他便赶紧转身弯腰去逗猫。

"早啊喵喵,吃了没?昨天一天没见着我,想我没?"

老张养的是只野猫,不知道在外头流浪了多久,有次城郊公园起火,被隔壁消防队从火灾现场救回来的,送老张这儿养着。说来也奇怪,这母猫没做绝育,脾气躁得不行,谁摸它就咬谁,偏偏就对着尚楚乖得不行。

尚楚在它下巴上挠了挠,它舒服得眯起眼,仰面躺下,露出粉白的肚皮。

尚楚拍拍它柔软的小肚子,笑着说:"等会儿再来陪你,你乖,哥哥早上有大事要办。"

尚楚从塑料袋里拿出一个烧卖,故意在猫咪眼前晃了晃。小猫还以为是喂给它吃的，张嘴就要咬，尚楚眼疾手快地把烧卖塞进自己嘴里，猫咪长长地"喵呜"了一声，恹巴巴地趴回窗框。

尚楚恶作剧得逞，畅快地笑出了声。

"白Sir早，尚警官早，我没迟到吧？"接待员小桃拎着挎包匆匆小跑进来，边喘着气边看表，心有余悸地回忆，"今天公交车司机身体不舒服，差点儿引起交通事故。"

"没迟到，别急，"尚楚给小桃递了张纸巾，弯着眼睛说，"迟到了也没事儿，这个月全勤我给你补上。"

小桃接过纸巾擦了擦汗，抬眼看见尚楚衣冠楚楚地站在她跟前，一双水蒙蒙的桃花眼看谁都盛着款款深情。虽然明知道尚楚平时就不着调，爱扯淡，但她还是被哄得脸颊一烫："真……真的啊？"

"真的啊。"尚楚耸耸肩，从塑料袋里摸出一根油条，笑眯眯地问，"吃早饭了没？"

白艾泽最烦他这副贱兮兮的模样，见着谁都要瞎撩拨几下，于是冷冷地打断这两人的互动："他刚摸了猫，没洗手。"

尚楚有些无语。

小桃："……没关系的。"

尚楚掀起眼皮扫了白艾泽一眼："白Sir，你是说猫脏？"

"我没这个意思。"

"哦，"尚楚恍然大悟，"那你指的是我的手脏？"

白艾泽微笑："我似乎也没这么说。"

小桃觉得自己很无辜，讪讪地试图插话："那个……两位，我不介意的哈……"

"难道白Sir是觉得油条脏？也对，像白Sir这种一件风衣抵我们两个月工资的贵族，看不上我们吃的路边摊也是正常的。"

白艾泽双手插兜，冷静客观地分析："我以为和小动物接触后，先洗干净手再进食，是小学生都知道的常识。"

尚楚冷哼："白Sir的意思是我连小学生都不如？"

"尚警官也不必过分自觉。"

小桃咂了咂嘴，左边站着冷笑的"警花"，右边站着皮笑肉不笑的"白Sir"，两位刑侦队长剑拔弩张，她怕被杀气误伤，赶紧踮着脚溜了。

"白Sir有话直说,不用拐弯抹角。"

"我只是建议尚警官饭前要洗手。"

"白艾泽你给我滚蛋!"

小桃前脚刚迈进门,就听见身后传来尚楚的怒骂声。她一个哆嗦,生怕看见两位大佬在院子里打起来,赶紧加快步子往办公室里跑,因此没有听见尚楚压低声音说的下半句——"你昨晚抢我柚子吃的时候怎么不嫌我手脏?"

第2章 ⚡ 豆浆吸管

小桃一屁股在座位上坐下,惊魂未定地端起水杯,仰头喝了一大口隔夜冷水压惊。

"桃桃,你一大清早火气够大的啊!"刑侦二队的齐奇抱着一摞A4纸经过,打趣道,"干吗呢,急成这样?"

"吵……吵起来了……"小桃拍拍胸脯,脱下外套,边往身上套浅蓝色警服,边实时播报,"就在外头院里!"

一石激起千层浪,饮水机边排队打水的一溜人本来一大早还没进入工作状态,听着这话,一个激灵全清醒了,凑过来兴奋地嘀咕:

"又吵了?"

"怎么样怎么样?吵得厉不厉害?"

"没动手吧?打起来没?'警花'打不过白Sir吧?"

小桃哭笑不得地摆摆手:"没打没打。你们也太夸张了,白Sir和尚警官怎么可能打架,就是拌拌嘴,我倒是觉得还挺可爱的……"

"啧啧啧,"齐奇咂巴咂巴嘴,摇了两下头,"桃桃,你刚来一个多月,还是太年轻了。"

小桃倒吸一口气,大惊失色道:"他俩真打过架?"

"打过啊!大家都知道!"刑侦一队的小陆绘声绘色地说,"有次我们两队一起去海边搞团建,'警花'中暑被白Sir扛走了。第二天大家下海游泳,发现'警花'背上全是瘀血,简直惨不忍睹啊!"

小桃大为震惊:"瘀血?"

小陆郑重其事地点头:"白Sir给'警花'强制刮痧了,多么残忍的手段。"

"谁要是给我刮痧,谁就是我仇人。"齐奇两手一拍,下了结论,"白Sir和'警花'有血海深仇,没跑了。"

一群人跟着点头,表示这个推断简直天衣无缝。

小桃挠挠脑袋,总觉得哪里不对劲。

齐奇见小桃一头雾水，八卦之魂熊熊燃烧，"啪"地扔下手里的一摞资料，一屁股坐到旁边，挤了挤眼道："你齐哥给你科普科普咱白Sir和'警花'的'爱恨情仇'。"

刑侦一队队长白艾泽和刑侦二队队长尚楚不对付，这在市局是公开的秘密。

两人在警校念书时是同窗，都是学校里的风云人物，并称为他们那届的"刑侦双子塔"。

一号高塔白艾泽是首都警校建校以来最优秀的毕业生之一，体能、专业、文化课无一不出类拔萃，稳居各项大考小考、大测小测榜首。再往下数一位，第二名位置牢牢被二号高塔尚楚占据，两人在榜单前两位安了家似的，其他人难以望其项背。

不过，这两座高塔在读书时就互相看不上眼，都是矫矫不群的大男孩，难免彼此较劲。

据说，当时有位教授这样评价他俩：白艾泽是难得的天才，天赋卓绝，判断力、感知力和洞察力都是标杆水准；尚楚则不同，他虽然也优秀，但先天不足，身体素质有缺陷，他的这种"优秀"是有天花板的，一旦达到上限，就很难再有突破。

十八九岁的大男孩儿本来心气就高，哪听得了这种话。那次之后，尚楚更是铆足了劲儿要和白艾泽争第一，但只赢了一回，其余次次都输。

两人这一较劲就较了好几年，甚至还较出了些难舍难分的意思来。

作为当年首警的优秀毕业生之一，尚楚不知道为什么放弃了留在首都的大好机会，主动请缨到新阳这个小城市来。

更令人大跌眼镜的是，尚楚来了没几个月，白艾泽竟然也跟着来了。白艾泽前脚在市中心花园小区买了套房，尚楚后脚就把家安在了他对门；白艾泽养了只大屁股柯基，起名叫"楚楚"，尚楚在马路边捡了只小土狗，名字叫"小白"……

更要命的是，白艾泽带刑侦一队，尚楚带刑侦二队，这些年两队合作破了不少案子，但几起要案的头功都挂在一队身上，二队心里难免不平。尚楚为了这事儿没少和上面理论，最后却总是不了了之，两位队长间的关系也越发微妙起来。

"原来是这样……"小桃捧着陶瓷杯，拇指在杯壁上摩挲着，若有所思地说，"那可是首警，第二名已经很了不起了。况且尚警官身体素质本来属于不太好的，但他比那么多人都强了！"

"就因为咱们'警花'身体条件不算太好，所以才更要争第一！"齐奇回忆道，"当年他刚来咱们这儿，也就二十岁出头，一个男孩子，长得比选秀明星还漂亮，说他是个警察谁信啊？队里十几人都猜他是上头哪个大佬的亲戚……"

"后来呢？"小桃被勾起了好奇心。

"后来？全被收拾服气了呗，功夫好不好射击场上一练就知道！"齐奇扬眉，比了个大拇指，骄傲地说，"我们队长能打架、能破案、能追凶、能缉犯，长得还美艳，走出去倍儿有面子！"

能不能打架她还没见识过，不过美艳倒是真美艳……

小桃眼前浮现出尚楚那双深情款款的桃花眼，耳根子一烫，赶紧低下头，恨不能把脸埋进水杯里。

"哎哎，当时还有段奇闻异事，"齐奇打了个响指，压低声音，比了个手势示意大家都凑近点儿，神秘兮兮地说，"说'警花'最初考进首警时，体检报告作假……"

"啊？"

"真的假的？"

局里大多人没听过这一段，不约而同地发出了震惊的叫喊。

"喊什么！"齐奇赶紧比了个"嘘"的手势，"就不能小点儿声！"

"到底怎么回事啊？"小陆追问。

"我怎么知道！"齐奇没好气地白了他一眼，"咱们这儿那届首警出来的就三人，白Sir、'警花'和宋科长，你想知道自己问去！"

小陆瞪他："不知道你说个屁！"

"啧！我怎么不知道啊！"齐奇急了，"像'警花'这样有先天性哮喘的，以前是不允许报考警校的，后来这条规矩改了，你以为是因为什么？"

"大清早嘀嘀咕咕什么呢，菜场挑西瓜是吧！"

尚楚先白艾泽一步进了大厅，嘴里还嘬着豆浆吸管，莫名其妙地看着这堆攒动的人头。

八卦小分队成员们互相对视一眼，很有默契地一起喊了声"没"，赶紧拍拍屁股一溜烟散了。

"就说昨儿捣毁的那传销组织呢。"齐奇上去搭着尚楚的肩，冲他挤眉弄眼，

"队长，领导让你来了去趟他办公室。"

尚楚挑挑眉，说："知道了。"

齐奇贼兮兮地往四下瞄了一眼，凑近尚楚耳边，语气里是掩不住的得意："这回头功总该是咱们二队的了吧？"

尚楚往他肚子上捅了一手肘："别瞎猜，八字没一撇的事儿，能不能低调点儿？"

"当然当然，"齐奇嘿嘿笑了两声，"必须必须。"

"劳驾，让一让。"

二队队长尚警官正在和自己队员亲亲热热地咬耳朵，身后忽然响起一个冷冰冰的声音。

齐奇背后一凉，扭头一看，"白Sir"站在门外，身形高挑，双手插着裤兜，面无表情地看着他和尚楚。

"白Sir早，"齐奇干笑了两声，勾着尚楚脖子往边上挪了两步给他让路，"早上好。"

白艾泽点点头，脚下却不动，说："挡路了。"

"哈？"

齐奇不明所以，他这不是已经把路让出来了吗？

"咱们白Sir说挡路了就是挡路了，"尚楚眯了眯眼，懒洋洋地说，"还懂不懂事儿？"

齐奇扯了扯嘴角，突然感到牙疼胃疼头疼脚疼，全身哪哪都不对劲。

——果然，只要是这两位大佬同时出现的场合，躲得越远越好，否则必然被"战火"殃及。

白艾泽没动，视线缓缓右移，落在了齐奇搭着尚楚肩膀的那只手上。

尚楚早上穿了他的衣服，而齐奇刚吃完韭菜煎饼没洗手，手指头上的油花全沾在了衣服上。

齐奇一个激灵，他怎么觉得"白Sir"眼神里夹着刀片，凉飕飕地往他手背上刮。

他还没弄明白这一大早的他是怎么得罪"白Sir"了，下意识地往边上退了一步，努力降低自己的存在感。

白艾泽收回目光，放着大路不走，抬脚硬生生地从两人中间穿了过去。

"毛病！"

尚楚走在他后边，边嘬吸管边"嗤"他。

白艾泽回头看了尚楚一眼，豆浆已经喝空了，尚楚咬着淡蓝色的吸管嘬来嘬去——他咬吸管的毛病多少年了也改不了。

最开始白艾泽也没管尚楚，直到大三下半学期，他们被抽调跟着前辈们出了趟外勤，查抄一家无资质的黑加工厂。市面上很多地摊和小吃店的彩条吸管就是那儿产的，砷元素严重超标。那次之后，白艾泽就不许尚楚再咬吸管。但尚楚打小就养成了这个习惯，怎么纠也纠不过来，要是白艾泽不在身边盯着，他能把一根吸管头全给咬烂了。

尚楚被白艾泽看得莫名其妙，努嘴说："看什么看？"

白艾泽默不作声，伸手从他手里夺走空豆浆瓶，"啪"一下扔进了垃圾桶。

尚楚一脸忍无可忍的表情，倒吸了一口气："挑衅是吧？"

其他人假装打水，实际上偷偷关注着两位大佬。

齐奇打了个寒战，和小陆对视一眼，两个拳头一碰，朝他做了个口型："要打架了！"

小陆额角冷汗"噌噌"往外冒，也做了个口型："怎么办？"

齐奇耸肩，示意自己也不知道啊！

两人赶紧不约而同地掏出手机，分别往一队和二队的微信群里发出求救消息——

"队长和'警花'可能要打起来了，咱们队长撩的架，大厅门口，速来！"

"兄弟们快来啊，这波要是咱队长把白Sir干趴下了，咱们二队翻身的时候就到了，就在接待处，急急急！"

气氛有点紧张，空气里火星四溅。

齐奇贴着墙根，既紧张又兴奋，他攥紧拳头，心里暗自给自家队长加油。

然后，他看见"白Sir"英挺的眉毛微微蹙起，用一种混杂着无奈和纵容的口气低声说："你什么时候能自觉一点？"

紧接着，那从来不肯在嘴上吃亏的"警花"队长不仅没呛回去，反而还努了努嘴，看着有点儿心虚的样子，胡乱摆了两下手："知道了知道了，啰唆！"

白艾泽："就不能长点记性。"

尚楚："这不有你整天在耳朵边上叨叨吗？我还费这劲儿干吗……"

两人肩并肩进了内厅，齐奇看了眼垃圾桶里那个插着吸管的豆浆杯子，又看了看饮水机边站着的小陆。

小陆也正愣着,做口型问:"什么情况?"

齐奇摇头:"和平说来就来,令人困惑。"

两人对视三秒,同时低头掏出手机——

"没打成,别来了,'警花'尻了!队长实属战术高手!"

"无事发生,咱队长兵不血刃,白Sir输了!队长牛就完事儿了。"

第 3 章 ⚡ 表彰

尚楚连警服都没来得及换，水也顾不上喝一口，直奔局长办公室。

局长谢军正在泡茶，被这突如其来的开门声吓得手腕一抖，一股热水洒在桌面。

"你小子，"他急急忙忙地把桌边一沓文件挪开，抽了两张纸巾随意往桌上一抹，没好气地说，"敲个门能把你麻烦死是不是？"

尚楚吹了声口哨，挑眉说："要不我退出去重敲？"

"一天天没个正行。"谢军抿了一口茶，抬眼看了尚楚一眼，"哟，稀奇啊！今儿怎么打扮得人模人样？"

尚楚含蓄地笑笑，推了推鼻梁上架着的镜框："接受表彰嘛，可不得收拾得利索点儿。"

谢军闻言一愣，放下陶杯，面露难色，犹犹豫豫地说："这事儿吧……"

尚楚已经不是第一次见他露出这种表情，顿时心下一沉，敛了脸上吊儿郎当的笑："什么意思？"

谢军叹了一口气，从抽屉里取出一份文件："昨晚上头才批下来的，你自己看看。"

尚楚深吸一口气，上前一步接过文件。

"凭什么？"

隔着虚掩的门，局长办公室里传来一声质问。

众人皆是一惊，敢冲着谢局拍桌子的人，局里除了尚楚就没别人了。

二队的人全都惴惴不安起来，他们累死累活半个多月，上周总算端掉了那个传销组织。谢局前些天暗示他们，这回头功绝对记二队头上，全队欢天喜地盼了好些天，这会儿别是……出了什么岔子？

"谁签的字？谁盖的章？"尚楚压抑着怒气的声音响起，"我自己去找他们，不劳烦谢局长，可以吧？"

谢军大怒:"你这什么态度?"

尚楚声音轻却坚决:"这就是我的态度。"

谢军:"尚楚!"

白艾泽接完热水回来,手里捧着一黑一白两个保温杯,一进门就听见谢军拍桌子的声音。他快速环视了一圈办公区,尚楚不在。

一向板正冷静的"白Sir"眉头紧蹙,把保温杯随手往旁边的桌子上一放,热水洒湿衬衣下摆,他也顾不上擦,迈开大步进了局长办公室。

市局物证科,白炽灯亮了一夜。

宋尧连熬了两个大夜,总算做完一起犯罪现场指纹提取工作。他打了个哈欠,伸了个懒腰,关上激光检测仪,摘掉橡胶手套,撑着桌面站起身,眼前三颗金色五芒星飘来转去。

他一愣神,一下子只觉得两眼一黑,差点没一脑袋栽过去。

"宋哥,喝点儿热水……宋哥你怎么了?"新分派来的小徒弟翁施打了壶热水回来,一推门就瞧见自己师傅喝大了似的,摇摇晃晃地靠着桌沿儿,嘴唇没有丁点儿血色。

他吓了一跳,赶紧跑上去搀着宋尧,紧张地问:"师傅你没事儿吧?怎么样啊感觉?"

"大惊小怪,就是累了点儿,没大碍。"

宋尧摆摆手,拎起水壶往陶瓷杯里倒了杯水,将水杯揣在手里才觉得自己活过来点儿。他长舒了一口气,转眼发现自己这刚入职不久的小徒弟一脸惊恐,眉心恨不能蹙出一个蝴蝶结,两手摆在空中,随时准备上来扶他,活像他熬了个夜就要英年早逝驾鹤归去似的。

宋尧一边忍俊不禁,一边担心这工作强度把新来的同事吓坏,于是端起师傅架子,拍了拍他的胳膊,老神在在地安慰说:"没吓着吧?其实咱们这儿也不是经常熬夜,毕竟是个小城市,没那么多大案要案。也数你来得巧,一来就遇着一起灭门惨案需要善后。这段时间是忙了些,辛苦你了。"

翁施往宋尧的陶瓷杯里撒了把枸杞,又扔了几颗红枣,摇了摇头,目光灼灼地正色道:"不辛苦,为人民服务,应该的!宋哥你放心休息,有什么需要我做的尽管说!"

宋尧笑了一声,突然觉得做师傅的感觉也不赖。他老干部似的抿了口热水,伸手指了指桌上的一沓材料,吩咐说:"指纹和脚印鉴定结果都出来了,鉴定报告也整理好了,你帮我给谢局送去。"

刚才还殷殷勤勤热血上头的小徒弟瞬间蔫了，张了张嘴想说什么，看着师傅煞白的脸又说不出口，只好硬着头皮抱起牛皮纸文件袋，往门边走了两步又挪回来，犹犹豫豫地说："吵着呢……"

"什么炒着？食堂开饭了？炒菜了？"宋尧头痛欲裂，捏着眉心问。

"不是，"翁施嗫嚅了半晌，才压低声音说，"局长和尚警官吵起来了……"

"什么？"宋尧瞬间清醒，"你再说一遍？"

翁施哭丧着一张脸，苦兮兮地认错："师傅对不起，送报告这点小事我都做不好……我知道这不是一名优秀警员应有的素质，你骂我吧……"

"不是不是。"宋尧放下水杯，也顾不上抚慰心灵脆弱的新人了，双手搭着他的肩膀，"吵起来了？老白在不在？"

翁施怯怯地抬眼，这才发现自己师傅的表情似乎不太对劲儿，怎么好像……既兴奋又期待？

"白警官也……也在的，"他小声说，"我刚刚打水路过刑侦队听到大家在议论，好像因为这次捣毁传销组织的案子，本来是给二队记头等功的，不知道怎么又记一队头上了。尚警官就是因为这个事儿和谢局吵……理论着。"

宋尧双眼冒光，一下子头也不疼了，眼也不花了，甚至笑得有点猥琐。

他一把勾住翁施的脖子："走走走！"

翁施被他拉得一个趔趄，不明所以："去……去哪儿啊？"

"看热闹啊！"宋尧嘿嘿笑了两声，"徒弟，今儿师傅就带你见见世面！"

翁施满脑袋都是问号，一头雾水地被师傅往刑侦大队那儿拉走了，走前没忘了捎上那份鉴定报告。

"盯梢盯了半个月的，是我的人。"尚楚双手撑着桌面，神色是寸步不退的坚决，"潜伏进犯罪嫌疑人内部，带出关键证据的，也是我的人。这个表彰决定是什么意思？"

白艾泽站在尚楚身后，一身挺括的风衣还没来得及换，白色衬衣下摆沾了一点水渍。

"我已经尽力争取了，"谢军眉头紧皱，"这是上面的最终批示……"

"行，"尚楚抬手打断他，不耐烦地说，"头功爱给谁给谁，无非是公开表扬名字先后顺序的事儿，我不在乎这个，但我需要给我的队员们一个交代，凭——什——么？"

他下颌微收，态度倨傲又无礼。

谢军显然真动怒了，拉下脸正要说些什么，白艾泽上前一步，不着痕迹地把尚楚半挡在身后,有条不紊地分析:"二队齐奇,潜伏期间被识破警员身份,抓捕行动被迫提前展开。及时布防接应的是我的人;救出二队齐奇,我的人;抓捕犯罪嫌疑人,我的人。"

尚楚觉得这个说法挺新鲜,冷笑一声说:"白Sir,您是这么算的是吧?吃苦受累挨打的活儿活该我们干,您就负责指挥全局,设置几个路障,等着抓抓人就行,是这意思吧?"

谢军一口气喝了半杯茶,总算压下了几分肝火,从防风夹克里掏出一根烟:"不错,毕竟决定任务成败的关键性决策是艾泽下的。按原定计划,我们也该把你送进窝点内部潜伏,但齐奇意外暴露身份,连带着你也有危险,艾泽知道消息后第一时间决定提前展开抓捕工作,亲自去到现场……"

"行了,"尚楚后退半步,总是带笑的脸上难得出现冷肃的表情,"我接受,一切以组织的意思为准,绝对服从命令。"

白艾泽无声地叹了一口气,背在身后的右手轻轻拉了拉尚楚。

尚楚半垂着头,看起来有些沮丧。

谢军看着这两个自己一路带上来的后辈,心情很是复杂,无奈地摇了摇头。

沉默片刻后,尚楚缓缓抬起头,用一种略带讥讽且显得非常冷漠的口气说:"老谢,你也算我半个师傅,你今天和我说句实话,是不是就因为我的个人原因,连累了整个队伍?对,我出身差,娘胎里还带着病,多的是人看不起我。要真是因为我,你就直说,我无所谓啊,就是别耽误了二队的兄弟,把我撤……"

"尚警官!"白艾泽沉着脸,高声喝止道,"宋科长有事找你,让你立即过去一趟。"

谢军把那根烟又放回去,摆摆手:"行了,都出去吧。"

尚楚定定地看着身前白艾泽宽阔坚实的肩膀,转身离开。

办公室门外,十几个来不及散开的人吓了一跳,赶紧欲盖弥彰地看天看地看风景。

尚楚面无表情地环视一圈,眼神从众人身上扫过。

"啊哈哈……好巧啊哈哈,阿楚你也找局长啊?"被推到第一排挡枪的宋尧讪笑几声,挠了挠脑袋,把翁施推到前面,"介绍下,这是我徒弟,新来的,叫翁施,来给谢局送文件。"

翁施一直把尚楚当作偶像,他被推得一个趔趄,一抬头猝不及防地就见着活的偶像站在面前。

他还没做好心理准备,手脚都不知道往哪儿摆,一张脸涨了个通红,结结巴巴地说:"尚……尚警官好,我叫翁施,男。我叫翁施是因为爸爸姓翁、妈妈姓施。尚警官,我一直很崇拜你,因为你警校才改变招生政策,同意给我这样有先天疾病的人报考机会,其……其实我毕业后来新阳公安局也是为了……"

"谢谢。"

尚楚冷冷地一点头,径直掠过他走了。

"你……"

翁施话还没说完,张着嘴愣了半晌,直到偶像走远了,他才苦兮兮地问宋尧:"师傅,我是不是说错话了?师傅?师……傅?"

他喊了几声师傅没得到回应,扭头一看,发现刚才还嬉皮笑脸说要来看热闹的宋尧敛起了笑意,定定地看着尚楚的背影,眉头轻拧。

他还没来得及分辨宋尧眼底这欲说还休的关切是怎么回事,白艾泽从办公室走出来。宋尧径直拦下他,问:"表彰没按原计划给?"

"嗯。"白艾泽抬手按了按眉心。

宋尧一猜就知道事情原委,皱眉问:"你事先知不知情?"

白艾泽摇头说:"不知道。"

"那怎么办?"宋尧低声说,"这回他估计是真难受了。"

翁施没太听懂两人这段对话是什么意思,他顺着白艾泽的视线看过去,目光落定在尚楚身上。

年轻的警官摘下鼻子上那副拗造型用的框架眼镜,又粗暴地脱下针织马甲外套。少了这两样东西,他像是摆脱了什么束缚似的,原本被框住的恣意和痞气呼之欲出。

衬衣解开两颗扣子,他整个人重重陷进办公椅里,仰头靠在椅背上,深呼了一口气。

尚楚双眼紧闭,看上去有些疲倦,精心打理过的头发也被蹭乱了,几根发丝软趴趴地搭在前额,有种脆弱的无力感。

二队几个队员围上去,垂头丧气地问:"队长,是不是……"

尚楚眼皮动了动,再睁眼时那丝疲倦已经消失殆尽。他痞里痞气地勾唇一笑,拿起手边一本书,往几个队员头上挨个敲了一下,吼道:"哭丧着脸干吗?今晚桥头撸串去,我请客!"

白艾泽几不可察地笑了一下,然后拍拍宋尧的肩:"没事。"

翁施还没来得及思考这个"没事"到底是什么意思,就发现他师傅轻叹了一口气，笑着说："也对，要是这么点儿小事都能让他一蹶不振，他也不叫尚楚了。"

白艾泽离开后，翁施忧心忡忡地问："师傅，尚队长真的被针对了吗？"

"平时没见你这么好学！"宋尧好气又好笑地瞪了他一眼，"哎，对了，你刚对着尚楚那脑残样儿是怎么回事？来上班的还是来追星的？"

翁施羞涩地笑笑："我第一次见着活的偶像，这不是激动嘛。"

"出息，"宋尧往他背上拍了一巴掌，"进去送文件吧！"

"啊啊啊——"

翁施被他一巴掌拍进了局长办公室。

宋尧轻叹一口气，用力揉了揉脸，然后吹了声口哨，吊儿郎当地喊："尚队，请客带我一个呗！"

第4章 ⚡ 淋雨

毕竟是周中工作日,明天还得早起上班,尚楚到底没太放肆,一群人晚上也没敢喝酒,很快就散了。

天公不作美,恰好碰上天上飘起了小雨。

"带伞没?"尚楚问。

齐奇撇嘴:"早上出门还晴空万里,谁能想到晚上就下雨了。"

队员小江扯了个塑料袋套在头上:"这不就行了嘛!"

其他人有样学样,每人往头上罩个黑塑料袋,他们个个人高马大的,看着像玩行为艺术似的。

尚楚说:"今年元旦晚会咱们队节目有了,你们就这么上去走场秀。"

有人起哄:"那保准艳压全场!"

尚楚掀起眼皮:"艳压艳压,不知道的还以为嫌疑犯被押回来了!"

一群人嘻嘻哈哈笑作一团。

"队长,那我们就走了啊!"

齐奇几个人勾肩搭背地朝尚楚挥手。

"行,走吧,"尚楚嘴里叼着一根牙签,说话声音含含糊糊,"到家发条微信报个平安。"

"你还操心我们啊!"齐奇嘿嘿一笑,戏谑道,"我们可都是一群大老爷们儿,身强力壮的,谁敢把我们怎么着?倒是你,一朵娇花,走夜路可得小心点喽!"

一群浑小子跟喝多了似的,嘻嘻哈哈笑倒在一起。

"滚滚滚!"尚楚吐了嘴里咬着的那根牙签,凶神恶煞地比了个手刀,"把你能耐的!"

二队队员们扔掉头上的塑料袋,走出几步路,回头朝他喊:"'警花'队长,别难过啦,下次咱再争取拿头功!"

尚楚说:"你才是'警花',你全家都是'警花'!"

"谁长得好看谁是警花呗！"齐奇嚣张得能上天，"兄弟们，你们说是不是啊？"

"是！"

"必须是啊！"

…………

尚楚看着他们渐渐走远的背影，半响才轻轻哼笑了一声："小兔崽子。"

宋尧在一边笑着看这帮人闹，等他们离开了，才慢悠悠地走上前，站到尚楚身边，双手插兜，仰头看着阴沉沉的天。

尚楚掏出一根烟，拢在掌心里点燃了，垂头深深吸了一口，旋即吐出袅袅烟雾。

"哎，"他眯着眼喊了宋尧一声，"阿尧。"

宋尧转头看尚楚，隔了一层雨雾和烟气，尚楚漂亮得像是水墨勾出来的画里人，一笔落成，精致却丝毫不显羸弱。

"嗯？怎么？"

尚楚望着青黑色的天空，不知道哪里冒出来的奇思妙想，突然说："你说这雨像不像有仙女躲在云彩后头朝咱们扔的绣花针。"他说着掏出手机，对着外头的雨线"咔嚓"拍了一张照。

宋尧和他是十来年的朋友了，知道他心里不舒坦，安安静静地陪着他。

等尚楚抽完烟，宋尧看这雨不像是要停的架势，于是问："你怎么回去？"

"喏。"尚楚从口袋里掏出车钥匙，钥匙扣上挂了个狗熊坠子，晃得叮当响。

他指了指停在路边的那台白色电瓶车："怎么来的就怎么回去呗。"

"带雨衣没？"宋尧接着问。

"没。"尚楚满不在乎地抛了抛车钥匙，"这点儿雨，要什么雨衣。"

雨确实不大，地面都还没湿透，就是细细密密的雨点罩在身上，又黏又湿，难受得很。

电瓶车的车座被打湿了，水珠骨碌碌地结在一起。尚楚从车箱子中掏出那件针织外套，往上头胡乱一抹，戴上头盔跨上车："走了，你大晚上开车自己小心点。"

他身上就套了件单薄衬衫，十月的秋雨可是一场比一场下得冷。

宋尧知道尚楚这几年身体变差了，不放心地拧着眉说："我的车就停在桥下，我送……"

话说出去一半，他就像意识到了什么，戛然而止，紧接着又拐了个弯："要不打个电话,让老白开车过来接你呗。"

"接什么接。"尚楚吹了声口哨,大大咧咧地说,"走了啊,你注意安全!"

宋尧站在烧烤摊架起的雨棚下,背后是热热闹闹的碰杯划拳声,前头是尚楚在雨雾里渐渐消失的背影。

他抬手揉了揉鼻子,一边想着秋雨果然冷啊,一边深吸了一口气,一头往雨里扎了进去。

"哎!帅哥!"老板见宋尧没带伞,攥着一把羊肉串,喊了一句,"要不借您把伞呗!"

"不用,"宋尧头也不回地摇摇手,"不冷!"

尚楚骑着小电瓶车回到花园小区,停好车一看手机,一分不多一分不少,恰好九点半。

花园小区是新阳市中心的高档住宅区,前头正对着商圈,背后靠着人工花园,距离地铁站脚程五分钟。

当然,小区地段好,价格也贵得令人咋舌,一平方米要价搁别的地儿能买个面积不大的厕所。

尚楚坐电梯上了十二楼,站在电梯口往两头看了看。

1201 是白艾泽家,1202 是他家,他也不确定白艾泽这会儿到底在哪儿。

刚才在楼下他就观察过了,1201 亮着灯,1202 倒是黑灯瞎火的。他心念一动,踮着脚猫着腰,做贼似的把耳朵贴在 1202 屋的门上,听着里头一点动静都没有,于是松了一口气,放心地准备开锁进门。

"咔嗒!"

清脆的门锁声响起。

"尚警官,欢迎回家。"

身后传来白艾泽低沉的声音,尚楚正要按密码锁的手指一僵,缓慢地扭头。

1201 的房门开了,白艾泽穿着乳白色的套头家居服,黑色麻料长裤盖住半个脚掌,斜倚着门框,面无表情地看着他。

"咳咳,"尚楚立刻站直身子,提着嘴角打了个招呼,"嗨,哈喽,我回家啦,哈哈,你也在啊,哈哈。"

白艾泽没什么表情,屈起两指敲了敲门:"过来。"

"要不我先进去洗个澡?"尚楚提议。

白艾泽拿出手机,亮出短信界面摇了摇,语气十分温和:"尚警官今天用我的卡消费了八百八十六元，我认为我们应该就债务问题商讨一下。"

"……记账！全记账上！"尚楚边揉了揉鼻子，边往1201那边走，低声说，"反正我欠你八百多万，也不差这千儿八百的……"

双方家里的狗崽子听见"啪"的关门声，蹬着小短腿跑到门边，疯了似的往尚楚身上扑。

尚楚大笑着蹲下身，在楚楚和小白头上各自撸了几下："哎哎哎，我这浑身是水，等会儿再和你们玩！"

楚楚嘴里叼着个毛线球，尚楚从狗嘴里把球抢过来，抬高胳膊，往客厅里一抛，两只狗争着抢球去了。

它们绕着茶几追来赶去，嗷嗷直叫唤。

"白Sir，给我下碗面呗。"

尚楚本来就肠胃不好，刚才在烧烤摊上光顾着说话，主食一点没碰，这会儿觉得胃里烧得慌。

"嗯。"白艾泽应了一声。

尚楚咧嘴一笑，得寸进尺道："再加个荷包蛋行不行，要溏心的。"

"不行，"白艾泽斩钉截铁地拒绝，"不消化。"

"破事儿真多。"尚楚撇嘴抱怨了一句，光着脚进了卫生间。磨砂玻璃门关上又打开，他从门后冒出一个脑袋，朝厨房的方向喊，"白Sir，外头都下雨了，你怎么不想着去接我回来！"

等了半晌，尚楚才在嗷嗷的狗叫声中听见白艾泽沉静的声音："我答应过你。"

尚楚一愣，然后轻轻关上门，躺进浴缸中，水温正好。

他接了一捧水泼在自己脸上，在氤氲的水汽中想起大三下半年，有一次，首都下了一场暴雨，他跟着师傅去山里出外勤，别人都说天气恶劣山路难走，队伍里带着他怕是要拖后腿。他穿着军用雨衣，一个字不多说，背着最重的行军包，走在队伍第一位。犯罪现场被雨水冲刷得泥泞不堪，一个脚印都没留下。他观察力敏锐，在一块山石后找到了犯罪嫌疑人遗落的一枚尾戒，成了关键性证据。下山后他就病了，高烧不退，躺在床上迷迷糊糊地嘟囔："我不怕淋雨，我不是……不是没有用的，我真的不怕……"

白艾泽摸着他的额头，轻声说："可以，阿楚，你可以淋雨。"

白艾泽没有煮面，砂锅里的干贝排骨粥，这会儿正"咕嘟咕嘟"冒着泡。

楚楚和小白顺着香味跑来，扒拉着他的脚踝讨食。

白艾泽居高临下，说："不许闹。"

两只狗崽子"嗷呜"个不停，一副"不给吃的就捣蛋"的架势，白艾泽摇摇头："怎么和里头那个浑蛋一样，这么难缠。"

说着，他从橱柜里拿出一根棒骨磨牙棒，让两个小家伙叼着抢去了。

尚楚洗完澡，穿了一件老头背心从浴室出来。

他这人一贯不讲究，白长了一张漂亮脸蛋，平时在家穿衣打扮就和胡同里的遛鸟大爷差不多。

"有粥啊！"尚楚甩了甩湿头发，一屁股坐在餐桌边，"好好好，喝粥好！"

"吹头。"白艾泽盛了一碗粥放到他面前，皱眉说。

尚楚捧着碗，一心只想着他的粥，耍赖说："你帮我吹吹呗！"

一条干毛巾兜头罩住尚楚，白艾泽说："自己来。"

排骨粥喝下去半碗，尚楚突然问："几点下的雨？"

白艾泽想也不想，脱口而出："八点十三分。"

尚楚放下碗，转头定定地盯着白艾泽，看了半响才说："白Sir，我就知道你是好兄弟。"

白艾泽动作一顿，也不否认，只是抬了抬下巴："吃完，别半夜嚷嚷肚子饿，我可不管你。"

尚楚笑得眼睛弯弯："粥也是早准备着了对不对？"

他笑得像只狐狸，性子也像狐狸，滑不溜秋的。

白艾泽用毛巾揉乱他的头发："撑死你。"

"白Sir，"尚楚晃着脚丫子，放肆又得意地说，"欠你的账是不是不用还了？"

白艾泽在他后脑勺上敲了一下，闷笑了一声，没说话。

第 5 章 ⚡ 楚楚和小白

一碗热粥咕噜噜进了肚，尚楚觉得胃里舒服了点儿，浑身经络都舒展了，细胞也活泛了。

他满足地揉了几下肚子，跷着脚懒洋洋地躺在沙发上。

茶几底下，小白和楚楚为了抢那根磨牙棒，在地上翻来滚去咬作一团。尚楚悠闲地观战，乐不可支。

楚楚是白艾泽花重金买来的一只柯基，据说有什么贵族血统，带证书的那种。楚楚是两个月大时被接回家的，小家伙不仅屁股大，脾气也大，谁要是不理它，它就生气，气极了还喜欢拿头拱你。白艾泽给它起了个名字叫"楚楚"，尚楚表示抗议，但在白艾泽的高压政策——实际是债务威胁下，彻底宣告反抗无效。楚楚这狗东西越大越皮，带去宠物店里洗澡，店员都说没见过这么活泼的狗。

楚楚八个月大的时候，尚楚在地下车库捡到了小白——一只可怜巴巴的小土狗，看模样是博美和田园犬的串种，耳朵圆滚滚的，尾巴短短的一小截。当时这小狗崽就缩在他的电瓶车前轮边，尚楚起初没注意，险些从它身上碾过去。小家伙脏兮兮的，一条腿带着伤，有个指甲盖那么大的溃烂。尚楚抱着它去宠物医院看病，医生说从骨龄看它还不到三个月。所幸小土狗生命力顽强，治好病后活蹦乱跳，还很能看人眼色——它知道白艾泽才是这个家里真正拿事的，见了白艾泽就摇尾巴撒娇，不要脸得很。

尚楚报复性地给小土狗起了个名字叫"小白"，白艾泽对此倒没什么异议。

小白不愧是流浪过的土狗，打架斗殴的水平比贵族犬楚楚高多了，没多久就制伏了楚楚，把楚楚压得"嗷嗷"直叫唤。

尚楚捧腹，喊道："白 Sir，你的狗被我的狗干趴下了！"

白艾泽非常镇定，不慌不忙地回答："很好，小白干趴下楚楚，符合实际情况。"

尚楚哼了一声，没好气地翻了个白眼。

白艾泽是按照最理想的标准长大的，他家世显赫、能力超群、英俊挺拔，在学校时是风云人物，工作后是警界精英，他的人生从一开始就前程锦绣。

他理应荣耀加身、光环笼罩，在拥戴和赞誉中平稳地迈向青云之上。

尚楚垂下眼睫毛，扯了一个抱枕盖住自己的脸。

其实在两人没联系的那段时间里，尚楚经常梦见这样的场景。

梦里就像今天这样，他有自己的家，有暖色调的灯和柔软的布艺沙发。然后他总会突然惊醒，睁开眼只有墙皮脱落的黑灰色墙壁和满地的空饮料瓶。

这样沉梦和骤醒的过程重复了无数次，尚楚一度过得非常混乱，昼夜晨昏在他看来没有差别，他不知道那个靠着安眠药才能入睡、过得乱七八糟的自己是真的，还是拥有暖色灯光、布艺沙发和患难知己的他才是真的。

厨房里传来哗哗的水声，尚楚掀开抱枕，静静地看着天花板，耳边突然响起很多嘈杂的声音：

"尚楚？比较突出，但不推荐，我们还有更好的人选……"

"白艾泽又是第一？太变态了吧？哎，你说那个尚楚他气不气，成天和白艾泽较劲，还不是处处被压一头？"

"尚楚他有病，我听说他妈就是个哑巴，还不识字，你说说就这样的基因生出来的孩子能是什么好东西？"

"你听说没？尚楚他爸杀过人，就这种人的儿子还考警校，想想都好笑。"

"你知道你自己是什么吗？水沟边的臭虫见过没？看你一眼是觉得你可怜，可不要有什么别的想法，巴巴地黏上来，臭不可闻啊尚楚。"

"…………"

尚楚的瞳孔越来越紧，他翻了个身，侧卧在沙发上。灯光把他的侧脸勾勒出一道森凉的弧度，双肩紧绷，蝴蝶骨凸出。

他闭上双眼，深深吸了一口气，告诉自己不要去想。

那段混乱不堪的过去和恶毒刻薄的言语，他通通都不要再想。

"回房间睡。"

白艾泽以为尚楚躺在沙发上就睡着了，俯身拍了拍他的手臂。

尚楚安静地躺着，眼睫毛微微颤动。

"阿楚，"白艾泽轻声说，"回房间，别感冒了。"

尚楚皱了皱鼻子，含含糊糊地说："好困……"

白艾泽听他这声音就知道这混账东西是装的。

尚楚起床气大得很,要是他真睡着了,被这么一吵早开骂了。

白艾泽扬了扬眉,朝卧在电视柜边的小白招招手。

白色小土狗甩甩尾巴屁颠屁颠地跑来,白艾泽抱起小白,把狗子毛茸茸的屁股对准尚楚的脸,准准地放下去。

"乖,陪你爹睡会儿。"

小白扭了扭屁股,"嗷嗷"叫了两声。

"滚滚滚……"尚楚黑着脸赶走小白,"呸呸"两声吐出嘴里的几根狗毛,竖着拇指说,"白艾泽你牛!"

第6章 ⚡ 发烧

白艾泽从浴室出来时，卧室和客厅里都没人，书房的门开着，里面透出灯光。他走上前去，果然看到了尚楚。

尚楚弯腰站在玻璃橱柜前，专注地看着里面摆放的东西。

橱柜占据了一整面墙壁，里面的东西却是一人一半。

尚楚的那半边柜子乱七八糟，里头堆着各种杂书，漫画、小说什么都有，甚至还插了几本《故事会》，还有七七八八的小熊玩偶和摆件。中间两层倒是很整齐，陈列着奖章和奖杯，年份不一，但都是一等奖，只是上面刻着的是白艾泽的名字。白艾泽的那半边柜子就井井有条多了，刑侦类、心理类、刑事类专业书籍分门别类，整整齐齐地立在书立里，但正中间那一层空空荡荡，只有一张尚楚的照片。

白艾泽站在门边，一言不发，静静地看着尚楚的背影。

没人比他更清楚，尚楚是个多么要强的人。

白艾泽拿到一等奖的那些比赛大多是他们俩一起参加的，白艾泽有多少奖章和荣誉，尚楚就有多少。但每次领完奖回了家，尚楚总是把白艾泽获得的第一名的奖杯小心地陈列在橱柜里，至于他自己获得的那些二、三等奖，他看都不看一眼。

白艾泽当然知道尚楚今天不好受，为了那个叫"阳光绿叶"的传销组织，尚楚整整一个月没有睡过安稳觉。

"阳光绿叶"在新阳的势力根深蒂固，光是核心管理层就有八十多人，地下组织体量大，怎么打也打不干净。

上个月，有一个刚上大学的学生因为这个传销组织而丢掉性命！

"新阳大学生惨死案"迅速爬上热搜，市领导震怒，给市局下了死命令，必须把"阳光绿叶"从根上给铲除了。

按理说这种事儿不该由他们刑侦队负责，但这次事情紧急，任务交到了二队手里。尚楚临危受命，亲自盯了一个星期的梢，安排齐奇潜进组织内部，全队人耗心耗力，最后一举剿灭"阳光绿叶"老巢。

虽然最后有些意外出现，但好在有惊无险，结果还算完满。

这颗长在新阳人民心头上的毒瘤终于被割除了，谢局每次去市里开会都是春风得意地回来。全局上上下下公认这次行动的最大功臣是尚楚，谢局也暗示了这回头等功八九不离十要算在二队头上。

然而，尚楚和他的二队盼了那么久的表彰，被一纸文件无情地打破了。

尚楚在玻璃橱窗的倒映下看见了白艾泽，他愣怔片刻，很快又调整好表情，转身对白艾泽笑笑："洗完澡了？"

"嗯。"白艾泽点头。

"我说你这种精英家庭的大少爷就是事儿多，"尚楚两手插着裤兜，看上去一副若无其事的样子，晃悠着朝外走，嘴里嘀咕个没停，"你说你一天要洗多少次澡啊？费不费水，你家里的水费都要交不起……哎，你干吗？"

就在他经过白艾泽身边，即将和白艾泽擦身而过时，白艾泽突然拉住了他。

白艾泽定定地看着他，沉默半响，才轻声说："别难过。"

尚楚"扑哧"笑了一声，上半身后仰，虚靠着门框，说："你还不了解我啊，要是这点事儿都受不了，我早崩溃八千多次了。"

白艾泽盯着尚楚浅棕色的瞳孔，里头像是罩着一层水雾似的，朦朦胧胧看不清楚。

他无声地叹了口气。

晚上淋了雨吹了风，下半夜尚楚有些发烧。

他早年间用了太多劣质药，对身体伤害太大，这几年在一线工作，经常饥一顿饱一顿，恶果也越发明显起来。

白艾泽给尚楚冲了退烧药，尚楚喝完了，躺在床上盯着窗外发呆。

白艾泽俯身探了探他的温度："闭眼睡觉。不然就滚回对门你家。"

"睡不着。"尚楚眨眨眼，嗓音有些干哑。

"睡不着也得睡。"白艾泽斩钉截铁地说，"闭眼。"

"不闭眼。"尚楚偏要和白艾泽对着干。

白艾泽拿他没办法，皱着眉头，轻声呵斥："混账！"

"白 Sir，你身为人民警察，怎么还骂人呢？"

"你一身臭毛病，还不许我骂你了？"

"我怎么就一身臭毛病了我？"

白艾泽还真一本正经地盘点起来:"不做家务,这是懒;回了家第一件事儿不洗澡,这是邋遢;偷吃狗饼干,这算欺凌弱小;欠了我的钱不还,这叫不守信用;背着我抽烟喝酒还不承认,这是撒谎……"

"停停停!"尚楚耳根子臊得慌,急忙叫停,小声嘀咕,"有你这样招待客人的吗?"

尚楚借着窗外透进来的微弱天光看白艾泽,他身形高大,背光站立,周身笼罩着一层朦胧的光圈。

不知道是不是因为发了烧,尚楚头昏脑涨,那种分不清现实与梦境的混沌感又来了。

"艾泽,"尚楚声音很低,仿佛生怕惊扰了这个脆弱的梦境,"你是不是真的啊?你会不会走啊?"

白艾泽心头一紧,在床沿坐下,叹息着说:"阿楚,是我。"

"我觉得很累,"尚楚定定地看着他,片刻后轻轻说,"我不想争第一名了。"

"嗯,如果你不想淋雨,就不淋。"

"你没有错,谢局也没错。这次行动险些失败,是一队力挽狂澜,其实我都知道的……"

"不说这个。"白艾泽打断。

窗外雨还没停,淅淅沥沥地砸在窗沿上。

两个小时后。

尚楚的烧退了。

雨停了,但白艾泽怕凉气进来,依旧没有开窗。

尚楚呼吸平稳,胸膛有规律地起伏着。

他沉进了一个很长很长的梦里。

▶ 青训篇

第1章 ⚡ 第一名

首都。

十二月中旬，正值隆冬，前半夜下了小雪，但温度不低，雪还没积起来就化了，地面一片湿漉漉的。

清晨六点半，街道上的路灯准时关闭，但天色依旧黑沉沉的。

手机闹铃响了三次，第四次的时候尚楚终于被震醒了。他抱着被角翻了个身，挣扎着睁开眼睛，从棉被里伸出一只手，在床头柜上摸索了半天，拿起手机关闭飞行模式，屏幕上显示昨晚有十多个未接电话。

来电的都是同一个号码，"158"开头，最后一通电话打来的时间是凌晨四点二十八分。

尚楚没去理会这个号码，手指习惯性地划开短信界面，收件箱里除了各种乱七八糟的验证码和推销六合彩的垃圾信息，还有一条被手动置顶的短信。

【尚楚同学（考生号：201220611415），恭喜你已成功被录取进入2012—2013年度首都警察学校青训营。你的录取位次为：1位。请于12月16日（周日）上午9:00—12:00前往首都东郊警务基地报到，未准时报到则视为退出本次青训。报到材料：本人有效期内身份证件、准考证、一寸照片三张。】

尚楚对着这条已经看了八百多遍的短信傻不棱登地笑了会儿。一分钟后，手机屏幕暗了下去，他从漆黑的屏幕里看见自己的脸，头发压得七零八落，眼皮有些肿，一边嘴角挂着干涸发白的口水印。

嘿，小伙子还挺帅。

他不知道怎么就得出了这个结论，眉梢一挑，掀开被子坐起身，边伸了个懒腰，边扭头往窗外望了一眼。

后门那棵不知道活了多少年的枣树只剩下光秃秃的树杈，对面住户阳台上晾着的平角内裤结了霜,天上堆积的云则显出一种浓郁的铅灰色——让尚楚想起昨晚吃的过期面包。

这时候,一阵风裹挟着寒气从窗子"呼啦"涌进来,尚楚一个激灵,瞬间清醒了不少。他手臂一挥,捞起床尾堆着的毛衣长裤,整个人缩进被窝里穿了起来。

初中地理课本上说过,秦岭—淮河线以北就算北方。北方城市都该安暖气,尚楚家也不是没有,只是暖气片早八百年就坏了。他十来岁那会儿首都下暴雪,他蜷在被窝里都生生被冻得发烧了,头昏脑涨流鼻涕,裹着被子缩到床底下也不顶用。后来,楼上的张奶奶实在看不下去了,给他翻出来一包感冒冲剂。

后来他长大了,渐渐习惯了冰凉的床铺,也渐渐不那么畏寒,窗户关得严实点儿,挨一挨,一年中最冷的那三五十天也就挨过去了。

穿好衣服下了床,尚楚做的第一件事儿是抽烟——上个月他刚满十八岁,成年后做的第一件事情就是抽烟,主要是为了驱寒。

他上网探听了消息,都说进了首警青训营就相当于蹲大牢,还是生存条件最差的那种,在里头抽烟是不可能了。

某个深水论坛上有位前辈,是首警毕业生,当年青训营选拔出来的,在匿名区写了首打油诗,生动形象地描述了在青训营的艰苦生活:

吃饭多剩两粒米,饭后罚跑五公里。要是叠被不整齐,清早蛙跳八百米。

尚楚当时正抱着手机在蹲坑,吓得手机差点掉坑里去,心有余悸的同时,一股对这位前辈的钦佩之情油然而生——他本来觉得考警校的大多语文学得不怎么样,这位前辈三言两语就描绘了一番让人生不如死的场景,实属人才。

再过两个小时,他也要进去体会这种生不如死的艰苦生活了,可不得趁这会儿多抽几根烟。

刷牙的时候手机又振动了,来电显示还是那个"158"开头的号码,尚楚把牙刷塞进嘴里,面无表情地按了挂断。

半分钟后,"158"再次来电。

尚楚本来还不错的心情瞬间烦躁了起来,一股无名火"噌"地蹿到了头顶,满嘴薄荷味的牙膏沫儿也没能让他舒服一些。

来电人不依不饶,摆明了要是他不接这个电话就不会罢休。

尚楚骂了一句,吐出嘴里的白沫,深吸一口气,然后接起电话,语气硬邦邦的:"干吗?"

"你……你先给我转两百块……"那头传来一个醉意浓重的声音,隐约还能听到划拳声,"两……两百块!行不行?"

"没钱。"尚楚斩钉截铁地道。

"不……不是,你听我说哈,我十五号就去上班了,钱,我借的,上……上了班我就还……还你……嗝!"

电话那头的人打了个荡气回肠的酒嗝。

尚楚几乎觉得那股混杂着酸咸和腥臭的气息穿破手机听筒扑面而来,他几欲作呕,冷着脸一字一字地说:"我——没——钱。"

"你……你没钱?"电话那头的人问,"那怎么办吧……"

"怎么办?"尚楚冷笑一声,阴着脸说,"你可以去死啊。"

"你叫我去死?我……"

后来对方再骂些什么,尚楚也不知道,他直接按了关机,屏幕彻底暗了下去,也阻断了那头的烟酒气和划拳声。

尚楚抬起头,看见镜子里自己那张脸,长得是不错,鼻子是鼻子、嘴巴是嘴巴的,在学校里也是个常收情书的英俊少年。就是眼睛生得不好,眼神里装满了阴郁的愤怒。

尚楚接了一捧水泼在脸上,刺骨的寒意从毛孔往里钻,丝丝缕缕渗透进身体里每一个细胞。

他深呼一口气,使劲扯了扯嘴角,微微眯起眼,露出一个勉强能算得上阳光明媚的笑。

"尚楚同学,恭喜你已成功被录取进入 2012—2013 年度首都警察学校青训营。你的录取位次为:1 位。"

他对着镜子流利地背出这段话,屈起两指叩了叩镜面。

"听见没,尚楚,你是第一名。"

昨晚天气预报说今天最高 -3℃,尽管做足了心理准备,脖子上还围了条厚围巾,尚楚一出楼道,还是被冻得一激灵。他缩着肩膀哈了一口气,白雾立即从眼前飘散起来。

"真冷啊……"他轻声感慨一声,把下半张脸埋进围巾里,拉紧双肩包背带,快步穿梭在巷子里。

尚楚住的地方是一个城中村,在城市挺中心的位置,前后左右都有地铁线。如果从繁华商圈背后的小巷往深处走,就会发现精致的奢侈品店面和耀眼的霓虹灯环绕之下,还有这么一片污水遍布、垃圾堆积、怪味儿不散的地方。

住在这里的人都是一个表情，毫无生气，眉毛和嘴角向下耷拉，眼底聚着不散的瘀青，颧骨高高凸起，双颊挂不住肉，他们说话百分之百带脏字，吐出的痰又黄又浓……生活在这里的人就像是上了发条的人偶，从出生的那一刻就已经能够看到人生的尽头。

尚楚绕过地上一个结着碎冰的水洼，顺道在包子铺买了一杯豆浆、两个刚出笼屉的肉包，咬一口包子吸一口豆浆。

就刚才吸豆浆那一眨眼的工夫，他差点走串巷子。

这地方路不好走，狭窄的小巷毫无章法地交织在一起，要是一不小心进错了巷口，七拐八拐出去后可能就离目的地十万八千里了，说是城市迷宫也不过分。

尚楚小时候闲着无聊，把这些巷子跑了个遍，还拿纸笔做了统计——这儿一共有四十三条巷子，其中有十九条是死胡同。

尚楚凭借出色的方向感，熟练地在第三个巷口右拐，还没往深处走进去，就听见前头拐角隐隐传来说话声：

"帅哥，走这条路要给过路费的，这是规矩，懂吧？"

"小哥，看你这气质、这打扮，也不像是住这儿的人。这样吧，我们也不欺负你一个过路的，就给你打个对折，过路费只收你三百块，够良心吧？"

尚楚听笑了。这两人的声音他太熟悉了——楼上张奶奶家的双胞胎孙子，阿龙、阿虎两兄弟。他们爹妈前些年去南边一个煤场打工，意外身亡。这兄弟俩还没满十八岁，进少管所的次数比进正经学校还多，是城中村里臭名远扬的痞混子，偷鸡摸狗、拦路打劫这些对他们来说都不算什么事儿了。

尚楚刚搬来的时候也被他俩劫过道，用的也是收过路费的理由，但他们没想到撞上了个硬茬子，被尚楚一顿暴揍后知道怕了，见了尚楚就绕道走，把"欺软怕硬"四个字落实到了极致。

但这两兄弟一般晚上才出门收过路费，估计昨晚在哪个网吧玩通宵了，今儿早上才回家，没想到就撞上了一单"生意"。

尚楚心说也不知道哪个倒霉蛋，一大清早非往巷子里钻，还偏偏就撞上了这两个流氓。

尚楚噌着豆浆、提着包子往前走，在转角一拐，一眼就见着那"倒霉蛋"正被两人一左一右围着按在墙上。

那个人身量很高，比阿龙、阿虎高出一个头不止，侧脸线条凌厉流畅，眉骨比一般人高一些，鼻梁高挺，穿着一件黑色羽绒外套，双腿修长笔直，球鞋是尚楚知道的一个牌子，限量版，价格五位数。

这个人有种冷漠精致的英挺，光是垂眸站在那儿，就和这个脏兮兮的地方格格不入。

"多少？"

"倒霉蛋"抬起眼皮，冷冰冰地问了一句。

尚楚在拐角饶有兴致地看着，这"倒霉蛋"人高腿长，双腿肌肉线条也匀称结实，打起来不一定会输。

"三百块！"阿龙按着他的肩膀，恶狠狠地说。

"倒霉蛋"的眼神平静无波，没有任何情绪，愤怒或是害怕都没有。

就在尚楚以为他们要大打出手的时候，"倒霉蛋"冷静地点了点头，从上衣口袋里拿出一个黑色皮夹，骨节分明的手指从里面取出三张粉色票子。

好嘛，敢情是个厌包！

阿虎喜不自胜地接过钱，胡乱折了两折，刚要塞进裤兜，就听见巷尾传来吊儿郎当的话音："哟！这不是龙哥和虎哥吗？今天运气不错啊，一大早就开张了？"

尚楚咬了一口热包子，正朝这边走。

"小尚哥？"阿龙一愣。

"要个五块十块的就差不多了，"尚楚吸了吸鼻子，眼神从阿虎手里那几张红钞票上扫过，"这就过分了吧？"

"哥，"阿虎凑到他耳边，一脸悲痛，低声说，"我奶病了，再没钱看病就死了！"

"你奶迟早被你气死！"尚楚冷冷道。

这孩子演技够精湛的，撒谎连腹稿都不用打，明明他昨天还见着张奶奶在楼底下捡空瓶，身体硬朗得不得了。

"那……"阿虎往"倒霉蛋"手里塞回去两百块，自己手里只留下一百块，痛心疾首地说，"这样行了吧？"

尚楚笑着摇摇头："你就不能把对自己的道德要求提高点儿？"

阿虎一副要哭出来的样子，哀声道："哥……"

"哥什么哥？谁是你哥？"尚楚不为所动，"你哥死了还是怎么着？就这么上赶着和我结拜？"

"小尚哥，"阿龙略显阴冷的双眼盯住他，"你还不了解这儿吗？规矩就这样，你要是想安安全全的，就别往这里头钻。咱们可以和外头那些人井水不犯河水，但进了这儿，就算他们倒霉，破财消灾也是他们活该。"

尚楚吹了声口哨:"可以啊阿龙,你这口才不输外头那些人啊!"

他语气戏谑,但仔细听就能听出其中夹杂的讥讽和冷漠。

只要这些地痞流氓不把主意打到他身上,尚楚大多时候是不理会这种事的。但今天不一样,今天是他进入首警青训营的第一天,"将来我也许能够成为一名优秀的警员"的心理暗示无形中让他多了一分责任感和使命感。

尚楚歪了歪头,笑着说:"你这是和我说什么歪理呢?"

阿虎胆子小点,赶紧站在中间打圆场:"小尚哥!这人这么有钱,也不差这一百两百的!本来我们没想弄他,是他一直在这附近转来转去,谁知道安没安好心!"

尚楚这才把目光移到了墙边那个人身上,看上去他的年纪应该和自己差不多,长相非常英俊。这个年龄的少年多数还没长出分明的骨骼轮廓,脸上总混杂着一种圆润的稚气,但他下颌线条十分利落,鼻骨和眉骨都生得非常挺拔,因此眉眼比一般人看上去更加深邃一些,隐约能够看出属于成年男性才有的英挺气质。

"哎,要不要帮忙?"尚楚问。

"倒霉蛋"的视线从尚楚手里的半个肉包,慢慢游移到他沾着油的嘴角,不动声色地皱起了眉,彬彬有礼地说:"谢谢,不用。"

尚楚挑眉,估计那人是要面子,不好意思求助。

他还没说话,就看见那人把手里的两百块重新递给阿虎。

阿虎傻了:"啊?"

"治病。"那人言简意赅地说。

尚楚闻言有些惊诧,抬头看了那人一眼,那人脸上仍然没有什么表情。

"尚哥,"阿虎拿不定主意,扭过脖子丧着脸问,"我能不能收啊?"

"关我什么事。"

尚楚把剩下的小半个包子塞进嘴里,生出一种"原来我才是傻子"的感觉,这男的就是个冤大头,他倒成了多管闲事的那个。

尚楚拍了拍手,吹着口哨晃出了巷子。

身后,那人的声音传来:"请问东郊怎么走?"

阿龙凶恶地回答:"问路啊?一百!"

尚楚"喊"了一声,一脚踢飞了路边的空瓶。

东郊是一块警务基地,各警校拿来给学生做训练基地用的,每年首警的青训都办在这里。

青训——听起来有点儿冬令营的意思，但实际可以说是首警在提前挑选好苗子。青训结业时有次考核，通过结业大考，就相当于提前拿到首警的录取通知书，只要六月高考能过本科线，就能进首警。

东郊位置偏僻，521路公交车坐到终点站，尚楚下了车，举目四顾尽是一片大荒地，时不时有开着拖拉机的农民伯伯经过。

饶是他方向感再好，在这陌生又偏远的地方，也确实有点儿找不着北。

就在尚楚在公交站原地打转时，下一辆521路公交车缓缓驶来，车上跳下来一个少年，高高帅帅的，左耳戴着一枚亮晶晶的耳钉，脖子上挂着头戴式耳机，穿着一件深蓝色冲锋外套，背着个巨大的登山包，满脸写着兴奋和期待。

少年先是跺了跺脚让身体暖和点儿，然后重复了和尚楚刚才一模一样的过程——扭着脖子张望一圈，脸上期待的神情渐渐被迷茫取代，接着被拖拉机尾气呛得直咳嗽。

尚楚靠着站牌，心里觉得有点儿好笑。

少年挠了挠头，转头才看见这儿还有一人。他双眼"噌"地亮了，重新点燃了希望的小火苗，走上前来问："同学，东郊警务基地怎么走啊？"

"同学，"尚楚从口袋里掏出手机看了看时间，"好巧，我也在找这地儿。"

少年眼里的小火苗刚点燃就熄了，问："你也是来参加首警青训的啊？"

尚楚点点头："九点二十分了，距离我们被开除，只剩不到三小时。"

"扑哧——"少年被尚楚一本正经开玩笑的样子逗得乐不可支，自来熟地搭上尚楚的肩膀，"你叫什么名字啊？认识认识呗！"

尚楚不太习惯与人保持这样近的距离，不动声色地往旁边挪了一步："尚楚，和尚的尚，朝秦暮楚的楚。"

"你就是尚楚？！"少年显然是个神经大条的，不仅没意识到尚楚避让的动作，反而搂着他的肩膀往自己这边带了带，语气亲昵，"你就是那个第一名？牛啊！"

"谢谢，还行。"

"我是宋尧，"少年乐呵呵地自我介绍，"宋朝的宋，尧舜禹的尧。"

"哦，你好。"尚楚点点头。

宋尧目光灼灼地看着尚楚，尚楚被看得浑身起鸡皮疙瘩，心想人家都这么热情了，相比之下自己好像显得有些冷淡，有点儿没礼貌，于是硬生生憋出一句："Nice to meet you."

宋尧想也不想地脱口而出："Nice to meet you too, how are you？"

尚楚接话："I'm fine, and you？"

宋尧"哎"了半天也没"哎"出半个单词："下句怎么接来着？"

尚楚耸耸肩，表示无能为力："我也只背到这里。"

这段中英夹杂、十分国际范儿的对话来得莫名其妙，两人都是满脸问号地盯着对方，边上一台拖拉机轰隆隆地开过，他们被乌黑尾气喷了一脸，脸对脸咳了半天，抬眼见对方的狼狈样子，同时笑出了声。

"哎，"宋尧撞了撞尚楚的肩膀，"你真没听过我啊？宋尧！我就是那个第三名啊！总分差你13分那个！"

尚楚一愣，摸了摸鼻子，他还真不记得了。

他一向只关心第一名，榜首以外的名次，不在他的关注范围之内。

宋尧一看他这反应就知道答案了，大大咧咧地摆摆手："算了算了，现在重中之重是找路！"

尚楚点点头，朝前方伸出一只手："请找。"

前头是片麦子地，宋尧踮着脚张望了两眼，感慨道："鲁晓夫都没见过这么多麦苗……"

尚楚心里刚想着这小子还挺有文化，估计文化课学得不错，下一秒就看见宋尧对着麦子地拍了个微信小视频，然后给那头的人发语音说："老爹，让鲁晓夫看看，好多麦苗！"

尚楚忍不住问："谁是鲁晓夫？"

"我家养的博美狗，特爱吃馒头。"

尚楚语塞，片刻后问："一只狗为什么要叫鲁晓夫？"

"我家老头起的呗。"宋尧一脸理所当然，"你也觉得这名儿拗口是不是？要我说啊，还不如叫旺财！"

尚楚真诚地建议："还是鲁晓夫好些。"

实在不好找路，两人结伴往一条比较平整的路走，中途遇见一个卖菜的好心大爷。大爷开着拖拉机载了他们一程，把他们准时送到了警务基地大门口。

两个人谢过大爷，往大门边的报到处走。

这次全国录取进青训的一共只有四十来人，报到处就摆着一张桌子，后头坐着一男一女两个工作人员，都穿着警服，另外还有四个学生正在填表。

"叫什么名字？"

"宋尧！"

"尚楚。"

女警官对着一张名单找到了他们的名字，在后头打了个钩。

尚楚特地留意了一眼，名单上只有一半人的名字上打了钩，看来他们来得还不算晚。

"证件和照片给我。"女警官敲了敲桌面，"拿笔填个表，等会儿去领衣服和被子。"

旁边坐着的男警官分别给两人递上一张信息表和一支笔，尚楚和宋尧交了身份证和证件照，拿着纸笔到边上的桌子填表去了。

尚楚依次在表格上填写个人信息，最后一栏是"有无先天疾病"，他笔尖一顿，下意识地用余光瞟了瞟周围，没有人注意他。

心跳陡然加速，尚楚抿了抿嘴唇，在这一栏中一笔一画地写下"无"。

最后一笔还没落下，女警官嘱咐道："大家一定如实填写啊，信息一定要准确。你们以后都是要当警察的人，从现在开始就得以高标准要求自己，诚实守信是最基本的。"

笔尖在纸上岔出长长的一笔，尚楚握笔的手紧了紧，把那个"无"字涂黑了。

他默默叹了一口气，算了，还是不隐瞒了，照实填吧。

但照实填写的话，恐怕他通过青训的概率会变得非常非常低……

尚楚正在犹豫，忽然肩膀被人从后面拍了一下，他背脊一僵，手中的笔"啪"的一声掉在地上。

背后站着一个男生，抱歉地说："不好意思啊，哥们儿，吓着你了吧，我就是想问问你笔用完了没有。用完了借我用用啊。"

尚楚点头："我好了。"

"行，那我填表了。"男生捡起笔，瞥见桌上尚楚的表格还有一栏空着，"哥们儿，你漏了一栏，我帮你写上啊。"

他想当然地在"有无先天疾病"那一栏中，为尚楚写上了"无"。

尚楚眉心一皱："等等，我——"

"哎哎哎，你们干什么呢！"女警官朝他们严厉道，"自己填自己的，不能代填啊！"

男生连忙说："老师，我没代填，这位同学已经填好了！"

他不等尚楚反应，便将尚楚的表格递给了女警官。

女警官向尚楚确认："你自己填的？确认没问题啊？"

尚楚心跳得很快，他知道应当坦白说明自己的情况，但话到了喉头就是说不出来。

他太渴望这个机会了，也太需要这个机会了。

仿佛被一股无形的力量驱动着，尚楚在震耳欲聋的心跳声中垂眸，说道："嗯，我确认，谢谢老师。"

"这个刀不能带！"
"老师，这是我带着切水果的！"
"不行，没收了！"
"你看这刀根本就不锋利，不危险！"
"锋不锋利都不行，没收！"
…………
已经填好表的几个学生正在依次接受翻包检查。
尚楚心头一沉，怎么还要翻包？
"写好没？"宋尧走上来，勾着他的肩膀。
尚楚面上一派镇定，背起包："外头有个公厕，我去一下。"
"你去吧，"宋尧下巴一扬，"我帮你看着包……哎？"
宋尧话还没说完，尚楚就背着双肩包快步朝公厕走去。宋尧不解地嘀咕："还怕我偷东西不成……"

尚楚到了公厕，看了看四下无人，便翻出包里的十多根针管和药剂。
既然阴错阳差地隐瞒了真实情况，那这些东西也不能被发现。
他想了想，往两边裤管里各塞了一些，然后把裤脚严严实实地扎进鞋子里。
好在是冬天，穿得本来就厚实，乍一看也看不出什么蹊跷。
剩下的针管和药剂只好藏在上衣里，但尚楚的棉袄没有内袋，装不了东西。
他脑子里灵光一闪，咬咬牙脱下外套、毛衣和秋衣，裸着上半身，打算用自己的秋衣做个贴身腰包，裹着针管和药绑在肚子上。
这破公厕四面透风，他哆嗦着弓着腰，刚把东西在秋衣里包好，公厕那扇破木板门"吱呀——"一声响。
他惊愕地抬头，对上了另一双惊愕的眼睛。
尚楚手一抖，差点把东西全撒地上。
他现在实在是进退两难，一旦他直起身，手里还没包严实的东西铁定要被发现，他只好继续保持着弓身的姿势，把内衣捂在自己裆部的位置。
尚楚简直欲哭无泪，更头疼的是——这个人就是上午那个被打劫的冤大头！

"打扰了。"

荒郊野岭的公厕，一个少年光着上身，以诡异的姿势弯着腰，手似乎放在某个不可言说的地方……

白艾泽愣怔片刻，但他家教很好，很快就调整好自己的表情，解释说："我不知道这里有人。"

"我……"尚楚支吾了半天，"我胃疼！"

胃疼？胃疼你光着膀子干吗？

"嗯。"白艾泽也跟着睁眼说瞎话，"我先出去，你继续。"

"……谢谢。"

白艾泽走出公厕。

尚楚一口气还没松下来，那个千刀万剐的冤大头又回来了！

两人再次以一个站着、一个弓着腰的姿势面面相觑。

"有事？"尚楚额角都在抽搐。

"抱歉，"白艾泽也有些尴尬，"忘关门了。"

他贴心地把门带上，刚走出去两步，就听见厕所里传来一声暴躁的骂声。

"你怎么去这么久啊！"宋尧远远地朝尚楚招手，催促道，"快快快，人都来了好几拨了！"

尚楚裤管沉甸甸的，腰上还裹着东西，连迈大步都不能，只得一步一步慢悠悠地往前走。

宋尧看尚楚这大佬似的走姿一下就乐了，三两步跑上来，扯着尚楚的胳膊说："你说你也是，跑那么远去上厕所干吗？一会儿报到完进去里头上不得了……哎，你怎么了？"

尚楚有先天性哮喘，刚在厕所里往自己胳膊上打了一针药。药剂打入血管后总有一阵不适感，他这会儿正是头昏眼花的时候，一没留神被宋尧拉扯了一个趔趄。

宋尧回头一看，见到尚楚脸色煞白，于是吓了一跳，一惊一乍地问："你没事儿吧？是不是拉肚子了？"

"没——嗯，有点儿，"尚楚摆摆手刚想说没事儿，脑子里灵光一闪，嘴边的话转了个弯，有气无力地说，"估计是昨天晚上吃坏肚子了。"

"你怎么不早说！"宋尧皱着眉，"我帮你背包。"

"谢谢。"尚楚从善如流地脱下双肩包，真诚地眨了眨眼，"宋尧同学，你真乐于助人。"

宋尧被这么冷不丁一夸还有点儿害臊，接过尚楚的包说："应该的，应该的。"

他刚拎过包就觉得哪里不对劲，怎么突然轻了这么多？

这不该啊，之前填表的时候他提过尚楚的包，沉得要命，活像塞了两块板砖，怎么这会儿就变得轻飘飘的？

他是个脑子里藏不住事儿的，想到什么不直接问出来心里就难受："包为什么这样轻？"

尚楚脸色有一刹那的不自然，接着反应极快地接话："就像花儿为什么这样红？"

宋尧"扑哧"一声笑了："你幽默大师啊？和我说相声呢？"

尚楚翻了个白眼："你不想想自己问了个什么傻问题。"

宋尧接着又掂了掂尚楚的包，被这么一搅和，忍不住对自己产生了怀疑。

轻了？没轻？这包到底轻没轻？

"快点快点！"报到处的女老师朝他们喊道，"别磨蹭！"

宋尧吓了一跳，也顾不上思考花儿为什么这样红、包儿为什么这样轻了，赶紧小跑过去，把两个背包交上去检查。

尚楚一只手捂着肚子，咬着下唇，脸色非常难看。

"耳朵上那东西摘了，"女老师指挥宋尧，"赶紧赶紧！"

"能不能不摘啊？"宋尧讨价还价，"这耳钉我前几天才打的，现在摘了耳洞不就长住了嘛。"

女老师一点不留情面："你以为你过来选秀呢？赶紧摘了！"

宋尧不情不愿地摘下耳钉，另一位男老师给他做贴身检查，让他把外套脱了。

尚楚微微弓着身体，虚弱地说："老师，我不行了，肚子好疼，拉肚子……"

女老师一愣，上来扶着他的手臂："能坚持吗？"

尚楚抬起头，眼角微红，额头上沁满冷汗，脸上明晃晃地写着"其实我坚持不了但我偏要逞能说我没事"，努力地点了点头。

"这检查还没做完，再坚持会儿啊！"女老师拍拍他的背，很不满意，"你们这群小孩也不知道怎么搞的，个个身体这么差……"

那边，给宋尧做检查的男老师已经在他腰上腿上摸了一圈，摸出来一个掌上游戏机，这会儿正对他训话。尚楚心说不好，硬着头皮狠狠咬了一口自己的舌尖，剧痛袭来，生理性眼泪瞬间就涌上了眼眶。

"老……老师……"他说话声音都在抖，"不……不行了……"

"对啊老师！"宋尧在边上附和,"他刚就去外头公厕拉了！是真拉肚子！"

女老师见尚楚这样也不像装出来的,于是赶紧指了指后头一栋楼:"一层有厕所,快去吧!"

"我扶你!"

宋尧拎着两个包,把尚楚一只手搭上自己的肩,搀着他进了基地。

白艾泽绕了一个大圈,最后又绕回了那个四面透风的破公厕。

他看着面前那扇摇摇欲坠的门,抬手按了按眉心,无奈地叹了一口气。

警务基地毕竟是个涉密场所,手机导航根本不显示位置。

他前头是公厕,后头是一大片麦子地,这天苍苍野茫茫的,想找个问路的都没有。

白艾泽转身,刚想往反方向转转碰碰运气,脚尖踢到了一块石子。

他脚步一顿,眼角余光敏锐地捕捉到石子边上的东西。

——一个空针管,一个玻璃瓶,一个小挂件。

什么东西?

玻璃瓶里还残留着一些浅褐色液体,白艾泽蹲下身,捡起来一看,瓶身上贴了张标签——气喘强效抑制剂。

没有正规药品标号,包装极其简陋,一眼就能看出是黑市上产的。

针管里留着薄薄一层浅褐色液体,塑料针管上印着一行黑字——20121209。

这是生产日期。

这批针管几天前才生产出来,今天就出现在这个公厕里,显然注射药剂的人对购买渠道非常熟悉,才有可能如此及时地购置到新产针管。

从落灰情况来看,这些东西显然被遗弃的时间不久。

白艾泽眉头一皱,迅速联想起刚刚在公厕里撞见的那位光膀子男生。

是他?

白艾泽一边推测,一边捡起挂件,那是一个小熊形状的小玩偶。玩偶已经很旧了,缝线的地方甚至有些破损,露出里面一看就很廉价的棉絮。

"啊……"

身后突然响起一声短促的惊呼,白艾泽起身,看见一个女孩神色惊慌地站在他身后。

他不动声色地把针管和药瓶放进自己裤子口袋里。

"那……那个……"女孩眼神飘忽,支支吾吾地说,"我……我刚刚落了点东西……"

她右手欲盖弥彰地搭着左手臂弯——那里是注射常用的位置。

白艾泽脸上没有显露任何表情，朝女孩摊开左手，掌心里躺着一个小熊玩偶。

"找这个？"

"啊？"女孩先是一愣，然后像受惊的兔子似的，飞快地从他手上拿过玩偶，细声细语地说，"对……对啊，就是这个……"

白艾泽点头，没再和她说话，抬脚往外走。

"哎！"女孩小跑着追上去，"你是不是去首警青训的啊？我也是去那里的，我们一起走吧。"

"你能不能走啊？"宋尧一脸担忧。

然后，他目瞪口呆地见证了尚楚像是生物书上进化的猿人，从弓着腰到一点一点直起身子，脚步稳健有力，哪还能看出半点虚弱的样子。

宋尧大惊："你不是病了吗？"

"好了啊，"尚楚接过自己的背包，耸耸肩说，"刚才还疼，现在突然好了，很奇怪吗？"

"不奇怪吗？"宋尧勾着他的肩膀，"这病为什么这样奇怪？"

尚楚："就像花儿为什么这样红？"

宋尧："幽默大师？说相声？"

两人大眼对小眼，同时笑出了声。

宋尧踮着脚看名单，然后咧嘴一笑："咱俩一间宿舍！203，不错不错。"

尚楚点头："行，领被褥去。"

"哎，不急，"宋尧拉着他不让走，"看看都有谁……"

尚楚对这些不感兴趣，靠在一边的柱子上等他。

宋尧挨个儿报出其他人的名字和考核位次："江雪城，总分排第七，逻辑测试似乎考了第一，刚好和咱们一间宿舍……秦思年？这次她可是吊车尾啊，踩着线进来的，身体素质考核都不合格，这都放进来了……"

"你记得这么清楚？"

尚楚有些诧异，他先前一直觉着宋尧是个缺根筋的二货，没想到宋尧的记忆能力这么强，不仅能把这些人的名次和姓名对上号，连单门测试的分数都记得清清楚楚，这倒让他刮目相看。

"这有什么难的，"宋尧不在意地摇摇手，"我看一遍就全记下来了……"

尚楚挑了挑眉，宋尧比他想象中的强，而且强很多。

"白艾泽？"宋尧思索片刻，困惑地说，"这人是我们一间宿舍的，但他没参加选拔啊！"

"会不会是你记漏了？"尚楚问。

"不可能。"宋尧歪头，闭上眼仔细回想，当初看过的选拔名单立即浮现在他眼前，片刻后他睁开眼，"确实没有。"

"人家是空降来的，"一个留着板寸的男生背着军绿色棉被走过来，脚步停在公告栏前，不屑地勾了勾嘴角，"城西白家听没听过？白家的二公子，读书读累了想来青训营玩玩，这不就是他老子一句话的事儿，用得着参加考核吗？"

这话也没办法去证明，真假莫辨。

尚楚往名单上瞟了一眼——白艾泽。

看着倒是个挺有文化的名字。

板寸男接着嘲讽："不知道是个什么小白脸，仗着家里有点势力就牛得不行，也不看看这是什么地方，想来这里混门路，也真是天真。"

宋尧皱起眉："你说得这么难听干吗？来都来了，现在说这些有用吗？"

"你不生气？"板寸男反问，"能通过青训的名额每年只有那么几个，要是被这家伙占了一个，就有一个人要成为他的牺牲品，懂？"

"没有实力的自然会被淘汰。"尚楚淡淡道，转头对宋尧招了招手，"走了，领东西去。"

第2章 ⚡ 空降

领完统一分发的被褥、衣服、挎包和水壶,尚楚和宋尧顺着门牌号到了203寝室。

上下铺八人间,公共区域只有一张掉了漆的褐色方木桌,地是粗糙的水泥地,没有暖气,条件非常简陋。

宋尧一看到宿舍那扇摇摇欲坠的破木门就"石化"了,一脸惊恐地说:"二十一世纪还有这种鬼地方?"

尚楚刚才上二楼的时候特意留意了走廊拐角的厕所,里头是有隔间的。

"还好这会儿是冬天,"宋尧喋喋不休地抱怨,"要是三伏天,你说睡到半夜床底下会不会'嗖'地蹿出一条蛇啊?我最怕蛇了!这种 S 形的动物都贼恶心!"

"会。"尚楚上下打量他一眼,认真地点头分析道,"S 形的动物喜欢你这种 S 形的人类。"

"S 形?"宋尧想了想,有点不好意思地说,"你在夸我身材好?"

"不,我的意思是,"尚楚面无表情道,"你是傻蛋。"

"噗——"宋尧笑得前仰后合,"你好幽默啊!哈哈哈哈哈哈……"

尚楚不知道"S 形"这个话题怎么就莫名戳到宋尧的笑点了。他两手抱着被褥,平静地越过宋尧,用手肘推开了 203 的门。

宋尧抬手抹了抹笑出来的眼泪:"哎,你怎么不笑?难道不好笑吗?"

他跟在尚楚后头进了门,只见宿舍里已经来了几个人,正趴在各自的床前收拾床单,听到推门声齐齐起身转头朝门边看。

"嗨!你们来得真早,我是宋尧,首都二中的。"宋尧大大咧咧地摆了摆手,非常自来熟地和几人打了招呼,背着一床棉被在房间里转了一圈,在靠门一侧的下铺找到了贴着自己姓名条的床位,他把行李往床上一扔,"我睡这儿。"

其余三人朝他们友善地微笑,看起来都是好相处的。其中一个个子不高、肤色偏黑的男生主动走上前来和他们握手:"你好,于帆。"

尚楚握住他的手，点头说："尚楚，和尚的尚，朝秦暮楚的楚。"

宋尧从他肩膀后面冒出一个脑袋，嘿嘿笑着说："那我也再介绍一遍呗！我是宋尧，宋朝的宋，尧舜禹的尧。"

于帆一愣，摸了摸脑袋，接着说："你们首都人现在时兴这么自我介绍啊？那……我是于是的于，帆船的帆。"

"我知道，"宋尧跪坐在自己床上，下巴卡在尚楚的肩膀上，"总排名第十三，耐力测试第二名，牛！"

于帆没想到自己能被记住，有些受宠若惊："没有没有，我在家干农活儿干多了，脑子不灵光，就体力还行。"

"没事儿哥们儿！"宋尧伸出一只手，越过尚楚拍了拍于帆的肩，"知道这位是谁吗？全国选拔第一名！以后有什么不懂的问他就成！"

尚楚偏头瞥了宋尧一眼。

宋尧心虚地凑近他耳边低声说："哥，就让我狐假虎威一回呗，求你了……"

这个距离有些过分近了，尚楚抬脚迈出两步，寻找自己的铺位。

宋尧一下失去了支撑，面朝水泥地直愣愣摔了下去，好在于帆眼疾手快扶了他一把。宋尧摸了摸鼻尖，讪讪地解释："第一名都这样，脾气有点儿大，懂吧？"

于帆看了看尚楚，朴实的小眼睛里闪烁着崇敬的光，点头道："懂的懂的，第一名嘛，懂的懂的。"

剩下两位室友也分别做了自我介绍，都是十几岁的大男孩儿，也没什么寒暄客套的尴尬场面，嘻嘻哈哈两句就闹开了。

尚楚刚才转了一圈，有两个人还没有出现。

一个是江雪城，选拔位次第七名，是于帆的下铺；另一个则是传说中的那位空降青训营的白家二公子——白艾泽，就在尚楚下铺。

尚楚的床位靠着窗。他对这个位置挺满意，刚才进门时他就观察过了，站在门口时，视野盲区就是靠窗上铺这个位置。更好的是，床头抵着窗帘，藏东西非常方便。

他脱鞋爬上了床，趁着大家都在埋头铺床单，迅速把裤管、腰上藏着的针管和药瓶倒出来，用棉被盖着。

他表情很淡定，手伸进被窝里，摸到了一支用过的针管和一个空药瓶——他先前在公厕里补了一针，本想把空瓶和空管丢了，但又怕有什么意外，决定一会儿掰碎了弄去厕所冲进下水道。

"哎！"宋尧突然从下面冒出来一个脑袋，"一会儿我和我上铺商量商量换个位置，这样咱俩不就头对着头睡觉了吗？"

尚楚对这个"头对头"的提议没有丝毫兴趣，但他被宋尧吓了一跳，手中的空瓶"砰"一声撞上了其他药瓶。

"什么声音？"宋尧挑着眉，贼兮兮地窃笑，"喂喂喂，你是不是偷藏了什么好东西带进来啊？拿出来分享分享呗！"

"没什么。"尚楚耸耸肩。

"肯定有！"宋尧脚踩着下铺白艾泽的床板，上半身伏在尚楚床上，作势要掀开尚楚的棉被，"你是不是藏手机了？行啊第一名……"

"真没有！"尚楚死死护住棉被。

宋尧越闹越来劲，尚楚一手压着被角，一手突然在被窝里摸到了一个质地冰凉的金属物体。

"好好好，我拿出来！"他无奈地说。

"嗯哼！"

尚楚伸出手，摊开掌心，上头赫然躺着一串钥匙。他晃了晃这串钥匙，发出叮叮当当的清脆碰撞声。

"喊，"宋尧吹了吹刘海，"没劲儿。"

尚楚松了一口气，刚要收回钥匙，眼角瞥见钥匙圈上挂着的红色线圈时，动作突然一滞。

"怎么了？"

尚楚盯着那个红色线圈愣怔片刻："我这上头挂着的熊呢……"

"啊？"宋尧接过钥匙一看，"掉了？"

"估计是，"尚楚抿了抿嘴唇，"我妈给我的。"

"叫阿姨再买一个不得了，"宋尧没当回事，"这还不简单。"

尚楚没说话，接过钥匙放在枕边："一会儿我去找找。"

宋尧从他的神情中看出了一些不对劲，说："那我陪你。"

"这位同学，不好意思，你踩到我的床了。"

身后突然传来一道声音。

宋尧急急忙忙地跳下地："对不住对不住，我帮你擦擦。"

尚楚此时脑子里的活动不亚于一场十级地震，他极其缓慢僵硬地抬起头，使出浑身力气眨了三次眼，终于确认此刻下面站着的，正是今天已经遇见两次的那位。

那位在巷子里被按在墙上打劫、在公厕里撞见他光着膀子出粮的、空降首都警校青训营的、城西白家的二公子——白艾泽。

白艾泽也抬头看见了尚楚,眼神里有一闪而过的惊讶,随即神色如常地点头道:"你好。"

宋尧以为是对他说的,回话道:"你好,我是宋尧,虽然我已经说累了,但还是再说一遍,宋朝的宋,尧舜禹的尧。"

尚楚安静地看着白艾泽。

和"白艾泽"这个名字挂在一起的是一连串头衔,这些头衔没有一个是尚楚喜欢的,尤其是"空降"。尚楚不仅不喜欢,而且非常讨厌。

他随意地对白艾泽点了点头,神情中不无傲慢。

白艾泽却丝毫没有被冒犯的意思,把自己的行李放到床头。他身材高挑,本来就不大的空间被他衬出了几分逼仄。

于帆在内的其余三人显然也对这个"空降兵"没有好感,没有一个人上来和白艾泽打招呼,反而都拿挑衅、不屑的眼光打量他。

少年间的战役不动声色地正式打响,空气里荷尔蒙浓度陡然攀升,颇有些暗潮涌动的味道。

白艾泽却仿佛不受任何影响,从包里取出一沓不知道印了什么的A4纸放在床边。

尚楚觉得有些闷,一把推开床头的窗户,风"哗"地涌进来,把白艾泽刚取出的A4纸吹散,白纸飞得满地都是。

尚楚捂着额头,欲哭无泪。

哗!

白纸雪花般散了一地,窗外寒风凛冽,尚楚想要重新关上窗,但生了锈的插销半天都插不进锁孔。

场面一度非常混乱,更要命的是,于帆几人不仅不帮忙捡纸,反而还对尚楚悄悄竖了个大拇指。

尚楚百口莫辩,天地良心,他真不是故意的啊!

他想下床帮着收拾,刚探出头,瞳孔突然一缩——从他这个居高临下的角度,非常清楚地看见白艾泽手指动了动,手背上青色筋络突起,清晰可见。

——看来这家伙也不是什么时候都那么尿,还是有点儿脾气的嘛。

但眨眼的工夫,白艾泽又恢复了他良好的教养,一言不发地一张张捡起地上的白纸。

有张纸被风吹到了于帆脚边，白艾泽刚弯下腰，纸面一角就被一双黑色帆布鞋踩住了。

他身形一顿，维持着那个微微弓身的姿势，抬起头说："劳驾，挪一挪。"

于帆踩着纸，置若罔闻。

"那个……"宋尧是个尴尬症重度患者，最见不得这种场面，主动过去帮忙捡起那张纸，"我帮你。"

"谢谢。"白艾泽直起身。

"你这印的是什么……"宋尧对着一张纸看了看，兴奋地喊，"我去！刑侦学教材啊！你哪儿搞来的？"

"嗯，个人兴趣。"白艾泽没有多说。

"白二公子要弄本教材还不容易吗？"宿舍里一个叫张觉晓的突然开口，双手环着胸，阴阳怪气地嘲讽道，"毕竟连青训营都能说进就进。"

"那什么，"宋尧赶紧缓和气氛，"有空借我看看呗，我也挺感兴趣的！"

白艾泽捡起地上散落的最后一张纸，站起身说："当然可以。"

他甚至没有看张觉晓一眼，仿佛这些人在他眼中只是空气。

这种完全漠视的态度彻底激怒了张觉晓，他双手紧紧攥成拳。

尚楚眉头一皱，刚想说些什么，有个人敲了敲门，紧接着一道清亮的女声响起："不……不好意思，我找个人……"

来人是个有些瘦弱的女生，相貌清秀，眼睛又圆又大。

她踮脚张望了一眼，看见白艾泽，脸上露出欣然笑意。

来人是秦思年，青训营选拔位次最后一名。

"你怎么走这么快啊？"秦思年似乎和白艾泽认识，挪着小步走到他身边，仰头说，"我就被老师叫去帮忙点了点材料，出来你就不见了，我以为你会等我呢！"

白艾泽自顾自地整理被套："不会。"

他的语气无波无澜，没有掺杂任何感情成分，只是陈述一个事实。尚楚完全能理解他的意思——老师叫的是你不是我，我为什么要等你？

但白艾泽现在身份特殊，几乎是全青训营的公敌，他这话听在别人耳朵里难免要被恶意揣测。

于帆几人对视一眼，心说这空降的就是不一样，尾巴都翘上天了。

秦思年似乎有些尴尬，抿了抿嘴唇，很快又笑呵呵地说："也对哦，没什么好等的，哈哈哈哈哈！"

"哟，都来了？"另一个低沉的男声响起。

尚楚往门边一看，正是刚才他和宋尧在公告栏边遇见的板寸男。

他就是江雪城，选拔位次第七，逻辑能力测试第一名。

他面相刚硬，说话也是句句带刺："怎么回事？白二公子来了，也没人帮着整理床铺啊？"

白艾泽额角一跳，眼神里流露出一丝不耐烦和狠戾。他闭了闭眼，深吸了一口气，转身说："你好，我叫白艾泽。"

"知道啊，"江雪城邪气地挑眉，一脚踩上白艾泽刚铺好的被单，"城西白家，有不知道的吗？"

白艾泽看了看江雪城那只脚，突然勾唇一笑。

空气干燥得仿佛一点即燃。

于帆三人站在一边等着看这空降小白脸被揍。秦思年一脸惊慌，却不敢有什么动作。

宋尧硬着头皮插话："那个……两位同学……"

"宋同学，"白艾泽礼貌地对他说，"请你暂时让一让。"

尚楚不想掺和这些破事，他们要打架要斗殴都随便。

剑拔弩张的两人面对面站着，江雪城一脚踩着白艾泽的床，一手搭在膝头上，吊儿郎当地吹了声口哨："先自我介绍，江雪城，全国选拔第七名，堂堂正正考进来的，不知道白二公子是第几名？"

白艾泽神情淡然，微笑着说："我很少和第七名说话。"

江雪城没想到他这种时候还能这么目中无人，低低骂了一声。

白艾泽嘴角是扬着的，眼神却冷如坚冰。

"那第一名呢？有资格和白二公子说话吗？"

尚楚撑着床杆跳下地，稳稳地落在白艾泽面前，朝他伸出一只手，歪头笑着说："你好，我是全国选拔第一名，尚楚。"

白艾泽定定地看了尚楚片刻，接着有力地握住了他的手："你好，我是即将成为第一名的——"

说到这里，白艾泽话音一顿，环视一圈屋中站着的其余人，一字一顿地说："白——艾——泽。"

尚楚挑了挑眉毛，收回了手，定定地看着白艾泽。

本以为他是个任人揉圆捏扁的软蛋，没想到面对接二连三的挑衅，他倒是有几分脾气。

不过白艾泽说到底还是空降进来的，青训营四十来个人，哪个不是过关斩将一路闯进来的，论能力、论心气都是顶尖的，江雪城这帮人对他有敌意也是正常的。尚楚虽然也看不上白艾泽，但还不至于要和白艾泽站在对立面，因为他不在乎。

他无所谓这个空降兵最后会抢走谁的名额，总之不会是他的——他尚楚，必须也必然是第一名。

白艾泽也收回手，抽了一张纸巾，仔仔细细、动作优雅地擦拭每一根手指，仿佛刚才握的不是尚楚的手，而是什么脏东西。

张觉晓当即脸色一变，嘴里骂了一声什么，忍无可忍地跨步上前，双手紧握成拳。

"哎，"尚楚抬手拦住他，似笑非笑地说，"同学间要和睦友爱。"

第一名都出来镇场子了，其他人自然没再说什么，只在一边等着看好戏。

于帆心说尚楚保准要把这个空降的胖揍一顿，好歹要给点儿下马威，让他拎拎清楚，把态度放好点儿。没想到尚楚饶有兴致地打量了白艾泽几眼，反而扭头对江雪城说："同学，把你的脚收收，味道怪大的。"

宋尧都已经撸起袖子做好拉架的准备了，闻言一脸震惊。

江雪城阴着脸："你……"

"啧！"尚楚捂着鼻子，"你说你几天没洗脚了？虽然这会儿大冬天的，但三五天洗个澡还是有必要的。"

江雪城语塞，但尚楚被臭味熏着的表情过度逼真，他冷哼一声后收回脚，心里不禁开始嘀咕难道自己脚上真有味儿？不该呀，上星期才冲的澡啊！

尚楚一只手捏着鼻子，眉头紧皱，但宋尧清清楚楚地看见他眼睛里藏着的调笑，于是"扑哧"一声笑了出来。

白艾泽显然也没料到尚楚会为他解围，偏头淡淡扫了尚楚一眼。

尚楚对白艾泽吊儿郎当地笑笑，用口型说："不用谢。"

白艾泽面无表情，甩手把纸巾扔进了垃圾桶。

尚楚耸耸肩，转身问宋尧："哎，你带没带酒精？"

"没。"

"那84消毒液呢？"尚楚问。

宋尧莫名其妙："我带那东西干吗？"

尚楚接着问："洗手液也没有？"

宋尧笑了："不是，你到底要干吗？"

"没干吗，"尚楚瞥了眼垃圾桶里被白艾泽扔进去的那张擦手纸，有意拔高音量,"我洗手啊!"

书桌前,白艾泽整理背包的背影一僵。尚楚吹了声口哨,双手插着兜,一步三晃地出门往厕所去了。

"幼稚。"白艾泽头也没抬一下。

宿舍门外,秦思年惴惴不安地站着,见到尚楚开门出来吓了一跳,和受惊的兔子似的蹦了蹦。

"你找那个姓白的啊?"尚楚抬了抬下巴,"没打起来,里头很安全。"

秦思年茫然地点点头,小声嘀咕了一声"打什么打",便挪着小步回了自己的房间。

尚楚看她这傻不棱登的样子差点儿没笑出声,就这小身板、小声音、小胆量,是怎么踩线进青训营的?

"哎哎哎,"宋尧从宿舍里跑出来,一只手勾着他的肩膀,凑过来问,"你刚才干吗要帮那个白艾泽?"

"那你干吗帮他?"尚楚反问。

宋尧摸了摸鼻尖:"以后要一起住好多天,我不是怕尴尬嘛,你呢?"

"我?"

尚楚叹了一口气,语气深沉地说:"我是要帮扶弱小。"

"真的假的?"宋尧不信,"你这么有正义感?"

尚楚正色道:"真的,锄强扶弱是我的职责,世界和平是我的心愿。"

宋尧:"……你说屁话的样子真像鲁晓夫。"

二十来分钟后,楼管挨个宿舍走了一遍,发还大家的手机,给每人十五分钟时间和家人报个平安。

"喂!喂喂!老爹!"宋尧开着微信视频,举着手机大声嚷嚷,"鲁晓夫在哪儿呢?我和它再个见!"

尚楚拿着手机,一时间不知道能打给谁。

他翻开通话记录,从上到下扫了一遍——他有个习惯,从来不保存联系人,不管谁在他的手机里都是一串11位的数字。

学校里几个哥们儿都知道他去青训了,得失联几个月,这会儿也没什么好知会的。

他坐在椅子上愣了会儿,脑子里蹦出那个"158"打头的号码。

他低头看了看满是划痕的手机屏幕,无声地叹了口气,点开了支付软件转账界面。

　　白艾泽站在窗边，给家里打了一个简短的电话。挂断后，他转过身，发现自己进出不得，路被堵死了。

　　宿舍本来就小，尚楚坐在书桌和床铺间，木椅把狭窄的过道占了个满满当当，关键是这位第一名压根儿没发现他就站在旁边，正低头认真地在手机键盘上敲字。

　　白艾泽刚弯下腰想拿自己的背包，不料尚楚猛地抬起头，头顶准确无误地撞上了白艾泽的下巴。

　　两人皆是一愣，尚楚手一抖，拇指滑过了发送键。

　　"你干吗？"尚楚警惕地站起身，眉头紧皱。

　　白艾泽若无其事地直起身，冷静地说："借个道。"

　　尚楚抬脚，把木椅踢到一边，抬了抬下巴，示意白艾泽过去。

　　这个时候，白艾泽手机突然"叮"的一声响，他点开一看，收到了一条来自陌生人的转账信息。

　　有人给他转了两百块人民币，外加一条言简意赅的留言——"青训，别找我。"

　　白艾泽有些无语。

　　尚楚无意中往他亮着的手机页面一瞥，接着不可置信地举起手机，心里骂了一声。

　　"158××××1020，"尚楚背出一串数字，吃惊地瞪着白艾泽，"是你手机号？"

　　"1021。"白艾泽说，"你怎么知道我的号码？"

　　尚楚一拍额头："刚打错一个数字，发错人了。"

　　两个号码就差最后一位数，怎么就这么巧？

　　这个人怎么偏偏就是白艾泽？

　　"哎哎哎！"门口突然传来气贯长虹的一声吼，楼管抱着个透明塑料箱，"收手机了！都挂了挂了！"

　　白艾泽刚抬脚，尚楚伸出一条手臂拦住他："哎，钱还我。"

　　"干什么呢！"楼管看他俩在角落磨磨蹭蹭的，指着他们说，"快点交手机了！一会儿去开开营大会！"

　　"快还钱！"尚楚恶狠狠地低声说，"欠钱的是弟弟！"

　　"我同意。"白艾泽勾唇笑了笑。

　　"还不交是吧！"楼管气势汹汹地冲上来，一把夺过白艾泽的手机扔进塑料箱里,尚楚手机一振——一条转账信息。

【158×××1021 向您转账 200.1 元。】

尚楚还没来得及说话,手机就被楼管收走了。

"哎……"

尚楚刚想追,眼前突然横出一只手臂,白艾泽眉梢一挑:"什么时候还钱,弟弟?"

"嘁,"尚楚哂笑,"幼稚。"

第3章 ⚡ 罚跑

　　203宿舍人到齐了，收拾好行李大家都有点儿疲累，半小时后还得去开会，于是趁着这点时间各自在床上休息。

　　没过几分钟，宿舍里鼾声此起彼伏，以宋尧为首，高高低低和交响乐演奏似的。

　　尚楚跷着脚仰面躺着，心情非常不爽。

　　莫名其妙就担了一毛钱的债务，债务人还是那个空降青训营的草包，尚楚越想越烦，在床上重重翻了个身，床板发出"啪"的一声响。

　　正在下铺看书的白艾泽手一抖，抬起眼皮向上轻飘飘瞥了一眼，挑了挑眉，什么话也没说。

　　同一层楼的女寝，秦思年把从家里带来的枕巾小心地铺在枕头上。她有点认床，于是带了一条常用的枕巾，草绿色的，上面绣着漂亮精致的猫咪图案，还有清新的薰衣草洗衣皂香气。

　　做完这些，她盘腿在床上呆呆坐着，手里攥着一个破破烂烂的小熊玩偶，忍不住想到白艾泽，于是悄悄下了床，小跑到203门边，顺着虚掩的门缝往里瞄。

　　白艾泽背靠着墙，双腿交叠，看书的样子很专注。从秦思年这个角度看，窗外的日光在他眉眼间投下一片深邃的阴影，有一种逼人的英俊。

　　他翻动一张书页，秦思年想起上午他朝自己伸出手，掌心躺着一个小熊玩偶，指甲修剪得干干净净，指尖干燥。

　　秦思年有点惴惴不安，白艾泽会不会已经发现了她的秘密？上午她在那个公厕打完药，随手把针管和药瓶扔在一边，走出去没多远又觉得不安。公厕离基地那么近，万一被人捡走调查了怎么办？她急忙返回公厕，没有捡到自己落下的空药瓶，却在那里看到了白艾泽。

　　其实这个破烂玩偶熊不是她的，不知道是谁扔了的垃圾，但当时情况紧急，她慌乱之下接下了这个熊玩偶。

　　她扒着门，愣愣地看着白艾泽。

白艾泽可能有点累，抬手捏了捏眉心。秦思年也学着他的样子，按了按眉心的位置。

白艾泽合上书，坐直上半身，秦思年忽然有些紧张——会被白艾泽看见吗？

上下铺间空间太狭小，白艾泽头顶"砰"地撞到了上铺的床板。

"哎，"尚楚突然从上铺冒出一个头，皱眉对白艾泽说，"楼下的，你能不能安静点儿，吵着我了。"

"哦？"白艾泽笑笑，"楼上的这位尚同学，你刚才翻身时一共踢了七下床，吵着我了。"

尚楚冷哼一声，大度地摆摆手："行吧，那这次就算扯平了。"

白艾泽半眯着眼，似笑非笑地回答："数学公式上七减一等于六，我还可以吵你六次，才算扯平。"

"数学天才，牛！"尚楚一只手臂伸到下铺，对着白艾泽伸出了小指。几秒后，他短促地"啊"了一声，慢悠悠地收起小指，重新伸出大拇指，满脸都是不真诚的歉意，"哎呀！不好意思出错手指了！"

"没关系，"白艾泽好脾气地表示谅解，"我看到过一些大小脑发育不协调的朋友，也常把小指当拇指。"

尚楚皮笑肉不笑地勾起嘴角："是吗？白二公子真是见多识广。"

白艾泽颔首："世界这么大，什么奇奇怪怪的人都有可能遇到的。"

"不知道白二公子都是在哪里看到这些朋友的？"尚楚问。

"一部纪录片拍摄过。"白艾泽对答如流。

"哦？什么纪录片？"尚楚做出一副很感兴趣的样子，晃了晃脚丫子，"我也想看看。"

白艾泽单手撑着额头，食指在额角上敲了敲，回想道："名字叫'走进低智群体，感受弱智生活'。"

"我——"尚楚一句经典国骂挂在嘴边呼之欲出，硬生生地又憋了回去，咬牙切齿地夸赞，"真是奥妙无穷啊，好片子，实在是好片子。"

白艾泽点头赞同，抬头看着尚楚倒悬着的脑袋，认真地说："非常具有现实意义，高度映射生活实际。"

尚楚边磨牙边阴森森地笑了笑，意味深长地说："礼尚往来，我也给白二公子推荐一部纪录片。"

"什么？"

"叫'言语上的巨人，行动上的矮脚虾'，"尚楚眨眨眼，"非常具有现实意义，高度反映生活实际。"

"嗯,我看过。"白艾泽笑笑,"讲的是主人公放下大话说自己从不欠债,结果却身负巨债的故事。"

白艾泽哪壶不开偏偏就要提哪壶,尚楚恼羞成怒,扒着床沿低声说:"那是你故意整我!"

白艾泽摊摊手,表示自己很无辜。

尚楚冷冷地哼了一声,缩回脑袋躺回自己上铺去,脚后跟在床板上砸了一下。

"第八次。"

下铺传来白艾泽毫无起伏的声音。

尚楚紧接着又连蹬两下:"凑个整十。"

白艾泽轻哼一声,没说什么话,闭上眼假寐去了。

秦思年舔了舔嘴唇,白艾泽只顾着和第一名吵架,根本就没有看见她。

她心里有些发闷,慢慢挪回自己的宿舍里,掂了掂手里的小熊玩偶,又破又旧,内里的棉花都外翻了,她有些嫌弃地撇了撇嘴。

秦思年上了床,随手要把玩偶放到枕头底下,又觉得这个脏东西和自己漂亮精致的枕巾实在格格不入。她皱眉看了看这个玩偶,把它塞进床板和墙壁间的缝隙里。

二十分钟后,广播响起,通知大家十分钟内穿好训练服,到大操场集合开会。

宋尧不情不愿地从床上爬起来,打着哈欠问尚楚:"好困啊,你睡饱没?"

"没,"尚楚坐在床上,撸了把头发,没好气地说,"我气饱了。"

宋尧自诩203的和平使者,要建立起空降兵和选拔生之间友好沟通的桥梁,于是转头问白艾泽:"白同学呢?睡得好吗?"

白艾泽坐在床边系鞋带,回答说:"睡前看了个纪录片,还不错。"

"什么?"宋尧大惊,凑过去低声问,"你哪儿来的纪录片?是不是藏手机了?"

尚楚:"……你屁话怎么这么多!别打扰人家白同学系鞋带!滚滚滚滚滚!"

宋尧挠头:"什么毛病?"

江雪城和于帆去上厕所,走前给了白艾泽一个十分不友善的眼神。白艾泽没理会他们,宋尧却很敏感,赶紧另起了个话头:"我刚被鬼压床了,怎么也醒不过来,吓死我了!"

尚楚刚在白艾泽那儿吃了瘪，正好能在宋尧这儿找补回来，于是边穿上衣边煞有介事地吓唬他："那是因为你身上阴气太重，这种基地都不干净，以前都是乱葬岗，你这种体质招阴的，啧啧啧……"

宋尧浑身一激灵，彻底吓醒了，哆嗦着问："那怎……怎么办啊？"

尚楚摇摇头："珍惜每一天吧。"

宋尧苦着脸："不该啊！要说我们屋子里，你才是长得最阴柔的啊，和个小姑娘似的，鬼要找也是找你啊！"

尚楚瞬间就和乍了毛的兔子似的，瞪眼嚷道："你说谁像小姑娘呢！"

"你呗！"宋尧嬉皮笑脸地开玩笑，"你照镜子看看你那脸！"

"嘶——"尚楚倒吸一口气，粗着嗓子说，"我这满满的雄性气息，你说我像小姑娘？"

"老白你说，"宋尧对白艾泽的称呼转眼就从"白同学"变成"老白"了，"像不像？"

尚楚单手撑着栏杆，灵活地从上铺跳下地，抽出皮带，往腰上一拉一扣。

"啪嗒"一声，金属扣子落下。

他的腰很细、皮肤很白，整个人套在暗绿色军训服里，像是一把挺立的青葱，纤长得仿佛一只手就能握起来。但他站在那儿又有种和身形格格不入却又奇妙融合的坚韧感，垂颈、屈肘、抬腿的每个弧度都利落且漂亮。

宋尧吹了声口哨，打趣道："老白，咱们寝室混进来一个小姑娘喽！"

白艾泽的眼神在尚楚的身上停留了半秒，突然冒出一个恶趣味的念头，觉得让尚楚窘迫是件挺好玩的事儿，于是接着宋尧的话，挑眉道："是像。"

"大爷的！"

尚楚恶狠狠地骂了一句，把宋尧按在床上一顿胖揍。

宋尧说要去厕所蹲个坑，还非得要尚楚等他，不然就跳坑自杀。

"太好了。"

尚楚无动于衷，甚至鼓起了掌，抬脚就要下楼。

"我跳完坑就躺你床上打滚！"宋尧威胁。

尚楚额角一跳，一脚把他踹进了厕所："三分钟内滚出来！"

"等我哈！"宋尧边脱裤子边嚷嚷。

尚楚半倚在楼梯扶手上，重心放在左脚，右脚脚尖虚点着地。

白艾泽走出宿舍，穿过走廊，看到的就是这番场景。

楼梯拐角，少年靠着老旧的金属栏杆，两条腿笔直修长，踝骨形状分明，带着这个年纪独有的力量感,纤细却不羸弱。

白艾泽忍不住想起刚才尚楚从上铺伸出一个脑袋的样子,他的眼睛尤其漂亮,眼睫毛浓密,眼形比一般人更长一些,眼尾微微上挑,看人的时候总带着几分狡黠和戏谑,眼睛里像盛满了水似的,清凌凌的。

白艾泽心想,宋尧说得没错,长成尚楚这样的,确实像个姑娘。

"看什么看?"

尚楚发现了姓白的空降兵走过来,好像还在不怀好意地打量自己,他眯了眯眼,痞里痞气地喊了一句。

白艾泽眉梢一挑,在心里补了一句:"当且仅当不说话的时候才像。"

拐角路窄,白艾泽和尚楚擦身而过时,往他身后瞟了一眼。

尚楚敏锐地察觉到了这个眼神,白艾泽看的是他的屁股!

他一跃坐上楼梯扶手,抬起一只脚蹬着对面的墙,拦下了白艾泽。

白艾泽稳稳停下脚步,双手插兜,偏头问他:"尚同学,有事?"

尚楚一只手搭着膝盖,另一只手撑在身侧,样子和拦路劫道的小流氓差不离。

他吊儿郎当地吹了声口哨,恶声恶气地问:"白二公子,你刚看哪儿呢?"

白艾泽丝毫没有窥视被发现的慌张,语调平稳地回答:"看脏东西。"

这空降的草包还敢拐弯抹角地骂他!

尚楚冷哼一声,微眯着眼讥讽道:"白二公子是在说我脏?"

"哦?"白艾泽游刃有余地反问,"难道尚同学觉得刚才我一直在看你?"

"你……"尚楚用力闭了闭眼,压下呼之欲出的脏话,似笑非笑地勾起嘴角,"不敢不敢,我怎么敢奢求白二公子看我这种平头老百姓呢?不知道白二公子看到了什么脏东西,让我也跟着看一看。"

似乎是觉得尚楚明明气得要爆炸,却还要做出笑眯眯的表情有点好玩,白艾泽眼底迅速掠过一丝笑意,他从裤兜里伸出一只手,指尖往尚楚的方向伸去。

"你干吗?"尚楚警惕地抬手挡下白艾泽的手。

白艾泽气定神闲地用食指在楼梯扶手上轻轻一揩,指尖瞬间多了一片深红的铁锈。

"这个,"他晃了晃手指,"脏东西。"

尚楚一愣,随即紧紧皱起了眉,这楼梯怎么这么脏!

"尚同学,我现在可以下楼了吗?"白艾泽从口袋里拿出一包纸巾,抽出一张擦了擦手指,彬彬有礼地问。

尚楚皱了皱鼻头，觉得有些尴尬，以为白艾泽在偷瞄自己就算了，还痞子似的拦下人家不让走。

他收回脚，末了还夸张地拍了拍鞋面，满脸真诚地解释道："上头沾了灰尘，我刚想擦擦鞋你就来了，误会误会。"

话一说完，他身形一顿，终于反应过来什么，抬手一看，整个掌心都被褪色的红漆和铁锈弄脏。他低骂了一声，跳下地，扯着裤子扭头往后看——军绿色迷彩裤后面全脏了！屁股坐着的地方一片红，仿佛有股浓烈的铁锈腥味儿。

白艾泽不紧不慢地迈着长腿下了楼。到了下一个楼道拐角，他突然转身，仰头问上面暴跳如雷的第一名："尚同学，生理期不宜外运动，需要我帮你请假吗？"

尚楚上身前倾，透过楼梯间的缝隙看到白艾泽谑意满满的双眼，咬牙切齿地说："白艾泽……"

"开个玩笑，"白艾泽勾起嘴角，"误会误会。"

尚楚抬脚往该死的楼梯扶手上用力踢了一脚，金属护栏发出"砰"的一声响，震动感顺延传到了楼下。

紧接着，白艾泽听到上头传来尚楚倒吸一口冷气的嘶声，似乎是因为鞋底太薄，这一踹把脚趾踹疼了。

他忍不住想笑，又觉得自己这样挺傻的，于是用拳虚掩着唇，低咳了两声，抬脚下了一楼。

外面风大又干燥，秦思年涂了面霜，又仔细地擦了护手霜，匆匆忙忙穿好鞋子，小跑出走廊时没看见白艾泽，只看到站在楼梯拐角沉着脸的第一名。

她看了看厕所，又看了看空荡荡的楼道，嗫嚅着问尚楚："尚……尚同学，你看见白艾泽同学了吗？"

"走了。"尚楚一抬下巴。

"哦哦，好的。"

秦思年看他心情似乎不好，也不敢多问，迈开步子跑下了楼梯。

她在去操场的路上追上了白艾泽，气喘吁吁地跟在后面，想上去和他说话又不敢。

等气息稍微平稳了些，她抿了抿嘴唇，踩着地上白艾泽修长的影子，随便找了个话头搭话："白同学，那个……谢谢你捡到了我的熊。"

"不客气。"白艾泽双手插着口袋，言简意赅地回答。

"好巧啊，咱们竟然都是来训练的。"秦思年再接再厉，语气雀跃，"我特别开心,你是我在这里第一个认识的人,我应该也是你第一个认识的人吧!"

白艾泽脚步忽然一顿,接着说:"不算。"

"啊……"秦思年有点失落,继续没话找话,"哦对了,我刚刚看到尚同学了,他好像有点生气,也不知道为什么……"

"他就是脾气大。"白艾泽说。

秦思年察觉到白艾泽的语气似乎不像刚才那样冷淡了,于是壮着胆子侧头去看他,诧异地发现他脸上竟然带着一丝不明显的笑意。

她舔了舔嘴唇,轻声问:"你和尚同学关系很好?"

白艾泽没有说话,只是挑了挑眉。

宋尧从厕所出来,看见尚楚一屁股猩红,恨不能把眼睛瞪成铜铃,夸张地惊呼:"你来'大姨妈'了?"

尚楚阴森森地盯着他:"好笑?"

宋尧嘴角控制不住地抽动,摇头说:"不好笑。"

"很好。"尚楚说。

宋尧看看他红通通的裤子,又看看雪白的天花板,终于憋不住了,"扑哧"一声笑了出来。

尚楚在心里把宋尧归为罪魁祸首,要不是宋尧非要上厕所,他就不用在外头等,也不会被扶手弄脏裤子,更不会在白艾泽那草包面前丢人。

他黑着脸下了楼,宋尧笑得前仰后合,追在他后面说:"你怎么弄的啊?哈哈哈哈哈哈,要不要给你买个卫生巾?哈哈哈哈哈哈。"

尚楚忍无可忍,转头一手肘敲在宋尧肚子上。

宋尧笑得眼冒泪花,勾着尚楚肩膀,问他:"咱们每个人就发了一条裤子,你搞成这样也没个换洗的,打算怎么办?"

尚楚面无表情地瞅了他一眼。

宋尧打了个响指:"我有办法。"

"什么?"尚楚半信半疑。

"建议你垫个尿片吧,真的。"宋尧非常认真,表情真挚,"我有经验,鲁晓夫小时候乱撒尿,都是我手把手给它换的尿不湿——噗哈哈哈哈哈哈……"

尚楚:"我也有一个建议。"

宋尧边擦眼泪边问:"什么建议?"

"建议你下次上厕所,"尚楚双手揣着裤兜,硬邦邦地说,"跳坑自杀。"

宋尧笑得前仰后合。

小操场就在宿舍楼后面,一个标准的四百米塑胶跑道,东边是个三米来高的主席台。台子上挂了条横幅,红底金字——热烈欢迎各位同学进入首都警校青训营。

尚楚和宋尧来得最晚,其余人已三三两两地聚在操场上。尚楚扫了一眼,除了秦思年,还有另外两个女生并肩坐在石凳上,一个扎着利落的高马尾,另一个留着齐耳短发,在一群男孩里格外显眼。

她们一个叫苏青茗,一个叫戚昭。不同于秦思年一眼就能看出的柔弱,这两个女生显得非常干练。

尚楚多看了她们一眼,扎着高马尾的女孩恰好转头往这边看,对上尚楚的视线,两指并拢靠在额边轻轻一点,利落又帅气地打了个招呼。

尚楚也对她笑了笑。

江雪城和于帆、张觉晓三个人围作一圈,于帆先看见了尚楚和宋尧,热络地朝他们挥了挥手。江雪城倒是没什么表情,淡淡瞥了尚楚一眼就挪开了视线。

"哎,"宋尧撞了撞尚楚的肩膀,低声说,"那个江雪城,他不服你。"

"看出来了,"尚楚有些无所谓,"马上就服了。"

"好歹人家也是第七名,"宋尧偷笑,"你就不能重视他点儿!"

"第七?"尚楚轻轻一笑,"还不够我重视。"

"那第三名呢?"宋尧勾着尚楚脖子,笑嘻嘻地问,"够不够你重视的?"

"够了,"尚楚掰开他的手,"你快把我压垮了,重死了。"

宋尧骂了一声。

没过几分钟,三个教官开着警用摩托到了操场,大冬天的只穿了件短袖,个个胳膊肌肉遒劲,手臂有尚楚大腿那么粗。

说是开营大会,其实就是给这四十来个小毛孩挫一挫傲气,磨一磨脾气,顺便立个威。

其中一个面相最凶的就是他们的主教官,叫侯剑。

侯剑出场的第一件事就是先把他们挨个训了一通,他说戚昭扎个马尾辫是不是想格斗的时候用头发把对面的人扫死,说秦思年身上那么香是不是来参加明星选秀的,说江雪城这个板寸理得坑坑洼洼还不如剃光算了,说宋尧一个大老爷们还扎耳洞怎么不干脆把翡翠耳环戴来算了……

宋尧敬了个军礼:"报告教官!我戴耳钉了,被没收了!"

侯剑哼笑:"要不要打个报告,把你的耳钉还你?"

宋尧嬉皮笑脸："可以吗？"

侯剑刚毅黝黑的脸贴近宋尧，几乎要和他鼻尖相抵，接着突然一声大吼："出列！俯卧撑八十个！"

"八十？"宋尧企图讨价还价，"少点儿行不行？"

"一百个！"侯剑双手背在身后，面容冷肃，"不想做现在就可以回家睡大觉！在这里，你们要学的第一件事，就是绝对服从！"

"行，"宋尧哼了一声，"一百个是吧？我做！"

宋尧在一边做俯卧撑，侯剑随手点了一个人帮他记着数，接着站到了尚楚面前。

尚楚站得很直，两手垂在身侧，中指紧贴裤缝，是非常标准的军姿。

侯剑看到他身后的一片红，皱眉问："屁股怎么回事？"

"不小心弄脏了。"尚楚一板一眼地回答。

"叫什么？"侯剑问。

"尚楚。"

侯剑点点头："第一名？"

尚楚颔首，声音里有不易察觉的锐气："是。"

侯剑又问："你觉得第一名了不起吗？"

尚楚回答："是。"

"错！第一名没什么了不起，"侯剑定定地盯着尚楚的眼睛，眼神犀利，"这里的每一个人都有可能超越你。"

尚楚一直看着空气中某个定点，听到这句话，他的眼神移到了侯剑脸上，和他四目相对，语气笃定："报告教官，不可能。"

"再说一遍。"

"报告教官，不可能。"

侯剑音量陡然拔高："再说一遍！"

"报告教官！"尚楚也加大了音量，"不可能！"

"尚楚出列！"

尚楚跨上前一步。

"绕场跑十圈！"

尚楚一个字没多说，绕着操场就开始跑起来。

侯剑看了看尚楚跑动的背影，脸上没有丝毫波动，接着走到了白艾泽身前。

白艾泽的衣服穿得非常齐整，一丝多余的褶皱都没有，站立的姿势标准得如同教科书里抠下来的。

侯剑同样凝视他片刻，开口问："名字？"

"白艾泽。"

侯剑显然知道他的背景，直截了当地问："你老子牛就了不起吗？"

他这么一说，原本不知道白艾泽是空降的人也都觉出了不对劲，纷纷往这边注目。

"看什么看！"侯剑吼道，"站直了！"

白艾泽丝毫没有被冒犯的迹象，冷静地回答："不是。"

"很好。"侯剑说，"在这里，不管你是第几名，不管你老子是什么人，所有人都一样，明白了吗？"

"不是，"白艾泽淡淡道，"第一名确实了不起。"

"再说一遍！"

"报告教官，"白艾泽站得笔直，从领口到鞋带都一丝不苟，却凭空生出一股桀骜的气质，"第一名，的确了不起。"

"你指的是他？"侯剑抬手一指操场上奔跑的尚楚。

"不是，"白艾泽说，"我指的是第一名，往后的第一名，是我。"

侯剑如鹰隼般锐利的双眼紧紧盯着白艾泽，白艾泽毫不畏缩，不卑不亢地目视前方。

空气仿佛凝滞了一般，其余人连大声呼吸都不敢，队尾的秦思年咬着唇，既担心白艾泽要受罚，又不敢出声为他说话。

只有宋尧，边做俯卧撑，边吹了个口哨，扬声道："老白，牛啊！"

"加五十个！"侯剑瞪了他一眼，转回头说，"白艾泽，出列！"

白艾泽向前一步。

"绕操场跑十圈！"

尚楚恰好跑完第一圈，见白艾泽也上了跑道，眉梢一挑，边跑边问："空降的也会被罚？这教官不懂事儿啊！"

白艾泽瞥了他一眼，点头赞同："是不懂事，连生理期的也罚。"

"你大爷！"尚楚气笑了，"你才生理期！"

白艾泽无声地勾起嘴角，迈开大步往前跑。

他人高腿长，步伐很大，尚楚要追上他就必须加快步频。

"哎，内道是我先来的，你去外圈！"尚楚跑到白艾泽身边，气息有些紊乱。

"我认为我们没有必要抢夺内道的使用权，"白艾泽呼吸平稳，"目测我的腿长出你十厘米，奔跑速度在你之上，我们跑动起来并不平行。"他说完就加大步伐,把尚楚甩在了身后。

"我们确实不平行,"尚楚加快频率追上来,对他挑衅地扬了扬下巴,"我才是第一。"

两人并肩跑了几百米,尚楚突然回头一看,扬声道:"宋尧?你也被罚跑圈了?"

白艾泽下意识地跟着回过头,跑道后方空空如也,宋尧还在原地做着俯卧撑。

尚楚趁着白艾泽慢下来的这个空隙,拐到了跑道内侧,对着白艾泽嚣张地挑了挑眉毛。

"幼稚。"白艾泽暗骂。

主席台后,一名佩戴二级警督肩章的中年男人,静静地看着操场上这群年轻人。

他身边,一名警员眉头紧锁,面色凝重地说:"王局,这些孩子太狂了,要不要我去……"

"不用。"王局抬手打断,一向严肃的脸上竟然露出了几分难得的笑意,语气隐隐带着赞赏,"现在的年轻人,大有可为啊。"

"可是……"

"人民警察是什么?"王局看着跑道上并肩奔跑的少年,微笑着说,"是人民的利剑,没有锐气,怎么锻出锋利的剑刃?"

四百米大操场一口气跑完十圈,尚楚多少都有点儿喘。

尚楚率先回到了队伍里,白艾泽还剩最后一圈。不久白艾泽也回来了,站到了尚楚边上。

尚楚拿眼角余光瞥白艾泽,白艾泽除了额头和侧脸泛出了些细密的汗珠,脸不红气也不喘,步伐稳健,很是游刃有余的样子。

尚楚有几分诧异,原以为像白艾泽这种精英家庭出来的公子哥,跑不了八百米就要喘粗气,没想到他的体力和耐力竟然出乎意料的不错。

白艾泽察觉到了尚楚在打量他,偏头看了过来。

尚楚皱了皱鼻子,立刻挪开视线,挺胸收腹目视前方,在心里嘀咕——草包还是草包,顶多是个擅长跑步的草包。

不知道是有意还是无意,白艾泽甩了甩头,发梢上挂着的汗珠掉在了尚楚肩上。

尚楚立即往边上跳了一步,神情戒备:"你什么毛病!"

白艾泽无辜地挑了挑眉。

"干什么!"侯剑犀利的目光落在尚楚身上,厉声道,"还没跑够是不是!"

尚楚:"报告教官,他臭!"

侯剑板着脸:"我问你跑没跑够!"

尚楚:"够了,但是他……"

"跑够了就闭上嘴!"侯剑打断,"立刻归队!"

尚楚不情不愿地站进队列。

白艾泽努了努嘴,尚楚朝他竖起了小指。

侯剑又冲他们吼了一通,强调了纪律和服从,两条粗壮的手臂晃来晃去,尚楚看着都替他冷。

接着,主席台上来了个人,说是他们的生活辅导员,一脸慈爱,温声安慰道:"同学们,侯教官虽然严厉,但也是出于对你们的负责和关爱,他对你们抱着非常高的期望,你们都是经过千挑万选进来的,是首都警校优秀的预备役……"

尚楚明白这套路了,侯剑先给他们来个下马威,再换这个辅导员实施怀柔政策,鞭子与糖果齐飞,巴掌共甜枣一色。

辅导员给他们讲了之后的纪律要求,每周日下午休息半天,可以领回手机;每个月十五号放假,可以离开基地,但晚上八点前必须返回;青训期间不许私自外出、不许点外卖、不许私下斗殴……

站了半晌,终于等到辅导员下台了,尚楚刚松了一口气,台上又来了个什么王局,好像是市里挺牛的一号人物。

王局身上带着独特的气势和威严,环视一圈后清了清嗓子,开始了不紧不慢的讲话。

开营大会终于结束,辅导员说下午和晚上没有什么别的安排,让大家在基地里逛逛,熟悉熟悉环境,每个人的热水壶、脸盆和洗漱用具都已经统一发放到宿舍,嘱咐大家回去记得贴上姓名条。

"解散"两个字还没说完,大家立即作鸟兽散。

宋尧嚷嚷着去食堂吃个饭,赶晚了说不定连肉菜都被打光了。尚楚拍拍他的背,让他自己先去。

"你不一起啊?"宋尧问。

"我等会儿,"尚楚说,"我先找个东西。"

"什么……"宋尧想起来了,"哦哦哦,你那个熊是吧?我和你一起找呗!"

"不用。"尚楚耸了耸肩,语气淡然,"不是什么贵重的玩意儿,我自己溜达一圈,找到就找到了,找不到就算了。"

宋尧看他一脸无所谓的样子,也就没太当回事,但还是勾着他的肩膀,说要和他一起溜达。

尚楚踹了宋尧一脚,把自己的卡扔到他怀里,笑着赶人:"你去食堂帮我打包一份,要不我真吃不上饭了!"

"那成。"宋尧想了想也是,接过尚楚的营员卡晃了晃,"那一会儿你直接回寝室,我给你带回去。"

"行,"尚楚双手插兜,"谢了啊。"

第4章 ⚡ 小熊

尚楚沿着来时的路，从基地大门往里原路走了一遍，每个角落都仔仔细细看了一遍，在沙坑边上还跌了一跤，弄得满裤子土，最后还是没有找到他的熊玩偶。

那只布偶熊是妈妈给他的五岁生日礼物，那时候他们一家三口还住在新阳，一个南方二线小城市。

妈妈不会说话，买了个一按就能唱歌的小熊，在十多年前算是个挺稀奇的物件。那会儿妈妈在化油器工厂打工，一个月工资也就三百块出头，花了十多块给他买了这个小东西，挂在尚楚的钥匙上。五岁的小尚楚高兴得不得了，在床上跟着歌声转圈圈。

妈妈就坐在床沿，一下一下地拍掌，看着他笑，喉咙里发出"呜哩呜哩"的声音。她开心的时候就会发出这种声音，像是某种不成调的乐器，也像一段潺潺流过的溪水。

……………

妈妈去世后，尚楚就再也没用小熊玩偶听过歌。

说明书上说只要不浸水，玩偶一共能唱两百次歌，尚楚不敢听，怕听一次就少一次。但他的熊还是坏了，随着时间推移渐渐老化，最后彻底不会唱歌了。

这只熊和他待了十三年，比妈妈陪他的时间都长，现在也和妈妈一样，说没就没了。

尚楚绕了一圈又回到了基地大门边，保卫室的保安眯着眼打量他，拿警棍敲了敲窗沿，警告说："同学，进来了就不能出去啦！"

"知道。"尚楚踢飞脚边的一块石子，隔着铁门望了眼外头的麦子地，又转身往回走，像是自言自语，低着头嘟囔，"没打算出去。"

他这一天忙着赶公交车、找路、办手续，玩偶熊掉在什么地方都有可能，他心里知道，找不回来的。

其实尚楚没觉得特别伤心失落,他对这种事情向来没什么执念。

睹物根本思不了人,他天天月月都带着那只熊玩偶,但还是在一天天、一月月的循环中忘记了妈妈长什么样子。

她连一张照片都没有留下,尚楚现在回想,只能模糊地勾出一个轮廓——她原本有一头长到大腿那么长的头发,后来剪了拿去卖钱,只剩一头齐耳短发;她很瘦,左边额头有个被酒瓶划破的伤疤,坐在床沿拍手,朝他笑,喉咙里发出"呜哩呜哩"的声音。

她每天早上五点半起床,做好早饭后骑着自行车去厂里上班,中午十一点下班,回家做午饭。等尚楚下课回来吃完饭,她洗好碗,才有时间在床上躺二十分钟,起来后又往厂里赶,一直到晚上五点半,回家后继续做饭洗碗擦地洗衣服。

尚楚把她每天单调的活动行程写在纸上、贴在墙上,每天都要看好多遍,但"遗忘"这件事似乎是不可逆的,九岁生日那天他从梦中惊醒,抱着他的熊玩偶大哭了一场。

梦里,妈妈来给他过生日,坐在一样的位置,拍手"呜哩呜哩"地对他笑。这本来是一件开心的事情,但尚楚却发现她的脸已经模糊了——他已经开始忘记了。

也是那天晚上,爸爸喝醉了酒,把他贴在墙上的那张纸撕得稀碎。他冲上去和爸爸打了一架,被爸爸按在门上狠狠扇了两个巴掌,嘴里都是血气,站都站不起来。

那是九岁的第一天,他像只死狗似的趴在门边,水泥地凉得刺骨,眼泪很咸。

他趴了一夜,天快亮的时候,才从地上爬起来。爸爸躺在床上睡觉,鼾声如雷,浑身酒臭,裤子拉链开了一半,鞋都没脱。

他有那么几秒钟想跟爸爸同归于尽,恰好爸爸这时候翻了个身,粗壮的大腿"砰"一下砸在木板床上,他一个瑟缩,还是怕了。

他抱着妈妈的骨灰盒跑到溪边,把一捧白灰撒到河里,喃喃地说:"你别再来梦里看我了,你放心地走吧,走了就解脱了,下辈子别再看走眼了。不对,下辈子别再做女人了。你当年进城打工,被人贩子盯上,被搞哑了不说,还被卖给了个畜生。你投胎一定要小心啊,记得找个有钱人家。"

那天他本来把那只熊也一起随着骨灰扔进了河里,最后还是不舍得,跳下河把它捞了起来,和它说:"就辛苦你多和我过几年苦日子吧,没了你我真的什么都没了。"

一语成谶,他果然什么都没了。

尚楚也说不上来现在是个什么感觉,悲痛欲绝倒也说不上,就是觉得心里有点儿空落落的——他心里一直飘着一只风筝,虽然飞得越来越远,但始终有根线拴着,现在那根线也断了,他的风筝彻底没了。

漫无目的地走了几圈,尚楚最后又走回了操场边。

他趴在金属围栏上,仰头看着灰沉沉的天,神情专注,像是要从积压的云雾中找出什么。

咻!

头顶飞过去一架飞机,尚楚愣愣地看着它飞远,直到尾迹也彻底散去。

"没了也好,跟着我也是过苦日子。"他揉了揉鼻头,轻声说,"不过你又破又丑,又不能唱歌,没人会捡走你的,早知道当初把你扔河里……算了算了,以后等我发财了,我就买个大房子,把商店里你的兄弟姐妹全都买下来,每天听它们唱歌,看它们跳舞……"

"咳咳……"

尚楚一段独白还没讲完,身后突然传来一阵低咳。尚楚吓了一跳,牙齿从舌尖上擦过,淡淡的血腥味瞬间在口腔里弥漫开来。

尚楚回头一看,白艾泽站在几步之外的台阶上,双手插兜,神色有些不自然。

"没打扰吧?"白艾泽眉梢一挑。

"打扰了。"尚楚捂着嘴,恶狠狠地盯着他,"你听到多少?"

"刚来,大概从'发财'开始,"白艾泽还真老老实实地回想,"还有什么唱歌跳舞之类的?"

"行了行了!"尚楚从齿缝里一个字一个字地挤出一句话,"我警告你啊,你最好当自己没听见!"

白艾泽点点头:"嗯,没听见。"

尚楚不知道为什么更生气了。

两人一个站在台阶上,一个倚在栏杆边,隔着几米的距离对视。

尚楚捂着嘴,他的舌尖破了皮,很疼,但他是第一名,绝不能在草包白艾泽面前流露出一星半点的痛苦神情,于是只能僵着脸,等着白艾泽识相点儿先离开。

但白艾泽就是不走,悠悠闲闲地站在台阶上,饶有兴致地看着尚楚。

尚楚的眼睛形状狭长,眼尾上挑,生得很漂亮,此刻那双眼睛里流露出一丝警告的气息,像是什么凶狠的野兽;但偏偏他又忍着痛,眼眶里含了一点儿生理性泪水，恶狠狠的眼神反而没了威慑力。

有点像大哥家养的缅因猫，一爪子抓下来凶得很，待挠到身上才发现是软乎乎的肉垫。

白艾泽在白家、在私立学校接触到的都是一样的人，规整得仿佛从统一的精英模板里浇铸出来的，他第一次见到这样的眼神，很特别，很鲜活。

尚楚见白艾泽八风不动的样子，忍不住骂了一声："你待着吧，我走了。"

"尚同学，"白艾泽出声拦下他，"能请教一个问题吗？"

"什么？"尚楚转头，皱眉盯着他。

"你刚说的看'他们'唱歌跳舞，"白艾泽认真地问，"指的是小明星吗？"

尚楚额角重重一跳。

白艾泽笑笑："误会误会，开个玩笑。"

"走走走，去打篮球！"

"刚那个香菇炖鸡吃了没？感觉可以啊！"

"呸！我吃出一根毛，卷卷的，呕——"

…………

后边一栋楼就是食堂，喧闹声传来，其他学员吃完饭，正朝这边走来。

尚楚一顿，现在他嘴里都是血沫，不想让别人看见自己这个狼狈样子，于是退了两步，站到一根柱子背后。

"尚同学。"

白艾泽叫了他一声。

"拒绝回答！"尚楚闷声闷气地说。

白艾泽："接着。"

他从自己的口袋里拿出一个防霾口罩，抬手朝尚楚扔了过去。

尚楚回了宿舍，除了白艾泽，其余四个人都在。

宋尧正坐在床边解鞋带，见到尚楚戴着个黑口罩，问他："你怎么戴个这玩意儿，还挺酷。"

"雾霾大，"尚楚摘了口罩塞到口袋里，"防霾。"

"嘿，还挺健康。"宋尧指了指书桌，"饭给你打了啊，一个香菇炖鸡、一个干锅包菜，味道可以，就是油大。"

尚楚说："谢了。"

宋尧摆摆手，把鞋往床底下一塞，脏了吧唧的外衣外裤也不脱，就这么直接躺倒在床上，跷着二郎腿："对了，刚楼管来发物资了，洗脸盆、毛巾什么的都放架子上了，我已经帮你和老白把姓名条儿都贴上了。"

窗边摆了一个金属置物架，从上到下分为几个整整齐齐的格子，放着统一分发给每个人的洗漱用品。

尚楚瞄了一眼，贴着"宋尧"名字的深绿色塑料盆放在第四格，他的在第五格，白艾泽的脸盆却翻倒在地，不锈钢牙杯倒扣着，白色毛巾上有几个凌乱的脏脚印。

他眉梢一挑，瞥了眼房间里的其余几个人——宋尧估计是吃撑了，眯缝着眼揉着肚子；张觉晓和于帆两人在掰手腕比腕力；江雪城在自己的床上做仰卧起坐。

这些人里，除了宋尧这个对谁都热情的友善大使，其余几个都对白艾泽有明显的敌意。

尚楚不想掺和这种无聊的小团体斗争，他来这儿的目的很明确——抢先拿到警校预录取名额。除了拿到第一名，其他事儿他一点兴趣都没有。

尚楚脱了外套，坐到桌边，掀开塑料打包盒，饭菜香味扑鼻而来。尚楚夹了一筷子包菜放进嘴里，顿时被烫得倒吸一口气，舌尖的创口狠狠刺痛了一下。

"怎么了？"宋尧坐起身问。

"没事儿，"尚楚手掌放在嘴边扇了扇风，"烫着了。"

"哎哟，"宋尧笑话他，"我家鲁晓夫吃饭都从来不会烫着！"

"滚滚滚！"尚楚冲宋尧倒竖拇指。

另一边，江雪城做完几组仰卧起坐，满头是汗地穿鞋下床，打算去洗个澡。金属置物架靠在窗边，他要去拿自己的盆就必须绕过桌边坐着的尚楚。

尚楚见他要过来，把椅子往里挪了挪，让出背后的一条道。

江雪城侧身走了过去，拿脚尖点了点地："东西掉了。"

尚楚低头一看，黑色口罩从裤兜里掉在了地上。

"谢谢啊。"他对江雪城道谢。

江雪城没说话，从金属架上拉出他的脸盆，同时看了眼地上散落的白艾泽的东西，不屑地勾起嘴角，发出了一声嗤笑。

尚楚没错过这个表情，他弯腰去捡口罩，顺便瞥了眼江雪城脚上的拖鞋。

鞋底是横条形纹路，和白毛巾上的脚印一模一样。

尚楚觉得这种行为荒唐又无趣，也不知道江雪城搞这些小动作是为了什么。

他捡起口罩拍了拍，没有说什么，继续专心地吃饭。

吃完饭,收拾完垃圾,尚楚拿自己的毛巾和脸盆去洗了把脸,回来时发现那条白毛巾上头又多出两个新脚印。

他视而不见,转身爬上自己的床,爬到一半,眼角余光瞥见了桌上那个黑口罩。

尚楚一愣,一跃跳下了地,操起口罩扔到床上,重新顺着栏杆往上铺爬。他爬到一半动作停了,愣在栏杆上想了想,又跳了下去。

"你蹦极呢?"宋尧伸出一个脑袋,"什么毛病?"

尚楚神色自若,淡定地回答:"又不想上去了,想看看风景。"

"有什么好看的?"宋尧有点儿感兴趣,坐起身子问,"让我也看看!"

"没什么,"尚楚双手插着兜,优哉游哉地到窗边站定,"看看外头的麦子地。"

"哦。"宋尧重新软趴趴地躺了回去,嘀咕道,"麦子有什么好看的,就外头那些,做成馒头鲁晓夫三天就能吃光……"

尚楚看了会儿灰蒙蒙的雾霾,又偏头瞄了眼宿舍里其他人,见大家都在干自己的事儿,没人注意这边,于是做贼似的弯下腰,捡起白艾泽的脸盆,迅速把牙杯和肥皂盒放进去,然后把脸盆塞进第六个格子里。

地上还有一块毛巾,被踩得快要看不出原来的白色。尚楚皱眉盯着它看了会儿,把放在第五格的脸盆中自己的毛巾扔进白艾泽的盆里,再把地上那块脏毛巾丢进垃圾桶。

"你扔毛巾干吗?"宋尧的声音突然响起,"扔了你用什么?"

尚楚吓得差点跳起来,不知道为什么突然有点儿心虚,支支吾吾地问:"你……你看见我扔毛巾了?"

"对啊,"宋尧莫名其妙,片刻后眯着眼贼兮兮地问,"你还干了别的什么坏事?"

"没!"尚楚松了一口气,踹了一脚垃圾桶,"这毛巾忒脏,扔了扔了。"

大约半小时后,白艾泽回来了。

他身上冒着热气,发梢挂着晶莹的汗珠,应该是去运动了。

尚楚躺在床上背单词,听见动静往下瞟了眼,见白艾泽只穿了一件单薄的运动上衣,背后湿了一片。

他撇了撇嘴,心说这空降的二公子还知道自己是个草包,倒是挺懂得笨鸟先飞的道理。

一直等在走廊上的秦思年看见白艾泽回来了，敲了敲门，探头问："白同学，你去锻炼啦？"

白艾泽头也没抬，淡淡地"嗯"了一声。

"你都是这个时间去锻炼的吗？"秦思年探出半个身子，"下次我们可以一起去。"

"不一定。"白艾泽说。

"哦……"秦思年讷讷地应了一句，然后又说，"那你下次去叫上我吧！"

白艾泽由上至下依次看了置物架上放着的六个塑料盆，在最下面一个盆子上看到了自己的名字贴，他抽出塑料盆，接着动作一顿。

——他的毛巾为什么是湿的？

白艾泽微微皱起眉，一团湿毛巾乱七八糟地躺在塑料盆里，在他回来之前，不知道有谁对他的东西做了些什么手脚。

他两根手指夹起毛巾一角，毫不犹豫地把它扔进了垃圾桶。

从上铺冒出脑袋想要还口罩的尚楚看向他。

察觉到了来自头顶的一道热切视线，白艾泽抬起头，恰好对上了尚楚的眼睛。

"尚同学，有事？"

尚楚扯了个极不自然的笑："没事，我看看风景。"

"看风景？"白艾泽疑惑地往雾蒙蒙的窗外看了一眼。

"他看麦子地，"宋尧插话，"也不知道有什么可看的。"

白艾泽揶揄道："麦子地？"

过了中午，雾霾越发严重，别说麦子地了，这时候操场上停架飞机也看不见。

尚楚丝毫没觉得尴尬，理直气壮地说："怎么，不可以啊？"

"唔，"白艾泽笑了笑，转头朝外面望了眼，接着摩挲着下巴，赞同道，"确实好看，风景秀美。"

尚楚不易察觉地往垃圾桶里扫了一眼："你干什么……"

白艾泽静静地盯着他，等着他的下文。

"白同学，"秦思年恰好多带了几条毛巾，赶忙跑回宿舍拿了一条全新的浅绿色薄毛巾，又跑回来递给白艾泽，"我刚刚看到你把毛巾扔掉了，我来的时候带了新的，给你用吧。"

"——没什么！"尚楚烦躁地抓了把头发，视线在那片浅绿色上扫过，钻回了被子里。

白艾泽眉梢微挑，侧头往垃圾桶里看了一眼，被遗弃的白色毛巾缩在黑色垃圾袋里，竟然让他看出了点儿委屈的感觉。

刚才没有注意，白艾泽现在才发现，湿毛巾底下还压着另一条脏兮兮的毛巾。

而第五格尚楚的脸盆里，同样没有白色毛巾。

秦思年以为白艾泽嫌弃，急忙解释道："毛巾是新的，我还没来得及用呢……"

"谢谢，"白艾泽回头对她说，"不用了。"

"给尚楚呗！"宋尧晃了晃脚丫子，"我刚看见他把毛巾也扔了。"

秦思年一愣："啊？"

"你们这都什么毛病，见东西就扔，"宋尧咂嘴，"真不节俭！"

白艾泽露出了点若有似无的笑容："给尚同学吧。"

"那……那尚同学，这条新毛巾给你用吧。"

尚楚重新探出一个脑袋，一点不和秦思年客气，笑眯眯地收下了："好啊，谢谢了！你放桌上就行。"

"不客气。"秦思年抿了抿嘴唇，又对白艾泽说，"我还有一条小一些的，要不要……"

"不用了，"白艾泽说，"我和尚同学用一条就行。"

"啊？"秦思年愣住了。

"用我的也成。"宋尧没心没肺地插嘴，"都是大老爷们儿，用一条布擦屁股也没什么！"

尚楚反问："我答应和你用一条了吗？"

"你把我的毛巾扔了，不应该负点责吗？"白艾泽仰头注视着尚楚，眉梢一挑，"嗯？第一名？"

尚楚仰躺在床上，有点儿不爽。

什么叫"扔了他的毛巾就得负点责"？要真算起来，白艾泽不也扔了他的毛巾？

谁知道他刚才被什么鬼迷了心窍，早知道他也上去给白艾泽的毛巾上补两脚。

尚楚翻了个身，又看到那个新买的黑色防霾口罩。他皱了皱眉，把口罩塞到枕头底下。

他不喜欢欠别人人情，毛巾就当还了白艾泽这个口罩。再一想，觉得还是感谢一下比较好。

底下传来衣物摩擦的窸窣声，估计是白艾泽正在换衣服。

他刚跑完步回来，一身汗涔涔的，上衣一脱，胸腹精悍的肌肉线条清晰可见。

尚楚打量着白艾泽的腹肌，诧异地想着这位二公子身材可以啊，一看就知道是健身房练出来的，估计找私教就花了不少钱。

——就是经看不经打。

尚楚咂了咂嘴，这种肌肉梆硬，拿来练拳应该不错。

白艾泽察觉到了尚楚的视线，抬起一只手搭在上铺的床沿，淡淡地问："尚同学，你对我有什么意见？那么好看吗？"

尚楚又伸头出去，倒吸了一口冷气，问道："什么好看不好看？"

白艾泽指了指自己的小腹，似笑非笑地问："这个，好看吗？"

尚楚表情有一瞬间的凝滞，旋即轻蔑地眯起眼，淡淡道："随便看了两眼，还行吧。谢谢你的口罩。"

白艾泽点点头，微笑着说："应该比不上尚同学。谢就算了吧。"

尚楚给了他一个"你知道就好"的眼神。

白艾泽最后还是没用那条浅绿色小毛巾，尚楚反倒用得很顺手。

秦思年看着就是个娇生惯养的小公主，带来的毛巾也是好东西，质地软和，擦着一点不硌脸。

倒是宋尧这个臭不要脸的，光明正大地来蹭他的小毛巾，把自己那条白毛巾挂在床头擦脚。

训练一旦上了正轨，时间就过得飞快。

尚楚丝毫不敢懈怠，他一贯是个心无旁骛的人，一旦确定了目标，就要竭尽所能做到最好。尚楚每天早上五点半起床晨跑，宋尧一开始觉得挺新鲜，也早起和尚楚一起跑，跑了没两天就宣告放弃，还是选择在暖和的被窝里多躺一小时。

出乎意料的是，白艾泽竟然也有这个习惯，但他和尚楚作息不同，他每晚十点出去夜跑，在十一点半熄灯前准时回到宿舍，没有一天间断。

第二天开始，秦思年也跟着一起出去一起回来，俨然成了白艾泽的小跟班。

江雪城他们本来就看白艾泽不爽，这么一来连带着秦思年也针对上了，话里话外对他们两人冷嘲热讽，说秦思年觉得白艾泽家里有钱有背景，成天巴巴儿地讨好这个空降兵，把整个青训营的脸都丢光了！

但他们也就是嘴上讽刺几句，没真做出什么出格的事儿，秦思年自己都没当回事,更加轮不到他们来多管闲事。

反正一个是吊车尾,一个是空降兵,两人要抱团也是情有可原。

在基地里,没有网络,没有手机,每一天都是一样的。

最开始那几天,尚楚多少有些不适应,陡然增大的运动量、从早上六点半一直排到晚上十点的日程表、急需吸收的新知识、全然陌生的领域,每个人都像旋转的陀螺,机械地在长鞭的操纵下转来转去。

第三天开始,陆续有人自愿退出青训。第一周过去,已经有好几个人离开。

周六下午体能训练结束,宋尧和尚楚坐在操场边的石阶上喝水,远远看见有个男生背着双肩包,从宿舍楼的方向出来,绕过操场,往大门的方向走。

宋尧一口气灌进去一整瓶温白开,拿手背抹了抹嘴,说:"刚走的那个,第二名考进来的。就这么走了,怪可惜的。"

尚楚合上瓶盖,没觉得有什么可惜不可惜,青训营只是他们人生中一个毫不起眼的选项A,放弃了这个选项,他们大可以转而选择其他的B、C、D、E。

谁都不像他尚楚,他有且只有一个选项,除了这条路,已经别无他选。

"你看小秦,"宋尧拿手肘捅了捅尚楚,"怎么还没跑完?"

操场上,秦思年拖着双腿、步伐沉重,每跑几步就要停下来,双手撑着膝盖,大口大口地喘着气。同样是女孩子,苏青茗和戚昭的表现就很出色,丝毫不比他们这些男生差。

按主教练侯剑的话来说,凡是和体能或者力量相关的课程,秦思年统统差到令人发指。

别说在他们这群选拔营员里,秦思年这样的,和同龄人比都算是差的。

宋尧摸了摸下巴,有点儿好奇地嘀咕:"你说她怎么考进来的?我记得她成绩都不差啊……"

尚楚操起水瓶敲了敲宋尧的头,站起身说:"走了,吃饭去。"

宋尧伸了个懒腰,没骨头似的靠在台阶上:"周日没课,晚上斗地主,来不来?"

"来个屁,"尚楚双手插着兜,"我在背书!老李说了,下周二刑侦要测名词解释。"

宋尧不在意地摆摆手:"有什么可背的,那玩意儿,看一遍不就行了?"

尚楚抬头看了看天,扭了扭酸痛的脖颈:"你以为谁都和你似的,过目不忘。"

这里的每个人都很强,譬如记忆力超群的宋尧,譬如耐力惊人的于帆,又譬如逻辑能力堪称完美的江雪城。

尚楚一秒都不敢放松，他咬着牙不断暗示自己不比任何一个人差。

宋尧伸出食指，左右摇了摇："那是不可能的，你宋哥我是天才。"

"行了天才，"尚楚踹了他一脚，"吃不吃饭啊？今儿有烤兔子，去晚了可就只剩骨头了。"

"阿楚，第二名走了，我就是顺位第二，"宋尧挑了挑眉，"那我不就是你最大的竞争对手了吗？那我很有第一名的潜力啊！要是我成了第一名，那压力老大……"

"这位顺位第二名的亲亲，请不要做这种不切实际的梦哦，"尚楚露出了一个温和的笑容，语气亲切，"建议您吹吹风清醒清醒哦。"

"滚！"宋尧笑骂了一句，朝尚楚伸出一只手，"拉我一把，吃兔子去！"

尚楚抓住他的手，把人从石阶上拉起来，并肩上了台阶。

晚上，宋尧去了隔壁宿舍打牌，尚楚背了二十个词条，突然觉得有点喘不上气。

他从背包里拿出一根针管和一个药瓶，塞进上衣，淡定地出了宿舍。

尚楚揣着药去厕所溜达了一圈，里头有人在上"大号"，听那痛苦的呻吟估计一时半会儿还出不来。他又去了天台，苏青茗和戚昭两个女生正坐在栏杆上赏景，并盛情邀请他加入数星星的行列。

尚楚抬头看了看天，灰蒙蒙的一片，哪儿来的星星。

苏青茗和戚昭说他丁点儿浪漫细胞都没有，尚楚表示女孩的世界实在令人困惑。

两个常去的地方都被人占了，尚楚想了想，去了操场边的小树林。

淡色液体慢慢注射进青色筋络，尚楚背靠着树干，等着那阵眩晕感过去，才收拾了空瓶和针管，晃悠着出了树林。

尚楚没走几步，恰好碰上了夜跑回来的白艾泽，后头跟着气喘吁吁的秦思年。

他俩看到对方皆是一愣，白艾泽浑身蒸腾着汗气，尚楚打完药后嗅觉非常敏感，下意识地屏住呼吸，不自觉地后退了一步。

白艾泽察觉到尚楚的小动作，撩起衣摆擦了一把脸，问道："尚同学怎么在这儿？"

尚楚看看天又看看地："数星星。"

天寒地冻，夜黑风高，雾霾浓重，出门数星星？这理由怎么听怎么蹩脚。

"星星？"白艾泽也抬头看了眼黑沉沉的天幕。

"如果你看不到，"尚楚认真地说，"说明你没有浪漫细胞。"

白艾泽笑了笑，刚想说些什么，后头的秦思年跑了上来，见到尚楚非常诧异："尚……尚同学？你怎么……"

"虽然很不靠谱，但我真的是出来看星星的。如果你看不见，说明你没有浪漫细胞。"尚楚抢先一步回答。

"哦……"秦思年讷讷地点了点头，站到了白艾泽身边，笑着说，"我今天也跑了六圈。"

"嗯。"

尚楚看他俩关系很好的样子，摆了摆手说："你们聊，我先回。"

白艾泽跨大步跟上他："好巧，我们同一条路。"

"呵呵，是挺巧的，"尚楚捏着鼻子，"白同学，我有一个建议。"

"回去先洗澡？"

"你已经学会抢答了，牛。"尚楚比了一个小指，接着又收回，伸出拇指，"不好意思，出错手指了。"

"嗯。"白艾泽表示理解，"我看过一部纪录片，里头的朋友也常把小指当拇指。"

"你别再说那个弱智纪录片了！"尚楚咬牙切齿。

秦思年看着他们在前面并肩走着的背影，双手揪着衣角，抿唇追了上去。

"喵——"

三人到了宿舍楼下，在花坛边发现了一只流浪猫。

那是一只很常见的橘猫，瘦得脊骨高高突起，只剩了一只耳朵，尖瘦的脸上有几道血痕。

流浪猫见了人也不怕，反倒弯起背脊，做出攻击的姿势，眼神凶狠，尖锐的爪子从肉垫里伸出来，仿佛下一刻就要扑上来。

"啊——"秦思年低呼一声，吓得倒退两步，"我们还是快回去吧，万一被抓了怎么办？它这么脏，身上有很多细菌的……"

白艾泽对付这种小野猫很有经验，大哥家里领养了不下十只流浪猫，他常受托去照看猫咪。

小猫见这几个"两脚兽"围着自己，警惕地盯着他们，喉咙里发出低低的嘶吼,背上的毛根根竖起。

白艾泽刚想弯身安抚它,就听到一声嚣张的呵斥:"凶什么凶!"

尚楚双臂环绕,伸出一条长腿,语气凶狠,但动作却放得很轻。

他用脚尖蹭了蹭小猫的下巴:"你和谁凶呢?再吼一声试试?浑身上下没二两肉,装什么小流氓?"

猫咪流浪经验丰富,是个欺软怕硬的,知道自己撞上了个硬茬子,低低地"喵呜"一声,温顺地伏低身体。

白艾泽失笑,他大哥曾经特意请教了国外一位专家,学习怎样安抚奓毛猫咪,纠正训练做了不下几十次,但每次都收效甚微。

他得和大哥说一声,安抚奓毛猫咪的方法其实很简单——恶猫还需恶人磨。来个尚楚这样的,家猫野猫大猫小猫,什么猫都不是问题。

秦思年壮着胆子走到花坛边,僵硬地伸手想摸摸猫咪。

"嘶——"

猫咪抖了抖身子,发出一声低沉的嘶吼。

秦思年赶紧收回手。

"嗯?"

尚楚脚尖用了点力,猫咪又乖顺地趴在了他鞋面上。

"尚……尚同学,"秦思年用眼角余光瞥了白艾泽一眼,对尚楚说,"这只猫也挺可怜的,你……你不要踹它了……"

第5章 ⚡ 指教

周日上午，所有人被拉到礼堂听讲座。

辅导员准备了五十几页的PPT，每一页全是满满的小五号字体，多看一眼头都要大三圈。

宋尧出门前又去厕所蹲坑，威胁尚楚要是不等他就跳坑自杀。等他完事，两人到达小礼堂，果然只剩谁都不想坐的第一排最中间的位置。

辅导员用遥控器打开幻灯片，笑眯眯地对他们招手："进来进来，最好的两个位置留给你们了。"

尚楚站在门边环视一圈，白艾泽和秦思年坐在最后一排，两人中间还有一个空位。

尚楚指着后排那个空座位，说："老师，我坐那儿吧。"

宋尧用手肘捣了他一下，低声说："你背叛兄弟啊？"

"坐前面吧，"辅导员招呼他们，"坐前面听得清楚，今天内容很多。"

宋尧立刻勾着尚楚的肩膀，拽着他往第一排走："对对对，坐前面呗，这么精彩的内容，咱们得认真听啊！"

"哎！艾泽！"尚楚眼角瞥见最后一排闭着眼的白艾泽，急中生智，踮起脚喊了一声，"你笔记本落宿舍了！我给你带来了！"

白艾泽坐在礼堂最后，正双手抱臂，背靠着椅背假寐，闻言掀起眼皮。

尚楚朝他挤眉弄眼地暗示："我把本子拿下去给你啊！"

白艾泽桌面上赫然放着黑色皮质笔记本，他波澜不惊地把本子塞进抽屉，抬手说："这里。"

"老师，他本子在我这儿，"尚楚转头，为难地对辅导员说，"还帮我占了个位置……"

"随你们吧。"辅导员摆摆手。

宋尧咬牙切齿。

尚楚拍拍宋尧的肩，在他耳边小声说："兄弟加油，这么精彩的内容，你又坐在第一排,千万别打瞌睡,坚持!"

说完,尚楚迈开步子,一溜烟朝着礼堂后头跑了过去。

尚楚在空位上坐下,左手边是白艾泽,右手边是秦思年。

"谢谢啊,"尚楚把包塞进抽屉,"还好你反应快,不然就露馅了。"

"本子呢?"白艾泽屈指在桌上敲了两下。

"什么本子?"尚楚随口问道。

"我落在宿舍的笔记本。"白艾泽勾手,"带了吗?"

"你什么毛病?"尚楚气不打一处来,瞪着他说,"我怎么知道你真没带?"

"哦?"白艾泽半眯着眼,淡色嘴角微微抬起,"原来尚同学刚才是在骗老师啊?"

话落,他慢悠悠地抬起手,尚楚心下一惊,担心他举手要打小报告,于是赶紧抓着他的手腕一把按在桌上:"带了带了!不就是笔记本嘛!"

他从包里摸出自己的本子,甩到白艾泽面前:"你用我的!"

白艾泽微仰着头,舒服地靠着椅背,两条长腿自然地前伸,姿势优雅得仿佛正坐在高档沙发上。他点了点头,丝毫不和尚楚客气,接过他的笔记本翻开,扉页上赫然写着四个大字——"状元笔记",底下还有一行小字:尚楚著,版权所有,偷看必究。

尚楚懒得搭理白艾泽,把身体转向另一侧,却发现秦思年正直勾勾地盯着他,也不知道看了多久。

"这位置没人吧?"尚楚问。

"没……没有。"秦思年垂下头,低声问,"尚同学怎么不和宋尧坐在一起,我看你们平时都形影不离的?"

"坐第一排还怎么开小差?"尚楚挑眉。

"也是。"秦思年抬起头,对尚楚笑了笑,"我位置这边靠门,空间比较大,你要不要和我换……"

"这里,"尚楚还没听清秦思年说了什么,白艾泽低沉的声音从左手边传来,"错了。"

"啊?"尚楚转过身,"什么错了?"

白艾泽指尖抵着尚楚的笔记本上的一行狗刨字,缓缓道:"甲骨文不是最早的文字,只能说是目前已知的最早汉字。还有这里——"

他的指尖往下移了几行,接着说:"文人画的特点是写意,而不是'画得好看'。"

尚楚一把夺过自己的笔记本,耳根子有点发烫,低声道:"你偷看我的状元笔记!"

自从高二分班选了理科,尚楚对政史地三门课的态度就是"能水则水",把会考应付过去得了,于是课堂笔记也记得错漏百出。

白艾泽礼貌地欠身:"抱歉,我不是故意的,只是……"

他欲言又止。

尚楚眯着眼睛:"只是什么?"

白艾泽悠悠道:"只是错得太明显了。"

"我是故意写错的,"尚楚硬着头皮狡辩,"这是我出的改错题,就是为了考考看笔记的人能不能发现这些错误。"

"原来如此。"白艾泽唏嘘道,"我就说这么低级的错误,尚同学应该不会犯。"

尚楚黑着脸,把笔记本翻到空白页,"啪"地拍在白艾泽面前:"你写在这儿。"

白艾泽气定神闲地从抽屉里拿出他自己的笔记本:"我刚刚忘记了,我带本子了。"

尚楚咬着牙:"你就是故意的。"

白艾泽脸上露出了恰到好处的无奈神情:"确实不是。"

尚楚冷哼一声,扫了眼自己那乱七八糟的历史笔记,把本子塞回了背包里。

讲座最后,侯剑到了礼堂,说月末要进行一场格斗测试,从现在开始,两人一组进行训练。

"下面我念一下分组安排。"侯剑翻开手中的文件夹,扫视了一眼下面坐着的学生,强硬地说,"分组是教练组根据各位的选拔成绩共同决定的,不接受异议。组内两人成绩挂钩,取平均分作为最终分数。希望各位借这个机会,培养团队意识、帮扶意识。"

听到这里,尚楚算是明白了,什么团队意识、帮扶意识,说白了就是让强的带弱的、成绩好的带成绩差的,和初中班那种一对一结伴学习差不多。

"宋尧,"侯剑先点了顺位第二名,"你和秦思年一组。"

尚楚有些诧异,他原以为会把女生分到一起,没想到把秦思年分给了宋尧。

宋尧皱眉:"老师,秦思年是女孩子啊,你怎么也得给我安排个男的吧!"

侯剑厉声说:"这里不分男女,有意见就退出!"

"行。"宋尧转身朝秦思年挥了挥手,"小秦,以后咱俩就一起练了啊!"

秦思年垂着头,看不见正脸,也不知道是愿意还是不愿意。

"江雪城,搭档李果。"

"凭什么?"江雪城拍桌而起,"那个弱鸡,我不……"

"我说了,"侯剑打断他,"不接受异议,不同意就收拾包袱走人!"

江雪城攥着拳头捶了一下桌子,愤愤地坐回位子上。

"于帆,搭档戚昭。苏青茗,搭档张觉晓……"

尚楚单手撑着下巴,百无聊赖地等着自己的名字。

选拔位次前面的搭档后面的,那他搭谁?吊车尾被分给宋尧了,倒数第二名也有人了……

"尚楚,"侯剑合上文件夹,双手背在身后,掷地有声,"搭档白艾泽。"

尚楚眼睛一睁。

竟然分给他空降的?

"我不……"

他眉头紧皱,刚想起身反对,肩膀被人往下一按,他重新跌回座椅里。

白艾泽眉梢一挑,微笑着说:"多多指教,第一名。"

"有什么问题?"

侯剑横着眉毛,犀利的视线穿透礼堂,直直射向最后一排。

"报告教官,"白艾泽按着尚楚的手腕,缓缓道,"没有。"

"你呢?"侯剑对尚楚扬了扬下巴。

尚楚发出了一声嗤笑,后仰靠着椅背,眼皮微垂,姿态如同一只慵懒的大猫,略显轻蔑的目光放肆地盯着白艾泽。

礼堂里所有人都在关注这场第一名和空降兵之间的对峙,空气凝滞了片刻后,尚楚突然勾起嘴角,露出了一个堪称和平友善的笑容:"我?我当然没问题啊!能和白二公子一组,我求之不得呢。"

他最后几个字放得很轻,尾音上扬,同时轻佻地对白艾泽眨了眨眼。

白艾泽松开尚楚的手,微微笑了笑,从容答道:"能和尚同学一起训练,是我的荣幸。"

"确实是,好好珍惜这个来之不易的机会哦。"尚楚丝毫不谦虚,拍拍白艾泽的肩,语重心长地叮嘱。

白艾泽抬手,用两指掸了掸肩头,说:"一定。"

尚楚接着笑眯眯地说:"格斗训练嘛,难免有些肢体摩擦,二公子身娇肉贵的，到时候万一伤了您哪里，多多理解。"

白艾泽好像没听出他话里的刺儿似的，悠悠然地回答："当然。"

礼堂里有人开始窃窃私语，不知道是谁喊了一声，说白艾泽一个靠关系硬塞进来的凭什么这么嚣张，引起了众人附和。

侯剑把文件夹重重甩在桌上，吼道："吵什么吵！我说了，所有人，只要进了青训营的门，全都是一样的！"

"我们光明正大地考进来的是一样的，他走后门的凭什么和我们一样？"

"对啊，没道理啊教官……"

侯剑的话反倒激起了学生们的抵触情绪，质疑声越来越多、越来越大，他在讲台上再怎么吼也不起作用。最后，侯剑摊了摊手走向门口，抱着胳膊看这群半大的孩子斗争。

一众人中，江雪城率先发难，偏头往地上啐了一口，站起身狠狠地说："就是个走后门的……"

话没说完，一个纸团"啾"地飞来，正好砸在江雪城鼻头上。

他阴着脸接住纸团，抬头一看，宋尧正双手合十，对他漫不经心地道歉："不好意思不好意思，扔个垃圾，不小心的。"

戚昭和苏青茗两个女孩相视一笑，戚昭抬手一拨她的高马尾，眉梢一挑，问宋尧："扔个垃圾，这话有歧义啊！"

苏青茗瞥了江雪城一眼，意有所指地说："垃圾到底是什么，得说清楚啊！"

宋尧对两位女孩抛了个媚眼，调侃道："你俩要是再多嘴，也成垃圾喽！"

他这话意思很明显——谁刚刚多嘴，谁就是垃圾。

江雪城紧紧捏着那个纸团，紧咬牙关，脸色非常难看。

在青训营这种完全封闭的环境中，所有人不约而同地默认一点——实力才是说话的本钱。选拔位次越靠前，在群体中就越有发言权，宋尧排在第三位，又和尚楚混在一起，江雪城不想和他们叫板，于是冷哼一声，愤愤地坐了回去。

在一室嘈杂和躁动中，白艾泽和尚楚沉默地对视。

尚楚双手抱臂、下颌微扬——是一个挑衅意味极其明显的姿势。反观白艾泽，则是一贯的姿态放松——他像是天生就套着一层透明的罩子，刀枪不入，再锋利的讥讽和戏弄也无法穿透。

针对他的嘲讽和质疑声不绝于耳，白艾泽却岿然不动，甚至面带微笑，看起来丝毫不受影响。

"家里有钱就行吗？"

"城西白家啊！那可不止有钱，他爸你没听过……"

"嘁，早几年他爸妈离婚你们知不知道为什么？新闻都不让播！我听我爸说，是因为他爸……"

前座有两个人不怀好意地咬耳朵，音量不算大也不算小，恰好能让最后排的白艾泽听见。

他目光渐渐沉了下去，眼底凝起碎冰。

尚楚看得分明，那层透明罩子有了一个裂缝。

秦思年也听见了，她两手握拳，气得肩背微微颤抖，上半身离开座椅，想要冲上去和他们理论，但那些人个个都人高马大的……愤怒和恐惧两种自相矛盾的情绪在她胸膛里撞来撞去，无奈之下，她下意识地转头看了白艾泽一眼，发现他镇静得出奇，还是那副从容不迫的样子。

秦思年松了一口气，慢慢松开了拳头，坐回座椅里，自我安慰般地想："没事的没事的，白同学根本就没受到任何影响，我要是这么莽撞地冲过去，说不定会让他更难堪……"

前座那两人还在继续，其中一人发出恰到好处的惊呼："平时在电视里根本看不出来啊？"

另一人说："谁说不是呢，他还有个哥哥，好像是开宠物医院的，据说是私生子……"

嗒！

白艾泽的食指在桌上轻轻敲了一下。

"私生子？这么劲爆！"

那两人还在喋喋不休："这在圈子里都不是什么秘密了……"

突然，后排传来巨大的声音："砰！"

沸水一般的礼堂顿时安静了。

秦思年吓了一跳，整个人猛地一抖，跌坐在地。

其余人齐齐扭头往后边看过来，尚楚收回踹在木桌上的一只脚，顺便拉起秦思年，笑盈盈地说："抱歉抱歉，脚滑了。"

他从抽屉里拎出背包，扬声问侯剑："教官，可以解散了吧？"

侯剑眉心凝着一个"川"字，片刻后重重点了一下头。

尚楚背上包，站在全礼堂最高的位置，环视一圈，最后目光落在前座那两人身上。

他掏了掏耳朵，又吹了声口哨，吊儿郎当地说："下次在公共场合讲话小点儿声,吵着我了。"

白艾泽指尖一顿,紧绷的手指松弛下来。

所有人看着他们的第一名,双手插兜,一步三晃地从后门离开。

侯剑看着尚楚走出礼堂,又看了看底下面面相觑、鸦雀无声的半大孩子,在心里叹了口气。

现在的熊孩子,一个比一个难带,班里这个第一名说话比他还管用。

"解散!"侯剑喊了一声,拿起文件夹,走到门边又折回来,对江雪城厉声道,"随地吐口水,留下来清扫!"

江雪城梗着脖子,面红耳赤。

时间还差十多分钟,食堂还没开饭,趁着大家在排队,辅导员发还了每个人的手机,叮嘱了晚上熄灯前去宿舍收缴。

根据训练安排,每周日下午休息半天,领回手机、自由活动,但不能离开基地。每月十五号放一天假,允许外出。

几十号人欢呼着拿回了手机,开机时响起的系统音乐此起彼伏。

宋尧捧着他的苹果手机"吧唧"亲了一大口,霎时和重获新生似的,迫不及待地按下开机键,眼角湿润,颤抖着说:"阿楚,我好激动,好激动……久违了,我的爱机……"

尚楚斜眼瞟他,很是嫌弃:"你演戏的时候能别把口水涂在眼角吗?"

宋尧:"……你这人真是一点儿生活情趣都没。"

尚楚看也不看自己的那部老式国产机,径直把手机塞回裤兜,目视前方,仿佛对周遭的一切都不关注,只认真等饭。

对十七八岁的青少年来说,智能手机简直就是他们的第二条命。队列里的人都高高兴兴地捧着手机东按按西按按,忙着给家人回微信报平安,忙着登录游戏看看有没有版本更新,忙着喧嚣热闹。只有队头的尚楚和队尾的白艾泽,安安静静站在队伍里,沉默得有些格格不入。

"来来来——开饭了——"大爷推着不锈钢大饭桶从厨房出来,用米粒的香味和蒸腾的热气辟出了一条路,"排队排队,全部排好队,一个一个来,不要挤!"

尚楚终于得以从无所适从的喧闹中脱离,他拿起托盘,走到第一个窗口,对阿姨说:"白菜,再要个鸭腿,还有……"

"老妈!"身后的宋尧拨通了视频电话,开心地喊了一声,"我爸呢?在家没?看我是不是黑了点儿,更有男人味了是不是?"

"他不在,今天他们高三教研组开高考动员大会,去学校了。"电话那头传来温和的声音,"手机抬高点我看看……不错,结实了,我儿子成男子汉了!"

宋尧开心地大笑:"鲁晓夫蹲哪儿玩呢?抱来我看看……你俩给它吃什么了,怎么这么胖了!"

"汪汪!"鲁晓夫叫了两声,以示抗议。

尚楚早就猜到,宋尧有个很幸福、很完满的家庭,要不然他不会像朵向日葵似的,活得恣意又张扬。

"同学,还要什么?"窗口的阿姨见尚楚似乎在发呆,拿铁勺敲了敲他的托盘,催促了一声。

"这个吧,"尚楚回神,伸手随意点了一个,"谢谢阿姨。"

"阿楚,帮我打一份呗!"宋尧在身后说,"和你一样的就行。"

"好。"

尚楚又拿起一个托盘递给打菜的阿姨:"再要个一样的。"

"介绍下啊,这是尚楚,"宋尧勾着尚楚的脖子,把手机举到他脸前,"我在这儿最好的哥们儿,全国第一名,牛不牛!"

透过小小的手机屏幕,尚楚看见一个清秀的女人,眉目和宋尧有些相像,怀里抱着一只毛茸茸的白色小狗,坐在深灰色的布艺沙发上,墙上挂着一幅橙黄色油画。

"阿楚,这是我老妈,官方介绍是室内设计师,其实就是个画图纸的。"宋尧热情地为尚楚介绍,"我爸是个高中老师,今儿不在家,改天再让你认识认识。"

"尚楚?寓意很好的名字。你好,我是宋尧的妈妈,"女人对尚楚笑笑,接着抬起小狗的一只爪子挥了挥,"这是宋尧的弟弟。"

尚楚一愣,一手端着一个餐盘,忽然有种手足无措的感觉。

他对这种温馨的家庭氛围非常陌生,更不知道该怎么面对如此亲善的长辈。即便隔着手机屏幕,他也觉得自己和对面那个世界格格不入。

"傻了?"宋尧没有察觉尚楚的窘态,调侃道,"被我家的鲁晓夫帅呆了吧!"

尚楚若无其事地咳了声,对着屏幕点了点头:"阿姨好,我是尚楚,宋尧的朋友。"

"阿楚是不是长得贼好看?我们都笑话他漂亮得和个小姑娘似的。"宋尧话匣子打开,滔滔不绝地说,"对了,我的乐高寄到家没?你俩别拆了啊!我的包裹等我回去自己拆！你说什么？太吵了听不着……"

"我去那边找个位置。"尚楚打完两份饭，对宋尧说。

宋尧比了个"OK"的手势，举着手机往外走："等会儿，我去个安静的地儿。"

尚楚舔了舔发干的嘴唇，竟然觉得松了一口气。

吃完饭回了宿舍，宋尧时时刻刻捧着手机，眼睛恨不能长在上面。

同样在和家里报平安的于帆画风就粗犷多了，操心冬小麦长得怎么样了、大棚温度要注意不能太高、白菜卖得好不好、弟弟有没有逃课去山里撒野……俨然已经是家里的当家人。

江雪城和张觉晓也在和家人聊天，尚楚在床上躺了一会儿，闭眼听着他们的父母亲人对他们嘘寒问暖、唠唠叨叨，突然觉得有点儿闷，于是翻身下了床，打算出去走一走。

白艾泽靠着床头看书，时不时还用笔在上头勾勾画画做点儿笔记。尚楚是真挺佩服他，在这种嘈杂的环境里也能看得进去。

尚楚穿好鞋，不声不响地出了宿舍楼。

十二月的首都是真冷，尚楚哈了口气，裹紧了身上的厚外套，坐在阶梯上，伸手到口袋里想摸烟，捞了半天才想起没带进来。

尚楚咂巴咂巴嘴，总觉得嘴里痒，不叼点儿什么东西就不舒服。

他四下张望了几眼，手边有个花坛，里边种着一丛丛矾根，叶子五彩斑斓，在首都肃杀的冬天里显得格外别致。

尚楚不忍心摘，于是躺下去，双手交叠枕在脑后，仰头望着灰蒙蒙的天空。

他想起年幼时生活的新阳，南方的天不这样，蓝天上永远飘着白云，仿佛编织云彩的仙女有用不完的精力。

突然，花坛里传来一阵窸窸窣窣的动静，尚楚漫无边际的思绪被打乱，他偏头一看，颜色鲜艳的草叶丛中探出一个毛茸茸的脑袋，是那只小野猫。

"哟，小流氓，"尚楚放下双手，"钻里头过冬呢？"

小野猫见了尚楚，不怕也不躲，一瘸一拐地走过来，在他的厚外套边卧倒，发出了长长的一声："喵呜——"

"你这么脏，离我远点！"

尚楚恶狠狠地说了一句，语气却毫无威慑力。

小野猫像是听出来这个"两脚兽"只是虚张声势，懒洋洋地翻了个身。

尚楚笑着拍了拍它的脑袋，说："你还挺会选地方，知道那是什么品种的矾根吗？叫珊瑚铃，特别耐寒，你躲里头过冬算找对了。当然了，我也耐寒，你找我也找对了。"

身后突然传来了一声轻笑。

尚楚回过头，见白艾泽双手环胸，靠着柱子，嘴角带着还没收起的笑意。

"你不是在看书吗？"尚楚问。

"看不进去。"

尚楚"哦"了一声："我看你专心致志的，还以为你真两耳不闻窗外事。"

"装的。"白艾泽走到尚楚身边坐下，两条长腿闲适地伸长在台阶上。

尚楚哼笑了一下。

小野猫像是知道哪儿最暖和，走到他们俩中间的位置卧下，眯着眼睛给自己舔毛。

尚楚有一下没一下地拍着猫咪脑袋。

白艾泽突然说："逗猫得挠下巴。"

他这么说着，手指轻轻挠了挠猫咪下巴，小野猫舒服得发出了呼噜声。

尚楚看他手法熟练，于是问："你家里养猫？"

白艾泽想了想，点头说："算是。"

"唔，怎么挠？我试试。"

尚楚学着白艾泽的样子，在猫咪下颌位置抓了两下，小野猫"嗷呜"一声，躲开了尚楚的手。

"手法不对，"白艾泽说，"它不舒服了。"

尚楚很不爽，吸了吸鼻子："一只破猫还这么事儿，不挠了！"

白艾泽失笑。

入营以来，两人还是第一次这么和平地相处。

第一名和空降兵，并肩坐在台阶上逗一只小脏猫，这场景怎么看怎么怪异。

但此刻的尚楚觉得自己和青训营里的其他学生格格不入，反倒是白艾泽更让他觉得自在。

沉默了一会儿，尚楚站起来，拍拍裤子说："走了。"

"嗯。"白艾泽头也不抬，继续逗弄身边的猫咪。

尚楚伸了个懒腰，没说别的话，进了宿舍楼。

下午三点半，淋浴间开放，尚楚决定趁着这时候没人，先去洗澡。

他常年打药，手臂上留下不少痕迹，和别人一起洗澡总担心会被看出来，于是他都选在没人的时段去，要么很早，要么很晚。

到了浴室，他去了最里面的一个隔间，用了几分钟时间冲了个澡，又给自己打了一针药。

尚楚关了淋浴喷头，正用干毛巾擦头发，身后突然传来"嗒嗒嗒"的脚步声。

他动作一顿，空药瓶和针管还在肥皂架上没得及收，声音离他越来越近，他用毛巾盖住肥皂架，但药瓶的形状仍旧非常明显。

脚步声越来越近，来人在隔间外停下，脚步倏然一顿，似乎也没料到此刻浴室里会有人。

"滴答——"

一滴深褐色的药液从倾斜的瓶口掉出，砸落在尚楚的脚背上。

没办法了。

尚楚反手一撞，手肘击中了来人的胸膛。这人毫无防备，加上淋浴间地滑，他退后一步，尚楚趁着这个空当转身，电光石火间把对方顶在了对面一排隔间的隔板上，这个位置恰好是视觉盲区，巧妙地避开了肥皂架的位置。

白艾泽上身赤裸，只在腰间围了一条松垮的浴巾，猝不及防地被尚楚按在了墙上。

"是你？"尚楚有些诧异。

尚楚向后猛退了一步。

"你怎么……"尚楚皱眉，旋即又偏头避开白艾泽的目光，"算了，来这儿肯定是洗澡的。我好了，你用吧。"

白艾泽背靠着隔板，把腰间缠着的浴巾往上提了些，下颌微扬："尚同学是提前开始对我进行格斗训练了吗？"

尚楚的目光落在雪白的瓷砖壁上，觉得呼吸有些不畅，含含糊糊地顾左右而言他："对不起，我不是……地太滑了，我也有点没站稳。"

白艾泽没忽略他绷紧的手臂线条，手背上青筋根根凸起，这个无意识的动作全然暴露了他内心的紧张和防备。

——他在警惕。

一阵强烈的探究感从白艾泽心底生出——这人平时牙尖嘴利得跟只野猫似的，挑衅他、讽刺他、和他针锋相对，面对他的回击虽然时不时恼羞成怒，但也算游刃有余。

那么现在尚楚在怕什么？他什么都没做，尚楚紧张什么？

尚楚走回对面的隔间，迅速用毛巾裹起空药瓶和针管，又把地上残留的浅褐色药液和着水踢进下水道，接着弯腰拎起地上放着的沐浴液。

白艾泽注视着尚楚的背影,看着他拾掇自己的东西。

平时套着毛衣、棉袄看不出来,白艾泽现在才发现原来尚楚很瘦,比同龄人的身形要更加清瘦一些,手臂动作的时候牵动后背的两块肩胛骨,像是蝴蝶破茧时挣扎的双翼,就要刺穿单薄的上衣……

尚楚揣着一团毛巾,提着一瓶沐浴液,努嘴说:"你用吧,我走了。"

"我刚才不是故意的,"尚楚顿了顿,快速说,"等会儿你洗完澡可以找我打回来。"

他扔下这句话就走了,步伐很大,走得很急。

白艾泽表情冷静,连眉梢都没挑一下,只是淡淡地瞥了一眼尚楚手中的沐浴液瓶子。

薰衣草味道的。

天花板上,灯管发出嗡嗡的鸣响,声音低沉。尚楚的脚步声渐渐变弱,直到完全消失。

白艾泽这才站正身子开始洗澡。

第6章 ⚡ 小野猫

　　由于上个周末浴室中的那一场意外，白艾泽和尚楚间的气氛有些微妙，整整一周两人都没怎么说上话。

　　格斗训练如期而至，两人虽是搭档，但初期的训练重点在于肌肉力量提升，大多借助器材进行，加上尚楚有意避着白艾泽，两人也没什么能够单独接触的机会。

　　直到又一个周末来临，辅导员照旧在食堂发还了手机。

　　开放给青训专用的食堂不大，摆了四排大长桌，一张桌子坐十来个人。

　　宋尧去找地方打电话，尚楚端着两个托盘，又刷卡要了根火腿肠和一瓶牛奶，找了个靠窗的位子坐下，从兜里拿出手机，长按电源键，开机了。

　　过去的一周有四个未接来电，号码是"158"打头。收件箱里躺着两条短信，发信时间都是前天，同样来自"158"。

　　【你在哪里训练？要不要交钱？看到回电。】

　　【我在承天酒店当门卫，这次肯定好好上班，不再喝酒，真的改了。】

　　尚利军今年已经说了不下三十次类似的话，每次都信誓旦旦地保证要改，十多年了也没改好。

　　尚楚将拇指放在拨号键上停留片刻，犹豫着要不要按下去。

　　"这里有人吗？"

　　头顶传来白艾泽低沉的声音，尚楚指尖一顿，若无其事地放下手机，抬头对白艾泽耸了耸肩，示意他随意。

　　白艾泽放下餐盘，尚楚表面波澜不惊，实际却提着一口气。

　　白艾泽刚要坐下，衬衣口袋里的手机振动了起来。他接起电话往外走，尚楚听见他喊那头的人"大哥"。

　　白艾泽的哥哥？那个私生子？怎么感觉兄弟两人关系还不错的样子？

　　尚楚咬着筷头，想到青训营里关于白艾泽的传言。

　　尚楚自发脑补了一出爱恨情仇的精彩大戏，剧情发展到白艾泽和他大哥抢夺亿万家产,白艾泽双膝跪地,嘶吼着"你只是个私生子,你有什么资格在我面前嚣张",泪水如同洪流般从他眼中滚滚而下……尚楚一阵恶寒,赶紧拉回思绪,埋头狠狠扒了一口饭,又夹起一根笋干放进嘴里。

呸!好老!

江雪城带着张觉晓也朝这边走了过来,停在了尚楚斜对面,在白艾泽旁边的空位上坐下。

尚楚抬起眼皮扫了他们一眼,没说话,专心吃饭。

秦思年也两手端着餐盘来了,站在桌边左右看了看,问尚楚:"这儿有人坐吗?"

"有,"尚楚头也不抬,"宋尧的。"

"哦……好吧。"秦思年只好又往边上挪了个位置,坐到了张觉晓对面。

江雪城刚才排队的时候看到了白艾泽,知道这是他的座位,把筷子伸到白艾泽的饭菜里搅和一通,对张觉晓说:"我以为有钱人家的公子爷都吃的什么好东西,这不也和我们普通老百姓一样嘛。"

张觉晓附和:"吃的是人饭,就是做的不是人事儿。"

白艾泽点了一道白菜炖豆腐,被这么一搅,豆腐块变得稀碎,渣滓满盘都是,看起来极其倒胃口。

"你……你们不能……"秦思年抖着声音说。

"你什么你?"张觉晓恶狠狠地瞪了她一眼,"别以为这里没人知道你怎么想的,反正是倒数第一,横竖拿不到最后的录取名额,倒不如和那个关系户搞好关系、抱抱大腿,牛啊!"

秦思年气得双唇颤抖,但江雪城狠戾的眼神一扫过来,她吓得立刻垂下头。

"没事的没事的。"秦思年在心里想,"不能和他们正面起冲突,等会儿再去给白同学买一份饭,不坐这边的位置,避开他们就好了。"

江雪城变本加厉,打算把自己掉在地上的一块排骨扔进白艾泽饭里。他刚伸出手,"啪"的一声,一双筷子从斜对面伸出,夹住了他的筷子。

脏兮兮的排骨再次掉落,在桌上骨碌碌转了几圈,停在了尚楚的托盘边。

"你就这么爱管闲事?"江雪城阴着脸。

尚楚松开筷子,漫不经心地说:"浪费粮食,可耻啊。"

江雪城目光紧紧锁在尚楚脸上,明目张胆地嘲讽道:"他可是个走后门的,你这么关照他,也想抱他大腿?"

"你看不起走后门的,可以,"尚楚沉静地说,"搏击场上把他揍个半死我也没意见。"

秦思年眼皮一抬,发现白艾泽回到了食堂,就站在不远的地方。

她赶紧拿起自己的营员卡,去帮白艾泽重新打饭。

尚楚看着江雪城凶狠的双眼,筷子在不锈钢餐盘上轻轻敲了两下,缓缓勾起嘴角:"三番五次搞这些小动作,低不低能?"

"你——"江雪城双眼一瞪。

"好了好了,别生气嘛,"尚楚夹起桌上那块排骨,放到江雪城的托盘里,"吃块肉,多好的一块排骨,肥瘦相间,不吃可惜了。"

江雪城咬着牙,片刻后骂了一声,重重扔下筷子,扬长而去。

白艾泽回到了位置上,低头看了看自己那份已经没法看的饭菜,又抬头看着尚楚。

"看我干吗?"尚楚不看他的眼睛,干巴巴地说,"和我没关系啊,不是我干的。"

白艾泽眉梢一挑,饶有兴味道:"我离开前把我的饭菜交给了尚同学,我认为尚同学应该保护好它。"

"……神经。"尚楚咬着一根笋丝,懒得理他。

白艾泽笑而不语,只是悠悠闲闲地看着尚楚啃鸭腿。

尚楚被他看得浑身不自在,把手边宋尧的餐盘推到他面前:"吃吃吃,你吃这个,干净的!"

白艾泽瞥了一眼餐盘里的菜,皱眉道:"我不吃蒜,不吃葱,不吃羊肉。"

"事儿真多。"尚楚翻了个白眼,"劳烦您再去打一份行吗?"

"这个看起来还不错。"

尚楚抬眼,见白艾泽指着他刚才买的火腿肠和牛奶,赶紧像护食的猫咪似的把东西揣进口袋里,义正词严地拒绝:"对不起,这不行。"

"别紧张,"白艾泽后仰,舒适地靠着椅背,解释道,"不拿你的,我自己买。"

"你买你买。"尚楚急火火地扒完最后一口饭,端起空盘起身离开,"和宋尧说声,我先回了。"

白艾泽目光微闪,左手拇指摩挲着右手背。

尚楚在躲他。

他这几天一直在观察,尚楚确实有意避开他。

虽然不能完全确定是为什么,但白艾泽隐约觉得,和那天浴室里发生的事有关。

还真和猫似的,平时牙尖爪利的,这就被吓跑了。

白艾泽眉梢一挑,有趣,大哥家的那只缅因猫,也不及这位第一名有趣。

宋尧和家里聊完天回了食堂,进门先看见了白艾泽。他手里拎着一个白色塑料袋,里头装着一袋火腿肠和几瓶牛奶。

"你就吃这个?"宋尧问。

"没,不是人吃的。"白艾泽抬手指了指窗边的位子,"你的饭在那儿。"

宋尧踮脚张望了一眼,问:"阿楚呢?"

"他先回去了。"

"也不等等我!"宋尧抱怨,"谢了啊老白!"

白艾泽对他晃了晃塑料袋子。

秦思年照着白艾泽刚刚的菜色重新打了一份,发现桌上只剩一个宋尧。

"他们呢?"她着急地问。

"走了啊。"宋尧说,"老白和阿楚都回去了,你找谁?"

"哦。"

秦思年呆呆地看着手里的餐盘,片刻后转身走了。

"你不吃啦?"宋尧问。

"不想吃了。"秦思年闷声闷气地说。

"一个个都什么毛病……"宋尧嘟囔。

白艾泽拎着一袋子火腿肠,在宿舍楼底下撞见了尚楚。

这位第一名正坐在楼梯上喂猫,将一根火腿肠掰成了指甲大小的块儿,又不知道从哪儿捡来一片大叶子,倒了些牛奶在里头。

小野猫舔了舔火腿肠,似乎有点儿嫌弃,转头嘬了一口奶,胡须上沾了几滴奶珠子。

"你还嫌?"尚楚屈指在它额头上轻轻弹了一下,"这里只有这个,爱吃不吃。我自己都没舍得吃。你一个小流浪崽还嫌七嫌八的,你配吗?"

小猫咪还挺有灵性,像是听懂了他的话似的,不满地"喵"了一声。

"嗯?"尚楚又拎了拎猫咪耳朵,"配不配?"

小猫甩头:"喵呜——"

"你还'喵'?还委屈上了是吧?"尚楚"哟"了一声,撸起袖子,两手撑着膝盖,和一只小猫咪杠上了,"就这些,我花了多少钱知不知道?四块八!我平时吃个早饭都用不了四块八!你有什么好委屈的,我还委屈呢!"

小猫:"喵!"

尚楚:"喵——"

他这一声"喵",叫得百转千回、气韵悠长、抑扬顿挫。

小猫咪被能发出喵喵声的"两脚兽"吓坏了,瞳孔一缩,绕着尚楚的左腿转了两圈,仰头打量着他,又叫了一声:"喵呜——"

尚楚哼了一声,一连串"喵"了十多声。小野猫甘拜下风,乖乖地趴在尚楚脚边。

"怕了没?"尚楚眉梢一挑,也不知道在得意个什么劲儿,指了指火腿肠小块儿,"吃!"

猫咪看了眼粉色火腿肠,显然并不怎么感兴趣。

白艾泽旁观了这场莫名其妙的一人一猫猫语大战,这位学猫叫的人类竟然还赢了。

他双手抱胸,看着尚楚坐在第三层台阶上,迷彩裤管非常宽松,裤脚却收得很紧,扎进黑色短靴里,显出了一种利落干净的少年气。阳光并不强烈,在尚楚微垂的脸上镀上一层温柔的光,睫毛在眼下投出一道阴影。

小野猫是毛茸茸的,浮尘萦绕下的尚楚也是毛茸茸的。

"猫不能吃这些。"白艾泽一手插兜,一手拎着塑料袋,走到台阶前停下。

尚楚抬起头,见到白艾泽先是极其短暂地愣了半秒,然后往边上坐了一些,说:"知道。"

白艾泽顺势在尚楚身边坐下,挠了挠小猫的下巴,猫咪舒服得发出了呼噜噜的声音。

"火腿肠盐分高,不适合猫吃。牛奶不容易吸收,猫肠胃不好,最好不要喝。"尚楚单手托着下巴,"书里就这么写的,对不对?"

白艾泽有些惊诧,尚楚"哧"了一声,没好气地问:"你什么表情?没想到我知识这么渊博?"

"不是,"白艾泽身体后仰,一只手搭着上一级台阶,另一只手抚摸着猫咪的下巴,两条长腿闲适地伸着,"那你为什么……"

"为什么还喂它吃这些?"尚楚眉梢一挑,"那不然吃什么?这比它在外头流浪扒拉垃圾桶强多了。这种流浪猫没你想得那么脆弱,和你们精英家庭养的宠物猫不一样,放心。"

他话里夹着不易察觉的嘲讽,白艾泽假装没察觉,说:"上次看见你逗猫的方法不对，我还以为——"

"理论知识还是有点的，"尚楚转头看着他，"没实践过。"

"为什么？"白艾泽问。

尚楚的目光微微闪烁，似乎有稍纵即逝的、类似于感伤之类的情绪，但白艾泽还来不及捕捉，它就消失在低垂的眼睫下。

"哪有那么多为什么，"尚楚漫不经心地说，"本来想养，看了点儿养猫的知识科普，觉得太麻烦，所以最后没养成呗！"

他一番话说得轻描淡写，白艾泽也不问别的什么，只是赞成道："是麻烦，不过——"

"不过什么？"

白艾泽看着尚楚，眉梢一挑，饶有兴味地说："挺有意思。"

"喊，有什么意思？"尚楚撇嘴，低头对小猫说，"你说说，你有什么意思？"

小野猫舒服得呼噜噜个不停，尚楚的脚尖合着节奏一下一下地点着地。白艾泽听着"嗒——嗒——嗒——"的声音，眼皮渐渐变沉。

"你怎么想的，"不知道过了多久，尚楚突然说，"好好一个公子哥，来这里受罪干吗？"

白艾泽眼皮微垂，就在尚楚以为他不会回答的时候，他突然回答："不知道。"

"不知道？"

"嗯，不知道。"白艾泽睁开双眼，转头问了尚楚同样的问题，"你呢？来这里干吗？"

尚楚出乎意料地回答："不知道。"

"你也不知道？"

"没有更好的选择了。"

尚楚两只手掌托着脸，手肘撑着膝盖，左右晃了晃。

这个动作非常幼稚，白艾泽只在五岁的侄女身上见到过。但这个姿势同样非常惬意，尚楚第一次在他面前露出如此不设防的姿态，卸下了浑身锋利的尖刺，露出了柔软并且有些天真的内里。

"你们这种有钱人家的少爷，也和我们这种普通人一样迷茫，"尚楚弯着眼睛说，"不知道怎么回事，反正就挺开心的。"

他这个笑也和平时截然不同，没有他惯常的痞气，嘴角眉梢都完全舒展开来，眼尾上扬的弧度像一把蘸着糖浆的小钩子。

白艾泽一怔。

"它怎么叫得和一辆摩托车似的？"尚楚指着小野猫问。

白艾泽迟钝了几秒，脑子里那架机器才重新恢复运作："说明它舒服。"

"我挠它它怎么'不开摩托'？"尚楚两指扣着小野猫的下巴，"我试试。"

白艾泽从善如流地做了个"请"的手势，尚楚在猫咪脖子上抠了抠，小野猫冲尚楚喵喵叫个不停。尚楚恼羞成怒，咬牙切齿地说："给点面子，摩托开起来！"

白艾泽唇边泛起微笑的弧度，说："位置不对。"

说完，他自然地伸出手，把尚楚的手指放到猫咪下巴尖上，掌心托着尚楚的手背，手把手地纠正："这个地方，挠两下，轻点。"

尚楚按照白艾泽说的，轻轻动了动指尖，小猫咪果然眯起了双眼。

"开了开了，'摩托开了'！"

他指尖动作的时候，指节屈起。

"学会了，谢谢啊。"

"嗯，不客气。"

尚楚站起身，拍了拍裤子上的灰尘，转身上了台阶："走了。"

"等等。"白艾泽说。

"嗯？"尚楚转头。

白艾泽从塑料袋里拿出一根火腿肠和一瓶牛奶，抛给了尚楚。

尚楚抬手接住，问："给我的？"

"嗯，四块八。"白艾泽揶揄地说。

尚楚扶额："你都听到了？"

"嗯……下次在公共场合说话——尤其是和猫说话，最好小声点。"

"滚滚滚！"尚楚笑出了声，掂了掂牛奶瓶，"谢了。"

白艾泽颔首。

"对了，"尚楚走了几步又扭头，对白艾泽说，"下周格斗课开始实训，你自己小心，我不会放水。"

"我也是。"白艾泽挑眉。

不远处，秦思年抿着嘴唇，拿出手机，发了一条微信：

【妈，给我买袋猫粮寄过来，我有用。】

自从掌握了让猫咪"开摩托"的方法后，尚楚沾沾自喜、得意扬扬，上课下课脚步轻快得和踩在云上似的，仿佛掌握了什么了不起的技能。当时以全国第一名的成绩考进青训营他都没这么开心过。

有天晚训下了课,他被宋尧拉着去食堂小卖铺买吃的,戚昭和苏青茗要了超大份的关东煮,两人分着吃。尚楚刷卡买了一根火腿肠,又买了一瓶纯牛奶,宋尧笑话他怎么跟个小学生似的,还吃这种火腿肠。

尚楚"喊"了一声,说:"你们懂个屁,老子是要去'开摩托'!"

宋尧的两只眼睛和灯泡似的,"噌"一下就亮了,勾着尚楚的脖子问:"摩托?什么摩托?阿楚你不仗义啊!有好东西也不和哥几个分享分享。"

戚昭和苏青茗也双眼灼灼地盯着尚楚,对摩托很感兴趣。

尚楚终于有了展示"开摩托"技术的机会,掂了掂手里的奶瓶,眉梢一挑,大手一挥:"哥带你们见见世面!"

他这段时间暗示了好几次,每天都在宋尧面前晃悠,问一些"你知道怎么让一只猫开心吗""你知道挠猫的下巴会发生什么吗"这类问题,无奈宋尧这个缺根筋的就是不接他的话茬,每次都回答:"猫有什么好的,要不我给你讲讲怎么让一只狗开心呗,我家鲁晓夫……"

接下来话题就顺理成章地掰扯到鲁晓夫身上,几次之后,尚楚连鲁晓夫每天拉几次屎、最喜欢小区里的那只阿拉斯加都知道了。

比起选拔成绩全国第一、格斗能力一骑绝尘,会逗猫实在是一件微不足道的事情,但尚楚就是和小学生一样幼稚,像是拥有了什么了不得的技能,按捺不住自己想炫耀的心情,就像是完成一个曾经没来得及完成的心愿。

尚楚那天告诉白艾泽,他曾经想过养猫,后来又不想养了。

这个说法实际上半真半假。

曾经他们一家还住在新阳时,尚楚妈妈在垃圾桶边捡了一只流浪的小猫。

那真是一只很小的猫咪,团在手里就一个手掌心那么大,眼睛睁不开,声音细细弱弱的,快要被饿死了,奄奄一息的。

尚楚放学回来见到鞋盒里蜷着的小猫咪,他蹲在一边小心翼翼地看了好久,想伸手摸摸又不敢。

这么脆弱的小东西,摸坏了怎么办?

他问妈妈能不能把猫咪抱出来,他想带去给同学们看一看。

妈妈哑然失笑,比画着说小猫太小了,身体也不好,现在不能和它玩,等它长大一点、变得健康了,就可以一起玩了。

尚楚问要多久,妈妈摇摇头,表示她也不知道,然后又伸手比了一个"七",意思是可能要七天吧。

七天。

小尚楚深信不疑,第二天他迫不及待地告诉班级里的朋友们,他家里有一只猫,不过要等七天才能和它玩,因为它现在太小啦,身体也不好,还不会走路呢。

放了学,小尚楚绕道去了书店,在第三层一个偏僻的角落找到了一本养猫的百科全书。但那本书好厚,好多字他都不认识,只好边看边对照着《新华字典》一个字一个字地查。

他四点半放学,到了书店是五点,最晚到六点就要回家,一个小时的时间,他只能看两页多。

书里说了,猫咪不能吃含有咖啡因的食物,比如巧克力;不能吃洋葱,不能吃含盐量高的东西,不能吃刺激性强的……他很认真地把知识点抄到自己的本子里,掰着手指头数第七天什么时候来。

小尚楚掰到无名指的那天是第四天,消失了半个月的尚利军突然回家了。

他是深夜两点多敲的门,木门被他捶得砰砰响。他边砸门边骂,小尚楚缩在床角,惊恐地睁着眼睛。

尚楚妈妈披上外套下了床,尚楚拉着她的衣角不让她走。

妈妈摸了摸他的头发,帮他掖好被角,出了房间,同时锁上了房门。

紧接着,房门外传来熟悉的辱骂声和摔打声,小尚楚用枕头闷着耳朵,觉得听不见就好了。

但奇怪的是,妈妈明明不会说话,小尚楚却好像听见了她凄厉的呼救,一声又一声,像是刀子割在他的耳膜上。

"你敢锁门!你是不是想让老子死在外面!老子死了你就开心了是吧?你这个哑巴!"

尚利军喝醉酒后往往话都说不清楚,唯独骂老婆的时候很利索。

小尚楚在发抖,浑身都是冰的。他听到了巴掌打在脸上时清脆的响声,他想冲出去和尚利军打一架,但他手脚都是软的,他真的不敢。

他那时候多大?才六七岁吧,他真的害怕。

这种恐惧是永无止境的,他总是想着等他长大了,尚利军就不敢再欺负他们,他也可以一脚把尚利军踹倒,可以有沙包那么大的拳头。

小猫长大只需要七天,那么他长大需要多久呢?

"砰"的一声巨响,房门被人狠狠踹了一脚。

"开门!"尚利军在门外吼,"开不开门?!你也想老子死是吧!"

小尚楚蜷缩得更紧。

"叫你儿子给老子开门!"

有什么东西被甩到了门上,尚楚知道那是他妈妈。

接着,尚利军抓着他妈妈的头发,把她的头一下一下地往门上撞。

"咚——咚——咚——"

"你不开门是吧?真是老子的好儿子!啊?你再不开门,老子把这哑巴扔出去!"

尚利军双眼猩红,双手叉腰,怒气汹汹。

他在房中走了一圈,见到什么就砸什么。

小小的客厅一片狼藉,尚利军似乎打砸累了,叫骂的声音渐渐小了。

小尚楚躲在被窝里,下嘴唇咬出了血,想着终于过去了。

接着,他浑身一抖,瞳孔猛地一缩——

"猫?我在外面连包烟都买不起,你们还有钱养猫是吧!"

这句话像某种暗号,终于打开了孩子心里压抑已久的那个开关。

尚楚不知道哪里来的勇气,他一跃而起,跌跌撞撞地下床开了门。他妈妈像一块破布瘫倒在门外,脸上都是血,额角凹陷下去一块。

看见尚楚开了门,她急忙抱着尚楚的腰,拼命冲着他摇头,捂着他的嘴不让他叫喊。

其实她多虑了,尚楚根本不会叫,他的脑袋里一片空白,喉咙像是被一双无形的手紧紧攥住。

他眼睁睁地看着尚利军掐着小猫咪的脖子,把那么小、那么小的一只猫往墙上摔。

"都要老子死是吧?你也要老子死是吧?"尚利军像是从地狱里爬出来的恶鬼,眼珠凸出,嘴角咧到了耳根,目露凶光。

…………

那是小猫咪来到家里的第四天,尚楚的猫咪百科书才看了十来页,还没看到应该怎么逗猫。

他把小猫埋在了小河边,像是完成某种重要的仪式。

同桌小胖问什么时候能去他家看猫啊,小尚楚说现在不行,要等自己长大了才可以。

小胖又问他什么时候长大啊?小尚楚攥着拳头,说很快了。

不会逗猫的小尚楚终于长大了,带着朋友来看他的猫,两根手指在猫咪尖尖的下巴那儿挠了挠,小猫咪发出舒服的呼噜声。

尚楚下颌一抬:"听听,'开摩托'了,牛不牛?"

宋尧、戚昭、苏青茗都有些无语。

宋尧打了个哈欠:"走了走了!"

戚昭也不嫌冷,大冬天的叼着根冰棍,摇了摇头:"睡了睡了。"

"不是,"尚楚拦下他们,"你们就不觉得贼牛、贼有意思?"

苏青茗扒拉了一下头发,拍了拍尚楚的肩膀:"阿楚,猫舒服了就会呼噜,这是什么稀奇事吗?"

"你这几天早出晚归的,就在玩这猫?"宋尧蹲下拍了拍猫背,"猫有什么可玩的,鲁晓夫才好玩。阿楚,改天去我家,我让鲁晓夫给你表演叼拖鞋……"

"都给我滚蛋!"尚楚在宋尧屁股上踹了一脚,"别打扰我'开摩托'!"

宋尧揶揄道:"行行行,你开你开,无证驾驶,我告老师!"

"滚!"尚楚笑着骂了一句。

宋尧他们进了宿舍楼,戚昭说她那儿有本搞笑漫画,问宋尧看不看,宋尧忙不迭点头,说现在就去她宿舍拿……

尚楚坐在台阶上,听着他们的交谈声渐渐远去。

他闭上眼睛,试图让自己回到那年,假装还能够重来一遍。

那是小猫来到家里的第七天,同学们如约到他家来看猫,他们快快乐乐地玩了很久,在晚饭前依依不舍地离开。

再次睁开眼,小野猫乖顺地卧在他脚边,头枕在他鞋面上。

尚楚手肘撑着膝盖,低头对猫咪小声又骄傲地说:"反正我就觉得你牛,'摩托'开得嗖嗖的,厉害。"

"哎!阿楚!"

头顶上传来宋尧的喊声,尚楚抬头一看,宋尧在二楼走廊探出一个脑袋,朝他挥手。

"干吗?"尚楚说。

"下周四不是休息嘛,去我家玩呗,鲁晓夫可有意思了!"宋尧盛情邀请。

尚楚摇了摇手,笑着回答:"再说吧。"

尚楚把火腿肠掰成小块,摘了花坛里一片矾根,自己叼着叶柄,把火腿块放在叶子里,小野猫伸出舌头舔了舔。

尚楚双手交叠,下巴枕着手臂,看着猫咪慵慵懒懒、悠悠闲闲的样子,忽然有一种如释重负的轻松感。

他乐此不疲地逗猫,带着宋尧他们来看猫,无非就是为了补上当年缺漏的一块拼图。

他想要弥补的事情太多,他对不起那只小团子一样的流浪猫,它还不会走路。他对不起小胖,明明约定好的七天,他却毁约了。最对不起的人是妈妈,因为他年幼、软弱、无能,只会在被窝里瑟瑟发抖,妈妈一个人承受了所有的侮辱和打骂。

但他童年时代缺漏的拼图又何止这一块?尚楚知道,他补不完的。

他对小胖说七天后来看猫,但小猫死了;他又告诉小胖等长大了再邀请他来看猫,半年后小胖跟着家人搬走了,他和小胖再也没有见过面。

当年那只小猫咪永远埋在了新阳市的一条小河边,而尚楚独自长大了。

白艾泽夜跑回来,脖子上挂着一条白毛巾,走到宿舍楼前时,停下了脚步。

秦思年气喘吁吁地小跑追上来,双手撑着大腿,费劲地喘着气,对白艾泽说:"你不用特地停下来等我……"

她抬手擦了擦脸上的汗水,放下手臂时呼吸一顿——尚楚坐在楼前的台阶上,双眼紧闭,看上去像是睡着了。

秦思年下意识地看向白艾泽,果不其然,他正定定地看着尚楚。

在路灯的映照下,白艾泽的侧脸不似平时冷峻,反倒有种出人意料的温和。

"尚同学怎么又喂小猫吃那些东西?"秦思年站直身子,犹豫着对白艾泽小声说,"猫咪不能吃……"

"比起翻垃圾桶,"白艾泽出声打断她,"没有什么不能吃的。"

"我已经让家人买了猫粮寄过来,"秦思年急忙解释,"过两天……"

"跑完了?"台阶上的尚楚听见声音,睁开了双眼,对他们扬了扬下巴,漫不经心地打了声招呼。

"嗯。"

白艾泽点头,走上前去,很自然地在尚楚身边坐下。

小猫长长地"喵"了一声,蹭了蹭白艾泽的裤管。

"坐远点儿!"尚楚闻见他运动后身上散发的气味,嫌弃地皱眉,拿手扇了扇风,"臭!"

白艾泽自顾自地逗猫,头也不抬地说:"尚同学可以把鼻子捂上。"

"不行,"尚楚冷哼,"用嘴呼吸我也觉得臭!"

"可以把嘴也一起合上。"白艾泽彬彬有礼地建议。

"口鼻都捂上我怎么呼吸？"尚楚问。

白艾泽抬头看着尚楚，表情是恰到好处的诧异，满脸写着"关我什么事，你问我有什么用"。

尚楚黑着脸，默默往边上挪了挪。

秦思年局促地站在一边，尚楚抬手招呼她："小秦，一起坐会儿呗！"

"还是不了，"秦思年说，"我先回去了，还要背书。"说完，她匆匆看了白艾泽一眼，快步进了宿舍楼。

"小秦怎么回事儿，都来了半个多月了，还这么腼腆？"尚楚随口说了句，"不过我看你俩关系倒不错，她是不是对你有意思啊？"

"没有。"白艾泽反应很快，几乎是脱口而出。

"啊？"尚楚不明白他说的是什么。

"没有不错。"白艾泽想了想，"没有有意思。"

尚楚瞄他一眼："那你俩还成天一起跑步？"

白艾泽抿着唇，抚摸着猫咪背上的毛。

尚楚见白艾泽不说话，于是也没说什么，安安静静地咬嘴里的草茎。

"我从明天起也开始晨跑。"半晌，白艾泽突然开口。

尚楚吐掉嘴里的草茎，瞪眼问："为什么？"

"早晨空气好。"白艾泽说。

尚楚心里叫苦不迭，他习惯了一个人跑步，这空降的来凑什么热闹！

"那我夜跑。"尚楚说。

白艾泽偏头看了他一眼，眼神有些古怪。

"为什么？"

尚楚讪笑了两声，抬头看了看天："我觉得晚上空气好。"

"嗯，"白艾泽赞同，"晚上确实好些。"

尚楚咬牙切齿，心说白艾泽就是在挑衅，明知道自己讨厌他，还非要和自己一起跑步，这不就是故意要和自己作对的意思？

他一个空降的草包，哪儿来的底气？

尚楚哼了一声，双手抱臂，直截了当地说："你早上跑，我就晚上跑。你晚上跑，我就早上跑。"

白艾泽目光微闪，心想他果然在躲。

第一名和空降兵安安静静地坐了一会儿，白艾泽身上的味道淡了，尚楚才呼出了一口气。

猫咪呼噜噜地"开着摩托",尚楚歪着脑袋听了会儿,突然问:"哎,问个问题。"

"什么?"

"一只猫长大要多久?"

"具体指长到多大?"

"唔……"尚楚想了想,用双手比画了一下,"就像这么小,长到可以跑可以跳,要多久?"

"二十天左右就会走路了,健康的话,满月后就能够自由跑跳。"白艾泽抱起猫咪,放到自己大腿上。

"原来要二十天……"尚楚喃喃道。

"怎么?"白艾泽偏头问。

"没什么。"尚楚耸了耸肩,语气轻快,指着白艾泽怀里的那只猫,"它会'开摩托',是不是贼牛?"

猫咪在白艾泽腿上舒服地仰躺着,白艾泽轻轻揉它的肚皮,它发出呼噜呼噜的声音。

"是,"白艾泽点头,"会'开摩托',很厉害。"

尚楚大笑出声,挪了挪屁股,坐得离白艾泽近了点儿,拍了拍他的肩膀:"哎,你不是早知道猫舒服了就会发出这种声音吗?"

白艾泽眉梢微挑:"这和我觉得它很厉害矛盾吗?"

尚楚摸了摸下巴:"嗯……有点幼稚。"

白艾泽:"我认为能说出'开摩托'这种比喻的,比较幼稚。"

"喊!"尚楚摆了摆手,懒洋洋地站起身,双手插兜,突然说,"谢谢啊。"

"谢什么?"

"谢谢你夸它。"尚楚说。

——那年不完整的那块拼图,谢谢你补上了。

他在心里补充道。

"不用,"白艾泽笑了笑,仰起头说,"什么时候把欠我的一角钱还了就行。"

"……没钱,滚蛋!"

第7章 ⚡ 格斗

周二上午,所有人都被带到了室内训练场,进行第一次格斗实训。

比起大部分人的跃跃欲试,秦思年显得过分焦虑,一路上都低头含胸,畏畏缩缩的样子好像是要去上刑场似的。

青训营还算有几分厚道,给每人都发派了一套护具。

更衣间里,宋尧检查了一遍鞋带,正往手臂上套护肘,尚楚突然撞了他一下,下巴抬了抬,说:"哎,你搭档,不去关心关心?"

"什么?"

宋尧顺着尚楚下巴扬起的方向看过去,秦思年可怜地蹲在墙角,对着眼前的护膝、护肘、护腕、护踝,表情无助中又有一丝畏缩。

宋尧"咻"了一声:"你还说我,你看你自己的搭档——"

白艾泽背对着他们,站在另一头的柜子前上护腕。他穿着一件运动单衣,修身设计把他的身形勾勒得淋漓尽致——宽阔的肩膀、紧窄的腰身,肩背的每一寸弧度、牵动的每一块骨骼都无比流畅,宣告着强劲却并不张扬的力量。

宋尧不自觉地吞了吞口水,羡慕地说:"以前怎么没发现,老白这身材可以啊!"

尚楚生怕被人发现似的,鬼鬼祟祟地瞟了白艾泽一眼,评价道:"绣花枕头。"

"都好了没?"侯剑穿着迷彩短袖,来到门边吹了声口哨,中气十足地喊道,"一个两个磨磨蹭蹭!两分钟内场地集合!"

"教官,我——"

角落里传来一个细弱的声音,侯剑循声望去,发现秦思年蹲在墙角,连护具都没戴上。

他霎时火冒三丈,厉声喝道:"你干什么!这里不是漫展,你'靠死'小白兔呢?"

宋尧嬉皮笑脸地插嘴:"报告教官——那词儿是'cos',不念'靠死'!"

尚楚搭着他的肩,抛了抛手里的护肘,吊儿郎当地附和:"报告教官!我同意!"

"有你俩什么事儿!"侯剑瞪了他们一眼,转头呵斥秦思年,"不想训练现在就叫你妈接你回家!还想不想训练!"

秦思年放下手,缩着肩膀,讷讷地回答:"想。"

"两分钟!"侯剑扔下一句,甩手就走。

"小秦啊,没事儿,"宋尧安慰道,"你放开了打我,我不记仇。打架会吧?打过没?"

秦思年摇了摇头。

她这样都不用化妆,往头上套个耳朵就真能"靠死"小兔子乖乖了。宋尧不明白这么个乖乖女是怎么混进青训营的,只好耐着性子劝慰道:"前几周不是对着沙包和木桩训练吗?你就把我当沙包、当木桩,就这么简单。"

秦思年还是跟受了什么天大的委屈似的,小心翼翼地往白艾泽那边看了一眼,见他转过身,赶紧手足无措地低下头。

其他人陆陆续续都去场地集合了,戚昭和苏青茗见秦思年像小媳妇似的,唯唯诺诺地站在宋尧面前。

两人揶揄地冲宋尧挤眉弄眼。戚昭眉梢一挑,和苏青茗对视一眼,大笑着走远了。

宋尧气不打一处来,不怕搭档菜,就怕搭档像秦思年这样——自己还没做什么呢,她就委委屈屈的,等会儿拳脚练起来,她不得泪洒当场?

白艾泽还在调整护踝。尚楚双臂环胸,事不关己地靠在墙边,懒洋洋地用审视的目光打量秦思年。

"我说你……"宋尧有些急了,扯了秦思年手臂一下。

秦思年以为宋尧要打她,赶忙闭上眼,抬手挡住自己的脸。

"宋尧!"尚楚大跨步上前,把宋尧拉到自己身后,给了他一个警告的眼神,示意他闭嘴,转头拍了拍秦思年的肩膀,说,"没事儿,宋尧下手有轻重,他要是伤着你了,我替你打回来。"

"我……我不是那意思,"秦思年抬起头,紧张地解释,"我就是不会……"

"有什么不会的?"尚楚抓起秦思年的手腕,往自己胳膊上拍了一下,"就这么打,会了没?"

秦思年愣愣地看着尚楚。

"握拳。"尚楚说。

秦思年把手握成拳。

"地鼠打过没？你就想象对方的身体是个地鼠机，你的拳头就是敲地鼠的锤子，瞎砸就行了。"尚楚的教学十分深入浅出，"就那种苦情剧里头，主角发疯见没见过？你把自己当成个疯子……"

秦思年觉得这个形容有点好笑，她看了看自己还没鸭蛋大的小拳头，又苦哈哈地牵着嘴角。

"哎——对了！"尚楚按按她的肩膀，表扬道，"就这个状态，又哭又笑的，接近疯魔了，等会儿你就这么揍宋尧。"

宋尧："……你说的是人话吗？"

尚楚还抓着秦思年的手腕，转头瞥了宋尧一眼："你闭嘴！"

另一头的长凳上，白艾泽拎起地上那一袋护具，站到秦思年面前，自然地隔开了尚楚："戴上。"

"啊？"秦思年抬头，怔怔地看着白艾泽。

白艾泽刚才注意到尚楚也没上护肘，他从袋子里拿出一个肘具，放到秦思年手里，脸颊稍稍往侧后方偏了偏，强调道："戴上这个，不容易受伤。"

秦思年这才反应过来，如获至宝地从白艾泽手里接过袋子，用力地点了一下头："嗯！"

尚楚撇嘴，嘀咕了一声："怎么你说话就这么管用……走了，集合去！"

他勾着宋尧的脖子往外拉，宋尧被拉得一个趔趄："你慢点儿！我快被你勒死了！"

白艾泽双手插着口袋，见他们俩走远了，突然问秦思年："你觉得他怎么样？"

"谁？"秦思年仰头。

"尚楚，"白艾泽说，"你觉得怎么样？"

秦思年的心突然揪紧，她摸不准白艾泽这话到底是什么意思。

秦思年惴惴不安地瞄了白艾泽一眼，企图从他的表情中发现一丝端倪，但白艾泽神色如常，她只好给出一个绝不会出错的答案："尚同学人很好，虽然是第一名，但从来不骄傲，刚刚还主动帮助我。"

白艾泽垂下眼睫毛，目光微闪。

——很好？

"白同学觉得呢？"秦思年小心翼翼地问。

"不是很好，"白艾泽脱口而出，"很难相处，表面上看起来随和，实际极端自负，看不起任何人。"

"啊？"

秦思年傻眼了，没想到白艾泽对尚楚的评价这么低。

白艾泽看着秦思年，认真地说："我觉得宋尧挺好的。"

"啊？"秦思年提着一袋子护具愣在原地。

"性格开朗，能力优秀，"白艾泽评价道，"从各方面考量，都会是很好的……搭档。"

秦思年挠头，附和道："我也这么觉得。"

"嗯，"白艾泽点头，淡淡道，"加油。"

秦思年以为白艾泽是给她一会儿训练鼓劲，于是套上护腕，干劲十足地说："我会加油的！"

白艾泽颔首，双手插着口袋，淡定地出了门。

不远处，宋尧和尚楚两个人勾肩搭背的。

他眉心微微蹙起，看不惯尚楚这副样子。

要是对人家女孩子没意思，就别去引人误会。

"阿嚏——"宋尧鼻子一痒，朝四下张望了几眼，"谁？谁在骂我？阿楚，是不是你在心里说我坏话了！"

尚楚嗤他："谁闲着在心里说你坏话？"

"我就知道你不会……"

"我都是明着骂你，"尚楚咧嘴一笑，"傻瓜！"

"你……"宋尧跳到尚楚背上，掐着他的脖子前后摇了摇，"你才是傻瓜！"

"滚下来！"尚楚被宋尧掐得直翻白眼，"老子喘不上气了！"

宋尧从他背上跳下来，挤了挤眼睛，又问："不过老实说，你刚才为什么要帮小秦？"

尚楚挑眉："不然呢？你真要揍她？"

宋尧一脚踢飞脚边的石子："我什么时候想揍她了？冤啊！我就是……就是有点急了！"

"以后，"尚楚说，"你对谁急，也不能对她急。"

宋尧问:"为什么?"

尚楚扶额唏嘘:"她这个水平,考得进来吗?"

宋尧说:"实话实说,不行。"

"那不就得了。"尚楚耸肩。

宋尧愣了几秒才琢磨出来怎么回事,低呼道:"这小公主也是走后门的?"

"你都说人家是小公主了,你觉得呢?"尚楚很镇定,"估计来头不小。"

宋尧用硕大的脑袋去撞尚楚:"阿楚!我造了什么孽啊!和她分到一组!要是我哪天突然消失了,你就和我老妈老爸说,他们上次没收我的车模杂志,我还藏了两本尺度最大的,就在鲁晓夫狗窝第三层垫子底下!"

尚楚冷着脸,用一根手指抵着宋尧的头顶:"我会和叔叔说,你因为害怕爸妈翻到那两本杂志,羞愤地跳入厕所蹲坑之中,含粪而亡。"

"……绝情啊,尚楚同学。"

尚楚懒得搭理宋尧,翻了个白眼走了。

宋尧一路干号。

到了训练场门前,尚楚转过身,对宋尧说:"不用特意让着,该怎么就怎么,手里留点劲儿。"

宋尧瞬间收起了哭号的表情,嬉皮笑脸地扬眉道:"放心。"

实训第一天,不计成绩,各组搭档间对招。

格斗是警务指挥以及实训的一种重要考查手段,考查的不仅仅是身体素质、实战技巧,更考验一名警员在危机面前能否保持机智果断、沉着冷静和坚韧刚毅。

青训营的少年们早就按捺不住,个个眼里都闪着兴奋的光,攥着拳头跃跃欲试。

"想不想上?"侯剑吹了声哨子,问道。

"想。"大家齐声回答。

"想不想?"侯剑加大音量。

"想!"

"全体都有——"侯剑发出指令,"立正!站军姿,半小时!"

"喊——"

"教官,什么嘛!别玩我们了!"

"就是啊教官，都一个月没打架，憋不住了！"

……………

尚楚提着的一口气瞬间泄了个干净，他松了松手腕，正打算解开手肘上缠着的护肘——这玩意儿戴着不舒服，他手臂内侧有针眼，被这么一勒，怪疼的。

他一边护肘还没拆完，就听侯剑气贯长虹地吼道："都不听命令了是吧！"

"听听听，"宋尧扭了扭脖子，"立正是吧？立正了立正了。"

其余人都稀稀拉拉地站好。

侯剑哼了一声，没好气地一挥手："分组列队，开始实训！"

尚楚和白艾泽走到场地最里侧，相对而立。

"第一名，"白艾泽眉梢微挑，"多多指教。"

尚楚懒洋洋地重新缠好护肘，一脸不以为意，嘲讽道："你放心，我下手肯定比小巷子里的阿龙、阿虎那流氓兄弟俩有分寸。"

白艾泽丝毫没有被激怒的意思，仍旧保持着很好的风度，微笑说："可惜我现在身上没有现金，否则一定多给尚同学几张，你比那俩兄弟加起来都值钱。"

尚楚漫不经心的眼神慢慢变得犀利，如同鹰隼般盯着白艾泽的双眼，勾唇一笑："白同学，这种场合和混混打劫可不一样。"

白艾泽松了松手腕，淡淡道："当然不一样，除非尚同学认为自己也是混混。"

训练场的每个角落都开着摄像机器，势必要把他们每个人的每个细微动作都记录下来。

"啊——我输了！投降投降！"

另一头传来谁的高呼，尚楚已经无暇顾及了，他像是蛰伏已久的猛兽，一旦开启了战斗这个开关，眼里就只有他的猎物。

高大俊朗的猎物朝他挑衅地勾了勾手，尚楚出拳的速度很快，瞬间划破空气。

一直站在高处观察的侯剑瞳孔霎时紧缩，眉心微蹙，专注地看着这边的情况。

白艾泽的速度更快，他猛地一偏头，拳风贴着侧脸划过，掀动他鬓角的头发。

尚楚也有几分诧异，但他反应极其迅速，一拳未能击中，当即屈起手肘，小臂打横，反身压着白艾泽的脖颈。

他整个人贴在白艾泽身上，凭借自己的体重和惯性将白艾泽逼退几步，把白艾泽按在墙上。白艾泽旋即扣着尚楚的手腕，屈膝往他小腹顶去。尚楚本能地弓身，另一只手要去格挡。

白艾泽游刃有余地轻笑一声，尚楚觉得有些不对，白艾泽根本就没有抬起腿！

就在他犹豫的这个瞬间，白艾泽抓住了他的破绽，另一只手钳住他的大臂，手腕一扭，反身将他反制，轰然按在了墙面上！

"你……"

尚楚抬头，眼中是毫不掩饰的震惊。

他被白艾泽压制在身体和墙面围成的狭小空间中，几乎动弹不得。

白艾泽的力量、技巧和抓机会的能力怎么会这么强？

"第一名，"白艾泽低声说，"我记得我说过，之后你的位置，我来坐。"

尚楚喘了两口气，接着缓缓地勾起嘴角，眼神渐渐变得认真起来。

"哦？白同学这么自信？还没有结束呢。"说罢，他猛地屈膝。

白艾泽立刻反应过来，手肘向下抵着尚楚的膝盖，轻笑道："我用过的招数，尚同学要学，可不好用了啊。"

"是吗？"

尚楚粲然一笑，小腿往侧边一拐，狠狠扫在了白艾泽膝弯处。

白艾泽从小学习空手道，跟的都是名师，哪里见过这种招式？

他一个不防，尚楚趁势一拳击在他的腹部，按着他的肩膀。

"砰——"

尚楚将白艾泽压倒在地，半跪在他身侧，发梢挂着汗珠，乌黑的瞳仁亮晶晶的。

侯剑眉心一紧，刚想吹哨叫停，只见白艾泽不仅没有露出痛苦的神情，反倒有几分愉悦。

侯剑动作一顿，还是选择放下口哨。

"这招怎么样？"尚楚笑得有几分邪气。

"不怎么样，"白艾泽嘶地倒吸了口气，"还没有结束呢。"

"怎么样？"尚楚半跪在白艾泽身侧，一边膝盖抵着他的腰，放肆地勾唇一笑，冷冷道，"我早说过，绣花枕头，你不行。"

白艾泽丝毫不慌，意味深长地淡笑一声，说："你说不行就不行？"

语毕，他抬手勾着尚楚的脖颈，用力往下一压——

尚楚半跪在地，重心全在下半身，他上身整个倾倒在白艾泽身上。

两人目光相对，维持着一个互相僵持的姿势。尚楚牙关紧咬，白艾泽的手臂犹有千斤重，从身后紧紧箍着他的后颈——那是一种绝对的力量压制。

不过短短几秒，尚楚的肩背不易察觉地颤抖起来，他却不肯示弱，抵着白艾泽腰侧的膝盖丝毫没有收力。

"尚同学，"白艾泽也有些轻喘，眉梢一挑，"试试？"

白艾泽说话时温热的气息扑面而来，尚楚不可避免地觉得有些眩晕，好在他出发前注射了两针高浓度药剂，加上此时精神高度集中，尚且还能够控制。

他口腔里泛出了一丝苦味，鬓角沁出了汗珠，膝头再度用力往下一压——

身下的白艾泽闷哼一声。

尚楚邪气地勾唇一笑："白同学，我这不就在试着吗？"

他汗湿的发梢清晰地倒映在白艾泽瞳孔深处，从他身上传来浓烈的茶叶香气。

白艾泽必须承认，尚楚很强，强到确实有嚣张自负的资本。就算是他，也要竭尽全力才能不被尚楚压制。

他第一次见到尚楚如此认真的模样，眼中明晃晃地刻着胜负欲，勾动着白艾泽的神经。

白艾泽注视着尚楚漆黑的眼瞳，脑中有一块区域兴奋不已，活跃地躁动起来。

这种感觉就如同面对一只爪牙锋利的猎猫，他迫不及待地要在这只猎猫倔强的眼睛里看见臣服和膜拜。

这一切不过发生在电光石火间，训练场中热火朝天，没有人注意到在宽阔场地的一角，他们的第一名正在和空降兵进行一场无声的对峙。

侯剑站在高处，目光犀利如鹰隼，将一切细节尽收眼底。

他手中捧着一份名册，尚楚的名字后面标了一个"1"，"白艾泽"三个字后面则是跟了一个问号。他按下圆珠笔帽，在那个问号上涂了两笔，继而标上了一个"1"。

入营第二十八天，这张花名册上，已经有了两个"1"号位。

就在这时，一滴晶莹的汗珠顺着尚楚挺拔的鼻梁滑落。这一幕快到连遍布各个角落的全方位多角度拍摄的摄影机都无法拍摄，却在白艾泽的眼睛里被一帧一帧地无限拉长——那滴汗悬挂在尚楚鼻尖，摇摇欲坠片刻，然后"啪"一下，准确无误地砸中了白艾泽。

这滴汗令白艾泽眉心不自觉一皱，后背倏然一僵。

白艾泽从小到大都没有交过什么朋友，与人相处时总是保持着礼貌且疏远的距离。于他而言，旁人的汗珠落在他手臂上这种事此前从未有过，他一时间竟然有些仓促，不知该如何应对。

尚楚趁着这个空隙，迅速反身钳住了白艾泽的手腕，挣脱了他的桎梏，同时一手将白艾泽右手按在头顶，另一只手紧攥成拳，拳风呼啸着迎面撞来。

白艾泽眉头轻蹙，不避不让，眼也不眨地看着尚楚的拳头停顿在距离自己鼻尖只差毫厘的地方。

侯剑吹响了口哨："停——"

空气仿佛陷入了停滞，尚楚的胸膛剧烈起伏。

沉默片刻后，白艾泽呼出一口气，淡淡道："你赢了。"

尚楚眼底一片冰冷，他什么也没说，兀自站起身，转身离开。

侯剑心里很是诧异，脸上却丝毫不显。

他垂头沉思了几秒，接着在尚楚名字后那个"1"上一弯，原本笔直的"1"显现出了天鹅颈般的弧度，变成了一个"2"。

刚才他看得很清楚，在尚楚出拳的一刹那，由于求胜心切，重心瞬间失衡，上身左倾，是白艾泽及时抬手扶住了尚楚。

一向不苟言笑的主教官审视着名单上一头一尾两个名字，竟然罕见地露出了一丝笑容。

有趣，这届小孩真有趣。

"我简直无语了，"解散后，宋尧在尚楚耳边喋喋不休地吐槽，"你知道小秦在干吗吗？我还没出拳她就抱头蹲下了，还哭唧唧的，我还没地儿哭呢！"

尚楚面无表情，拆下手上的护具扔进自己的柜子。

"阿楚，以后你帮我拆拆招，这个搭档我是指望不上了⋯⋯"宋尧在一边唉声叹气，"你说怎么办吧？打不能打骂不能骂的，我⋯⋯你怎么了？"

尚楚"啪"一声合上金属柜门，对宋尧说："你先回去，我有事。"

尚楚鲜有这样的时候，他一贯都是张扬随意的，自负和傲气都写在脸上，走到哪里都是吊儿郎当的，从不把谁放在眼里。

但此刻，他就像是一座休眠的火山，沸腾的熔浆压抑在平静外表下，待机喷发。

宋尧拧眉，严肃地问："怎么回事？"

"没。"尚楚显然不打算解释，"你先走。"

"行，"宋尧没多问，拍了拍他的肩膀，"有事就叫我。"

尚楚点头。

白艾泽正在对面一排柜子前卸护具，他像是知道尚楚要单独找他，动作极其缓慢。

其余人陆续离开了更衣室，秦思年换好衣服，从女更衣室过来，站在门边，估计在等白艾泽。

"哎，"尚楚抬了抬下巴，"你先回去，我有话和他说。"

"啊？"秦思年舔了舔嘴唇，"可是我……"

尚楚耐心告罄，不打算和她多说："你自己吃饭去。"

他扔下这一句，然后用力甩上了更衣室的门。

"你要干什么？"秦思年在外面敲门，"把门开开！不然我去叫教官了！"

尚楚充耳不闻。

白艾泽拆下最后一个护腕，刚一转身，一道身影倏然冲至眼前。

尚楚抓着他的衣领，将他狠狠搋到了柜子上！

金属衣柜发出"哐"的一声巨响。

门外的秦思年听见动静，越发焦急："开门啊！你们干吗！"

宋尧还没走远，听见动静返回更衣室，恰好遇见了从女更衣室出来的戚昭和苏青茗："两位女侠，帮个忙，把小公主弄走！"

戚昭闻言眉梢一挑，上前勾着秦思年的肩膀，强硬地把她拉走，笑眯眯地说："思年，一块儿吃饭去啊，培养培养感情呗！"

更衣室中，尚楚一只手臂抵着白艾泽的胸膛，眼神凶狠，咬牙切齿道："你放水了？你把我当什么？"

"抱歉。"白艾泽面容冷峻，大脑以前所未有的速度运转着，试图为自己刚才的行为找一个得体的借口，"我……"

"你藏得够好的啊！"尚楚的脚尖逼近半步，"被打劫？被欺凌？我还以为我是锄强扶弱的武侠小说男主角，敢情你才是那个不露锋芒的天之骄子，我就是个傻子对吧？"

他比白艾泽矮大半个头，从白艾泽的角度低头看去，正好将他乌黑的眼睫毛和微红的鼻头纳入眼帘。

白艾泽眉头轻皱，说："我没有。"

"你没有？"尚楚冷冷一笑。

白艾泽静静看着尚楚，在少年猎豹般凶狠的视线中平静地重复了一遍："我没有，从来没有这么想过。"

尚楚瘦削的背脊像是一张紧绷的弓，手背上青筋根根凸起："在城中村的巷子里，那两个流氓劫住你，你为什么不抵抗？"

白艾泽说："懒得动手。"

"以江雪城为首的几个人处处针对你，你却不还击，也是懒得动手？"

白艾泽颔首，淡淡道："对，没有必要。"

更衣室里没有开灯，大门紧闭。微弱的阳光透过玻璃窗投射进屋，尚楚背光站着，一张漂亮得过分的脸沉浸在半明半暗之中。

汗水打湿的发梢搭着额头，他的呼吸有些粗重，胸膛大幅度起伏着："你最后让我那一招，也是因为懒？因为没必要？"

"不是，"白艾泽平淡的语气突然有了一丝波动，"是因为……"

"因为什么？"尚楚定定地盯住他的双眼，"你说啊。"

白艾泽闭了闭眼，额角突突地跳着，大脑突然一片空白。

"说！"尚楚冷硬地迸出一个字。

白艾泽双唇紧抿，默然不语。

——怎么说？说"我因为你的一滴汗乱了节奏，来不及躲过你最后的那一拳"？

这个理由过于蹩脚，连白艾泽自己都觉得荒谬至极。

空气里带着浓重的霉味，尘埃几乎要将整个鼻腔堵塞。

尚楚眼神犀利，直勾勾地盯着白艾泽，心脏剧烈搏动着。

沉默的对峙之后，尚楚松开了白艾泽，后退一步，冷笑着说，"行，白二公子是吧，牛，你牛！"

紧闭的铁门被粗暴地打开，"砰"一下重重甩在了墙面上，北风呼啸着涌进来，"哗"地卷起一股灰尘。

白艾泽背靠着金属衣柜，隔着灰蒙蒙的尘土看着尚楚大步走远的背影，抬手按了按额角，无声地叹了一口气。

尚楚挟着一身的戾气和无处发泄的挫败感在风中漫无目的地走了一圈，途中踢飞了五颗石子，踩扁了三个易拉罐，踹了十多脚树墩子，心头那股发闷发涩的堵塞感好不容易才疏通了一些，他深吸一口气，接着——"阿嚏！"

他一个瑟缩，鼻涕都溅出来了，这才想起外套还在更衣室里。

尚楚返身朝更衣室的方向走，走出去十几米，又板着脸转身回来。

万一白艾泽还在里头怎么办？他要回去撞见人那多丢人？

早知道这么冷，刚刚就穿上外套再打白艾泽了！

去他的白艾泽！

尚楚双手抱臂，蹲在一地树墩子中间，企图御御寒。然而这些树墩子是用来给他们练平衡的，就小腿肚子那么高，压根儿挡不住风。

去他的树墩子！

寒风和刀片似的从耳边刮过，尚楚边哆嗦，边打了个惊天动地的喷嚏。

"阿——嚏！"

他抬手抹了抹鼻涕，这会儿不是很想回宿舍，他没心思搭理任何人，他得静一静、想一想。

尚楚的心里扎进了一根刺，他知道自己不对，也知道是他太偏激、太自负，但他要思考思考，总不能让这根刺一直扎着他。

他把头埋在手臂里，几秒后站起身，往基地大门的方向跑去。

"干什么干什么！不让出去啊！"大爷坐在保卫室里，拿警棍敲了敲窗户，对着喇叭喊，"明天不就放假了嘛，赶快回宿舍去！"

尚楚叩了叩窗玻璃，说："大爷，我不走，你让我进去暖和暖和！"

"什么？"大爷有点儿耳背，隔着层玻璃听不清楚，吼道，"你这孩子！乱跑出来做什么！赶快回去！"

尚楚："我不出去！"

大爷："回去回去！"

尚楚："我不是想出去！"

大爷："再不走我打电话叫你们老师来了啊！"

尚楚哭笑不得："我不——阿……阿嚏！"

大爷虽然耳朵不好使，但眼睛还是好的，看见尚楚打了个喷嚏，赶紧打开门把他扯进屋子里："哎哟，你这小愣娃干什么啦！外头这么冷的天，珠珠说今天只有两三度！再过几天就要下雪了！"

被暖气这么暖烘烘地一烤,尚楚才觉得浑身血液活泛了点儿,他也不见外,拿了个一次性杯子,在饮水机里接了杯热水捧在手里,问道:"珠珠是谁?您老伴儿?"

"要是那倒好喽!"大爷白了他一眼,敲了敲桌上的台式电脑,"是电视台的天气预报主持人!"

尚楚"扑哧"一声乐了。大爷估计是南方来的,操着一口浓重的乡音,一边唠唠叨叨地数落他,一边又往他杯子里撒了几颗枸杞。

"我就坐会儿。"尚楚说,"不出去,也不打扰您。"

"搞不懂你们现在这些孩子在想什么。"大爷摇摇手,自顾自坐回藤椅里,继续看电脑里放着的相亲节目。

尚楚说只是来坐会儿,就真是坐着。

墙上挂着一面老派的时钟,秒针嘀嘀嗒嗒转了十多圈,尚楚突然开口问:"大爷,有烟没?我抽一根。"

大爷连忙把桌上的一个红色盒子揣进袖子里,忙不迭地摇头:"没有的没有的!"

"我都看见了。"尚楚伸出食指,指了指大爷的衣袖。

"哎呀,让你们老师知道,要把我骂死的!"大爷坚决不同意。

"就一根,"尚楚笑了笑,"我心里难受。"

"怎么难受了?考试没考好吧?"

尚楚想了想,回答说:"差不多吧。"

"我就知道,"大爷说,"我家小孙子哦,每次在幼儿园没拿到小红花,回了家就这个表情,和你一个样子的哟!"

尚楚手腕一动,喝了一口热水。

"哪能有总考第一名的人嘛!"大爷靠进藤椅里,跷着脚,"偶尔几次没考好又怎么样。这个考分吧,就和珠珠的天气预报一样,有时候晴天有时候雨天,那都是正常的。"

尚楚低头不语,脑子里反复出现格斗实训中最后的那个画面。

白艾泽不知道为什么,似乎恍惚了一霎。他率先出拳,但右肩肌肉极其僵硬,拳头划破空气的第一瞬,他就知道自己输了。

他急于求胜,全身重心尚未调整,仍在膝盖上,出招时身体失衡,是白艾泽及时扶住了他。

尚楚清楚得不得了,白艾泽让不让他又怎么样,他都输了。

不小心呛了一口水,他反倒更加清醒了。

心里那根小刺扎得他隐隐作痛。

综艺节目里一位男嘉宾铩羽而归,背景音里女歌手温柔地浅唱着"缘分是稀罕的东西,不是争取了就会如意"。珠珠的天气预报说有时晴有时雨。大爷说哪有总考第一名的人嘛……

种种声音在他耳朵里乱作一团,然后是救护车长长的嘶鸣——

再接着,穿着白大褂、戴着浅蓝口罩的医生冷冰冰地宣告:"徐慧家属在吗?失血过多,抢救无效。"

徐慧家属在吗?

他愣了一下才想起来,哦,徐慧是妈妈,他就是徐慧家属。

护士说徐慧走的时候攥着一张纸,不知道写了些什么,应该很重要,让家属带回去保管。

尚楚知道那是什么——是他的奖状,上面写着他拿了班级第一,但字迹都被血染红了,什么也看不出。

脑子里像是有一锅煮沸的粥,咕嘟嘟乱作一团。

考试嘛,有输有赢的……

徐慧家属在吗?失血过多,抢救无效……

这张纸家属带回去……

让我们掌声有请下一位男嘉宾……

太吵了,实在太吵了。

尚楚用力摇了摇头,指尖倏地一紧,差点把杯子里的水挤出来。

他放下一次性杯子,抬手盖着眼睛,深深呼了一口气。

尚楚不知道自己为什么就变得暴躁,是因为"输"这件事本身,还是因为"输"的对象是白艾泽?

是那个一直被他视作草包的空降兵,一直被所有人看不起的富家公子,而他甚至还自以为是地为对方摆平过几次麻烦。

然而今天,他输给了白艾泽。

他的心高气傲、自负狂妄都成了笑话。

前所未有的挫败感如同没顶的潮水,让他喘不上气。

尽管尚楚的理智清楚地告诉他这不是白艾泽的错,白艾泽又做错了什么呢?

甚至在搏斗的最后关头,还能够伸手扶他一把。

白二公子已经把教养和风度体现到了极致，但尚楚还是害怕，那张被血染红的艳丽奖状日日夜夜束缚着他的手脚，他害怕自己的名字不在榜首，他需要无数个第一名堆积在一起，才能把那年被鲜血覆盖的字迹一一复原。

那是徐慧女士短暂而悲惨的一生中，最骄傲、最自豪的东西。

"不冷了？"大爷斜睨尚楚一眼，"不难受了吧？"

"还有点吧。"尚楚坦白，声音有些沙哑，"有个人比我厉害，怎么办？"

"那就祝贺他嘛，"大爷轻飘飘地扔下一句，"保三争二，也不错！"

"不行，"尚楚仰着头，手臂搭着眼睛，声音带着不易察觉的颤抖，"我一定要……做第一名。"

大爷看着这位突然闯进保卫室的年轻人，摇了摇头，笑着抓了一把枸杞装进小塑料袋。

"小崽，你要是这么想的话，就会不快乐哟。"

"我不要快乐。"尚楚张着嘴，大口呼气，声音断断续续的，"我要第一。有根刺儿扎着我，很疼，我也想拔，真的。"

"你要做第一，"大爷把袋口扎紧，"那就变得比他更厉害、更强。"

尚楚缓缓放下手臂，露出一双通红的眼睛。

大爷把装着枸杞的小塑料袋塞进尚楚的裤兜，拍了拍他的肩膀："谁说有刺儿就得拔？胡说八道！那根刺啊，其实是一棵小树苗，你每天给它浇浇水，它会长成大树的。"

"树苗？"尚楚喃喃问，"大树？"

"对，它是保护你的东西。"大爷爽朗地大笑出声，"回去吧，下次记得穿厚点，不然就生病了！"

尚楚往回走，风刮得他睁不开眼。

宿舍楼底下站着一个人，肩宽腿长，臂弯里搭着一件外套，站在那一簇五颜六色的矾根边，橘黄色的野猫伏在他脚边。

尚楚脚步一顿，然后淡定地走上去，接过外套穿上，声音闷闷的："谢谢。"

"嗯。"白艾泽声音低沉，"抱歉，我……"

"打住！"尚楚抬手打断他，"不需要。"

"那……"白艾泽皱眉想了想，像是有些苦恼，"需要安慰吗？"

"谢谢……更不需要。"尚楚拉上外套拉链，擤了擤鼻子。

小猫围着他们打转，"喵呜喵呜"地叫着。

尚楚双手插进大衣口袋，眼珠子转了几圈，有些尴尬，声音细如蚊蚋："那个，对不起啊。"

白艾泽一怔，接着勾唇笑了起来："我也不需要这个。"

"那需要安慰吗？"尚楚学着他刚刚的话，故意臊他。

"需要。"白艾泽转头看着他，笑着说。

"……滚蛋！"尚楚骂了一句，也"扑哧"笑出了声。

秦思年焦急得在走廊里转来转去，宋尧带来了一兜瓜子，靠在墙上边嗑边说："小年，你说你有什么可着急的？别转了，瓜子吃不吃？"

"我怎么不急？"秦思年跺了跺脚，"万一他们打架了怎么办？"

戚昭耸耸肩："那有什么的，人家是搭档，指不定课后留下来对对招呢。"

苏青茗也笑："你就别瞎操心了，打架就打架呗，我也想找机会和尚楚过过招。"

秦思年诧异道："可我们是女孩子……"

苏青茗说："女孩子怎么了？能考进这里的不分男女，我就不比男的差。"

宋尧冲她竖起大拇指。

"不和你们说了，白同学肯定打不过尚楚的！"秦思年急得鼻音都出来了，"被打坏了怎么办？"

"坏不了！"宋尧翻了个白眼，"白同学一米八几的个头，一身肌肉，你以为和你似的，见着拳头就哆嗦？"

秦思年又气又急，瞪了宋尧一眼，趁他低头从口袋里掏瓜子，转身"噔噔噔"地往楼梯的方向跑，想要去找人。

"哎！"宋尧赶紧把手里的一把瓜子壳扔进垃圾桶，追着她喊，"你别跑啊，咱俩聊聊天……"

秦思年一手把着扶手，三步并作两步，跑得飞快，刚走到拐角，"咣"地撞上了一个正在上楼的人。

尚楚楼梯走得好好的，上头突然蹿出来一人，一头扎进他怀里。他下意识地抬手环住来人的背，脚底下一个趔趄，险些摔个四仰八叉，幸好白艾泽走在他后头，及时扶了他一把。

"投怀送抱啊？"尚楚退后半步，揶揄道，"看不出来啊小年，你还挺主动。"

宋尧追着秦思年跑过来，刚跑下几级台阶，脚步一顿。

拐角停着三个人，姿势还都挺诡异——尚楚抱着秦思年，白艾泽又从后头托着尚楚。

宋尧脑子里冒出一个大大的问号，神色古怪地问："你们搞什么？表演什么行为艺术是吧？"

尚楚抬起双手，无辜地耸了耸肩。

秦思年猛地一抬头，头顶准确无误地磕着了尚楚的下巴。尚楚在短短十几秒里再次受到袭击，倒吸了一口冷气，捂着下巴喊疼："士可杀不可毁容啊，别把我这英俊的脸撞坏了！"

秦思年愣愣地看着尚楚，又看看白艾泽。

他们怎么一点都不像刚打完架的样子？

尚楚见秦思年一脸呆萌，手掌在她面前晃了晃："傻了？我逗你的，我这下巴原装的，哪那么容易被撞坏……"

秦思年抿着唇，垂着头不说话。

"刚在更衣室吓着你了是吧？"尚楚想了想，大大咧咧地拍拍秦思年的肩膀，耐着性子解释，"对不住啊，我那不是冲你……"

他和秦思年面对面靠得很近，说话的语气也有意放得很轻，听着就和在哄人似的。

白艾泽抓着尚楚的大衣下摆往后一扯，尚楚毫无防备地往后退了两个台阶。

"你什么毛病？"尚楚眼皮一跳，转头对白艾泽恶声恶气地说，"我现在可还是第一名，你想摔死我好篡位还是怎么着？"

白艾泽扭了扭手腕，淡淡道："手滑。"

"你……们没事吧？"秦思年迅速瞥了一眼白艾泽，低声说，"我还以为你们俩吵架了。"

"我就说你瞎着急吧，"宋尧趴在楼梯扶手上，冲尚楚抛了个媚眼，继而道，"还想着去找教官，这不什么事儿也没有吗？"

"真的吗？"秦思年看向尚楚。

"呵呵……"尚楚咬着牙，扯出了一个混杂着尴尬、傲娇和愤怒的生硬的假笑，手肘捅了捅白艾泽的手臂，从牙缝里挤出几个字，"你说呢？"

"我们没有吵架，"白艾泽微笑着看向尚楚，眼底藏着不易察觉的调侃，"我需要安慰，所以尚同学特地留下来安慰我，非常感谢。"

"噗——"

宋尧非常不给面子地笑出了声,尚楚瞪了他一眼,冲他挥了挥拳头。

"不用谢。"尚楚回以一个露八颗牙的标准笑容,电视台主持人一样字正腔圆地道,"以团结友爱为荣,以争吵斗殴为耻。"

白艾泽用一种"孩子长大懂事了"的欣慰眼神看着尚楚,尚楚表面上淡定自若,实际在心里恨得咬牙切齿,这家伙就是故意臊他的!

尚楚在心里怒骂白艾泽三百遍,一脸的若无其事,目视前方,抬脚上了楼。

顺道没留神"脚滑"了一下,在白艾泽的鞋面上踩出了一个脚印。

"以团结友爱为荣……"宋尧乐得见牙不见眼,学着尚楚刚才的样子,压着喉咙,发出古怪的机械音,"以争吵斗——哎哎哎,你干吗?"

尚楚耳根子一烫,单手勒着宋尧的肩膀:"去你的!"

"不是你刚说的吗?争吵斗殴要不得啊!可耻!可耻得很!"

尚楚不用回头就知道白艾泽肯定又在背后笑话他,他恼羞成怒,拖着宋尧往楼上的厕所走,恶狠狠地说:"老子今儿让你知道什么叫可耻!"

"啊——"

片刻后,头上传来宋尧的惨叫声。

第8章 ⚡ 贫民窟

明天就是一个月一次的假期,晚饭后,辅导员发还了手机,嘱咐了明晚八点前必须回到基地登记,否则记一次警告处分,警告超过三次就直接开除。

宋尧欢天喜地地拿回手机,迫不及待地打电话回家,让他爸明儿早点开车过来接他。

白艾泽不知道接到了谁的电话,声音压得很低,快步走出了宿舍。

尚楚百无聊赖地躺在床上,玩了会儿数字华容道又觉得没意思,接着点开了超级玛丽,一路畅通无阻地到了第四关,突然手机振动,弹出来一个提示,"158"给他发了一条短信。

他手一抖,游戏里的马里奥掉下悬崖了。

尚楚骂了句脏话,把手机往被褥上一摔,翻了个身,干脆眼不见心不烦。

"老爸!我要吃皮皮虾!再弄个酱肘子!我在这儿吃的都是猪食……老爸你是我的天我的地,维密天使都比不上你!"

宋尧对着手机一口一声"爸",尚楚呆呆地瞪了会儿天花板,又反手摸出手机,点开短信界面——

【昨天发了工姿,有两千八百块,这个月没喝酒,给你买了一跳库子(一条裤子)。下月给你生活费。什么时候回家?】

尚利军这错别字,没文化就别学人家发短信。

尚楚来回把这条短信看了十多遍,眼睛突然有点儿涩,他抬手按下两个字。

【明天。】

一分钟后,"158"的短信再次发送到尚楚手机里。

尚利军应该是一看到尚楚的消息就立即回复了,很短的几个字:

【明天爸去买大虾,做给你吃^】

后头还跟了个笑脸的蹩脚表情,不知道和谁学来的。

尚楚抿了抿嘴唇,编辑了一个"好",手指在发送键上停留了半晌,最后还是没有按下去。

秦思年出去了一趟,回来的时候抱着一袋子什么东西。戚昭正在发微信,抬头问:"什么呀?"

秦思年说:"我妈妈给我寄的猫粮。"

苏青茗笑着说:"给楼下那只小野猫的吧?"

秦思年点点头,对戚昭说:"小昭,我可以和你换个床铺吗?"

她睡在戚昭上铺,要是把猫粮塞在下铺床底下,味道太大,她担心熏着戚昭。

戚昭当然没意见,于是和秦思年换了床位。

两个人交换了被褥,戚昭正铺着床,把被单一角塞进床垫底下,手在木板和墙壁的夹缝里滑过,突然摸到了一个软乎乎的小东西。

拿出来一看,竟然是个又脏又破的玩偶。

"小年,"她朝下铺探出脑袋,敲了敲床板,"这是你的东西吧?落床上了。"

秦思年仰头一看,不禁皱起了眉,敷衍地"哦"了一声:"不要了,扔了吧。"

"都烂成这样了。"戚昭很是嫌弃,"这是什么玩意儿?熊吧?怪意识流的……"

她收拾好垃圾下了床,打算扔到走廊的垃圾桶里,在走道上遇见了尚楚。

"宋尧他们在屋里打牌,去不去?"尚楚喊她。

"一会儿去。"戚昭冲他扬了扬手里的透明塑料袋,"先扔个垃圾。"

熊?

尚楚扫了一眼袋子。眼尖的他看见里面那只破破烂烂的玩偶小熊,瞳孔骤然放大,猛地从戚昭手里一把夺过那个袋子。

"我去扔吧,"秦思年从屋里出来,"不好麻烦你……"

尚楚丝毫不觉得脏,从垃圾袋中拿出那只玩偶小熊,站在秦思年面前,沉声问:"哪儿来的?"

秦思年一愣,一时间没反应过来。

尚楚强行压下心底涌起的暴躁,闭了闭眼,又深吸了一口气,尽量让语气听起来缓和一些:"你是不是在哪里捡到的?"

"不,不是的……"秦思年回答,"这是白同学送给我的。"

"白艾泽送你的?"尚楚面无表情地重复了一遍。

秦思年看到他冷硬的脸色,有些心虚地左右看了看,忐忑不安地点了点头,结结巴巴地说:"是,是啊……"

戚昭觉察出了事情不对劲,皱眉问道:"怎么回事?"

尚楚原本并没有什么愤怒的情绪,或许这只熊是秦思年偶然在哪里捡到的也是可能的,但不知道为什么,一听到是白艾泽送的,他心头有把火"噌"地就烧了起来,不由得连声音也冷了几分:"什么时候、在什么地方送的?"

秦思年顾左右而言他,说该出去喂猫了。

尚楚面沉如水。

走廊尽头正在打电话的白艾泽看到尚楚迎面走来,对着那头说了一句:"先挂了。"

那边不知道说了句什么,他额角一跳,迅速瞥了尚楚一眼,侧了侧身体,低声道:"不用,我认路。"说完,挂了电话。

尚楚面无表情地站定在白艾泽面前,白艾泽没有察觉到他紧绷的情绪,双手插兜,眉梢一挑:"找我?"

"这个东西,"尚楚摊开手掌,开门见山道,"你哪里来的?"

白艾泽垂下视线一看,一个玩偶小熊。

他回想片刻,确实记不起自己和这个又脏又破的玩偶有什么交集,于是坦白说:"不知道,这并不是我的东西。"

"当然不是你的,"尚楚勾唇冷冷一笑,"这是我的。"

他心里扎着的那根小刺又开始作乱,在他胸膛里胡作非为,刺得他几乎要丢失理智。

白艾泽发现了尚楚突如其来的冷淡,眉心一紧,问道:"怎么回事?"

尚楚的视线冷若冰霜,一字一句道:"这是你给秦思年的?"

几个关键词在脑海中一串联,总算唤起了白艾泽的些许记忆,他隐约想起似乎是有这么一件事,这个丢失的玩偶被他捡到,当时恰好撞上了秦思年,结果玩偶被秦思年阴错阳差领走了。

这只熊……是尚楚的?

白艾泽看着尚楚冷凝的神色,心头一紧,定定地盯着他的双眼,解释说:"是我无意间捡到的,但……"

尚楚立起一只手掌,粗鲁地打断他:"白艾泽,我……"

几个脏字儿还没出口,尚楚突然止住,双手叉着腰,背过身去不看白艾泽,闭着眼仰起头,深吸了几口气。

——不关他的事,不关他的事,不关他的事……

尚楚在心里反复默念这五个字,好让自己冷静下来。再说了,比起并不知情的白艾泽,更应该责备的是弄丢小熊玩偶的自己。

"抱歉。"白艾泽沉静的声音从身后传来,"我不是想为自己辩解,但我确实不知道它原来是你的，如果……"

喉咙里那团火好像奇异地熄灭了几分，转而成了一种更加微妙的、略带酸涩的情绪。

尚楚猛地转身，看着白艾泽说："你知道这个小熊对我有多重要吗？"

"如果我知道它是你的，"白艾泽紧紧盯着尚楚的眼睛，认真地说，"我会好好保管，完好无缺地把它还给你。"

尚楚一怔。

片刻后，他低下头，迅速说了一句："嗯，知道了。"

"对不起。"白艾泽说。

"哦，那我也对不起。"尚楚也说。

"那……"白艾泽眉梢一挑，"我就原谅你了。"

"……滚蛋！"尚楚笑着骂了一句。

两人一前一后往宿舍的方向走，尚楚双手插兜，右手掌心攥着他失而复得的小熊。

他看着前面白艾泽高大英挺的背影，恍惚中似乎有些明白了大爷说的话是什么意思。

他心里的那根刺，好像真的可以……变成一棵小树苗。

第二天放假，宋尧爸爸一早就开车来接宋尧，宋尧热情地邀请尚楚去他家玩，还说他老妈在家做了椒盐皮皮虾，味道一流。

尚楚摆摆手，大大咧咧地说："我爸也给我做了大虾，下次再去你那儿。"

青训营里的人陆陆续续都离开了，宿舍里还剩尚楚和白艾泽两个人。

白艾泽系好鞋带，背上双肩包，问："你怎么回去？"

尚楚趴在床上玩贪吃蛇："晚点儿坐公交车。这地儿太偏，最早的车十点才来。"

"嗯。"白艾泽走到门边，脚步一顿，偏头问，"我叫了出租车，你要不要……"

尚楚的蛇撞墙死了，他骂了一句，从手机里抬起头："你刚说什么？"

"没，"白艾泽抿了抿嘴唇，"走了。"

"行。"尚楚冲他摇摇手，又开始了新的一关。

白艾泽到了基地大门口，车已经在那里等着了。

他坐上车，说："麻烦到金座广场。"

司机师傅查了查车载导航,问:"城中心那个?"

"嗯。"

出租车缓缓驶离警务基地,白艾泽眼角瞥见副驾上放着一个纸袋,里面装着一只棕熊玩偶,黑乎乎的眼睛像两颗葡萄,憨态可掬,怪可爱的。

他心念一动,问道:"师傅,这是您买的?"

"对。"师傅笑眯眯地回答,"今儿我女儿六岁生日,她就喜欢这种东西,每年我都给她买,越买越大,一岁的时候就买了个巴掌大小的,这一转眼,孩子长大了,熊也长大了……"

说起自己的小女儿,司机师傅脸上尽是笑意。

"您一般都在哪儿买的?"白艾泽问。

"毛毛熊啊!城东有家专卖店,就是专做这个的,我年年都去那儿买!"

白艾泽"嗯"了声,伸头看了看袋子里那只棕熊,沉吟道:"您送我去那儿吧。"

"改道?"师傅问。

"嗯,我买点东西。"

"哟?"司机师傅揶揄道,"小伙子买这个干吗?"

白艾泽说:"把一位朋友的玩偶弄丢了,他很不高兴,需要安慰。"

白艾泽站在"毛毛熊"门前,看着里头叽叽喳喳挑选玩偶的小女生,忽然有种掉头就跑的冲动。

店铺招牌是粉红色的,门口摆着的一人高的大熊玩偶是粉红色的,墙面粉刷是粉红色的,天花板上的帷幔是粉红色的,吊灯是粉红色的,迎客的风铃是粉红色的,店员穿的裙子是粉红色的……白艾泽这辈子没见过这么气势汹汹的粉红色,一时间有点儿头晕眼花。

他硬着头皮推开玻璃门,风铃发出清脆的"叮当"声,两位店员小姐姐条件反射般地喊道:"Pink Bear,欢迎光临毛毛熊小窝!"

店里摆拍的小女生们应声扭头,往门口一看,看见来人是个高大英俊的男生,不禁上下打量着白艾泽。

"先生您好,"一位店员走到白艾泽面前,笑眯眯地问,"请问有什么需要帮忙的吗?"

"买熊。"白艾泽言简意赅地回答。

"好的呢,先生。我们毛毛熊是全国连锁,专门生产小熊玩偶,采用的都是进口面料,百分之百无菌,老人孕妇小孩都可以接触的哦。现在店里正在举办充值活动,办一张1000元的储值卡就送222元呢……"店员热情地介绍,"我们有白熊、棕熊、灰熊、北极熊、浣熊,各种尺寸都有呢,请问您需要什么样的呢?"

白艾泽想了想,伸出一只手掌,回答说:"大约这么大,毛是棕色的,穿着牛仔衣,这样的有吗?"

店员一愣,没想到这位帅哥的要求还挺具体,她领着白艾泽到了一面货架前,上面摆放的都是尺寸稍小的玩偶。

"先生您看看,这边的熊都符合您的要求呢。"店员打开一本宣传册,翻到其中一页,向白艾泽展示说,"我们这边还提供小熊的衣服哦,牛仔系列的可以单独购买呢!"

这面货架足足占了半面墙,白艾泽认真地从头看到尾。

店里的小女生们堂而皇之地盯着他,有一个穿着海军制服风套装的女孩胆子大一些,麻花辫一甩一甩,小跑上来俏皮地道:"哥哥,哥哥,你买这个送对象啊?"

白艾泽弯着腰,专注地看着下排的一个小玩偶,头也不抬:"不是。"

"那你觉得我做你对象怎么样啊?"女孩脸上飘起两朵红云。

"抱歉。"白艾泽对于女孩的直接感到有些困扰,站直身体后微微欠身,礼貌地解释,"我的意思是,我的年纪应该比你小,并不是你的哥哥。"

女孩撇撇嘴,在同伴的哄笑声中捂着脸跑开了。

店员也抿着嘴偷笑,白艾泽没觉得丝毫不妥,俯身拿起一个摆在角落里的小棕熊。

"要这个。"

"这个?这一款在我们店里并不畅销,甚至就要下架了……"

店员有些难以置信,这款玩偶在诸多漂亮小熊中未免显得过于普通,这位帅哥精心挑选了这么久,就挑中了这一个?

"嗯。"白艾泽点头,又指了指那本宣传册,"另外要衣服。"

"好的,您稍等,我去给您包起来。"

白艾泽点了点头,随手拿起那本册子翻了翻。

宣传册的名字叫《毛毛熊专属衣橱》,展示了各种各样的小衣服,尺寸款式一应俱全,光是帽子林林总总就有三页那么多。

比起尚楚那个又脏又破的小熊,这里的玩偶显然要精致多了。

白艾泽指尖一顿,鬼使神差地想到刚才那位出租车师傅。

——每年我都给她买,越买越大,一岁的时候就买了个巴掌大小的,这一转眼，孩子长大了，熊也长大了……

尚楚那么宝贝那只旧熊，会不会是……从来没有人给他买过其他的？

他眉心微蹙，合上宣传册，招手叫来了刚才那位店员。

"先生，有什么事吗？"

"那只熊，你们仓库里有多少只？"

从"毛毛熊"出来，白艾泽左右手各拎着几个鼓鼓囊囊的大袋子。此刻他已经成了尊贵的金卡会员，六位店员在门口列队欢送，店长戴着一头粉色假发，举着一台粉色喇叭，说："预备——起！"

其余店员微笑着高喊："Pink Bear say goodbye, 欢迎下次光临毛毛熊小窝！"

店长急火火地对着喇叭吼："加 s 加 s！说了多少遍加 s！"

店员们再次鞠躬："Pink Bear says goodbye, 欢迎下次光临毛毛熊小窝！"

白艾泽在路人惊诧的目光中额角跳了跳，拦下一辆出租车，火速跳上了后座。

"师傅，金座广场，快点儿走，劳驾。"

金座广场位于市中心，是首都最繁华的商圈。

白艾泽在一家叫"特别"的宠物会所门前下了车，拎着大袋子进了大门。

"欢迎——"前台接待员小玉抬起头，"艾泽来啦？"

"嗯，玉姐好。"白艾泽问，"大哥呢？"

"在五楼做手术呢。"小玉说，"送来一只流浪狗，子宫蓄脓，老板一大早就进去了。"

"我去二楼等他。"白艾泽说。

小玉踮起脚，看到白艾泽拎了几袋子的玩偶，震惊得瞪圆了双眼："你买这么多娃娃干吗？"

白艾泽抬手，用手背蹭了蹭鼻尖，说："送人。"随后拎着几袋子熊，上了二楼。

"特别"宠物会所是他大哥白御的产业，在金座有个整整五层楼的店面，一楼是流浪猫狗收容领养区，二楼专卖宠物用品，三楼用作给宠物美容，四楼、五楼是宠物医院。

白艾泽在二楼找了间空着的会客室，把纸袋子里的东西倒在沙发上。

其中两袋是棕熊玩偶,两袋是店员帮他搭配好的小衣服。

十八只小熊,十八套衣服。

一贯家教和修养极好的白二公子丝毫礼仪都顾不上了,挽起衣袖,盘腿坐在地上,帮每只小熊仔细地从头到脚都穿上衣物。

二公子这双手泡过茶、调过酒、弹过钢琴、打过篮球、捶过沙包,但还是第一次干这种细致的手工活,小小的帽子怎么也套不上小熊脑袋。

毛线帽第六次从手中溜走,白艾泽叹了口气,到四楼取了个镊子,继续给玩偶穿衣服。

有了镊子就好办多了,他用尖尖的镊子夹着小熊胳膊,小心翼翼地套上衣物。

第一只熊,浅蓝色的棉质长袖上衣,下头包着纸尿裤。

第二只熊,戴了一顶红色毛线帽,纸尿裤外面套了一件开裆裤。

第三只熊开始穿鞋子了,黑色皮鞋的搭扣上刻着一朵小小的花。

……

第十只熊戴着明黄色的渔夫帽,背着黑色书包,系着红领巾,衬衣袖子上别了个三道杠。

白艾泽把穿好衣服的玩偶依次在玻璃茶几上排开,看着这些小玩意儿忍俊不禁。尚楚小时候也穿开裆裤吗?也和这些熊一样光着屁股跑来跑去吗?他那么皮,上了小学估计也当不上大队长……

十只小熊仿佛变成了十个排排坐的小尚楚,圆乎乎的眼睛乖巧地盯着前方。白艾泽抿了抿嘴唇,拿起手机,找出当时那条转账记录,上面有尚楚的号码。

【你穿开裆裤穿到几岁?】

白艾泽给尚楚发了一条短信。

几秒后,手机疯狂地振动起来,尚楚来电话了。

白艾泽深吸一口气,接起了电话。

"姓白的,你什么毛病?"尚楚冲着他一通骂,"你才穿开裆裤!滚蛋!"

白艾泽看着穿开裆裤的小熊,笑着说:"抱歉,手滑了。"

"……那你的手可真滑。"尚楚嘲讽道。

那边传来公交车报站声,白艾泽静静听着,想象着十八岁的尚楚应该穿着他那件黑色棉袄,修身长裤,胳膊和腿笔直,像是挺拔坚韧的青松。

"有事没事?"尚楚吸了吸鼻子,音量低了点,"没事我挂了,到站了。"

"嗯,挂吧。"白艾泽说。

"哦。"

白艾泽:"等等,还有一个问题。"
"什么?"
白艾泽正色道:"你穿开裆裤穿到几岁?我是真的要问这个。"
"……你信不信老子把你踢出银河系!"尚楚咬牙切齿地骂了一句,"啪"地挂断了电话。

白艾泽笑着摇了摇头,对十只憨态可掬的小熊晃了晃手机:"看到了吗?这就是你们长大后的混账样子。"

小熊们乖巧地坐着。

尚楚下了公交车,路过一家文具店。门口的铁架子上挂着乱七八糟的明星海报,他随意瞥了几眼。有个歌星他听宋尧说过,什么人美歌甜小蜜桃,人人都喜欢,谁要不喜欢就不是男人!

尚楚停在铁架子前仔细端详那个美人,试图靠近当代少年的审美。海报上,歌手双眼皮宽宽的、眉毛细细的、苹果肌鼓鼓的、小嘴红红的。

尚楚咂咂嘴,心说这还没自己好看!

"帅哥,进来看看呗!"老板坐在店里朝他招手。

尚楚随手买了个东西结了账,走的时候见门口摆着小学生玩的识字卡片,第一张卡片写着"婴儿",配图是个穿着开裆裤的小孩。

尚楚突然"扑哧"一笑,拿起这张卡片问:"叔,这怎么卖?"

"送你了!"老板摆摆手。

尚楚晃了晃卡片:"谢了啊!"

第十一只熊的裤子还没穿好,白艾泽就收到了尚楚的消息。

他点开一看,是张图画,上头有个光屁股的小孩,旁边用红笔打了个大大的箭头,边上写了"白艾泽"三个字。

"幼稚。"

他嘴角止不住上扬,把这张图点了保存。

就在同一刻,手机再次振动起来,白艾泽直接接通,笑着说:"你哪儿来的这……"

"艾泽。"

白艾泽温软的笑意顿时凝固,对面不是尚楚,而是他的母亲,乔汝南。

"妈。"

"嗯。"乔汝南那边传来键盘敲击声,她的声音一如既往地不带任何感情,甚至显出了些冰凉的质地,"你秦伯伯上个月调动到首都,我约了你秦伯伯一家吃饭,你也一起来。"

根本不是征询的口气,而是命令。

"我没有时间,"白艾泽回答,"下午必须回基地。"

乔汝南仿佛没有听见儿子的回答,自顾自地说:"秦伯伯家的女儿和你一样大,你们可以认识一下,将来成为合作伙伴,对两家的事业都会大有益处。"

"妈,"白艾泽非常反感她的言语,起身站到窗边,加重了语气,"我没有时间。"

"艾泽,"那边敲打键盘的声音停了,乔汝南冷静得仿佛在谈判桌上协商合同,"如果你指的是那个靠着你爸爸才进去的所谓的训练营,我不认为这种毫无意义的活动是你拒绝我的理由。"

"如果不是您私自扣下我的证件,"白艾泽语气冷硬,"我不需要靠爸爸的关系进去。"

"艾泽,你享受着家里带给你的资源,却不愿意做任何妥协,"乔汝南是商场上一流的谈判专家,"这有悖于现代社会契约精神。"

白艾泽深吸一口气:"我不是你在商场上用于置换资源的商品。"

"你当然不是。"乔汝南轻笑,"但你必须承认,你享受着顶级的社会资源,就连你一意孤行要去的训练营,也寻求了你爸爸的帮助。"

"您的意思是,"白艾泽嘲讽地一笑,"您之所以养育我、培养我,目的就是为了向我索求相应的回报,我的自由也是您要得到的回报之一。"

静了片刻,乔汝南才开口:"当然不是,你可以拥有自由。"

白艾泽垂下眼皮,脸上浮起了嘲讽的笑意。

乔汝南进一步给出证据:"我并不赞同你放下高三繁重的学业,去参加一个不知所谓的训练营,但最终也没有阻拦,这不算给你自由吗?"

好一个以退为进,白艾泽笑出了声。

乔汝南为他划定了一个圆圈,允许他在这个范围内随意活动,接着仁慈地告诉他这块地的名字就叫自由。

这通电话依旧不欢而散,白艾泽扔下手机,静静地站在落地窗前,看着对面大楼的玻璃幕墙。

"几点到的?哟,这一屋子熊,怪少女的啊!"

会客室的门打开又关上,白御刚做了一台难度极大的手术,瘫坐在沙发里,随手拿起一个玩偶,颇感兴趣地把玩着。

他身上尽是手术室里带出来的消毒水味，白艾泽从他手上抢过小熊，又踢了踢他的脚尖，皱眉道："坐边上点。"

"哧！"白御哼了一声，察觉弟弟情绪不对，问道，"怎么，你妈找你了？"

白艾泽接着给第十一只熊穿小袜子，淡淡地"嗯"了一声。

"你说你成天往我这儿跑，你妈知道了不得气死啊！"白御双手枕在脑后，懒洋洋地说。

白艾泽专注地打扮小熊娃娃，没搭理他的话。

白御看着白艾泽这样觉得还挺新鲜。他这弟弟打小就被剥夺了兴趣爱好，别的小孩都在倒腾乐高摆弄航模，白艾泽就被按着学钢琴、学礼仪、学剑道。白御哪能想到，他弟这都活到十八岁了，竟然开始玩起了'小娃娃'？

他打了个哈欠，边伸懒腰边说："不行了，我回去补个觉，你自己玩，到点了就打车过去啊！"

白艾泽"嗯"了一声。

白御笑笑，又说："你就待这儿，放心，你妈还不敢上我这儿来要人。"

白艾泽目光微动，片刻后轻声道："知道了，大哥。"

"走了走了。"白御披上外套，走到门边又回过头，"哎对了，上回我忘说了，你以后去哪儿就打车，你从小就不认路，别拐来拐去走岔了啊！别看这是市中心，实际可复杂呢！"

白艾泽想起一个月前的那个清晨，他没打到车，于是决定相信自己并不靠谱的方向感，寻找公交站点。

他找啊找就走进了一条巷子，遇上了两个小流氓，还被尚楚撞见了，怪丢人的。

白御以为他不相信自己说的话，于是伸手一指窗外："对面那大楼看见没？后头就是城中村，别往里头钻啊，万一惹上什么麻烦！"

城中村？

白艾泽看向对面那栋大楼，眉心微微蹙起。

第一次遇见尚楚时，他对地形非常熟悉，又和那两个小混混十分熟稔，显然是住在里面的。

"你自己注意点儿，我就不送你了。"

一楼之隔的城中村里，尚楚背着双肩包，熟练地穿过三条巷子，进了一条死胡同，又利索地翻墙而过，抄了条回家的近路。

其实此刻他心情有些复杂。尚利军说要给他做大虾，他一边告诫自己不要再对尚利军怀有什么期待，一边又不可控制地加快脚步。

到了家门口，尚楚深吸一口气，拧开门锁，进了屋子。

空无一人。

这场景太过熟悉，他心头一沉，紧接着在桌子上发现了一张纸。

那是厕所用的草纸，上面写着一行歪七扭八的字：

"儿子，爸去市场，你先到家，就切肉。"

尚楚不自觉地松了一口气，到厨房一看，水盆里泡着一块用塑料袋装着的猪肉，估计是尚利军早晨出门前从冰箱里拿出来解冻的。

他洗了案板和刀，刚把肉放上案板，从窗户里看见楼上的张奶奶费劲地拖着一袋空塑料瓶。

尚楚赶紧下楼帮她提袋子，把她送上了楼。

张奶奶说最近你爸挺好的，没疯，说你去参加训练了。

尚楚点点头，张奶奶又牵着他，忧心忡忡地说："早上我在市场见到你爸了，说给你买大虾，后来来了两个男的，和他勾肩搭背的，不知道在嘀嘀咕咕说些什么，真让人担心哦！"

尚楚回了家，心里总有点忐忑。

一块猪肉切好，尚利军还没有回来。

就在尚楚打算打电话找人时，门口传来了细微的响动，像是有人在转门把，却半天进不来。

尚楚嘴唇一抿，心想会不会是贼，对门住的就是个瘾君子，已经不是第一次试图来尚楚这儿撬锁偷钱。

他冷哼一声，走到门边径直打开门，刺鼻的酒臭味扑面而来——

尚利军举着钥匙，乐呵呵地对身后跟着的两个男人说："老子还没插进去，门就自己开了——嗝！"

他手里拎着一个酒瓶，晃晃悠悠地站不住，嘴角破了一块，眼圈青紫，上衣前胸沾着干涸的呕吐物。他身后的两个男人也醉得眼圈通红，其中一个连裤链都没拉好。真是丑态毕露。

尚楚冷冷一笑，脑子里有根弦绷得很紧很紧。

他不气尚利军，他气自己，气自己还对尚利军这种人抱有不切实际的期待。

尚利军看见了门内站着的儿子，打了个荡气回肠的酒嗝，对身后的人说："这……这是我儿子！"

"尚哥，咱儿子长得真标……标致！随你！"

尚利军哈哈大笑，嘴里涌出腥臭的酒肉味道："我儿子将来要做……做警察的,知道吧?老子以后想怎么喝怎么喝,哪个要是再敢打……打老子,我儿子让他吃牢饭!"

"牛!"其中一个男人对着走道的墙根撒了一泡尿,"以……以后兄弟的儿子就……就是我儿子!"

尚利军靠着门框笑,露出一口被烟酒腐蚀的烂牙。他扯着尚楚胳膊往外拉:"叫……叫爸爸!"

另一个男人从裤兜里摸出一张皱巴巴的十块钱,把纸票塞给尚楚,又拍了拍他的脸颊:"乖儿——啊嗷嗷嗷——"

尚楚抓着他的手腕,反手一扭。

"啪!"

骨骼错位声伴着男人的惨叫响起。

砰!

尚楚夺过尚利军手中的酒瓶,狠狠砸在墙面上。

玻璃碎片溅得到处都是,两个男人被尚楚眼底的狠戾吓得浑身一抖,屁滚尿流地下了楼梯。

尚利军阴着脸,骂骂咧咧地进了屋:"老子面子全……全没了!"

"钱呢?"尚楚问。

尚利军连鞋都不脱,躺倒在床上,鞋底沾着呕吐物。

"我问你,钱呢?"尚楚双手抱臂,面无表情地看着他。

"什……什么钱?"尚利军撑开眼皮。

"工资,"尚楚冷冷道,"两千八百块,在哪儿?"

"钱?"尚利军醉眼蒙眬地想了想,对尚楚摆了摆手,"没……没钱,你……你去找那个哑巴要,别烦老子……"

尚楚冷冷一笑,抬脚就踹在了床板上!

他这一脚用了十足的力气,木床重重一晃,床板几近错位。

尚利军浑身一颤,重重摔倒在地。

他挣扎了半天,因为太醉所以爬不起来,于是转过头,猩红的双眼盯着尚楚,暴吼了一声:"老子欠你的?老子是不是欠你的?"

"对,你不欠我,"尚楚走到他身边,居高临下地俯视着自己的亲生父亲,"你欠她的。"

尚楚突然抬手一指墙上挂着的黑白遗照,面容清秀的女人沉静地看着他们笑,黑白分明的眼睛仿佛穿透了空气,直直地盯着他们。

尚利军浑身一僵,接着发疯似的捶了几下地,连滚带爬地揭下那张黑白照,仿佛见了鬼似的,把照片往床底下塞,嘴里嘟嘟囔囔地骂着:"老子不欠你的!滚!都滚!"

尚楚眼里混杂着怜悯、同情和愤怒的复杂情绪,他冷眼看着跪趴在地上号啕大叫的男人,面无表情地出了房间,背上背包,把那张写着字的草纸扔进垃圾桶,头也不回地离开了。

尚楚出了门,才想起这会儿自己全身上下只有一百七十五块零五毛。

尚利军是指望不上了,这么多年他边打黑工边上学,房租、学费、书本费、生活费……花钱的速度总比赚钱的速度快。

他懊恼地往墙根上踹了一脚,眼角余光瞥见刚才那个男人的十块钱纸币掉在楼梯口。

尚楚捡起那张钱,皱巴巴的一张票子,还能隐约嗅见酒气。

脏。

突然走廊声控灯灭了。尚楚的脸沉在阴影里,他借着微弱的光线,对着那张人民币静静打量了半晌。

然后,他动作极其缓慢地把那张纸币展平,又叠了两叠,面无表情地塞进自己的衣兜。

——什么脏不脏的,穷人有什么资格嫌钱脏呢?

尚楚双手插着口袋,漫无目的地在城中村的巷子里游走,路上又撞见阿龙、阿虎两兄弟在干老活计。

一个西装革履的男人被他们按在墙上,双腿打战,畏畏缩缩地从皮包里掏出钱袋。

阿虎看见尚楚,赶紧拿手肘撞了撞阿龙,心虚地喊了一声:"小尚哥!"

"要不要帮忙?"尚楚站在巷口,懒洋洋地掀起眼皮,问了一声。

那男人见尚楚一身混不吝的痞子气,觉得尚楚也不是个好惹的,估计是这一带的混混头子。

他吓得双手合十,赶紧讨饶:"我交钱,交钱!五百块是吧?我交!"

尚楚摆摆手,绕道走了。

阿虎大吃一惊:"哥……小尚哥今儿吃错药了?"

阿龙冷哼一声:"你没听人说他去警校了,以后要做条子去了!"

阿虎嘿嘿一笑,挺乐和地说:"那以后咱们就有保护伞了啊,可以干点儿大的!"

"想什么呢!"阿龙踹了他一脚,冷冷看着尚楚的背影,"他这种人,一旦发达了,第一个就把你抓进去吃牢饭!"

……………

尚楚其实听见了这两兄弟在身后怎么编派他的,但他今天心情不是那么好,懒得和他们扯皮。

城中村几十条巷子纵横交错,他背着双肩包,绕过了十多条污水沟,在逼仄昏暗的小巷里熟练地穿来梭去。

经过一个拐角,尚楚在垃圾桶边看到了一只猫咪的尸体。

他身形一顿,然后加快了脚步,渐渐跑了起来,像是要发泄难以排解的阴郁情绪。

他奔跑的速度很快,寒风在耳边呼啸而过,吹起他的头发,挟着冰刃从脸上刮过,他却丝毫不觉得疼。

这座城市太大了,它有多光鲜亮丽,就让尚楚觉得有多陌生。

尚楚不知道自己跑了多久,等他气喘吁吁地停下脚步,才发觉自己已经跑出界了。

他到了真正的市中心——一条马路之隔的对面,就是全首都最繁华的商圈,金座广场。

尚楚知道那里不是他该去的地方。他转过身,走了两步又重新返身回来。

他踩上一个路墩,远远地朝那边看。

那里的道路好像更宽,天空的颜色也比较明亮,广场中央好像有个喷泉,在放着一首节奏欢快的歌。

尚楚喉头突然涌起一阵酸意,他从来都没有去过那边,一步也没有。

高一那年暑假,他参加了一个社会实践,调查不同性别的年轻人对商场公共厕所的设置有什么看法。

同组人说尚楚家好像就住金座广场附近,不如就让尚楚去金座广场发问卷。

自己当时怎么说的?尚楚也忘了,总之找了个挺蹩脚的借口,换到了离他家十多公里的另一个商业区。

尚楚一直觉得,只要不去金座广场,他就还能够维护他那可怜的虚荣心和自尊心。

只要不去一街之隔的那个繁华世界,他就还能忍受在泥水里攀爬的日子。

尚楚踩着那个石墩,站在上头抽了三根烟。

踩着三轮车的老大爷经过,对他喊道:"小伙儿弄啥呢!赶快下来!多危险啊！万一有车把你撞了，不就毁了吗？"

尚楚呼出一口白气，勾唇一笑："毁呗，要是能毁得了我，尽管来！"

大爷不知道他在说什么，以为这孩子犯癔症了，踩着小三轮离开了。

尚楚从石墩上跳了下来，突然涌起一种强烈的冲动。

身后腐臭污浊的小巷都没有把他毁了，那么他就去看看，前头那个光怪陆离、喧嚣繁华的新世界，究竟能不能把他摧毁了。

第9章 ⚡ 特别

十几岁的半大孩子总有突如其来的热血时刻，尚楚停在一家叫"特别"宠物会所的店门口，看着特别气派的店面、特别精致的装潢、店里特别多的小猫小狗、立牌上特别贵的价格，觉得自己特别像个傻瓜。

加上捡来的十块，他兜里一共就一百八十五块零五毛钱，特别少。

看看店里往来的其他人都穿着精致的衣服、背着昂贵的包，尚楚抿了抿嘴唇，突然觉得天儿真冷。

店里靠窗的角落有只小白狗，隔着笼子对他撒娇，湿漉漉的大眼睛眨个不停。

尚楚隔着玻璃摸它的头，小狗伸出粉嫩的舌尖，对着玻璃舔了舔。

"小帅哥，进来看看吗？"接待员是个挺可爱的女孩，对他招了招手。

尚楚一愣，连忙站起身。

"外面冷，进来看看吧！"

尚楚点点头，一只脚刚踩进店门，身形就顿住了。

大理石地面光洁得可见人影，他穿旧的球鞋表面灰扑扑的，由于反复洗晒了太多次，边缘泛着难看的黄色。

"欢迎光临'特别'哦。"接待员像是丝毫没有发觉他的局促，微笑着说，"我们这里一共有五层，四、五两层是宠物医院，其他三层都可以随便逛逛看一看哦！"

简单地介绍了一下，接待员就回到了柜台后，真的就让他自己随便逛逛。

尚楚在心里松了一口气，一楼人太多，他想去看看小白狗，那边却始终围着几个人。

上了二楼，货架上摆着琳琅满目的宠物用品，尚楚不懂这些，简单地转了一圈就上了三层。

三楼的装潢很特别，整体色调是活泼的草绿色，大厅放着秋千、滑梯和爬架，几位女士坐在一边喝咖啡，说这次打算给狗染个什么颜色的尾巴。

尚楚一笑，穿过大厅，又绕过一扇半开放的屏风，听到了哗哗的水声。

巨大的落地玻璃窗里，酒红色的阿拉斯加听见脚步声，兴奋地跳出澡盆，站在窗子里对尚楚摇尾巴，湿乎乎的黑鼻子用力拱着玻璃。

澡盆边蹲着一个人，背对着尚楚，身形很熟悉，正在用手掌试水温。

他穿着柔软的白色毛衣，袖口挽到小臂，腕骨形状分明。

"小七，过来。"

他调好温度，屈起手指敲了敲澡盆。

叫小七的阿拉斯加前腿搭着玻璃，像是很抗拒洗澡这项活动，巴巴地求尚楚快进来救它，仰头长长地"嗷呜"了一声。

"叫也没用，一个月没洗澡了，都臭了。"

白艾泽笑着转过头，隔着一层玻璃窗，和外面站着的尚楚四目相对。

两个人都愣了片刻，尚楚没想到会在这里看见白艾泽，尚楚不自觉往后退了半步。

澡盆里，温水升腾起雾气。白艾泽隔着水雾看着尚楚，黑色棉袄、修身长裤，和他想象的一模一样。

他刚才打扮小熊的时候就一直在想，现在的尚楚会是什么样呢？

第十八只小熊的衣服才刚穿好，十八岁的尚楚就出现在他眼前了，好奇妙的巧合。

他们就这么隔着一层玻璃安静地注视着彼此，尚楚第一次见到这样柔软的白艾泽，居家毛衣在通透灿烂的阳光下显出了一种毛茸茸的质感，细小的绒毛飘浮在空气中，把他一贯冷漠锋利的轮廓也衬得温柔了几分。

尚楚下意识地想要转身就跑，这样的白艾泽似乎离他很远，不是针锋相对的对手，不是旗鼓相当的搭档，不是朝夕共处的上下铺。

这种感觉就好像……就好像白艾泽是假的，他是从光里来的，他是不真实的，夜幕降临的时候，光就会消散。

直到白艾泽慢慢勾起嘴角，眼角眉梢都沾上了笑意，站起身，逆着光朝他一步步走过来。

砰——砰——砰——

尚楚眨眨眼，胸膛里好像有一汪温热的泉水，泉眼正在汩汩地冒着泡。

有一个瞬间，尚楚的脑海里突然冒出一个大胆的假设，他觉得没什么好怕的。

如果有白艾泽在这一头，那么马路对面又有什么可怕的。

白艾泽打开侧门，小七兴奋地冲出来。

单纯又热情的大狗以为尚楚是解救了自己的英雄，"嗷"地朝他飞扑过去，前爪搭着尚楚的胯，脑袋在他腰上拱来拱去。

尚楚头一回见识这场面，七十多斤的巨型犬猛地扑上来，他踉跄着退了两步，下意识地想要伸手把它推开，但又怕自己力道太大把狗伤着了，只好手足无措地愣在原地，双手平举在空气中，一动都不敢动。

白艾泽在他身前几步远的地方站住，饶有兴致地看着尚楚无奈的表情，看戏似的吹了声口哨。

尚楚浑身僵硬，朝白艾泽投来一个求助的眼神，白艾泽这才下了口令："小七，过来。"

阿拉斯加乖巧地回到白艾泽身边坐下，尚楚悄悄地松了一口气，接着又瞥了白艾泽一眼，立即郑重地补充道："那什么，我不是害怕啊，就是……"

"就是——"白艾泽不动声色地等着他的回答。

一人一狗同时眨巴着眼睛望着他。

尚楚低咳了两声，一本正经地转移话题："我就是到处逛逛，瞎溜达。"

"好巧。"白艾泽眉梢一挑。

他拍了拍小七的脑袋，说："帮个忙？"

"嗯？"尚楚歪头，"什么？"

哗！

淋浴喷头被再度打开，宠物淋浴间里升腾起袅袅热气，又在玻璃上凝成一摊水雾。

尚楚脱了外套，只穿了一件单薄的里衣，蹲在澡盆的另一头，看着白艾泽把小七全身的毛打湿。

阿拉斯加像是明白了今天这个澡非洗不可，于是放弃了挣扎，侧趴在盆子里，毛乎乎的脑袋搭着盆沿，大舌头跟脱离了身体控制似的，从嘴边掉出一截，耷拉在地上。

尚楚被它这生无可恋的样子逗乐了，大概人类基因里就刻着"无法抵抗毛发旺盛的动物"这一项，他蠢蠢欲动地弯了弯手指，想要摸摸眼前这只大狗。

但这种狗肯定很贵吧？

手指还没伸直就又蜷了回来，尚楚抿了抿嘴唇，他只和路边的小野狗玩过，流浪狗皮实，吃什么都能活，给根火腿肠就能给摸半天肚皮。

白艾泽的狗肯定不一样，万一……万一被摸坏了怎么办？

他做了一个吞咽的动作，小心翼翼地瞄了白艾泽一眼。

白艾泽低垂着头，专心致志地拿梳子梳理狗尾巴上的毛。

尚楚趁白艾泽不注意，伸出一只手，在小七背上迅速摸了一把。

还挺舒服！

他像是偷吃糖果得逞的小孩，眼角都挂着窃窃的笑意，意犹未尽地捻了捻指尖，又飞速地摸了第二下、第三下。

白艾泽目光微动，眼底渐渐浮起笑意，突然低咳一声抬起头——

尚楚双手抱膝蹲在澡盆另一头，模样乖巧得像是航天馆里观展的小学生。

白艾泽"咦"了一声，在小七背上梳了两下，说："才刚梳过的毛，怎么又乱了？"

尚楚心中一虚，疑惑地皱起眉，摇摇头说："怎么回事？"

白艾泽哑然失笑，揉了揉小七的肚子，对尚楚说："那边的沐浴露，帮我拿一下。"

"哪个？"尚楚看着架子上一排的瓶瓶罐罐，上头清一色地标着外文，根本看不懂。

"绿色那瓶。"白艾泽说。

尚楚比较了半晌，有好几个瓶子都是绿的，他慎重地拿起一个青蓝色瓶子，转头问："这个？"

"不是，"白艾泽哭笑不得，"第三排，左数第二个。"

尚楚照白艾泽说的，拿起那个草绿色瓶子，跑回去递给他："这个。"

"嗯。"白艾泽头也不抬，"帮我给小七抹上。"

尚楚愣了片刻，才"啊"了一声，低声说："可是我不会啊……"

"有什么不会的，"白艾泽抬头，看着他说，"你给自己怎么洗的，给它就怎么洗。"

尚楚晃了晃手里的草绿色瓶子，还是有些不确定："可以吗？"

"可以。"白艾泽在小七屁股上拍了一下，"快点儿，水凉了。"

尚楚"哦"了一声，压下心里的雀跃，学着白艾泽的样子，把衣袖挽到小臂上，往手上挤出一摊沐浴露，把手掌递到白艾泽眼前："这么多够不够？"

"嗯，多点少点都没关系，到时候冲干净就行。"白艾泽低下头，看似不经意地说，"这家伙是我大哥的狗，从小就在店里放养，皮实，没那么金贵。"

尚楚先是一怔，然后点了点头。

给大型犬洗澡确实是件体力活，尚楚却干劲十足，乐此不疲地在小七身上搓着泡泡，嘴里发出低低的"呼噜呼噜"声。

听他在耳边意味不明地"呼噜"了半天，白艾泽忍不住问："你在唱什么歌？"

"不是歌，"尚楚皱了皱鼻尖，"我想让它开心点儿。"

白艾泽没明白呼噜声和让狗开心之间有什么联系。

尚楚见白艾泽一头雾水的表情，总觉得有点儿尴尬，他龇了龇牙，装出一副凶狠的样子："不是你说的吗？"

"我？"

白艾泽还真在脑子里认真地回想了一下，难道是他睡觉打呼？

不应该啊，他没有这习惯啊！

尚楚冷哼一声，捏了捏小七的耳朵，小声说："不是你说的吗？开心了就会'开摩托'。"

"摩……"白艾泽反应过来，哭笑不得地说，"那是猫，和狗不一样。"

尚楚："……那你不早说！"

害他在这儿瞎呼噜半天！

白艾泽扶额，无奈地摇了摇头。

就在这时候，小七翻了个身，毛毡般的大尾巴一晃，一团泡沫"啪"地甩在了尚楚脸上。

尚楚抬手要擦脸，才发现自己满手都是泡沫。

等冲洗了双手，尚楚抽了一张纸巾，把脸也擦干净。

给小七洗完澡，两个人都累得够呛。

白艾泽带着尚楚楼上楼下逛了一圈，尚楚想起之前确实听青训营里的人八卦过，说白家的大公子在市中心开了家宠物店。

从五楼下来，白艾泽带着尚楚到了二楼的会客室门口，说："你进去休息会儿，无线网络密码是八个'8'，我去换个衣服。"

"嗯。"

尚楚点头，刚推开门，白艾泽突然想起了什么，一把抓着尚楚的手腕，把他往外一拉，自己进了会客室，"啪"地把门反锁了。

尚楚："？"

这人什么毛病？

他敲了两下门，叫了一声："喂！你干吗？"

"稍等，"白艾泽说，"收拾东西。"

尚楚一个人在外头，身边人来人往的，那种局促感瞬间又涌了上来。他努力让自己看上去自然点儿，站在门边等着白艾泽。

楼梯口突然冒出一个脑袋，是刚才一楼那个接待员小姐，胸前挂着名牌，叫小玉。

小玉看见他，双眼一亮，踮着脚朝他招了招手："小帅哥！"

尚楚一头雾水地走过去。

"你就是艾泽在青训营的那个朋友？"小玉眉梢一挑。

尚楚有些不自在，点了点头。

"艾泽还是第一次带朋友来店里呢！"

尚楚垂头盯着自己泛黄的鞋尖，低声说："不是他……"

"那个你收到没？"小玉打断他，兴奋地问，"就是那个那个！"

"哪个哪个？"尚楚没明白。

会客室的门再次打开。

小玉脸色一变，挺直腰板，踩着丁字步，露出标准微笑："先生您好，下面由我向您介绍'特别'的特别之处……"

白艾泽手里拎着四个袋子，看见小玉和尚楚站在一起，额角狠狠一跳。

小玉笑容甜美："如果不需要介绍，请按'1'。"

尚楚一脸莫名其妙，伸出手指比了一个"1"。

"好的先生，再见先生！"小玉踩着八厘米高跟鞋，飞快地跑下楼了。

尚楚转身，问白艾泽："你哥店里的都是演员？"

"嗯？"

"会变脸？"尚楚问。

白艾泽扶额，把手里的袋子往身后藏了藏："你进去待会儿，别搭理她。"

"哦。"

尚楚进了会客室，里面铺着柔软的白色地毯，他脱了球鞋，又脱掉袜子，光着脚踩在上面。

白艾泽刚转身，身后传来一声"喂"。

他转头一看，尚楚从会客室里冒出一颗脑袋，眼睫毛微颤，像是有些不好意思，支吾了半晌才说："你……你要多久回来？"

白艾泽微笑，指了指会客室的门。

尚楚偏头一看，门口挂着一块牌子，上面写着"会议中"。

他松了一口气，说："那我进去了？"

"嗯。"白艾泽点头，"我很快回来。"

毛茸茸的脑袋又缩了回去。

白艾泽失笑，提起手中的袋子晃了晃，小熊们安安静静地躺在纸袋里。

他随手拿出一只小熊，那只熊穿着牛仔背带裤，戴着一顶草帽，是十四岁的尚楚小熊。

白艾泽悄声说："小混账也有拘谨的时候？真难得。"

白艾泽很头疼。

十八只熊，打扮的时候没想那么多，这会儿开始烦恼了，他该怎么送出去？

白艾泽坐在三楼的沙发上，对着"尚楚"们发愁。

礼物要送，但要送得不经意，不能让尚楚觉得很贵重，不然他不好意思收。

白艾泽在心里演练了几遍，就说"这是给你的，两元店批发的，上次的事，抱歉"。

做足了心理准备，他回到楼下的会客室，轻轻拧动门把，转开了门。

尚楚睡着了。

他坐在沙发边的毯子上，背靠着茶几，怀里抱着他的双肩包。

小熊还没有送出去，收礼的人却睡着了。

白艾泽哑然失笑，突然有种如释重负的感觉。

彩排了那么久的台词，彻底用不上了，白艾泽找到了送出十八只小熊的办法。

他倚在门边，看着尚楚安静的侧脸，在心里说：

"都是送你的，上次的事情，抱歉。

"不是两元店批发的，是我精心挑选的，每一只都很像你。

"说你混账是真的，不过这点可以不用改正，很好。"

尚楚睡得不深，二十多分钟就醒了。

他使劲眨了眨眼，会客室里空空荡荡，白艾泽还没回来。

尚楚伸了个懒腰，突然眼神一定——

穿着各种精致衣服的小熊玩偶依次坐着围在他身边，每一个都有黑葡萄似的圆眼睛。

尚楚愣怔片刻，连呼吸都屏住了，生怕惊扰这些毛茸茸的小东西。

他试探着伸出指尖，碰了碰面前一个穿着白色衬衣的小玩偶。

小熊们安静乖巧地围着他。

会客室的门打开，白艾泽逆光站着，淡淡道："看到了就随手买的，上次看到你的熊，觉得你应该喜欢。"

尚楚眼窝一热。

"送我的？"

尚楚坐在一堆小熊中间，他生平第一次收到这么隆重的礼物，竟然有些手足无措。

他已经习惯应对来自别人的恶意了，哪怕白艾泽看不惯他、骂他、打他、攻击他，他都可以游刃有余地回击。

但白艾泽偏偏对他好，还送他礼物，他慌得眼皮发烫。

白艾泽看尚楚低垂着头，手脚都不知道往哪儿摆，在心里叹了一口气。

他察觉尚楚今天的状态与往常不太一样，平日里那么嚣张骄傲的一个人，今天却处处都透露着小心拘谨。

其实这里每天人来人往的，进会客室根本用不着脱鞋。地毯每天都会有阿姨来清洁，定期还会送去保养。尚楚应该是第一个脱掉鞋子的访客，他的球鞋放在最不显眼的墙角里，居然慎重到连袜子也脱了，卷成小小的一团，可怜兮兮地挨在球鞋边上。

白艾泽不知道尚楚突然的转变是因为什么，他只知道尚楚不应该这样。

他理所当然地认为，尚楚就该是那个目中无人、吊儿郎当的第一名。

"不是送，是道歉。"

白艾泽也脱了自己的鞋，和尚楚的球鞋放到一起，又脱掉袜子，卷了几卷，挨着尚楚的白袜子。

尚楚一愣，低头看了看自己钥匙扣上那只脏兮兮的小熊玩偶，低低地说："其实不关你的事，你不用……"

"买都买了，"白艾泽打断，"你不要的话，就给小七当玩具，过不了三天就全啃烂了。"

"要的要的！我要的！"尚楚立刻手臂一捞，把一地小熊圈到自己臂弯里，目光灼灼地看着白艾泽，又强调了一遍，"我要的！"

白艾泽压着上扬的嘴角，点了点头。

怀里的小熊们只只都可爱又漂亮，有的穿着小短裤、小皮鞋，有的穿着毛衣、短靴，还有两只熊就套了个纸尿裤。

尚楚眨了眨眼，伸出手指头戳了戳毛乎乎的熊屁股，抿了抿嘴唇，轻声问道："很贵吧？"

"很便宜，"白艾泽漫不经心道，"隔壁有家礼品店要倒闭了，最后三天仓库清仓,把剩下的都打包卖我了,等于不要钱。"

尚楚听白艾泽这么说,喉咙里有块跳着的小石头总算落了地。

他心里的那根小树苗像是被浇了水,又沐浴了阳光,悄悄地长出一根枝丫,痒痒的,还带着一点隐秘的欢喜。

尚楚把小熊们一只一只地装进自己的背包里,双肩包很快就被撑得鼓鼓囊囊的。他像森林里贮存粮食准备过冬的小动物,边装小熊边报数。报到第十八,他拉上背包链子,放在手里掂了掂,脸上露出了餍足的笑容,眼睛弯着:"都归我了啊!"

白艾泽颔首说:"都归你了。"

尚楚在背包侧袋里摸了摸,拿出一张薄薄的小卡片,伸手递给白艾泽:"那这个送你,回礼。"

白艾泽上前几步接过,低头一看,是刚才尚楚拍给他看的画片。硬质卡上印着一个小婴儿,穿着一条开裆裤,边上用红笔标注了三个嚣张的大字——白艾泽。

白艾泽眉梢一挑,后头竟然还有三个感叹号。

"给我的?"

尚楚抬手刮了刮鼻尖,比起十八只熊,自己这份礼物过分随意和廉价了。他心里有些不好意思,嘴上却硬邦邦地说:"你爱要不要,给小七当玩具也行。"

"要的要的!我要的!我要的!"白艾泽捏着嗓子说,笑着把画片装进大衣口袋里。

尚楚愣了几秒才反应过来,白艾泽在学他!

他耳根发烫,"嘶"了一声:"你学我!"

白艾泽拍了拍口袋,眯缝着眼睛,造作地喊了一声:"都归我了啊!"

尚楚恼羞成怒,没好气地瞪着他:"……你!"

两人对视了几秒,同时"扑哧"一声笑了出来。

白艾泽抬手看了看表,说:"走吧,时间差不多了。"

"行,到郊区的公交车最晚一班是五点半,走呗。"尚楚背上包。

白艾泽背脊一僵。

尚楚穿上袜子套上鞋,转头说:"愣着干吗?"

尚楚跟在白艾泽后头下了楼,路上遇到好几个"特别"的员工对他神秘兮兮地笑,尚楚莫名其妙,只好也朝他们笑。

小玉捂着心口,噔噔后退了两步,感叹道:"太帅了!"

白艾泽冷飕飕的目光刮过来，小玉立即恢复丁字步，鞠躬摇手："先生再见，欢迎下次光临'特别'！"

出了大门，白艾泽突然站定，朝左右看了看。

尚楚停在他身边，也跟着左右晃了晃脑袋。

白艾泽朝左边走了两步，又停下脚步，转身朝右走。

尚楚估计他有什么东西要买，跟着往左又往右。

走出去没几步，白艾泽忽然又换了个方向。

尚楚冷得直哆嗦，双手插在棉袄口袋里："你遇着鬼打墙了？"

白艾泽低咳一声，掏出手机："稍等。"

他穿着一件深黑色长款风衣，里面是那件纯白色毛衣，整个人高挑又挺拔。英俊高大的男孩在广场中央迎风站着，街心喷泉在阳光下投射出彩虹般的鲜艳色调，一家糖果店放着节奏轻快的歌曲。

尚楚看着白艾泽微红的耳垂，脑中突然闪过了一个念头——

"你不会是不识路吧？"

白艾泽指尖一顿，不小心点到了手机语音按键，甜美的机械播报声响起："距离最近的公交站点还有803米，千千地图将持续为您导航，请沿当前道路向右直行……"

白艾泽立即关掉导航软件，把手机塞回口袋。

尚楚眼皮跳了跳，嘴角微微抽搐，说："不好意思啊，我先笑会儿。"

然后他爆发出了惊天动地的笑声。

白二公子的人生中从未有过这么尴尬的时刻。往来的路人纷纷朝这边看过来，他把风衣领口往上提了提，遮住小半张脸，低声说："不许笑了。"

尚楚点点头，努力控制自己的面部神经，两手扯了扯自己的嘴角，正色道："不笑不笑——噗哈哈哈哈哈……"

白艾泽耳根发烫，尚楚抬手揉了揉笑僵的脸，调侃道："白二公子，不识路还想考警校呢？"

白艾泽呼了一口气，正色道："导航系统已经非常发达。"

"你以后开导航抓贼啊？"尚楚"哧"了一声，朝他勾勾手，"还好今儿有我，你阿楚哥哥带你走。"

尚楚算了算时间，就快错过去郊区的末班公交车了，从这里去公交站最近的路就是穿过城中村。

他原本不打算带着白艾泽走这条路，但时间紧急，有他带着应该出不了什么事。

白艾泽跟着尚楚在逼仄狭窄的巷子里穿梭,尚楚有一搭没一搭地问:"你上次进这里头,就是走岔路了吧?"

白艾泽看了看两边老旧的房屋,裸露的电线把天空分割成支离破碎的小块,他说:"嗯,路况太复杂,导航出了问题。"

尚楚摆摆手,大大咧咧地说:"以后要是我不在,别往这里头钻,太复杂了,我当初也是花了好久才弄明白。"

"你——"

白艾泽原本想问"你住这里吗",想了想还是没有问出口。

"嗯?"尚楚挑眉,"什么?"

"你踩到狗屎了。"白艾泽指了指他的脚底。

尚楚低头一看,鞋底沾着一坨黑黄黑黄的东西。他骂了一声,黑着脸把鞋底往地上蹭了蹭。

前面就是一个拐角,拐弯处传来男人的打骂声。

"滚滚滚!没钱还想喝酒!回家喝马桶吧老瘪三!"

"赊,先赊账!"

"赊几回了?回回都得上门找你儿子还钱,最近你儿子不在,你还想赊?回你娘肚子里赊吧!"

"知道我儿子干吗去了?当,当警察去了!以后把你们都给逮喽!"

"滚你的!还没被打够是吧?又上赶着来找揍是吧?"

…………

尚楚脚步忽然一顿,白艾泽问:"怎么了?"

尚楚舔了舔干燥的嘴唇,皱眉说:"有点忘了该怎么走,你等等,我想想。"

白艾泽揶揄:"嗯?第一名也有不认路的时候?"

尚楚难得地没和白艾泽呛声,往前迈出去半步,侧头朝拐角的另一条巷子看过去。

尚利军被人推倒在墙根,一屁股坐到了一摊污水里。他踉跄着爬起来,朝那家小酒馆吐了一口黄痰,一手撑着墙面,骂骂咧咧地往这边走。

"好像不是这条路,"尚楚立即转过身,"走反了。"

"反了?"

"嗯,我记错了。"尚楚抓起白艾泽的手腕,大步朝反方向离开。

白艾泽看着他略显慌乱的背影,眉心微拧,下意识地回过头。

一个醉醺醺的男人正朝这边走过来。

他只来得及瞥一眼，就被尚楚带着离开了。

到了站点，两人正好赶上最后一班车。

最后一排还空着，尚楚坐在靠窗的位置，背包放在身旁，白艾泽在背包边的空位坐下。

公交车缓缓驶离，尚楚看着后车窗，城中村破落的楼房渐渐变小，直到车子拐了一个弯，彻底消失在视线中。

尚楚闭了闭眼，在心里告诉自己一切都消失了。

污水坑、垃圾桶、掉了皮的电线，还有尚利军、阿龙、阿虎，都会消失，谁也不能绊住他。

白艾泽偏过头，在车窗倒影中看到了尚楚。

尚楚的脸看起来模糊而遥远，他双眼紧闭，难得一副乖巧的样子。

他的睫毛长而软，乖顺地趴在眼睑上，投出一小片浅浅的阴影。

公交车经过一个减速带，尚楚眼睫毛颤动，从口袋里拿出自己的那串钥匙，无聊地把玩着上头那只脏兮兮的小熊。

白艾泽问："这是别人送你的？"

"嗯。"尚楚说，"我妈给我的，好多年了，刚买来那会儿还会唱歌，现在不行了，坏了。"

会唱歌的小熊玩偶！

白艾泽默默在心里记下，说："把它拆下来吧，挂在上头容易弄丢。"

"那不行。"尚楚晃了晃钥匙扣，在丁零咣啷的清脆声响中低声说，"我妈亲手挂上去的，不拆。"

过了一会儿，他打开背包，把钥匙扣也放进了包里，笑着说："不过可以让它和新朋友们玩一会儿。"

"嗯，"白艾泽也笑，"还是它最厉害，会唱歌。"

"哎，"尚楚跷着二郎腿，冲他挑了挑眉，"你想没想过以后要起个什么代号？"

白艾泽："代号？"

尚楚"啧"了一声，说："就电视里播的那种，什么飞虎队长、雄鹰大队啊，就那种！"

白艾泽摇头："没有。"

"我想过，"尚楚吹了声口哨，"以后我就叫熊哥，怎么样？是不是很刚猛？"

"……不错。"

尚楚长着一对桃花眼，和"熊哥"这个称呼八十竿子也扯不上关系，但白艾泽看他晃着脚丫子得意扬扬的样子，没有戳破他的刚猛梦。

"你也起一个呗？"尚楚突然倾过上半身，脑袋搭在背包上，眉梢一挑，揶揄道，"想一个想一个！"

"想不出来。"白艾泽实话实说。

"那我给你起！"尚楚邪恶地一笑，龇着牙说，"小公子？小少爷？小白白？"

白艾泽双手抱臂，淡淡道："那我也给你起一个。"

"什么？"

白艾泽笑得文质彬彬，张口道："小漂亮？小美丽？小可可？"

尚楚发现了，白艾泽确实不认路。

下了公交车就是大片田地，尚楚统共也只来回走过两次，眼前是大片大片的麦子地，连他都觉得有点儿晕。

路上遇到一个老大娘，背着个两三岁的小女孩。

白艾泽上去问了路，大娘给他们指了条近道，说穿过这片田地，在岔路口右拐，再走个不到一公里就到了。

小女孩好像对白艾泽很感兴趣，伸着胖乎乎的小手"咯咯"地笑，又揪着白艾泽的衣领不让他走。

"妞妞，干什么哟！"大娘斥了一句，"没礼貌！"

小女孩也不知道是真没听懂还是装傻，伸长了胳膊往白艾泽身上凑。白艾泽倒是好脾气，招了招小姑娘嫩生生的脸蛋，笑着说："今天哥哥没带糖，欠你一次。"

白艾泽趁小姑娘手一松，总算扯回了自己的衣领，和大娘道了别。

两人背着包，一前一后，慢悠悠地走在田埂上。

这时候是傍晚，深冬天黑得早，天幕已经飘起了一层浅浅的灰色；风吹过田野，植物根茎发出窸窸窣窣的摩擦声；两个人的影子在身前被拉得很长，走在后面的白艾泽身材更高大，把前头尚楚的影子严严实实地包裹着。

白艾泽跟在尚楚身后，看着他后脑上那个小小的旋。

老人说一个旋的横，两个旋的愣，这话果然没错。

前头一个旋的混账东西双手插在口袋里，喉咙里哼着乱七八糟的小调。

又走出去一段路，尚楚突然停下脚步。

"怎么不走了？"白艾泽问。

"我……"尚楚转过身，拧着眉头，嘴角下垂，"你走前头。"

"嗯？怎么了？"

尚楚绕到白艾泽身后，极其小声地说："太黑了。"

白艾泽一愣，尚楚怕黑？

天色越发昏暗，倒不至于看不清路，就是有点儿灰蒙蒙的。

"你怕？"白艾泽问。

"嗯。"尚楚抓着书包袋子的手指紧了紧，问得有点小心翼翼，"我跟着你，行吗？"

行吗？

白艾泽第一次听尚楚用这种语气说话，小混账似乎连示弱都带着点不情不愿的味道。

"没事，我在前面，你跟着我。"白艾泽转头看着尚楚，"没什么好怕的。"

尚楚仰着头看着他，乖巧地眨眨眼。

第10章 ⚡ 秘密

两人一路打打闹闹,踩着点回到了基地。

他们在保卫室登记,大爷着急得嚷嚷:"就差你俩了知不知道!再晚回来半分钟就锁门了!"

大爷像个人形花洒似的往外喷水,尚楚躲在白艾泽身后,撇了撇嘴:"这不没迟到嘛。"

大爷冷哼一声,拿着名册确认是不是所有学生都登记了。

回到宿舍,尚楚抱着背包上了床,小心翼翼地把包放在床头,拉开一点拉链,看了眼里头乖乖巧巧坐着的小熊玩偶们,傻乐了片刻,又悄悄地拉上拉链。

宋尧觉出了不对劲,以往尚楚都是随手把包扔在桌子上,今儿怎么突然这么宝贝?

他趴到尚楚床边,贼兮兮地眯着眼:"你藏什么了?"

"滚滚滚!"尚楚踹了他一脚。

宋尧不要脸地伸手要去够尚楚的包:"阿楚你这不够哥们儿啊!给我看看!"

尚楚立即紧张地把包护在怀里:"你别动手动脚啊!"

下铺的白艾泽听着上头传来的声音,拿起一本书,随便翻开一页,把书倒扣在自己脸上。

宋尧一副不依不饶的架势,尚楚被他闹得没办法,只好举手投降:"行行行,我给你看给你看!"

宋尧凑过来贴在他身上:"快快快!"

尚楚推了他一把:"你能不能离我远点儿?"

"都是大老爷们儿有什么关系!"

尚楚翻了个白眼,双手背在身后,伸进包里摸了摸,从包里摸出在那家文具店买的那海报。

宋尧展开海报一看,正是他上回和尚楚说过的那个人美歌甜的小蜜桃。

"小蜜桃？"宋尧看着海报上唇红齿白、媚眼如丝的歌星，问尚楚，"你上回不是说你不知道她吗？"

"那怎么可能？"尚楚抢过海报，浮夸地往海报上吧唧亲了一口，"谁要不喜欢小蜜桃，就不是男人！"

"我就说，"宋尧打了个响指，"没有人能抗拒小蜜桃叶粟的魅力！"

两人在上头嘀嘀咕咕，宋尧说叶粟是每个男人的梦中情人，尚楚附和说是啊是啊，哪个男人不想拥有小蜜桃呢，语气十分向往。

白艾泽额角狠狠一跳，深呼了一口气，猛地坐起身。

床板发出"砰"的一声。

尚楚浑身一抖，没好气地伸出脑袋："哎，楼下的，轻点儿。"

白艾泽冷着脸，懒洋洋地抬起眼皮："叶粟？那个选秀歌手？"

尚楚点点头，随口问："你也有兴趣？"

"有。"白艾泽说。

"有就对了。"宋尧趴在尚楚背上，也伸出个毛茸茸的脑袋，"老白，你也喜欢小蜜桃这种的啊？"

白艾泽看着尚楚，淡淡道："你们最好不要想入非非。"

尚楚冷哼一声，道："怎么，只准你白二公子对她有兴趣，就不许我们普通老百姓也对她有兴趣？"

"叶粟，"白艾泽微微一笑，"我大哥的女朋友，我大嫂。"

"……我心碎了。"宋尧哀号着滚回自己床上自顾自心碎去了。

尚楚还趴在床沿，他本来也是拿海报敷衍宋尧，此刻想想觉得有趣，双眼慢慢弯出了两道弧形。

"梦中情人？"白艾泽看着他的笑眼，问，"你想拥有？"

"不想不想。"尚楚赶紧摇头，把那张海报叠好，笑眯眯地递到下铺，轻快地说，"打扰了，替我向白大公子道个歉。"

躲过了宋尧的盘查，尚楚心情很不错，抱起自己的小塑料盆，吧嗒吧嗒地踩着拖鞋，哼着小调儿去洗漱了。

尚楚洗漱完回来经过白艾泽的床位，把脸盆放进架子里，说："马上中期测试了，一起晨跑吧。"

白艾泽扭脸看向他。

尚楚甩了拖鞋往上铺爬，一脚刚踩上梯子，就听见白艾泽带着笑的低沉声音："几点起床？"

尚楚晃了晃光溜溜的脚丫子："五点半。"

第二天早晨，尚楚在五点半准时睁开眼睛。

他先是蜷在被窝里暖和了会儿，才伸出双手伸了个懒腰，被冷气一激才彻底清醒过来，恍然想到白艾泽是不是要和他一起跑步。

——白艾泽醒了吗？

——他会不会忘了这事儿？

——要是他没醒，我要不要叫他？

尚楚脑袋里"咣咣咣"蹦出来几个问句，他趴在床板上听了听，下头安安静静，除了江雪城的呼噜，丁点儿声音都没有。

白艾泽果然忘了！

尚楚撇撇嘴。

他揉了揉眼，打着哈欠从床上坐起来，一转头就见着白艾泽站在床边，双手抱臂，优哉游哉地看着他。

尚楚吓了一跳，用气音说："你怎么一点儿声都没有？"

白艾泽对尚楚挑了挑眉，扭了扭手腕，做了个看表的姿势，低声说："你迟了四分钟。"

他刚刚睡醒，声音比平时更加低沉浑厚，带着几分慵懒和沙哑。

尚楚有几分心虚地爬下了床。

两人晃悠着去盥洗室洗漱，白艾泽接了一盆热水回来，尚楚叼着牙刷，满嘴牙膏沫，含混不清地笑话他公子哥做派，大老爷们儿洗个脸还用得着费劲儿打热水，矫情！

白艾泽没说话，拿过尚楚的毛巾放进自己的盆里拧了一把。尚楚漱了口清水，扭脸嘟囔说："你用我毛巾干吗？行了行了，你用吧，我拿手泼泼就行——唔……"

他话没说完，白艾泽就把毛巾按在他脸上抹了一把脸。

尚楚舒服地哼叹一声："你别说，你们有钱人家的公子哥还真会享受，早上拿热水搓把脸还挺爽。"

白艾泽哑然失笑，又拧了把毛巾，把装着温水的盆推到尚楚面前。

"干吗？"尚楚两手环胸，下颌微扬，嚣张地说，"要我给你擦脸啊？喊，异想天开！不可能的啊，我们人穷志不短，虽然没钱但要有尊严，绝不能做资本家的走狗……"

白艾泽指了指盆："洗手。"

"哦……"

尚楚摸了摸鼻尖，两手插进塑料盆里扒拉了几下。

白艾泽从口袋里拿出一条帕子，递了过去说："手擦干——"

他一个"干"字还没说完，尚楚已经把湿漉漉的双手往自己衣服下摆上胡乱抹了几下："擦干了，走吧。"

白艾泽对他如此粗糙的生活习惯感到头疼不已，把帕子放到他手里，正色道："指缝还有水，擦干净。"

"白二公子，你怎么和个老头儿一样啰唆？"

尚楚撇嘴，虽然嘴上这么说着，但还是拿帕子把每一根手指仔仔细细地擦拭干净。

出了宿舍楼，尚楚伸了个懒腰，深吸一口气，大声说："舒服！"

小野猫钻出个毛茸茸的脑袋，轻轻"喵呜"了一声。

"小家伙，"尚楚用脚尖蹭了蹭它的下巴，"等哥哥跑完步回来给你买好吃的。"

白艾泽轻轻一笑，松了松手腕，挑眉道："走？"

"走啊，"尚楚挑衅似的扬了扬下巴，"跑在后头的是孙子，敢不敢？"

"如果你要叫我爷爷，"白艾泽不置可否地点了点头，"我没有意见。"

"滚滚滚。"尚楚"哧"了一声，率先往操场跑去，"跟紧喽，小孙子！"

白艾泽笑着摇了摇头，迈开步子追了上去。

尚楚和白艾泽并肩跑在橡胶跑道上，两人的速度不分上下，保持着几乎一致的步频和呼吸节奏。

跑完五公里，白艾泽只是有些微喘，尚楚却像刚从水池子里被捞出来似的，浑身都湿透了。

白艾泽有些讶异，尚楚怎么出了这么多汗？对尚楚来说这个强度根本不算什么，他怎么喘成这样？

"没事吧？"白艾泽眉心微蹙，伸手想要探一探尚楚的额头，"是不是着凉了？"

尚楚条件反射似的往后退了一步，摆摆手说："没事，我去个厕所。"

白艾泽张了张嘴刚要说什么，尚楚从栏杆上拽过自己的外套，转身急匆匆地离开了。

尚楚一路小跑到后山小树林，迅速闪身躲在了一棵树后，双手微颤，从外套口袋里拿出了针管和药剂。

汗水不断地从下巴往下滴，胸腔里喘不上来气的窒息感越发明显，尚楚用牙咬开金属瓶盖，借着依稀的晨光，将针头伸进药瓶，把其中一大半的浅色液体吸进塑料针管，再缓缓注入手臂内侧的青色血管里。

尚楚靠着树干，睁眼看着旋转的天空——

大约半分钟后，天旋地转的感觉才有所消退。

身体渐渐恢复正常，尚楚剧烈喘息着，平复着剧烈的心跳。

他这时候才意识到，药剂生效的时间不知为什么越来越短了。

这一个月，他从最初的一星期打一针，逐渐变成五天打一针，偶尔强度大的话还需要时不时地补一针。

尚楚一直没太放在心上，打针就打呗，这么多年他不知打了多少了，没什么大不了的。

直到今天，仅仅跑了五公里，他就受不了了。

这是怎么回事？是他的身体逐渐产生了抗药性吗？

尚楚的嘴角泛出一丝苦笑，轻轻叹了一口气，手一松，针管掉到了地上。

尚楚眼疾手快地伸脚一够，那根针管从树干后滑出去的大半个管身就被钩了回来。

同一时刻，秦思年刚进小树林，恰巧看到了掉出来的半根针管。

她捂着嘴不让自己惊呼出声，仓促地转身离开。刚出树林，她连气儿都没喘匀，就在宿舍楼下撞见了白艾泽。

白艾泽去食堂买了两份早饭，手里提着两个塑料袋，往秦思年身后看了眼，问她："看见尚楚了吗？"

尚楚……

小树林里面的那个人是尚楚？

秦思年一愣，下意识地摇头："没，没有啊，刚才就我一个人。"

两人上了二楼。走廊另一头，宋尧捂着肚子急火火地从宿舍往厕所这边冲。

"让让，让让，憋不住了！"

白艾泽伸手拦下他："阿楚在宿舍吗？"

"阿楚？他不是出去跑步了吗？不知道啊！"宋尧憋得难受，边跺脚边说，"可能去食堂吃早饭了吧！"

"没有，"白艾泽眉心微蹙，"我刚从食堂……"

"那可能去喂猫、捉蝴蝶、捉蜻蜓了！"宋尧实在憋不住了，摆了摆手，一头往厕所扎了进去。

秦思年的神情仍然有些僵硬，刚才瞥见的那个针管是什么？尚楚也在私自用药吗？用的什么药？

恰好这时候，楼梯下"噔噔噔"跑上来一个人，是他们的辅导员。

"刚好你们在这儿，"辅导员神情焦急，朝着走廊两头左顾右盼，"没见着什么人吧？"

秦思年有些不自然地抿了抿嘴唇，对辅导员点了点头："老师，有个事儿我要和你说。"

白艾泽微微欠身："老师早，我先回寝。"

"哎，艾泽！"辅导员一拍大腿，叫住他嘱咐道，"你叫大家都小心点啊！我刚在楼下……"

秦思年看辅导员这样还以为他已经发现了，立即打断道："老师！我就是要和你报告这件事！"

"你说你说！"辅导员急出了一头汗，"哎哟可急死我了，你们都没事儿吧？我已经打电话叫保卫处那边派人过来增援了，别害怕别担心，也不用和家里人说，肯定保证同学们的安全！"

秦思年有点儿没明白辅导员在说什么，尚楚的事和同学们的安全有什么关系？

但她来不及多想，看着白艾泽的背影拐进了宿舍，才低声说："我，我发现……"

"什么？"辅导员凑近了耳朵。

秦思年没时间多做犹豫，轻声说："老师，我发现树林里……"

"快说！"辅导员见她扭扭捏捏的，着急得皱眉。

"老师好！"头上传来一个清亮的声音，"您和小年谈话啊？"

秦思年声音一顿，他怎么这么快就回来了？而且还是从楼上下来的？

十分钟前。

尚楚迅速处理完针管，把玻璃瓶敲碎扔进下水口，从树林里出来，恰好听见外面传来白艾泽和秦思年的说话声。

"没，没有啊。刚才就我一个人。"

小秦的声音慌里慌张，尚楚莫名心下一沉，不会那么巧刚好被她看到了吧？

就在这时，他远远看见辅导员从操场那头走过来。

尚楚仅仅思考了片刻，立即闪身藏到一楼走廊的石柱后，捏着嗓子喊了一声："老师！宿舍楼进贼了！有贼！"

辅导员身形一顿，边伸长脖子张望，边掏出手机拨了个电话，匆匆往这边赶来。

尚楚趁着这个时间绕到另一头，趁没人注意，敏捷地摸到三楼，进了最近的厕所隔间。

他耐心地等了会儿，一直等到听见有人走进厕所，才推开隔间门，佝偻着腰捂住肚子。

"尚楚？"来上厕所的男生叫黄子善，惊讶地问，"你不住二楼吗？怎么来这儿解手？"

"不提了，"尚楚摆摆手，一副脱力的样子，"我跑楼梯锻炼，突然肚子疼！"

"那你现在没事儿吧？好点没？"黄子善问。

"没事儿。"尚楚拍拍他的肩走了。

这个点儿大家都起床了，走廊上来来往往的都是去洗漱的人，个个见了尚楚都问他怎么上来了，尚楚很有耐心地一个个回答："借你们厕所蹲了个坑，刚在里头撞着黄子善了，我还担心把他熏着。"

"你拉了多少才能把他熏着啊？"

"滚！我还真的蹲了挺久的，有个十多分钟吧。"尚楚回头笑着骂了一句，"我这是身体好，你懂屁！"

尚楚大大咧咧地拎着戚昭的课本穿过走廊，和三楼的几个男生嘻嘻哈哈了几句，刚走到楼梯口，听见了楼下传来秦思年和辅导员的交谈声。

他屏息站了一会儿，隐约听到秦思年在说什么"树林里"。

尚楚略一思忖，眉头微皱，直觉秦思年似乎发现了什么。

三楼，黄子善刚从厕所出来，尚楚脸色一变，嬉皮笑脸地勾着黄子善的脖子："哎，有个好东西给你看看！"

"啊？"黄子善刚起床没多大会儿，糊里糊涂地跟着尚楚下了楼，"什么东西？"

"老师好！您和小年谈话啊？"

黄子善抬眼一看，瞬间就清醒了。

辅导员怎么在楼下站着？

黄子善一向比较怕老师，见了老师就抖，下意识地双脚并拢，声如洪钟地敬礼："老师好！"

"好好好。"辅导员没工夫搭理他们，着急地问秦思年，"你刚说什么？是不是贼藏在里头了？"

秦思年怔住了，讷讷地问："你怎么在楼上？"

尚楚神色毫不慌乱："我跑楼梯锻炼，顺道在上头蹲了会儿坑，黄子善一直和我在一起。"

"对啊。"黄子善点头。

辅导员说："最近你们有没有见到什么可疑的陌生人？"

"啊？"尚楚一脸疑惑，问黄子善，"没吧？我刚一直在楼上串门，没见着别的人啊。"

"奇怪了。"辅导员挠挠头，"那没事了，这几天你们要小心，咱们基地可能有外人闯进来了。我也联系保卫处那边加强巡逻。"

"有贼？"尚楚惊讶，"我去！这地儿也敢闯，胆子够大的啊！"

辅导员怕引起恐慌，摆摆手说："行了，该干吗干吗，等会儿集合别迟到了！"

秦思年安静地垂着头，不知道在想什么。

"对了，"辅导员问她，"思年，你刚要和我说什么？"

三楼陆续有人下来，尚楚打算回寝室，经过秦思年身边时，秦思年突然拉住了他的衣袖："等等。"

"嗯？有事儿？"尚楚问。

"你，你刚刚，"秦思年鼓足勇气，问道，"一直在上面？"

尚楚有些古怪地看着秦思年，耸了耸肩膀："对啊，不信你问他们。"

三楼下来的几个同学和辅导员打了声招呼，其中一个和尚楚玩笑说："下回别来我们三楼蹭坑位！臭死了！"

"滚！"尚楚笑着踹了他一脚。

秦思年看着尚楚，眼神有些狐疑。尚楚对她笑笑，自顾自回寝了。

虽然一场意外总算是有惊无险地混过去了，尚楚还是留了个心眼。

秦思年是不是真的发现了什么端倪？青训已经过去了一半，剩下的时间他必须更小心，绝不能出任何意外。

回了宿舍，白艾泽见尚楚和黄子善勾肩搭背的，脸色有些冷。

和他说要去上厕所，人却不知道跑哪儿去了，他等了老半天，包子都等凉了。

他冷声问："你去哪儿了？"

尚楚说："去楼上串门玩儿了。"

"他闹肚子。"黄子善在边上替尚楚解释了一嘴。

"不舒服?"白艾泽皱眉,看尚楚嘴唇有些发白,"怎么不告诉我?"

"没没没,"尚楚随意挥了挥手,"现在好了。"

尚楚看了看桌上的两袋包子,笑眯眯地凑过去问:"给我带的?"

白艾泽没说话。

"那我吃了啊。"尚楚拿起一个大包子,啃了一口,还没等他嚼几下,就浮夸地称赞,"这个豆沙也太好吃了吧!贼甜!"

"我买的肉包。"白艾泽面无表情地冷冷道。

尚楚一噎,迅速改口:"这个肉包真的绝,薄皮大馅儿,妙!"

宋尧边套袜子,边插话:"你上回不还说食堂的肉包子狗都不吃,全是肥肥,还说腥了吧唧的……"

"咳咳……"尚楚瞟了眼白艾泽,操起一本书砸在宋尧脸上,"今非昔比懂不懂?今天的包子真的好!"

白艾泽还是面无表情,摸不准他是高兴还是不高兴。

尚楚啃着包子,在心里叹了一口气,默默地离坐在桌边的白艾泽远了一点。

公子爷这脾气就是怪啊!

吃过早饭,尚楚沉思片刻,觉得秦思年可能发现了什么,接下来他要更加谨慎才好。

第11章 ⚡ 初雪

时间流逝的速度远比想象中更快,青训营开始了中期考核。

上次格斗成绩一经发布,所有人都大吃一惊,位列榜首的赫然是一直被看不起的空降草包白艾泽。

之后的训练中,白艾泽展露的实力让人刮目相看,无论是实践还是理论都强得令人咋舌。

江雪城和于帆他们倒是挺实诚的,毕竟是心思直接的大男孩,当初看不上白艾泽这个走后门的是真,现在对强者心服口服也是真,几个人特地来找白艾泽道了歉。

这个年纪的少年没什么弯弯绕绕的花肠子,一起在食堂吃顿饭,什么嫌隙和尴尬都没了。

然而,前几回毕竟只是课堂测试,虽说都出了成绩,但总归不那么正式。

所有人都默认白艾泽和尚楚毫无疑问就是最强的,但他们俩究竟谁更强,训练营的各位教官私下争执过,都没有办法达成一致,唯有这次中期考核说了算。

格斗考核按抽签分组,白艾泽和尚楚作为上回的前两名,各自带一组,先在组内进行两两对抗,最后每组前两名成为营地前四,再经由实战,才能得出最后的准确次序。

考核战线拉得格外长,一周内不间断进行,其间穿插着各门理论课考试。

尚楚忙得焦头烂额,如果说其他人感受到的仅仅只是生理上的疲累,那么高强度的身体对抗于他而言则是一种巨大消耗。

他咬着牙一针一针地往血管里注射,几乎每天都需要补一针。

尚楚从来没有一刻像现在这样,如此真切地感知到人与人之间天生就存在的身体素质的差异。他真的很累,由于短时间内药物注射量远远超出身体所能承受的上限,有几个晚上他一翻身,就感到天旋地转。他躲在厕所的隔间里干呕,喉咙有种要吐出血的灼烧感。

终于，各门理论课程的考试全部结束，格斗课也只剩最后两个人争夺第一名。

尚楚最后检查了一遍护具，到了训练场，白艾泽和几个教官已经在那里等着了。

"嗨！"尚楚吹了声口哨，吊儿郎当地朝台上扬了扬手，"教官好！"

"准备好了吗？"侯剑板着脸，严肃地问。

"早就好了。"

尚楚耸耸肩，看似一脸随意地勾了勾唇，眼底却很认真。

"那边的，"尚楚对白艾泽抬了抬下颌，"你准备好了没？"

白艾泽眉梢一挑，淡淡道："护肘缠紧，别又松了，我不会让着你。"

尚楚顿了顿，问道："你怎么知道——"

因为手臂上有针眼，护肘箍着疼，尚楚一直不爱戴护肘，前天他和张觉晓实战对抗，屈肘挡拳的时候护肘脱落，拳头撞在手肘上当场发出"咚"一声响。后来他洗澡的时候检查，发现整个手肘青了，到现在都疼。

但白艾泽怎么知道？

难道他的每场比赛，白艾泽都来看了？

他抬头直直地看向白艾泽，但白艾泽没有直接回答这个问题，而是又强调了一遍："缠紧。"

尚楚鼻头一痒，低低地"哦"了一声，垂头把两个护肘系带缠得更严实了点儿。

"好——"侯剑吹了一声哨，"准备开始了！"

白艾泽举起手："稍等。"

"怎么回事？"侯剑皱眉，"抓紧时间！"

白艾泽抬脚朝尚楚走来。

"哎哎哎，你干吗？"尚楚后退半步，"搞突袭啊？太不光明正大了白二公……"

他话没说完就顿住了，白艾泽停在他面前，脚尖点了点地："未来的尚警官，搏斗前都不检查检查你松松垮垮的鞋带吗？"

尚楚垂头一看，左脚鞋带果然松了，撇嘴说："我这是让让你，我松着鞋带你也打不过我，我系紧了你更打不过我了。你要是输了哭鼻子，那多不好意思。"

白艾泽点头："谢谢你这么为我考虑，劳驾你把另一只鞋的鞋带也松松，多让我点儿。"

"滚蛋!"尚楚笑骂了一句。

白艾泽也笑出了声:"赶紧把鞋带系上,要开始了。"

"嘘——"

清亮的哨声在偌大的场馆吹响,摄像机开始记录的同一时刻,侯剑劈下高举的手掌,下令道:"开始!"

尚楚轻轻勾了勾唇,双眼紧紧盯着白艾泽,目光微沉,眼神中带着势在必得的决心,还有毫不掩饰的侵略。

白艾泽原本平稳的心跳开始兴奋起来,他喜欢尚楚这种把他看作猎物的目光,虽然危险,却极度专注。

两人隔着几个身位无声地对峙,空气一寸寸绷紧,仿佛只要一点火星就能燃起燎原大火。

侯剑凝神观察二人:尚楚双腿微张、膝盖弯曲,后背小幅度地弓起,肩颈肌肉紧紧绷着——是标准的攻防姿势;相比之下,白艾泽则显得松弛许多,单臂格挡在胸前。

市局来视察的记录员脖子上挂着望远镜,见场下二人久久不动,有些没了耐心,低声问侯剑:"教官,他们俩怎么……"

侯剑立起一只手掌打断他:"等等。"

"都等多久了啊?"记录员抱怨道,"怎么光盯着对方不动手啊……"

尚楚右肩微微一耸,侯剑眉心突然一拧,上前半步,快速道:"来了!"

记录员一个激灵,立即把望远镜举到眼前。

尚楚率先出拳,凛凛拳风呼啸着划破空气——

白艾泽反应极快,侧身躲开这一拳,抬手攥住尚楚的手腕。尚楚不但不躲,反倒勾唇一笑,借力顺势撞在了白艾泽身上。这个身势使得白艾泽手腕反拧,不得不松开对尚楚的钳制。尚楚在他卸力的瞬间,抬高手肘直顶他的咽喉,向后猛地一推,随即旋身一个横踢——

这一脚不偏不倚踢在了白艾泽腰侧,"啪"的一声在空旷的场馆中格外清晰。

"精彩!"记录员低呼。

侯剑不置可否,尚楚的确打出了一个准确且漂亮的进攻,甚至是目前为止几十场测试中侯剑看到的最标准、最迅猛的格斗动作。尚楚的天赋、学习能力和领悟能力无可指摘,但缺点同样很明显——他的力量不够强,还不足以一击致命。

白艾泽硬生生抗下这一击，只是踉跄着后退两步，快速稳住身形。

尚楚知道只要拖下去他绝对不是白艾泽的对手，必须速战速决。他没有给白艾泽喘息的机会，猛地挥拳向白艾泽冲来。

白艾泽不退反进，抬手硬生生接下这一拳，同时另一只手横臂抵着尚楚前胸，屈膝在尚楚小腹狠狠一顶——

"嘶——"

尚楚痛得倒吸一口冷气——如果他要侧身躲开，那么白艾泽抵在他胸口的手就能顺势锁住他的喉咙，实战中把咽喉送到对方手中几乎是致命的错误。尚楚几乎是在半秒之内进行了权衡，选择咬牙抗下这一击。

"你……"

白艾泽眉心一皱，惊诧地看向尚楚——他为什么不躲？

他抬膝的角度并不刁钻，白艾泽料想尚楚一定能够避开，因此丝毫没有留力。

下腹几乎是人身上最脆弱的地方之一，白艾泽看到尚楚骤然褪去血色的嘴唇，心神一恍，手中力道一松，尚楚弓着腰疾步后退，"砰"一声撞上了墙面。

"哎！来真的啊！"记录员看到这一幕，骇然道。

侯剑也担心尚楚被伤出个什么好歹，吹了一声哨，厉声问道："还能不能打？"

尚楚双手撑着膝盖，粗喘着气，汗水压着纤长的眼睫毛，脖颈上青筋根根凸起。

"还能不能？"侯剑吼了一声，开始倒计时，"十——九——八——"

"能！"尚楚手背在嘴边一抹，甩开侧脸的汗珠，慢慢站直身体，抬眼盯着白艾泽，重新摆出进攻姿势，声音轻但坚定，"能，当然能。"

白艾泽凝视着他，片刻后微微一笑。

就在刚刚，他看着尚楚背抵着墙、大口喘气，乌黑的眼睫毛被汗水压成密密的一片。

有那么几个瞬间，白艾泽甚至在想就把这个第一名给尚楚又怎么样，第一名对他来说不是很重要，但是对尚楚来说很重要。

但现在他反悔了。

尚楚紧盯着他，眼里跳跃着雀跃且危险的光——尚楚像是一只凶猛的猎豹，一旦遇到势均力敌的敌人，战斗欲轰然烧起，身体里的每一个细胞都兴奋地跃跃欲试。

猎豹渴望成为强者。

那么能让猎豹臣服且仰望的，也只有强者。

白艾泽在这样的眼神下觉得战意升腾，他松了松手腕，说道："继续。"

侯剑目光微闪，发现白艾泽和刚才不一样了。

——他露出了隐藏在沉静外表下的，与生俱来的，在此刻膨胀到极点的征服欲。

两人一来一回、你进我退，拳脚出击的速度极快，记录员架着望远镜看得如痴如醉，连连赞叹。

场下，尚楚被白艾泽逼退到了墙边，他一手撑着墙面凌空腾起，一记飞踢侧打在了白艾泽肩上。白艾泽迅速闪身，卸去了这一脚的大半力道，但还是踉跄着退了几步。

这几乎是孤注一掷的最后一搏，双脚落地的刹那，眩晕感当头砸来！尚楚额角狠狠一跳，五指紧紧扣着墙面，双腿一软，单膝跪在了地上，指尖在墙皮上刮蹭出五道白痕。

膝盖骨砸在地面上时，发出沉闷的"咚"声，汗珠顺着脸颊汇集在下巴，又"啪"地砸向地面。

尚楚单手支着地，大口大口地喘着气，心脏剧烈地搏动。

"行不行？"

白艾泽看着他微微颤抖的肩背肌肉，垂头时后颈弯出一个精致且流畅的弧度，看上去有种微妙的优柔和脆弱。

"咚——咚——咚——"

心跳声清晰可闻，尚楚紧紧咬着下唇，犬齿深深陷入嘴唇，喉头翻涌起一股血腥气。

他撑着膝头站了起来，身体虽然微微晃动，但眼底却是毫不畏惧的勇气。

尚楚嚣张且张扬地勾唇一笑："行，怎么不行？"

他像是一株拔地而起的青松，纤细却并不孱弱，挺拔且坚定。

白艾泽看着尚楚煞白的脸色，眉心微皱，张了张口刚想说些什么，尚楚抬手打断，嗓音沙哑："你很强，我也不弱，你如果让我，就是看轻我。"

白艾泽的胸膛也在起伏着，他凝视着尚楚被咬出血丝的下唇，调整呼吸节奏，沉声说："阿楚，来。"

…………

"停——"侯剑吹响口哨,下了最后的口令。

尚楚被抵在墙角,白艾泽的拳停在距离他眉心仅仅一掌之隔的地方。

"你赢了,"尚楚闭了闭眼,声音中有难以抑制的颤抖,"我输了。"

白艾泽退开一步,他的上衣也被汗水浸透,紧紧贴在身体上。

"测试结束,"侯剑朝他们抬手,"过来签字确认。"

额头上的汗水流进眼睛里,涩涩的,痒痒的,怪难受的。尚楚使劲眨了眨眼,发现缓解不了眼里的酸涩,于是抬起手臂,轻轻盖住了双眼。

白艾泽安静地注视着他。

"哎,你刚才那招厉害啊,"尚楚努力让自己的声音听起来轻快一些,"就反拧我手臂那招,真的牛,咳……咳咳咳……"

"有机会我教你。"白艾泽想抬手安慰他,但顿住了,五指蜷进掌心,"我去帮你签字。"

"好啊,"尚楚发出几声闷咳,胸膛剧烈起伏着,"你字写得好,你帮我签呗。"

尚楚先一步回了宿舍,在厕所最靠边的一个隔间里,掀开衣服,大口喘着粗气,几分钟后,身体里的燥热才平息了一些。

他精疲力竭地靠着隔板,小腿肌肉止不住地痉挛。他想坐一会儿,不管地有多脏,就这么坐会儿。

但是不行,他撑着最后一口气,告诉自己不行,无论如何都要站着。

他怕他一旦松懈,就再也站不起来了。

尚楚靠了很久,等到心跳渐渐平复,眉心的刺痛感慢慢消退,又从口袋里掏出药剂和针管,把尖锐冰冷的针头扎进白皙肌肤下淡青色的血管。

——这个考分吧,就和珠珠的天气预报一样,有时候晴天有时候雨天,那都是正常的。

"晴天……雨天……"

尚楚反复喃喃念着这句话,接着淡淡一笑,后脑靠着坚硬的隔板。

那么他输给白艾泽,算是晴天还是雨天呢?

成绩出得很快,当晚就在公告栏贴出名单公示了。

白艾泽,均分91,排名第一。尚楚,均分88.5,排名第二。

宋尧拿到了总分第三,其中有一门刑法课考了满分。他对自己这个成绩非常满意,扭头说:"阿楚,咱俩都贼牛啊……人呢?"

白艾泽淡淡道:"让他休息一会儿。"

宋尧顺着白艾泽的视线看过去，看到了尚楚的背影。他双手插着兜，头上戴着外套兜帽，步伐很慢。

"阿楚怎么了？"宋尧忧心忡忡地皱起眉。

很少有人会对"第一名"这三个字存在特别的执念，宋尧这种在包容和爱中长大的少年更是。

白艾泽拍拍他的肩，轻描淡写道："可能就是累了。"

宋尧想了想觉得也是，于是放下心来，撞了撞白艾泽的肩膀："老白，第一名，厉害啊！"

白艾泽笑笑没说话。

回了宿舍，尚楚已经把自己裹进了被窝。

"阿楚？"宋尧轻声喊他，"睡了吗？"

尚楚呼吸均匀，一副睡得很安稳的样子。

"今天放假休息啊，"宋尧撇嘴，"怎么睡得这么早？"

今晚特殊，熊孩子们刚经历一场长期高强度学习之后的大考，所以基地不熄灯。戚昭和苏青茗来找他们去食堂玩"狼人杀"，白艾泽说累了想歇息，于是宋尧带着江雪城他们走了。

秦思年没参加这几天的格斗考试，她借口家里有急事，提前离开了基地。

宿舍里只剩下尚楚和白艾泽两个人，一个上铺一个下铺，安安静静的，只听见彼此的呼吸声。

时间在悄无声息中慢慢走着，接近晚上十一点半的时候，尚楚敲了敲床板。

"起来吧。"他声音闷闷的，似乎有点儿着凉。

白艾泽仿佛早就知道他没睡着，站起身，走到窗边，打开窗户，冷冽的寒风迎面扑来。

"恭喜啊，"尚楚站在白艾泽旁边，轻声说，"第一名。"

"多谢。"白艾泽在黑暗中注视着尚楚，"你……"

"别，"尚楚立即打断，"如果你要安慰我，千万别。考试嘛，有时晴有时雨，都是正常的，珠珠说的。"

"珠珠？"白艾泽问。

"哦，电视台天气预报主持人。"尚楚低头笑了笑，"我觉得挺有道理，你说呢？"

"嗯。"白艾泽也笑。

两人有一搭没一搭地说着不着边际的话，仿佛不觉得寒冷。

尚楚感受到有湿湿的、凉凉的东西随风碰到了脸颊。

尚楚一怔，定睛往外一看，才发现下雪了。

"哎，下雪了。"尚楚眨眨眼。

"嗯，很好看。"白艾泽看着他，笑着回答。

保卫室里，大爷坐在藤椅里看天气预报。

珠珠穿着红色的长裙，笑容甜蜜，脸上挂着两个浅浅的酒窝。

她说："这是新一年的第一场雪，希望每一位看到雪的朋友，在新的一年都能收获幸福哦。如果有人正在你身边陪着你看雪，那么一定要好好珍惜哦！"

"哦哟，幸福幸福，珍惜珍惜！"大爷笑眯眯地拿起手机，拨一通电话给家里人。

子夜后雪渐渐大了，还挟带着些小冰粒，噼里啪啦地落在窗玻璃上。

另一头传来宋尧悠长深沉的呼吸声，尚楚安静地躺在床上，两只手臂各抱着一只小熊玩偶，睁眼看着窗玻璃上凝结的水珠。

白艾泽比他强大、比他优秀，白艾泽战胜他、超越他。

他不甘心，也不会放弃。

他觉得自己在攀登一座险峻的雪山，世界上有千千万万人朝着山巅进发，他拼尽了全力才爬上了第一名的座椅，但他抬眼一看，白艾泽却在他之上，姿态闲适、步伐轻快。

他在比白艾泽低一步的位置上，咬着牙想追上白艾泽。然而，他掌心磨破了，手里都是血，膝盖磕出两个血洞，双眼被凛冽的风雪糊住，还是赶不上白艾泽。

他愤怒、委屈、无奈、不愿、不服，不得不仰望白艾泽，他心里的那根刺越扎越深，几乎要刺穿胸膛，但白艾泽却回头了。

白艾泽送了他熊、教他逗猫、带他给大狗洗澡、给他买早饭、为他打热水、陪他看了第一场雪。他依然在仰望白艾泽，依然没有放弃向上攀登的决心，但白艾泽给他的刺浇了水、晒了太阳，冷锐的尖端长出了根系，小小的绿芽破土而出。

尚楚一边觉得不甘，一边又因为这样难能可贵的友情而倍感温暖。两种互相矛盾的情绪在他脑子里冲来撞去，他不知道该怎么面对，更不知道如何处理。

"再给我一点时间。"尚楚在黑暗中想。

他闭上了双眼。

第12章 ⚡ 追赶

尚楚一夜没睡好，第二天眼神涣散，满脸写着萎靡。

宋尧没心没肺地笑话他："阿楚，你昨晚不是考完试回来就睡了吗？昨晚趁着我们不在，干吗去了？"

尚楚踹了宋尧一脚："滚滚滚！"

宋尧嘻嘻哈哈地勾着他的脖子，两人打作一团。

距离青训营的最终考核没剩多少时间了，他们到这儿可不是来玩来闹的。

所有人都骤然感受到了压力，就连晨训都跑得比以往更来劲。

尚楚一直精神恹恹，进了教室径直走向最后一排，趁着中间这十多分钟的休息时间，帽子一戴，靠在后墙上补觉。

他早上没吃饭，嘴唇干燥，嘴角起了点儿细细的干皮。白艾泽看他无精打采的，去食堂给他买点儿吃的。

宋尧上完厕所回来，一屁股坐到尚楚旁边，从抽屉里翻出课本，着急忙慌地翻到其中一页，念叨着说："阿楚你《侦查学》作业借我抄抄，我忘做练习题了！"

尚楚睁开一条眼缝："《侦查学》？今天不是没这门课吗？"

"调课了啊，"宋尧咬开笔头，"上周不是通知了嘛，和《刑法基础》换了。"

尚楚一拍额头："我给忘了！"

"那你快点儿回去取课本，不然——"

宋尧手掌在脖子上一划，白眼一翻，做了个杀头的姿势。

教《侦查学》的是一个退休老教授，出了名地严厉。有一次宋尧忘带课本，直接被罚抄十遍当天课件。

那天教授打印出了108页的PPT，每页满满的都是字，宋尧抄得叫苦不迭，关键是晚上宿舍还熄灯，宋尧在厕所挑灯夜战，险些跳坑自杀。

尚楚一把抓着他的胳膊："陪我回去取！"

"滚！"宋尧一点儿不客气地推开他，"老子抄作业呢！"

尚楚："你以后半夜上厕所别想让我陪你！"

宋尧充耳不闻，朝前排的戚昭嚷嚷："小昭，《侦查学》作业借我抄抄！"

尚楚气得踹他一脚。

尚楚急匆匆地跑回去拿书，上了二楼，远远看见宿舍的门虚掩着。

难道是早上最后一个离开的人忘了锁门？

尚楚没多想，迈开步子走过去，一把推开门——

"啊！"

宿舍里传来一声低呼。

尚楚看着跪坐在他床上正翻他背包的秦思年，眉心一紧，缓缓问："小年，你在找什么？"

秦思年非常震惊，她借口躲过了中期考核，刚刚才回到基地。原本想趁着这个时间找找尚楚是不是藏了针管、药剂那些东西，想不到这时候竟然会有人回来，秦思年双手一抖，一背包的玩偶熊乱七八糟地撒在了床铺上。

尚楚紧紧盯着秦思年："嗯？要找什么东西你和我说，我帮你找。"

"我，我没有……"秦思年目光闪躲，慌张地解释，"我就是，就是随便看看——啊！"

她手忙脚乱地爬下床，脚底一滑，险些摔下来。

尚楚及时上前扶了她一把，攥着她的小臂，冷冷地道："随便看看？"

"是，是啊……"秦思年不敢看他。

"那你翻我的包，也是随便看看？"尚楚问。

秦思年嘴唇哆嗦着，什么话也说不出。

尚楚冷冷一笑，在桌上抽出自己的课本，甩手就走。

"等等！"

身后传来秦思年的声音，尚楚脚步一顿，微微偏过头。

秦思年攥着拳头，满手冷汗，嗓音紧绷，大声说："你是怎么进的青训营？"

尚楚心头猛地一跳——秦思年发现了？

不可能，他藏得很好，不可能被发现。

尚楚几乎是瞬间就发觉了秦思年在诈他，他冷静得出奇，微笑道："当然是考进来的。小年，你开什么玩笑？"

秦思年鼓足勇气，又重复了一遍："你不适合待在警校。"

尚楚轻轻一笑："你凭什么这么说？"

"我，我就是知道……"秦思年的声音有些颤抖，"只要你自己离开，我不会揭发你……"

"揭发我?"尚楚像是听到了什么笑话,操起桌上放着的成绩单,拍到秦思年怀里,"你看看,尚楚,总分第二名,这里头的学员有几个打得过我?你说我不适合这里,你这意思是比我差的这些人都不适合喽?"

秦思年眼角瞥了眼那张成绩单,有些心慌。

"小年,"尚楚拍了拍她的脑袋,温和地笑了笑,"昨晚上做梦梦傻了吧?小脑袋瓜在瞎想什么呢?"

最终考核的日子一天天临近,所有人都为了能拿到那张通往首警的门票紧张地备战。

尚楚起得比以往更早,晨跑、练拳、背书……宋尧玩笑说阿楚你都这么牛了,何必把自己搞得这么辛苦,你肯定能通过考核的。

尚楚回答得很认真,他要的不仅仅是通过,他要第一。

宋尧叩了叩床板:"老白,有人向你宣战了啊!"

新任第一名白艾泽同学正在复习刑法基础,闻言翻了一页书,淡淡道:"欢迎。"

尚楚"咻"了一声,在上铺伸出一个脑袋,说道:"你别嚣张啊,早晚把你拿下!"

白艾泽抬头看着他,一脸揶揄,眼底带着笑:"也欢迎。"

尚楚坐在床沿,晃着光溜溜的脚丫子,心情非常愉快。

第一名迟早是他的。

临近年关,时间就像上了加速器似的,跑得越来越快。

青训营丝毫不考虑过不过节,课程安排丁点儿人性都没有,除夕和初一放两天假,初二统一返回参加最终考核。

不少外地赶来参加青训的学生叫苦不迭,这么紧张的行程,他们压根儿没法回家过年。于帆更是愁云惨淡,成天不是唉声就是叹气,饭都吃得心不在焉,饭粒沾了一脸也没发现。

"你咋啦?"宋尧叼着鸡腿问,"体检报告下来了是吧?生无可恋的干啥呢!"

于帆放下筷子,愁眉苦脸地叹了口气。

"怎么了?遇着什么事儿了?"

后面一桌的戚昭和苏青茗也扭头关心道。

尚楚坐在宋尧身边，白艾泽打好饭菜，端着餐盘走了过来，眼神在几个空着的位置上睃了一圈，最后在尚楚对面落座。

"怎么回事儿啊？"尚楚问于帆，"最近愁啥呢？兄弟们一起帮你想办法解决呗！"

"猪，"于帆一对黝黑的眉毛耷拉着，模样还有点儿喜感，"猪咋整呢？"

"馋肉了是吧！"宋尧大大咧咧地把自己碗里的一块猪肘子夹到于帆碗里，"吃我的吃我的！"

他夹了自己的还不够，筷子一转，把尚楚碗里的一块猪排也夹给了于帆："来来来，别客气！"

那块猪排炸得焦黄焦黄的，光看着就能感受到酥脆滑嫩的口感，尚楚打菜的时候在一堆猪排里一眼就挑中了这个。

尚楚这人吧，吃饭有个习惯，喜欢吃的东西一定得留到最后，那块猪排他就闻了闻，一口都还没尝，就眼睁睁地看着它飞向了别人的碗。

"宋尧你给我滚！"

宋尧嘻嘻哈哈地说："你不是不吃吗？我看你咬都没咬啊！"

"我那是不吃吗？"尚楚掐着他的脖子，"我那是没舍得吃！"

"行行行！"宋尧被勒得直翻白眼，"我再去买一块赔你！"

"人不能同时踏进同一条河流，"尚楚咬牙切齿地说，"就像我的猪排一去不回来！"

"两块……两块行不行？"宋尧讨饶。

"那可以。"尚楚毫不犹豫地答应了，松开宋尧的脖子，拍了拍他的衣领，"好哥们儿。"

于帆是个老实人，没看出来这俩活宝是为了逗他开心才来了这么一出，还以为宋尧和尚楚真为了一块猪排闹翻了，于是赶紧把猪排夹回尚楚餐盘里，摆手说："我不吃我不吃！最近猪价可贵了，我妈说生猪一斤涨到十几块了，你们吃！"

尚楚哭笑不得，解释道："逗你的！你刚说猪的事儿，怎么了？"

于帆眉头皱得能夹死十只蚊子，说他老家有个习俗，年前家家户户都得宰头猪，将猪头和上好的猪肉煮好，年初一了再祭祀祖先。他要是过年回不去，他们家就没人杀猪了。

宋尧和尚楚第一回听说还有这习俗，感觉特别新奇。没想到白艾泽也放下了筷子，微微偏过头，听得很是认真，似乎对这种风俗颇感兴趣。

"让你爸杀呗！"

等于帆说完，宋尧理所当然地应了一句。尚楚想阻止已经来不及了。于帆知道他们对农村的事儿挺好奇，平时常和他们聊。家里的农活几乎是他一手包办，他也几乎没有提及自己的父亲，偶尔会说到他母亲。尚楚从他的话里能推断出他母亲身体不是很好，却还要强撑着下地干活，如果他们家有别的劳动力，母子俩也不至于这么辛苦。

尚楚在桌下踩了宋尧一脚，但宋尧显然没能体会到这一层，托着下巴问道："不就杀个猪嘛，你爸妈两人怎么可能搞不定，还差你这点儿力气啊？"

于帆的表情滞了几秒，半响才听他低低地说："我爸前些年打工摔了，现在瘫床上了，动不了，俺……我家的猪每年都是我宰的，习惯了。"

宋尧愣了愣，然后往自己嘴上拍了一巴掌，探身拍了拍于帆的肩："哥们儿，对不住啊，你也知道我这嘴就没个把门的，是我……"

"没事儿，"于帆对他憨厚地笑了笑，"我让我妈求邻居帮帮忙，不是大事儿。"

尚楚用筷子搅了搅碗里的米饭。

什么不是大事儿，要真不是什么大事儿，他这几天怎么可能一直惦念着，吃不下睡不着的。

"过年杀猪"这事儿在他们村子里肯定是一件非常隆重、极具仪式感的事情，才让这个一直心无旁骛专心训练的少年牵挂了这么久。

"你家哪儿的？"尚楚问。

"西蚌的。"于帆说，"在天南市。"

天南市离首都不算远，高铁坐个三小时就能到。

"要不回一趟吧？"尚楚对他说，"年三十当天回家，初一再赶回来。"

"没抢到票，"于帆叹了口气，"来回票都没了。"

宋尧是个很有同理心的人，也跟着愁了起来。他皱眉想了想，有点儿天真地问："飞机呢？首都到天南有直飞吧……唔唔唔……"

尚楚立即夹了个丸子塞到他嘴里，瞪了他一眼，示意他闭嘴。

春节这当头，就算有航班，票价估计都要涨上天了。

"回一趟吧，"一直安静听着的白艾泽突然说，"车票的事儿我来想办法。"

"真的吗？"于帆扬声问，又立即小心翼翼地放低音量，"不麻烦吧？"

"不麻烦，"白艾泽拍了拍他的肩膀，微笑道，"一句话的事儿。"

于帆脸上的愁容瞬间一扫而空，活像变了个人似的："谢谢谢谢，太谢谢了！"

宋尧比他还开心："到时候拍点儿小视频看看啊。我长这么大还没见过，也让我家鲁晓夫见见世面！"

于帆挠了挠头，乐呵呵地点头。

尚楚咬着筷子看了看白艾泽，没想到这少爷还挺平易近人的。

他趁其他人没注意，把黄金炸猪排夹到白艾泽碗里。

白艾泽对食物的要求很高，但他又不愿意别人知道他挑食，所以一直在默默地挑剔。

譬如今天他点了一道白萝卜炖虾米，他非常喜欢白萝卜，但非常讨厌虾米，这会儿正专心致志地埋头挑小虾米，一块巨大的猪排突然从天而降，"啪"地砸到他筷子上，刚挑出来挤到一堆的小虾米瞬间被拍散，功夫全白费了。

白艾泽筷尖一顿，在心里叹了一口气，抬头看着尚楚，似笑非笑地问："找事儿？"

尚楚丝毫没觉得有什么不对，一只手挡在嘴边，小声说："奖励你的。猪肉一斤三十八块，这块是最好的，给你吃。"

看他美滋滋眯着眼笑的样子，白艾泽也不忍发脾气，于是也学着他的样子说："谢谢。"

尚楚下巴扬了扬，示意他吃。

白艾泽夹起炸猪排，眼神古怪地看了眼上头沾着的小虾米，又看了看盯着他的尚楚。

尚楚朝他眨了眨眼。

白艾泽心说行吧，硬着头皮咬了一口。

"好不好吃？"尚楚吧唧了下嘴唇，轻声问道。

"好吃。"白艾泽囫囵嚼了两下就吞下肚，艰难地点点头。

尚楚晃了晃脑袋，又呼噜了一声，得意地挑了挑眉毛："我就知道！"

白艾泽哑然失笑，狗狗开心的时候要甩尾，猫咪开心的时候"开摩托"，尚楚倒是把两者完美地结合了，猫和狗哪个也没落下。

他又咬了一口猪排，心想虾米也没那么难以下咽了。

最终考核的日子一天天临近，每个人脑子里的弦突然一下绷得死紧，又一次小测结束后，秦思年离开了基地。

这事儿没在基地里闹出什么动静，大家都看出来她不行，每次训练就想着找借口躲过去，就是一个娇生惯养的小公主，根本就不适合这里。

在前所未有的紧迫感和压力下，所有人的身体和精力都撑到了极限，憋着一股劲儿挨过最后这段时间。

宋尧本来就没太把考核当回事儿，反正他的成绩拿个名额是绰绰有余。

但是他老爸给他加了码，说只要他考到前两名，就奖励他一个最新款游戏笔记本。排名第三的宋尧同学立即来了精神，效仿在课桌上刻"早"字的鲁迅先生，不知道从哪儿搞来个文身粘贴在脖子上，上头是两个浮夸的花体大字——"努力"。侯剑发现了文身后，把宋尧臭骂一通，按着他去厕所强制洗掉了。

文身虽然没了，但丝毫不影响宋尧领会鲁迅先生的奋斗精神。他立志要为了游戏笔记本奋发图强，努力赶超第一名白艾泽和第二名尚楚，于是懒觉也不睡了，瞌睡也不打了，早早就起床跟着他俩一起出去晨跑。第四名本来还没那么紧张，但眼见第三名都动起来了，心里一下就慌了，也跟着闻鸡起舞。第五名看到第四名竟然如此积极，赶紧调好早起的电子闹钟……

每天早上天还没亮，这群孩子就自觉自发地上操场锻炼去了，做引体向上时发出的"嘿吼嘿吼"声响彻整个基地。

辅导员非常欣慰，特意表扬了尚楚和白艾泽，说他们俩起到了很好的带头作用，下周班会课上要对他们进行公开表扬。

前任第一名尚楚同学一脸得意，摆了摆手说："老师客气什么，这是我作为第一名应该做的，公开表扬可以，要给奖励什么的就算了啊！可以但没必要，如果一定要给，也能勉为其难地接受。"

辅导员笑着说："去你的，要什么奖励！人家艾泽都没说话呢！"

真正的第一名白艾泽同学似乎不是很高兴，面无表情地点了点头，淡淡地说了一句"谢谢老师"。

回去的路上，尚楚撞了撞白艾泽的肩膀，挑眉问："怎么，不开心？"

白艾泽看了看尚楚，低声说："你开心吗？"

"开心啊！为什么不开心？"尚楚耸了耸肩，脱口而出。

这段日子是他最开心的时候，好朋友在身边，所有人都朝着一个共同目标努力，他很喜欢这种感觉。

白艾泽在心里叹了口气，近期晨跑的人数骤增，他本来就不是很喜欢人多的场合，更何况晨跑的时候每个人都铆着劲儿把他当目标，更有甚者建议他在背上贴个靶子的图案，好让大家集体追赶。

"怎么了？"尚楚看到白艾泽紧抿双唇，凑过去问，"想什么呢？"

白艾泽周身气压很低，道："今天晚上我要夜跑。"

尚楚一惊，脑子里警铃大作——

训练强度都这么大了，白艾泽还要加个夜跑？胜负欲要不要这么强！

尚楚是个好胜心极强的人，本来就不甘心屈居第二，第一名都说要加大训练强度了，他更加不能坐以待毙了，于是一拍手掌，愤愤道："行，不就是夜跑吗？我和你一起去，几点啊？"

白艾泽淡淡道："九点半。"

尚楚摩拳擦掌，咬着牙应了："九点半是吧，成！不去的是孙子！"

晚课结束回了宿舍，白艾泽休息了一会儿后站起身，离开前看了尚楚一眼。

尚楚心说白二公子当上第一名之后不得了啊，都开始主动挑衅了？

他哼了一声："给老子等着！"

等白艾泽出了宿舍，尚楚慢悠悠地换鞋。

宋尧无所事事地趴在床上掰手指玩，看见尚楚换上跑鞋，如临大敌地问："阿楚，你干吗去啊？"

"夜跑，白艾泽已经去了。"尚楚边系鞋带，边摇了摇手，"走了啊！"

宋尧不知该说什么。

两人都第一第二了，至于这么拼命吗！

第三名的宋尧同学下午才做了两百个蛙跳，这会儿腿疼得要命，但为了他心爱的游戏本，还是挣扎着从床上爬起来，拖着两条酸痛的腿，硬着头皮追了出去。

第四名刚要去水房打热水，路上撞见全副武装的宋尧，紧张地问："哎哎哎，等等！尧哥，你穿成这样去哪儿啊？"

"老子夜跑！"宋尧没好气地说，"白艾泽和尚楚都去了！"

第四名手一抖，水也不打了，踩了风火轮似的跑回宿舍换鞋。他室友是第五名，瞪着眼问他干吗去。第四名快速套上运动裤："夜跑啊！第一名、第二名、第三名都去了！我能不去吗！"

第五名哭丧着脸，操起外衣往头上套，那句经典微商语录脱口而出——

"世界上最可怕的距离是什么，就是比你强的人比你还努力！"

半分钟内，夜跑的消息从二楼传到四楼，整个宿舍楼的人集体出动，和地震逃生演习似的蜂拥着往外冲。

白艾泽站在跑道上，过了没多久，宿舍的方向传来声响，他扭头一看——

尚楚跑在第一位，身后乌泱泱地跟着一堆人。

两天下来，白艾泽也习惯了拖着几十条小尾巴跑步，常常是他跑在最前面，尚楚和宋尧一左一右跟在他身后。这两个人跑个步也不老实，总是叽叽喳喳，没说几句就吵嘴。

白艾泽不得不承认,这种身边有朋友陪伴的感觉还不错。

这天训练结束,尚楚和白艾泽走在回寝的路上,有一搭没一搭地聊着天。

白艾泽算了算时间,于是问:"假期有什么打算吗?"

"打工啊。"尚楚脱口而出。

"打工?"白艾泽皱眉,在他的认知里,这个词似乎和学生不该有任何关系。

"挣学费呗。"要在白艾泽面前坦承自己的窘迫实际上是一件难以启齿的事,他佯装轻松地耸了耸肩,尽量让自己的语气听上去轻松一些,"不然我拿什么上学?靠我这张英俊的脸庞?"

白艾泽看着他,犹豫片刻后,说道:"我可以……"

"哎哎哎,停!"尚楚抬手打断,"你再说下去我揍你了啊!"

白艾泽抿唇不语。

尚楚转头看了他一眼:"别皱眉,丑死了!没必要啊!我四肢健全身体健康,多少境况比我糟糕的人都羡慕我呢!"

白艾泽定定地看着尚楚,尚楚两根食指在嘴角一提,白艾泽轻轻叹了一口气,也勾唇笑了起来。

"这样就帅了!"尚楚比了个大拇指。

周六中午依旧发还了手机,白艾泽开机后给白御发了条信息。

【"特别"招兼职吗?】

白御的消息回得很快。

【不。】

白艾泽低头打字。

【那你现在可以招了。】

"那我现在可以招了?"

白御看着弟弟发来的消息,支着下巴颇有兴味地琢磨了一会儿,回了条消息过去。

【行啊,你说招那咱就招呗。招谁?怎么招?干什么活儿?工资给多少?】

白艾泽对着这几个问题一个一个地想了想,认真地往手机里敲字:

【招我的朋友。需要发布正式的招聘公告,不能太随意,也不能太刻意;平时店里人干什么他就干什么,不需要特意安排轻松的工作,但最好也不要太累。工资请参照学生兼职的市场行情定,要比平均价高,但不能高得离谱。辛苦。】

末了还加了"辛苦"俩字儿,口气和上头布置任务的领导似的。

五分钟后,收到消息的白御陷入了沉思。

不能太随意,又不能太刻意?不能太轻松,也不能太累?钱不能少,但也不能太多?

这小子到底是给他招个兼职,还是请了个祖宗?

【我怎么知道学生兼职市场价多少?】

三秒后,手机发出"叮"一声响。

【那是你的事。】

白御扶额,认命地叹了一口气,打开电脑想找个求职网站看看行情,转眼白艾泽又给他发来一条消息。

【他喜欢叶粟,如果方便的话,请叶粟有空多来店里转转。】

刚才还想着竭尽所能满足弟弟要求的白御瞬间反悔了,坚定地拒绝道:

【滚,我媳妇儿那是想看就能看的吗?】

解决了这个事儿,白艾泽回到宿舍。宋尧正在研究辅导员上午发的一本小册子,是首警去年的招生宣传本。尚楚就穿着薄薄的单衣单裤,趴床上玩经典版《魂斗罗》,把手机屏幕敲得啪啪响,两只脚跷着晃来晃去。

白艾泽看尚楚穿得这么少就忍不住皱眉,早上晨会才刚说过最近闹流感,他过去对尚楚说:"袜子套上。"

"哎,别烦别烦……"尚楚的游戏小人差点儿被敌人打中,他抖了抖腿,踹开白艾泽的手,"不冷……哎,这方向键怎么不灵啊!给老子跳啊!"

白艾泽把床头敞开的窗户关上,又返身回来敲了敲栏杆:"穿上。"

"白艾泽你烦不烦!"

尚楚暴躁地抓了把头发,他这一关打了十来次都过不了,游戏里的小人又一次撞上了敌人的子弹,巨大的"Game Over"占满了整个屏幕。

他气得把手机往床上砸,生无可恋地呈"大"字形趴在床上:"老子要再玩这个就是棒槌!"

宋尧边看册子,边火上浇油:"你不适合这种竞技类游戏懂吧?你就应该玩那种给 Susan 化妆啊,给 Linda 相亲啊,给 Angela 煮泡面啊什么的……"

"滚!"尚楚操起枕头砸过去。

宋尧接住枕头,嬉皮笑脸地说:"我刚还看见你玩那什么来着?叫什么'宠物养成计划'吗?"

尚楚恼羞成怒地爬到宋尧床上,勒着他的脖子前后晃:"不说话能憋死你还是怎么的！"

"咳咳……"宋尧挣扎着朝白艾泽伸出手,"老白……救……救我……"

白艾泽掀起眼皮,眼神游离地问:"什么事?"

宋尧腹诽:老子就快被勒死了,什么事儿你看不出来吗?

尚楚把宋尧按在床上,宋尧边躲还边不忘贫嘴:"对了,你第八关不是过不了吗?让你游戏里的小宠物帮你啊!我怎么记得你给它的属性加满了呢?"

尚楚坐在宋尧腰上就是一顿胖揍。

两人玩笑着扭打了半天,尚楚才愤愤地爬回自己床上。

"还你。"白艾泽突然说。

"什么?"尚楚转脸一看,自己的手机不知道怎么到了白艾泽手里。

他接过一看,屏幕上赫然显示着一排字——"Next Level"。

刚才他死活过不了的游戏第八关,就这么一会儿,被白艾泽打过去了?

尚楚目瞪口呆地问:"你过的?"

"嗯。"游戏属性满点的白二公子神情非常镇定。

"怎么过的?"自尊心受挫的尚同学咬牙切齿地问。

白艾泽淡淡道:"随便过的。"

尚同学不允许自己在打游戏上也赢不过白艾泽,痛心疾首地卸载了这款游戏:"垃圾玩意儿,不玩了!"

第13章 ⚡ 除夕

除夕当天一大早，青训营发布了上次小测的综合排名，前三名的位次依旧不变。

其余人匆匆看了眼成绩就背着包回家过年了，只有尚楚慢腾腾的，赖床赖到了大中午，懒洋洋地睁眼一看——白艾泽竟然也没走？

"你怎么还不回家？"尚楚似乎有点儿着凉，声音沙哑，"快叫个车回去，你家人该等急了。"

白艾泽递上保温杯，尚楚很自然地接过杯子，喝了几口热水。

"就要回了。一起？"白艾泽问。

尚楚的表情有刹那的空白，其实他还没想好今儿回不回去，但他不想让白艾泽发现他身上那些糟糕的东西，于是挑眉一笑，痞里痞气地问："你等我啊？"

白艾泽"嗯"了一声，反问道："不然呢？"

白艾泽打了一辆车，先让师傅去了趟金座广场，等尚楚下了车，再掉头去西郊的一个花园别墅区。

尚楚在路边笑眯眯地和白艾泽挥手道别，等到车屁股彻底消失在视线里，他原本上扬的嘴角一点点地下拉，最终成为一条平直的线。

商场里大部分店面都关门了，音乐喷泉也停了，广场上到处都是喜庆的大红色，红气球、红条幅、红灯笼，扎眼得很。

尚楚掏出手机瞟了一眼，这二手破机子安安静静的，没有未接来电，更没有短信。

等反应过来自己在期待什么，尚楚在心里狠狠抽了自己一巴掌，随便找了个台阶坐了下去。呆坐了一会儿，他起身打算随便找个还在营业的网吧凑合一宿。

他戴上外套上的帽子，摩擦了几下手掌心，这才觉得热乎了点儿。

尚楚在城中村和金座广场间那条小马路上来来回回走了几趟，第一次走到路口时心里想着"今晚应该没有网吧开着吧？要不回去算了"，第二次心里想着"就算有网吧还开着张，里头要是就自己一个人，那多丢脸啊！要不还是回去算了"，第三回又对自己说"别人都在朋友圈发年夜饭照片，就他在网吧吃泡面，那也太惨了吧！要不就回去呗"……

徘徊了好几遭，尚楚自嘲地想着这回儿要是飘点小雨，再给他把油纸伞，连妆都不用化，他就能是丁香一样的结着愁怨的男子。

他怎么也说服不了自己回到城中村那个没有暖气、四面漏风的小屋里面对尚利军。

第八次走到路口，尚楚脑子里出现一个声音，对他说回去吧，至少今天应该回去，妈妈还在的时候，一年到头最重视的不就是这一天吗？

尚楚忘了是哪一年，那会儿尚利军在一家玻璃店打工，足足有两个月没喝酒，叫喊和打骂难得没有出现在这个家里。那段时间妈妈的开心溢于言表，比画着说你爸爸这回真的改好了。那年除夕，他们一家三口去新阳的坝下看烟花。有个卖皮鞋的地摊还摆着，尚利军买了双三十五块的褐色皮鞋，穿在脚上神气得不得了。妈妈鼓着掌，嘴里发出"呜哩呜哩"的声音，对尚利军竖起大拇指。

那一幕是尚楚迄今为止的记忆中少有的关于家庭的温情场面。

尚楚的兜帽压得很低，几乎遮住了小半张脸。他吸了吸鼻子，脚步一转，朝城中村的巷子里走去。

他被自己记忆里那一点点残留的温情说服了。

尚楚拧开门把手，听到里头传来一声"谁啊"，他手指一缩，依旧推开了木门。

尚利军坐在桌边，转头看见回来的是尚楚，脸上浮现出了惊讶、愧疚、后悔等情绪。但很快，他有些紧张地笑了笑，双手在衣服上抹了抹，说："回来啦？回来了好，回来了就好……"

"嗯。"尚楚脱了鞋，淡淡地应了一声。

"回来怎么不说一声？"尚利军局促地看了看桌上摆着的两个盘子，都是昨天的剩菜，"我都没准备什么吃的，我……我现在……"

"不用。"

尚楚把手里提着的塑料袋放到桌面上，里头装着他刚刚在巷口卤味店称的肘子和鸡翅尖。

"你坐，坐这儿。"

尚利军起身去给尚楚拿碗筷，尚楚注意到他额角有一块结了痂的伤疤，走路姿势也一高一低，左脚踝红了一大片，高高肿起。

"你的腿怎么回事？"尚楚问。

尚利军的背影一僵，讪笑着回答说："走路摔了，摔了一跤。"

尚楚嗤笑，他心知肚明这根本不是摔的，是尚利军不知道在哪里发酒疯被人打了。

但他懒得戳破，拉开椅子在桌边坐下。两个盘子里分别装着发蔫的小白菜和发干的咸鱼，尚楚端起两道剩菜，直接倒进了垃圾桶。

"倒了好，"尚利军讷讷地说，"除旧迎新，剩菜倒了好，倒了好……"他说话时眼神游移，根本不敢看尚楚。

这种状态尚楚太熟悉了，尚利军的人生仿佛只有两件事——发疯的时候对人喊打喊杀，清醒的时候就陷入永无止境的悔恨。

父子俩安安静静地坐在同一张餐桌上，谁也不说话，客厅里小电视放着春晚前的预热节目，热闹得有些刺耳。

"你吃这个，这个肥。"

碗里突然被放进一个硕大的猪蹄，尚楚眼也不抬，冷淡地说："谢谢。"

"不客气，"尚利军紧张地抿了抿嘴唇，小声说，"和爸不用这么客气……"

尚楚没有回话，于是简陋的厨房又陷入了沉寂。

良久之后，尚利军看了尚楚一眼，左手五指攥了紧，手掌按上尚楚肩膀，像个真正的父亲那样关心道："在那个训练营感觉怎么样？有把握考上吗？"

"还可以。"

尚楚往边上挪了挪椅子，尚利军的手僵在空气中，他有些无措地眨了眨眼，装作自然地接着问："饭吃得饱吗？钱够不够用？"

"挺饱的，够。"尚楚依旧言简意赅，脸上没有丝毫表情。

"那就好。"尚利军眼角有点儿湿，又喃喃重复了一遍，"那就好，你过得好就好，我挺记挂你的……"

尚楚"啪"地放下筷子，冷笑道："记挂我？这么多天了，你一个电话也没打，这也叫记挂我？"

尚利军一愣，挪开脸看着发黄的墙壁："我有时候挺想打的，但就是……不敢，也怕打扰你……"

尚楚从背包里拿出两罐啤酒开了，自己仰头喝了一大口，把另一罐重重放在尚利军面前："喝点儿呗。"

"不喝了，"尚利军摇头，"以后都不喝了……"

"少放屁！"尚楚毫不留情地嗤他，"你这话说过几回了，你自己数数，数得清吗？"

"这回是真的，"尚利军睁着眼睛看着他，咽了两口唾沫，"真的改了，真的。"

尚楚一口气喝下去半罐酒，抬手抹了抹嘴角："当年爷爷肺炎住院，你说你要回新阳照顾他，我给你两千块，你拿去干吗了？"

尚利军舔了舔干燥的嘴唇："说这个干吗……"

"前年暑假，我送牛奶的时候摔骨裂了，不能去高中报到，你替我去，报名费一千二你拿走了，钱哪儿去了？"尚楚笑得很张扬。

尚利军摇头，呼吸有些加重："我不是人，你别说了……"

"我妈刚死那年，你有天晚上说去给我买牛奶，去了就没回来。我一个人在家里被锁了三天，最后快饿死了，从二楼跳窗下去，摔伤了一条腿。你去哪儿买牛奶了？"尚楚把酒往他面前送了送，"喝点呗，喝了好聊天。"

自己做过的那些丑事一桩桩一件件地被儿子摆在台面上，尚利军猛地一拍桌，红着眼眶说："我不是人，我不是人……"

尚利军抬手遮住眼睛，喉咙里发出低低的呜咽。

春晚开始了，开场曲挺欢腾的，尚楚埋头啃完一个翅尖，背上靠在脚边的背包："走了。"

尚利军终于从手臂里抬起脸，眼角又湿又红，他擤了把鼻涕，也不挽留："等等，爸有东西给你。"

尚楚看着他一瘸一拐地进了里间，又一瘸一拐地挪出来，把一沓零钞塞到他口袋里。

"你吃饱，穿得暖点，照顾好自己，"他顿了顿，又说，"我挺好的，就这样就挺好的，你过好你自己的，别操心我……"

尚楚一个字也没说，拉上外衣拉链，头也不回地离开了。

城市的最中心，尚楚步履匆匆，穿着黑色棉衣和黑色长裤，几乎融进了夜色之中。

他在打车软件上叫了一辆车，也顾不上除夕夜的车费涨得有多离谱，报了一个地址后就合上了眼假寐。

城市的另一端，在首都最高级的花园别墅区里，白艾泽推开沉重的雕花木门。家里的阿姨正在摆碗筷，见是他回来了很是开心，立即上来迎他："大过年的，怎么回来这么晚！"

白艾泽笑着脱下外套："不好打车。我妈在吗？"

"在书房呢！"张姨往楼上瞥了一眼，踮起脚凑到白艾泽耳边，"你妈念叨你一天了,她好不容易在家过一次年,心里就惦记着你早早回来呢!"

白艾泽心中一暖,乔汝南竟然在家里等他?

在白艾泽的记忆里,乔汝南很少在家过年,以前不是在国外出差,就是参加什么重要的商务酒会。这几年除夕,偌大的别墅里就只有他和张姨两个人,一桌子丰盛的年夜饭往往动了几筷子就结束了。

张姨带了白艾泽十多年,一眼就看出这孩子心里开心得不得了,在他后腰一推,努努嘴:"快上去和你妈说声!"

"好。"

白艾泽把外套随手扔在沙发上,正要上楼,就听见楼上传来一道沉静的声音。

"艾泽,回来了?"

他抬头一看,乔汝南站在二楼的栏杆前,脸上挂着温和的笑容。

"妈妈等你一天了。"

白艾泽回答:"嗯,回来了。"

乔汝南走下楼梯,即使是在自己家里,她依旧精致得如同油画里走出来的一般。一件贴身的乳白色丝绒连身长裙完美地衬出了她依旧窈窕的身材曲线,长发绾在脑后,鬓角有几缕精心打理的碎发垂下,发簪上镶着一颗罕见的祖母绿翡翠,耳朵上戴着价值不菲的珍珠耳环,脚上踩着一双夺目的艳红色高跟鞋。

"是不是黑了一点?"乔汝南站在儿子身前,仔细端详片刻,笑着说,"像个男子汉了。"

"是黑了些,"白艾泽说,"挺晒的。"

"再等一会儿就能开饭了。"乔汝南偏过头,珍珠耳环在灯光下熠熠生辉,"张姐,先给艾泽盛碗鸡汤暖一暖。"

"好嘞!"张姨忙不迭地应声。

"不急,"白艾泽说,"我回房间放包。"

上了三楼,白艾泽掏出手机,才发现爸爸给他打了两个电话,又发来一条信息,问他要不要去那边过年。

白书松跟乔汝南离婚多年,每一年都邀请白艾泽去过年,但他已经有了新的家庭,白艾泽不便也不愿加入。

白艾泽回复父亲的消息,说自己就不过去了,顺便让白书松给付阿姨带声好,祝他们新年快乐。

回完短信下了楼,白艾泽喝了一碗熬得喷香的鸡汤。张姨一直心疼地絮叨说怎么瘦了这么多,是不是在那个什么破基地根本没饭吃啊,是不是没穿暖和啊,要不咱就不去了吧……"

白艾泽哭笑不得地拍了拍张姨的手,安慰道:"张姨,就快考试了,考完就结束了。"

"我听说青训营里条件非常艰苦,"坐在沙发上翻阅商务杂志的乔汝南说,声音里带着冷冰冰的精致,"去尝试一下可以,但那种生活不适合我们。"

白艾泽忍不住皱起眉头,但今天是除夕,他不想和母亲在这个重要的日子起争执,于是没有说话。

大约过了十来分钟,家里的门铃响了。

乔汝南立即站起身,理了理身上的连身裙,对白艾泽说:"客人到了,过来和我一起接一接。"

客人?

大过年的,家里怎么会有客人?

乔汝南不是在等他回来过年吗?为什么又来了别的人?

他还没来得及问清楚,门铃再次响起,他出于礼貌站到了乔汝南身后,看着母亲缓缓打开了双扇红木大门。

"秦先生好,秦夫人好,"乔汝南一改往日的冰冷,热络地招呼道,"就等你们开饭了,思年呢?来来来,快点进来,外面多冷啊,艾泽等你好久了!"

门外站着一家三口,男人身上带着上位者特有的神气,他身旁的妇人相貌温婉,拉起白艾泽的手就说:"果然长得一表人才,早就听思年说起你了!"

他们身后,穿着红色羽绒衣、踩着精致皮靴的那个女孩,正是秦思年。

白艾泽心中有些震惊,但并没有将情绪表露出来。

"艾泽,这是秦叔叔和秦阿姨,妈妈之前和你提过的。"乔汝南挽着他的手把他带到前面,"还有思年,你们在训练营应该已经认识了。思年一直说你很照顾她,妈妈觉得你做得很对,很绅士。"

"叔叔好,阿姨好。"白艾泽淡淡一颔首。

秦夫人把躲在后面扭扭捏捏的秦思年推到前面,打趣道:"思年,过来,认识这么久了还害羞呢?"

"白,白同学,"秦思年揪着衣角,脸上浮起几分羞赧,"又见面了……"

"嗯。"白艾泽随口应了一声。

"艾泽,带思年去你房间聊聊天,一会儿开饭了妈妈上去叫你。"乔汝南疼爱地拍了拍秦思年的肩膀,笑着说。

"就在这里吧,"白艾泽语气平稳,"房间乱。"

乔汝南脸上完美无缺的笑容僵硬了半秒,但很快又恢复如常:"也对,你这么久没回来,房间都落灰了,先在客厅坐一坐。"

白艾泽一言不发,转身就走,秦思年换上拖鞋小跑着跟上去。

"其实,"秦思年瞥了白艾泽一眼,咬了咬唇,"我是为了你才去青训营的。"

"嗯。"白艾泽自顾自地玩手机,头也不抬。

"爸爸妈妈托关系让我进去的,我身体不太好,我还带了药,第一次见到你那次,其实我刚打完药。"秦思年又小声地解释,"我,我不是故意隐瞒的,我刚到首都不久,爸妈说要带我认识你,说我们两家门当户对……"

说到这里,秦思年顿了顿,轻轻吸了一口气,有些羞赧地继续说道:"我觉得那样很没意思,我想自己去认识你,看看你是什么样的人,所以才求我爸爸帮我进那个训练营的……"

白艾泽的脸上丝毫没有波澜:"嗯,那你觉得我是什么样的人,有结论了吗?"

秦思年看到他的反应,不免有些失望:"我觉得你很好,很厉害。"

"你的目的是为了知道我是什么样的人,既然现在你已经得出答案了,那么这件事就可以到此为止了。"

秦思年有些慢半拍地反应过来,支吾道:"不,不是啊……"

"你还有什么想知道的?"白艾泽从手机里抬眼,彬彬有礼地问,"我可以一次回答。"

"那,那你喜欢什么样的人?"秦思年低着头问。

"比我强的。"

客厅另一端,乔汝南双手搭在膝头,坐姿优雅,隐约可以听见她在和那位秦先生商讨关于新开发的某块地……

他听得心烦,径直站起身,连房间里的背包也不拿了,穿上外套就朝门外走。

乔汝南眉头一皱:"艾泽,你去哪儿?"

"爸爸那儿。"白艾泽换上短靴,推开木门。

乔汝南对秦先生和秦夫人抱歉地笑笑,追到门外,神色有些严厉。

"艾泽!"她叫住儿子。

白艾泽脚步一顿。

"回来!"乔汝南如同对待公司里的员工一般发号施令道,"今天这顿饭对我很重要,你应该明白轻重缓急。"

"轻重缓急?"白艾泽连头也没有回,"妈,我和您的生意,什么轻什么重,哪个缓哪个急?"

乔汝南不耐烦地按了按眉心,不明白儿子为什么会这么不懂事。

"秦先生的独生女儿很喜欢你,你只需要安静地陪她坐着,好吗?这个要求很高吗?"

"您和我爸爸的婚姻就是一场交易,您生下我也是为了交易吗?"白艾泽问。

"白艾泽!"乔汝南确实有些怒了,声音里带着不易察觉的颤抖,风吹乱了她精心打理的鬓发,"你是我的儿子,你没有任性的资格。立刻回来!"

"乔总,"白艾泽冷冷道,"等您能够以母亲的身份和我对话的时候,我再回来。"

说完这句话,他迈步离开,身影逐渐消失在了如墨般浓重的夜色里。

乔汝南环抱双臂,在一年中最热闹的夜晚感受到了彻骨的寒冷。

片刻后,她闭眼深吸了一口气,理了理微乱的头发,踩着鲜艳的高跟鞋,再次推开那扇沉重的木门,回到暖气充足的别墅中。

她脸上化着无瑕的妆、挂着精致的笑容:"不好意思,艾泽爸爸那边出了点事,他必须立即赶过去……"

除夕夜。

在路边等了将近半个小时,白艾泽才招到了一辆出租车。

司机师傅穿了一件喜庆的红色短袄,乐呵呵地问他新年好。

"您是我今年最后一单,把您送回家,我也回家吃年夜饭了。我媳妇儿打了好几个电话催我!"师傅笑着按下计价表,幸福感溢于言表,"全家人就等我开饭!"

耽误了人家合家团聚,白艾泽有些不好意思,解开安全带:"实在抱歉,要不……"

"别别别。"师傅赶紧拦住不让他下车,"今儿起步价翻倍,您也让我多赚点钱回家过年是不是?去哪儿啊您?"

白艾泽笑笑,对着窗外晃眼的路灯想了想:"西岳路,江滨别墅区36幢。"

"好嘞!"

白艾泽安静地坐在车里,车载广播里放着祝福语。电台主持人用雀跃的语气说除夕除夕,意思是月穷岁尽、除旧迎新,各位听众朋友早日回家过年哦……

欢腾的节日歌曲在耳边响起,白艾泽的食指和着节奏一下下地在大腿上点着。

路上行人稀少,加上师傅归心似箭,车子开得飞快,不到二十分钟就到了目的地。

白艾泽站在一栋别墅前,隔着一层窗帘,二楼落地窗里隐约透出暖色灯光。

　　他抬手刚要按下门铃,上方一片黄光突然倾泻下来。他抬头一看,二楼的窗帘被人拉开,一个纤瘦的身影站在窗边,在玻璃上贴上一片红色剪纸。

　　已经碰到金属按铃的指尖倏地一顿,白艾泽下意识地旋身,后背紧贴着冰凉的大理石廊柱,隐在了二层的视线盲区中。

　　那个人是付思恒,白书松的伴侣,白御的母亲。

　　付思恒是真正的读书人,她出身书香门第,和白书松从小相识,一直都被保护得很好,有种不谙世事的清雅和天真。她没吃过什么苦,国外顶尖学府毕业,二十八岁晋升教授,有以自己名字命名的国家级项目,学术成果显赫,爱人仕途顺遂,儿子年轻有为。

　　如果一定要说,付思恒一直高昂且平稳的人生曲线中只出现过两个低值,生白御的时候大出血险些丧命是第一个,爱人被威胁而不得不和别人结成婚姻关系算第二个。

　　而这两个低值都和乔汝南有关。

　　在她即将临盆时将她推倒在地的是乔汝南,借她的前途要挟白书松的也是乔汝南。

　　因为这些掩盖在灰尘下的不堪往事,白艾泽一直不知道怎么面对付思恒。

　　白书松从来没有对白艾泽刻意隐瞒过这些丑陋的事实。曾经年幼的白艾泽一直很困惑,为什么爸爸和妈妈不住在一起,为什么爸爸和付阿姨那么亲密。

　　他去问付思恒,付阿姨拍拍他的头没说话。他又去找白书松,白书松把他抱到腿上,不管他听不听得懂,耐心地解释说:"我和你母亲的婚姻基础并非爱情,而是合约。但是艾泽,我告诉你这些,并不代表我不爱你,而是因为你有权知晓真相。另外,爸爸希望你以我为鉴,能够和相爱的人度过一生,完整的一生。"

　　白艾泽十二岁那年,乔汝南才在那份离婚协议书上签下名字。

　　也是那个时候,白艾泽才读懂了全部真相。

　　白书松并没有吝啬给他的父爱;付思恒教他读诗写字,比对待白御还要用心;白御和他更是亲密无间……但这并不代表白艾泽就可以毫无隔阂地面对他们一家,微妙的愧疚和自责始终压在他肩上,他知道自己没必要像个傻瓜似的担着这些,但他现在还放不下。

　　尽管十八岁的白艾泽比很多大人还要更加能力出众,但他还做不到像个真正的大人那样坦然。

　　他深吸一口气,在黑暗中往光的一侧靠近半个身位,抬头再次看向二楼。

白书松在付思恒的肩上披上一条围巾，从身后揽着她的腰，两人相互依偎着站在落地窗前。大红剪纸的空隙中隐约能看见他们平和而幸福的笑容。

夜风从耳畔呼啸而过，黑夜仿佛没有边际。

白艾泽靠着墙仰起头，睁眼看着黑黢黢的夜空，淡淡地勾唇一笑，喉咙间溢出一丝无声的叹息。

"唉……你个没良心的白眼狼！"

尚楚裹着棉袄坐在台阶上，看着小野猫跑远的背影，气愤地骂了一声。

这猫被秦思年的进口猫粮养刁了，给它火腿肠还不爱吃了，没舔几口就跑。

刚才他从矾根丛里把猫咪揪出来，好歹身边有个活物陪着，也不显得多么凄凉，结果这猫咪见没有猫粮，竟然拔腿就跑，连"摩托"都不开了。

尚楚一个人坐了会儿，打开音乐APP找了个重金属摇滚歌单，跟着里头狂野的乐团嗷嗷乱叫，直到号得嗓子都哑了。运营商发来一条系统短信，提醒他这个月流量已经超标38M了。

这个消息犹如晴天霹雳，尚楚赶紧关掉移动网络，又开始百无聊赖地干瞪眼。身后走廊的光朦胧地点亮黑夜，空气中有极小的灰尘飘浮着，仿佛一条悬浮的平缓河流。

尚楚玩心骤起，猛地朝前吹了一口气，尘埃浮动，如同河流变得汹涌湍急。

他放声大笑，冷风顺着口腔灌进喉咙，冰刀似的刮着他的喉管。他笑着笑着就觉得喉咙干得难受，可眼角却有点湿。

尚楚起身，来回跑了几趟，把宿舍里的小熊玩偶全给接了出来，环绕在他身边，也挺有过年的氛围。

尚楚掏出手机，微信群里热热闹闹的，于帆发了家里养的猪的照片，个个膘肥体壮；戚昭因为家人在国外，于是去了苏青茗家里过年，两个女孩子拍了好多合照；宋尧发了年夜饭，还炫耀了自己丰厚的压岁钱……尚楚情不自禁地勾起嘴角，有种朋友们都在身边的实感，真好啊。

翻完了聊天记录，白艾泽始终没有在群里出现，于是尚楚给白艾泽拨了个电话。

他们这种有钱人家一定在酒店聚会吧？他那边是不是有一大家子人？他方便接电话吗？会不会太打扰了？

算了，打扰就打扰吧，管他三七二十一还是二十八呢！

尚楚在听筒这头还没纠结完，电话就被接起了，白艾泽低沉的声音响起："阿楚。"

"嗨，白艾泽你好。"尚楚脑子一卡，蹦出来这么一句。

"尚楚，"白艾泽笑着回答，"你好。"

"嘿嘿……"尚楚抱着熊傻笑两声，"你在哪儿呢？吃了吗？"

"在家，吃过了，你呢？"

那头好像隐约能听见风声，尚楚微微皱眉，说道："怎么那么安静？就你一个人吗？"

"在阳台上接电话，你呢？"白艾泽问。

尚楚一只手牵着小熊的手晃了晃，轻声说："我也在阳台，我吃完了，你看春晚了没有，小品好好笑。"

"嗯，是挺好玩的，"白艾泽说，"年夜饭吃什么了？"

"那可丰盛了。"尚楚挑眉，煞有介事地盘点，"吃了烧鸭、烤鸡、螃蟹、皮皮虾、杂烩汤、炒鱿鱼……哎反正可多了，说不完。"

"哇！"白艾泽配合地发出一声惊呼，"这么多好吃的，好幸福。"

"你都吃什么了？"尚楚心底的烦躁和不安就在这么毫无内容、一来一回的对话中被神奇地抚平了，笑着揶揄道，"白二公子总不可能年夜饭都吃不上好的吧？"

"还真是，"白艾泽回答，"我们家口味清淡，做的菜都差不多。"

尚楚幸灾乐祸地笑出声，从口袋里掏出猫吃剩下的半根火腿肠咬了一口，说道："听见没？我正在啃猪蹄，卤得贼入味，香飘十里！"

"你……"白艾泽不知道为什么突然声音一顿。

"怎么了？"

那头静默了片刻，白艾泽才接着说："嗯，全首都几百万人都被香到了。"

"滚滚滚！"尚楚笑骂道，"你什么时候回来……不是，我是说你明天什么时候到基地啊？"

初一青训营休息，一般人都会选择下午再回营，但尚楚却希望白艾泽早点来，越早越好。

"你呢？"白艾泽不答反问。

"我啊？"尚楚抿了抿嘴唇，小声说，"我可能会早一点吧……"

"抱歉，我比你晚一些。"白艾泽说。

尚楚心头一紧，立即说道："有什么好抱歉的，你晚点再来，在家多待会儿，毕竟是初一嘛，走走亲戚什么的……"

"抱歉，阿楚，"白艾泽的声音沉静但嘶哑，"我来晚了。"

尚楚一愣，片刻后眨了眨眼，缓缓地抬起头。

白艾泽的声音并非从遥远的手机听筒中传来,他就站在不远处的栏杆前,上衣下摆被风扬起,发丝难得地有些凌乱。

"你怎么……"尚楚动了动嘴唇,艰难地开口,"你不是在阳台吗?"

白艾泽看着被一堆小熊团团围住的尚楚,穿着他熟悉的黑色棉袄,宽大的兜帽盖住上半张脸,尖细的下颌在灯下显得尤为苍白,有种脆弱的精致。

"你不是在啃猪蹄吗?"白艾泽目光微动,眼底闪烁着深邃的光。

尚楚垂眼看了看手中那根廉价的火腿肠,立即把它塞回口袋。

"今天过得好吗?"白艾泽问。

"好……"尚楚先是点点头,然后又摇了摇头,"不好,烂透了的不好,手机流量没了最不好,反正不好。"

白艾泽笑:"我也不是很好。"

尚楚也笑:"好巧,我们到了同一个阳台。"

白艾泽大步上前,停在了台阶下,弯下腰俯视着坐在台阶上的尚楚。

"阿楚,过年好。"

"艾泽,新年快乐啊。"

"砰——"

电视里,零点钟声准时敲响,璀璨的焰火在夜空绽开。

▶ 警校篇

第1章 ⚡ 兼职

初二开始，青训营就马不停蹄地进入了最终考核。尽管尚楚已经竭尽全力做足准备，但仍然在格斗实训中输给了白艾泽。

尽管第一名对尚楚来说依旧很重要，尽管尚楚还不知道如何在白艾泽和第一名之间找到平衡，但他知道白艾泽也很重要。

不过是又一次的失败而已，他尚楚还能站起来。

白艾泽在宿舍楼下的台阶前等尚楚，看到尚楚回来，什么也没有问，只是笑着说："结束了，走吧。"

尚楚下巴一抬："走。"

青训营里一直坚持到最后的三十多个人找了家大排档，嘻嘻哈哈地胡吃海塞了一通。

宋尧抱着尚楚的脖子，嚷嚷着要尚楚去他家做客，说鲁晓夫可牛了，现在连假死都会了。

尚楚哭笑不得地附和着，用宋尧的手机给宋尧的父亲发了条信息，让对方过来把这个醉鬼接回家。

大家都散了，尚楚站在路边，看着他们三三两两走远的背影，突然有一种莫名的酸涩。

戚昭的高马尾晃来晃去，和苏青茗一起回过头，朝他扔来一个飞吻。

尚楚挥手，扬声道："八月首警见！"

戚昭比了个"OK"的手势。

白艾泽站在他身后："都会再见的。"

尚楚吸了吸鼻子，笑着点头。

白艾泽低咳了两声，掏出手机："我刚才看到了一个东西。"

"什么？"尚楚转身问。

"偶然发现的。"白艾泽说。

"什么东西?"尚楚皱眉。

"真的很巧,"白艾泽再次顾左右而言他,"随便打开手机就看到了。"

"到底什么玩意儿?"尚楚急得挠头。

"我哥那家店正在招兼职,"白艾泽摸了摸鼻尖,"你有没有兴趣?"

尚楚立即就反应过来这一切是怎么回事,眉梢一挑,双手抱臂道:"哦?这么巧啊?"

"嗯。"白艾泽郑重其事地点头,眯着眼装模作样地看了看手机上那条招聘公告,"有个小道消息说叶粟也会经常到店里逛逛,这份兼职很适合小蜜桃的粉丝。"

"哇!"尚楚拊掌,"太惊喜了!"

"是,"白艾泽镇定地说,"我打算报个名,你要不要陪我一起?"

尚楚狡黠地笑了笑:"行啊!"

白艾泽心头一松。

"不过不是为了你,"尚楚轻佻地打了个响指,"是为了我的小蜜桃。"

尚楚躺床上刚发消息和白艾泽说了明天见,又和桌子上排排坐的小熊玩偶挨个儿说了晚安,关了床头灯,打开"宠物养成计划",打算边玩小游戏,边酝酿酝酿睡意。

尚楚把游戏里的时间设置成和现实同步,这会儿也在正月里,小宠物娇滴滴地噘着小红唇,说道:"楚楚主人,明天我要去探望我的爸比妈咪,给我买个新包包,好不好呀?"

紧接着页面上弹出两个选项,左边是"好的",右边是"买什么包包,没钱"。

一个小宠物,买什么包包?

尚楚心里虽然这么嘀咕着,但还是先存了个档,接着点了左边那个按钮。

小宠物喜笑颜开,给楚楚主人表演了一个叉腰跳舞,并且问道:"主人准备给人家多少钱钱买包包呢?"

页面上跳出一个可以拉动的长条,显示可用金额为"1"到"6829"。

6829是尚楚这段时间攒下的所有游戏币,攒到10000就能把现在的毛坯房换成瓦房。他想了想,觉得包包和房子相比那肯定是房子重要,于是小心翼翼地把进度条拉到了"100"。

小宠物不开心地撇着嘴,耷拉着耳朵委委屈屈地说:"人家看中的那个包包,至少也要3000呢……"

3000?

这也太贵了!

包包能挡风吗?包包能遮雨吗?

尚楚当机立断,退回到上个存档,果断地选择了"买什么包包,没钱"。

小宠物泪眼汪汪,四十五度角仰望茅草搭成的天花板。

"楚楚主人,我理解你的决定,包包……呜呜呜呜呜呜就不要了吧……"

尚楚对宠物的善解人意表示非常满意且颇感欣慰,奖励小宠物吃了一碗3游戏币的牛肉面不加牛肉,又去城里做了个任务,赚了10游戏币,觉得有点儿困了,于是关掉了游戏页面,闭上了双眼。

他有个习惯,睡前要在脑子里预演一遍第二天从睁眼到闭眼都要做些什么。

尚利军年后去一个小区当保安,明天值早班,六点半起床。尚利军每天早上在厕所里干呕的声音奇大,他肯定会被吵醒。等尚利军走了,他再煎个蛋垫垫肚子,背会儿高考必背古诗词——这么多天没上课,落下的文化课得补上;九点十分出门,和白艾泽约了九点半在"特别"门口见面,白御会来给他们安排工作……

等会儿!

尚楚猛地睁开眼,眼前冒出一串接一串的字——

他要去"特别"打工。

"特别"是白御的店,白御是白艾泽的哥哥,他要是表现不好,岂不是给白艾泽丢脸!

得赶紧好好准备准备!

尚楚挠了挠头,急火火地掏出手机,给白艾泽拨了个电话。

"嗯?"那头很快就接了,"你不是睡了吗?"

"我有个事儿问你。"尚楚语速飞快地打断他,"急急急!"

"谢邀,人在M国,刚下飞机。"白艾泽慢悠悠地说。

尚楚被他逗乐了,笑着骂道:"你讲什么段子!十万火急!"

"十万火急?上厕所忘记带纸了?"那头传来了陶瓷杯放置在桌上的声音,白艾泽玩笑道,"阿楚,远水救不了近火,我心有余但力不足啊。"

尚楚"嘶"了一声,撸起袖子道:"姓白的你现在很嚣张啊?"

白艾泽低笑了两声,把话茬拉回正轨:"怎么了?"

"你哥喜欢什么样的人?好不好相处?"尚楚单刀直入。

白艾泽抿了一口杯子里的温开水:"你问这个做什么?"

"明天第一次面试,"尚楚咂咂嘴,"不得给他留个好印象嘛。"

白艾泽哑然失笑："原来阿楚是紧张了。"

"哎呀，你快点给我提供点情报！"尚楚催他，"别废话！"

白艾泽对自家大哥的品位一向不敢苟同，于是委婉地表示："你怎么舒服怎么来就好，毕竟我哥喜欢……叶粟那样的。"

言下之意是，白御就喜欢叶粟那种又浮夸又蠢的，一般人理解不了。

"小蜜桃那样的啊……"尚楚皱眉喃喃了一句，沉吟片刻后对着电话听筒吼了一句，"知道了，挂了啊！"

第二天早上九点二十分，白艾泽穿着样式简单、剪裁得体的褐色风衣，在"特别"门口如约见到了尚楚。

他先是一愣，把尚楚从头打量到脚，无奈地扶额，轻叹了一口气。

不过才一晚上没见，尚楚不知怎么就风格大变了。

尚楚穿了一件深蓝色毛衣，肩膀的位置破了几个洞；脖子上层层叠叠挂了三条金属链子，其中一条上面挂着一个骷髅吊坠；裤腰带上是个金灿灿的虎头，两胯边上分别又挂了两条银色链子；牛仔裤膝盖上也有破洞，线头在风中瑟瑟飘扬。

"看什么看！"尚楚被白艾泽盯得起了一身鸡皮疙瘩，恶狠狠地一眼瞪回去，"不许看！"

天气这么冷，他就穿成这副样子，浑身上下就没几块完整的衣料，一路走过来铁定冻得不行。

白艾泽见他十根手指红肿得和地里的胡萝卜似的，不禁微微皱眉，赶紧把他拉进店里，又立即给他倒了杯热水。

这个点才刚开门，店里还没什么人，尚楚比上回来要自在得多，捧着水杯在大厅里逛来晃去，撩撩猫逗逗狗。

虽说暖气充足，但白艾泽还是担心他着凉，脱下风衣外套要给他披上。

尚楚立即跳开一步，一脸抗拒："干吗干吗！我今儿可是精心打扮过的啊！"

白艾泽哭笑不得地看着他这一身到处漏风的装扮，坐在沙发椅上，问道："怎么穿成这样？"

尚楚抖了抖胸前挂着的链子，叮叮当当响个不停，得意扬扬地抬起下颌："评价评价呗！"

白艾泽捏了捏眉心："比较一言难尽。"

"滚滚滚！"尚楚看他这表情就知道他嫌弃得很，没好气地往白艾泽小腿上踢了一脚，"有没有觉得我这打扮像谁？"

像谁？

白艾泽仔仔细细地端详了他几秒，突然一打响指："像！"

"是不是像？"尚楚兴奋地凑过去。

白艾泽拍了拍尚楚的脸："像鲁晓夫。"

"你才像狗！"尚楚一把拍掉他的手，"我像不像小蜜桃？"

白艾泽感觉一口老血哽在喉头，表情非常复杂："你模仿她干什么？"

尚楚理所当然地耸肩："不是你说你哥喜欢那样的吗？"

白艾泽这下明白了，又好气又好笑，打扮成这样就为了给白御留个好印象？

"你和我说说呗，"尚楚坐到白艾泽身边，"小蜜桃是个什么样的人？具体点儿。"

白艾泽言简意赅："一个浮夸的……文盲。"

尚楚："没了？"

白艾泽耸肩："没了。"

尚楚抓抓头："那你哥审美挺特别的。"

白艾泽瞥了眼尚楚膝盖上那两个大风洞："怎么弄的？"

"自己剪的。"尚楚说，"手艺还可以吧？"

白艾泽又摆弄着尚楚脖子上那几条乱七八糟的链子："这些哪儿弄来的？"

尚楚顿了顿，才说："五块钱买的。"

"真的？"白艾泽眉梢一挑。

"真的！"尚楚一拳砸在他肩上。

叶粟摘下鼻子上架着的墨镜，看着尚楚惊叹。

尚楚有点手足无措地看了看白艾泽，只说今儿白御会来店里，没说小蜜桃也来啊！

白御懒洋洋地坐在沙发上，打量了尚楚一眼，笑着说："你就是小尚？"

"您好，"尚楚点点头，"我是尚楚。"

叶粟双目灼灼地看着尚楚脖子上那几根链子："弟弟挺朋克啊！"

白艾泽："他平常不这样。"

白御："她平常也不这样。"

尚楚："您也喜欢？"

叶粟吞了吞口水，非常挣扎地移开视线："我不喜欢，我的风格偏向清新文艺。"

"是吗?"尚楚皱眉,回忆道,"我看您的照片都是……"

"那都是人设,"叶粟正襟危坐,"我本人是纯情小白花。"

白艾泽一向对家里这位浮夸文盲无话可说,白御素来看破不说破,只有尚楚被哄得一愣一愣的,心说完蛋了,这彻底走错路子了啊!把人家一朵纯情小白花模仿成了一朵黑色食人花,这下彻底完了!

"行,"白御适时打破沉默,"我简单说一下工作内容和薪酬。"

…………

大约过了半小时,白御有台手术,助理来叫他上楼。

"自己去片场?"走前,白御问叶粟。

"嗯。"小蜜桃乖巧地点头,"放心哦,我肯定不闯红灯。"

等白御出了会客室的门,叶粟一下扑到尚楚身上:"弟弟!"

白艾泽横臂隔在他们俩中间,皱眉道:"别动手动脚。"

"你小子滚远点,"叶粟白了他一眼,"我和我弟说话,有你屁事!"

尚楚尴尬地扯了扯嘴角:"您,您说……"

叶粟垂涎三尺地盯着尚楚脖子上挂着的骷髅头项链:"这个借我戴戴!快点快点!我可太喜欢了!"

尚楚目瞪口呆,愣愣地摘下自己的链子,看着叶粟把它挂到脖子上,打开手机前置摄像头,美滋滋地开始自拍。

"纯情小白花?"尚楚凑到白艾泽耳边,小声说。

"浮夸的文盲。"白艾泽耸了耸肩。

白艾泽想方设法把尚楚弄来"特别"兼职,好歹在自己家店里,工资能高点儿,活儿能轻松点儿,离他家能近点儿。

他们不在一个学校,高三下学期又那么紧张,他担心尚楚因为打工落下学业。

白艾泽一直知道尚楚还不能完全打开自己。他面对白御时总有几分拘谨,在"特别"时免不了有些局促。

白艾泽隐约能够猜到这一切是因为什么——因为穿旧了的球鞋、现在还没凑齐的学费、城中村的那个家。他虽有心帮助,但不能简单粗暴地挑明一切。

半小时后,尚楚给他发来了一条语音消息:

"二公子,这才几天啊就上班迟到?您够大牌的啊!"

他语气里满满都是揶揄,白艾泽笑着回了个电话过去。

尚楚接起电话,哼了一声说:"干吗?"

"早饭吃了吗?"白艾泽问。

"吃了。"尚楚说。

白艾泽说:"给我带没?"

"没,"尚楚吊儿郎当地说,"还有两个包子、一杯豆浆和一个茶叶蛋,全是我吃剩的,再不来我就吃光了啊!"

"给我留着。"白艾泽把手机调成免提,笑着揶揄道,"怎么剩了这么多,浪费粮食。"

"你管我呢。"尚楚撇嘴,哼唧了半晌才憋出一句,"那你什么时候能到啊?"

白艾泽一猜就知道尚楚肯定在店门口等着,尚楚在"特别"工作本来就有点儿拘谨,加上店里那些人总爱开玩笑,尚楚一个人应付不过来。有时候他比白艾泽早到一会儿,就在旁边的偏门等着白艾泽也到了,两个人再一起进店。

"有事儿晚了,我打车过去,很快。"白艾泽边穿上衣边说,"你先进去,别冻着了,喝点热水。"

"一天工钱才多少,别打车了。"精打细算的尚同学在心里拨了拨小算盘,说道,"坐公交车吧,你认不认得路哇?"

"认得,这条路走了多少次了,"白艾泽无奈,"我只是方向感差了点儿,并不是白痴。"

"那谁知道呢。"尚楚故意怼他,想了想又说,"要不你还是打车吧,快点儿来啊。"

白艾泽笑了:"好,我很快就到。"

尚楚工作起来是真认真,打工技能满点,扛起两箱罐头来也能健步如飞,下班了还会主动去遛店里寄养的狗。在一星期后的晨会上,尚楚以兼职身份荣获上周"最佳员工"称号,拿到了五百块奖金。他非常激动地请白艾泽吃了一碗牛肉面多加一份牛肉,并且斗志昂扬地表示这待遇也太好了,下周还得努力工作。

面对"最佳员工"这种觉悟,时不时打个酱油的白二公子有一瞬间觉得有那么点儿无地自容。又一个星期过去了,尚楚拿了第二个"最佳员工"荣誉称号,并且阔气地请白艾泽吃了一碗牛肉面多加一份牛肉、一个煎蛋、一份肘子。白艾泽硬是把这些东西全塞进了肚子里,到家后吞了两粒健胃消食片。

晚上,白艾泽收到尚楚的信息,问他有空没,他干脆拨了一通视频电话过去。"不是说要做题?"白艾泽见尚楚在家还穿着厚厚的棉袄外套,皱眉问,"暖气没开吗？"

尚楚愣了愣，又飞速地眨了眨眼，才耸了耸肩，语气轻松地说："坏了，还没找人来修。"

"要快点修好，"白艾泽细心地叮嘱，"这么冷，快到被窝里包着，有围巾吗？手套最好也戴上，暖气没修好之前就不要拿笔了。上星期你的小指头不是长冻疮还没好吗？对了，有没有小桶，接些热水泡脚可以驱寒⋯⋯"

他事无巨细地唠叨了一大堆，尚楚忍不住打断："行了行了啊，你怎么比凤姨还啰唆？"

凤姨是"特别"的保洁阿姨，没有别的爱好，就是喜欢拉着小辈唠嗑。

白艾泽知道尚楚这是嫌他烦了，于是笑着揶揄道："穿严实点儿，要是冻疮厉害了指不定影响工作，下星期'最佳员工'就拿不到喽。"

"滚滚滚！"尚楚凶神恶煞地嗤他，"我要拿不到最佳，你吃牛肉面就没有牛肉了！"

白艾泽无奈地摇摇头："作业写完了？"

尚楚一听这话，蔫了吧唧地趴在桌上，把水笔夹在人中的位置，抱怨道："烦。"

"怎么烦了？大晚上的，谁又惹着你了？"

"英语题呗。"尚楚泄气地拿起一张卷子，冲着镜头晃了晃，"什么完形填空，二十道题我就对了七道，一个半小时了还没做完一套！"

"拍张照发我看看，不急。"

尚楚是理科生，各科成绩都挺好，独独英语稍稍弱了点。尚楚没有首都户口，上的虽说也是个公立学校，但师资不行，环境不行，名声也不太行。

白艾泽给尚楚仔仔细细地梳理了一遍完形填空，把重点单词的重点用法都讲解了一遍，让尚楚下回做完形填空，试试抛开选项先看文章。尚同学听得直打哈欠，一边说着明白了明白了，一边非常不走心地在"alter"后头标上了一个"to"。

白艾泽一看就知道他没认真听，屈起手指敲了敲桌面，纠正道："在这里用作及物动词，直接跟名词。"

尚同学坚持把嘴里的一个哈欠打完，懒洋洋地瞥了一眼卷子，点头说"嗯嗯知道了"，接着把上一个单词后头的"to"画掉，写上潦草的"名词"两个字。

白艾泽无奈地扶额，心说好在尚楚的总分考进警校肯定绰绰有余，再加上他明显一副不愿意听了的样子，于是没再说什么。

尚楚拿到了第三个"最佳员工"，并且学费全部攒齐存进了银行卡里，高三下学期开学报到的前一天，青训营正式下发了最终考核结果。

白艾泽第一名，百分制得分 86 分。尚楚第二名，百分制得分 82.5 分。

两人顺利拿到了首警的预录取资格。

微信群里消息响个不停，宋尧拿了第三名，他爸赏了他一套价值 7399 元的星球大战系列乐高，这家伙乐得不要不要的，诚邀大家都去他那儿玩。

江雪城和于帆也拿到了预录取资格，戚昭也踩线挤进，成为这届唯一一拿到名额的女生。遗憾的是，苏青茗不在名单内。

大家恭喜了通过终试的学员，又安慰了一番没通过的，苏青茗发了个猫咪捂脸的表情，说这有什么的，青训没通过不代表就不能进首警了，高考再报再考呗！

宋尧发了个小猪点头的表情附和，起哄道："老白又拿第一，状元不得发个红包庆祝庆祝啊？"

第一名的白同学和第二名的尚同学此时正在休息室里吃午饭，今天店里叫了烧烤外卖，尚楚刺溜咽下去一个蒜蓉烤生蚝，满足地眯着眼睛，撇嘴对白艾泽说："二公子，考了第一名牛啊，都喊你发红包呢！"

白艾泽正戴着一次性手套帮尚楚剥虾，尚楚吃东西忒不讲究，爱吃虾又懒得剥壳，掰了虾头就往嘴里扔，白艾泽只好亲自上手。

"好酸啊，"白艾泽把虾尾巴揪下来扔了，挑眉问，"什么东西酸味这么重？"

尚楚哼了一声，一手侧搭在沙发扶手上，大大方方地说："我酸呗！我就是酸你得了第一名，怎么着？不让啊？"

白艾泽还是头一回见着这么无赖的，他把雪白的虾肉扔到尚楚碗里。

尚楚吃了那尾鲜嫩的大虾，大爷似的晃着脑袋，说道："第一名就是用来给人酸的，别人越酸你，说明你这第一名拿得越有价值，我是在帮助你实现自我价值。"

白艾泽被这一番谬论逗笑了，摘下一次性手套，在手机上点了几下，又重新戴上手套给尚楚剥虾。

"要蒜蓉酱啊，蘸得均匀点儿，"尚楚大爷做派又来了，操起手机一边看一边指使道，"要不上半部分蘸蒜蓉下半部分蘸芥末……哎！白艾泽你疯了！"

"怎么了？"白艾泽问。

"你真败家啊！"尚楚一拍脑门，愤愤地瞪着他说，"你一口气发了五个两百元的红包？你是散财童子转世，还是财神爷下凡啊？"

"没事,开心。"白艾泽随口说。

群里一共就三十来人,五个红包总额一千,尚楚一共就抢了五块钱出头,这下更气了,把手机往沙发上狠狠一扔:"白艾泽,老子掐死你!掐死你我就是第一名!"

开学后时间过得飞快。算上前期的全国入营选拔赛,尚楚上学期耽误了好多时间,错过了一轮复习,就得花更多时间把文化课补回来。

虽说进首警已经十拿九稳了,上个一本线对尚楚不是难事,但尚楚一向心气高,开学第一周的小测里他以3分之差输给了隔壁班一个学霸,排在年级第二。

这对于久居第一名的尚楚来说无异于晴天霹雳,青训营里空降下来个白艾泽比他牛也就算了,他万万不能接受第二个人越过他坐上榜首位置。

于是乎,尚楚同学格外奋发图强,积极践行闻鸡起舞,生活作息极其健康且规律。早晨五点十分起床,先绕着巷子跑两圈,五点四十分回来背半小时书,收拾收拾就六点半了,准时背起书包,迈着欢快的步伐上学堂。

晚自习一直到九点十分,回到家一般是九点四十分左右,要是在路上和同学吃个宵夜耽误耽误就到十点了,还要整理一天的语、数、英、理综错题,转眼就过了十一点,又到了上床时间。

学校还搞出来个尖子班冲刺计划,每个周日单独给年级前三十开小灶,尚楚自然也在名单之内,一周就剩下周六一天休息时间。

"要不周日就不去了?"

周四晚上,白艾泽开着视频,看着那头埋头做化学卷子的尚楚。尚楚最近劲头足得很,估计是累惨了,眼圈下挂着一圈乌青,几天没见眼见着比上周末又瘦了点儿,脸上都能看出颧骨的形状。

"那不行,'小四眼'都去了,我能不去吗?"尚楚头也不抬,"你是没见着他那嚣张样,气得我都想踹他……"

"小四眼"就是上回考试隔壁班拿第一名的那个学霸。此人劣迹斑斑,去年运动会上还偷偷往尚楚鞋子里塞图钉,被尚楚当场抓住报告老师,两人就此结下了梁子。

尚楚这回输给了老仇人,心里的不甘翻倍再翻倍,满分750分,他恨不能下回月考超出"小四眼"749分。

白艾泽无奈,劝解道:"他能考第一完全是意外,你上学期基本不在学校,这次考到第二已经很不错了……"

"停!"尚楚抬手打断,严肃地警告白艾泽,"请不要再提起我的重大污点。

输给那个呆瓜,是我尚楚光辉璀璨人生中最黑暗的一笔,我堕落了,我要自我救赎。"

"尚同学……"白艾泽看着他一对乌青的熊猫眼,"我只有一个要求,自我救赎的同时,能不能麻烦您至少保证每晚有六小时睡眠?"

"有个名人说过,每天睡六小时以上的都是废物。"尚楚振振有词,"你希望我成为废物吗?"

"谁说的?"白艾泽皱眉。

尚楚摸了摸鼻尖,有点儿心虚:"微商语录里有个人说的。"

白艾泽一脸无奈:"让宋尧别再给你发那些乱七八糟的东西。"

"总之我这回必须拿下'小四眼'。"尚楚翻了翻练习本,说道,"快给我说说焰色反应,我上午去实验室做了,没见着焰尖啊?"

"会不会是酒精不纯,也有可能是灯芯不够干净……"

两人经常会开着视频一起学习,有时候宋尧也会加入,大多时间他们各自做各自的题,安安静静的,什么话也不说,听着对方的呼吸声和偶尔起身时拉动椅子的摩擦声,莫名就觉得挺安心;偶尔也会像今天这样,在做题的间隙插空聊两句,说说今儿学校里又有什么可乐的事儿。

尚楚觉得这日子吧,过得就和写流水账似的,一天天哗啦啦地就流走了。他从来没有这么安安稳稳地快乐过,首警的预录资格稳稳地拿在手上,尚利军这两个月也不再惹是生非,和朋友们时不时开个玩笑插科打诨,朝着一个共同的目标努力着。

他作文分数一向不高,写不出什么有文采的话,但如果非要形容,他觉得这是他十八年来过得最快活的一段时光。

周六,尚楚一早就到了"特别",照旧先给店里猫猫狗狗的笼子里换上新的尿片,又核了一遍库存清单,和白艾泽一起给两只大狗洗了澡。午休的时候两人窝在休息室里,吃完了外卖,尚楚掏出语文课本准备背课文,顺便和白艾泽唠了两嘴昨天遇着的一个挺好笑的事儿。

就昨儿早上,有个剃板寸的小混混还堵在校门口,逮着尚楚说当年打架打输了,现在要再和他过几招。

白艾泽想到那画面就忍不住笑。

"你怎么说的?"

"噫吁嚱,危乎高哉!"尚楚一边背课文,一边倨傲地表示,"我能理他?我当时就和他说有什么深仇大恨都等高考结束再说,我这儿赶着时间呢!"

"他怎么说的?"白艾泽一手撑着侧脸,饶有兴致地问。

"他就问我什么事儿呗。"尚楚转着笔回忆课文,"蜀道之难,难于上青天!蚕丛及……什么来着,忘了!嗨,反正我就和他说我赶着早自习背书,我《琵琶行》还没背熟,没时间和他叨叨。"

白艾泽笑出了声:"他肯定被你气坏了。"

气势汹汹地来找人约架,结果人家说要去背课文,多么赤裸裸、明晃晃的嘲讽啊!

尚楚摇摇手,不在意地表示:"管他呢,傻子一个,我都退出江湖那么久了,他这行为不就是碰瓷儿吗?尔来四万八千岁下句是什么来着?提醒两个字。"

"不与。"白艾泽提示道,又说,"那他后来没再来找你?"

"不与秦塞通人烟!"尚楚猛地一拍掌心,总算想起来下半句,回答道,"来了啊,怎么没来,晚上放学又在校门口堵我,你说他是不是讹上我了?"

白艾泽摩挲着下巴,认真地点头说:"有可能,有些人有受虐倾向,确实会死缠烂打。"

尚楚"扑哧"一声笑了出来:"瞎扯!我背书了!西当太白有鸟道,可以横绝峨眉巅。地崩山裂……"

"地崩山摧,"白艾泽拿笔在他脑袋上敲了一下,"错了。"

尚楚翻了个白眼:"还不是你一直搁边上吵我。"

磕磕绊绊总算背完了一首诗,尚楚在纸上默了一遍,错了三个字儿,又认认真真地纠正了。

一看时间,都两点出头了,该出去干活了。

第2章 ⚡ 如果你累了

三月底全市质检考试，昨儿下了晚自习尚楚还碰见隔壁班那"小四眼"，这小子阴阳怪气地打探说："准备得怎么样啊，这回有没有信心拿年级第一啊？上次抢了你的第一名实在是意外。哎呀，你不会在背后偷偷骂我吧？"

尚楚连个正眼都没给他，就当没这个人似的扭脸就走，回到家后和白艾泽骂了半小时。

第二天是质检考试的日子，尚楚起得比平时晚了点儿，没出去跑圈，打算养精蓄锐把所有体力留到考场上。

穿好衣服出了房间门，厕所里传来一阵阵的干呕声，听得尚楚胃里直泛酸水。

尚利军每天早晨刷牙就干呕，关键是声音还气贯长虹。尚楚觉得是不是上了年纪的人都这样，他自己偶尔刷牙的时候也犯恶心，但也不像尚利军这么大动静。

他回了房间戴上耳机，等了十多分钟尚利军还没好，他不耐烦地看了看时间，到外头敲了两下厕所的木门："好了没？"

"好了好了！就好了！"里头传来了马桶冲水声，紧接着门开了，尚利军提溜着没系紧的裤子，"你用，爸好了。"

厕所里的味道难以言喻，蹲坑边有尿渍，洗脸池的池壁上挂着一丝没冲干净的黄痰，水滴滴答答地从台子上往下淌，一块干燥的能落脚的地方都没有。

尚楚闭了闭眼，一股烦躁劲儿"轰"地就从脚底烧了起来，他很想发火，很想冲到外头去揪着尚利军的衣领骂，但他也知道这股火气没有具体的来头。要说尚利军做错了什么吧，好像也没有，尚利军最近没喝酒没欠债没干架，无非就是生活习惯邋遢了点儿。

可尚楚还是不爽，虽然不愿意承认，但心里明白得很，自己每天早上起那么早无非就是为了避开这一幕。

他在别的地方越出类拔萃、越意气风发，同学朋友们越崇拜他、信任他，他就越不想面对如此邋遢的生活环境和如此潦倒的生活本身。

"这破房子配得上我吗？尚利军配得上我吗？"

这个念头在脑子里刚一闪现出来，尚楚立即慌张地往自己脸上泼了一捧冷水。

尚楚强压着心头萦绕的那股子阴郁之气，对着镜子做了几个深呼吸，又狠狠往脸上甩了两巴掌，盯着斑驳镜子中自己的眼睛，反复在心里告诫自己："尚楚，你不该变得这么虚荣，不是你，这不是你。"

突然，木门被轻轻敲了一下，尚利军在外头问得有点儿小心翼翼："爸去买早饭，你吃什么？油条要不要？煎饼呢？"

尚楚抓了一把头发，冷着脸刚想说不用，又听见尚利军有点儿紧张地轻声问："水煮蛋来两个吧？每天吃鸡蛋才够营养……"

木门里的尚楚愣了愣，冷淡地回答道："随便。"

尚楚记得自己从来没有像现在这样，和尚利军在一张桌子上吃过早饭——也许有过，反正他不记得了。

尚利军足足买了三大塑料袋，够七八个人的分量了，他不知道儿子爱吃什么，包子肉馅儿的、素馅儿的都买了，茶叶蛋、水煮蛋各两个，蓬松的大油条两根，油花花的鸡蛋灌饼。

他把几个袋子推到尚楚面前，又搓了搓手，干笑了两下："那你看你喜欢吃哪样，早餐多吃点，要吃饱。"

尚楚随便掏了个包子啃了一口。尚利军又从棉外套口袋里翻出一瓶早餐奶，插上吸管递过去："还热着，你喝点奶。"

他指甲缝里夹着黑色的陈年污垢，大拇指的指甲长出来一大截也不剪，是一种一看就很脏的暗黄色。尚楚看到他的手实在没有食欲，但眼角瞥见他冻得通红的几根手指头，还是接过了那瓶早餐奶吸了一口。

尚利军舔了舔嘴唇，似乎觉得像这样看儿子吃早饭是件挺自豪的事儿，这事儿能够证明他是个合格的父亲，于是他急迫地把几个塑料袋里的东西一一摆出来，张罗着让尚楚吃这个吃那个，又犹豫着问道："平时这个点你都出门了，今天怎么晚了点儿？"

这种对话在一般家庭里再常见不过，但在这对父子之间却因为生疏而显得格外干涩。

"质检考。"尚楚说。

"至什么……哦,考试是吧。"尚利军讷讷地接过话茬,"准备得怎么样?那个……书……书都背好没?"

"一般。"尚楚吞下最后一口包子,弯腰拎起包,"饱了。"

"就饱了?"尚利军抹了把脸,"就吃这么点儿怎么够……"

尚楚没有回话,径直走到了大门边换鞋。

尚利军缩了缩指头,目光在一桌的煎饼包子中间睃了一圈,拿起那两个水煮蛋,小跑过去塞给尚楚:"鸡蛋带着,这个你带上……"

"不要。"尚楚皱着眉躲开。

"要的要的,"尚利军硬是往他手里塞,"要不没营养……"

"说了不要!"尚楚烦了,在他手上推了一把,其中一个鸡蛋骨碌碌滚到了地上,发出清脆的"啪嗒"一声响。

尚利军愣了愣,有些手足无措地缩着肩膀,眼神在空气中毫无目的地飘来飘去,讷讷地说:"不爱吃就不要哈,那就不要……"

尚楚垂眸,片刻后拿过他手里的另一个鸡蛋,低声说:"一个就够。"

尚利军立即笑了起来,眼角都是皱纹:"一个也行……也行。"

尚楚沉默不语,系好鞋带,转身出了家门。

今天公交车上人不是很多,竟然还能占个靠窗的座位。尚楚照例掏出手机,白艾泽打了视频电话过来。

白艾泽也正在去学校的出租车上,见尚楚似乎兴致不高,问道:"怎么闷闷的?早饭没吃饱?"

"别和我提早饭,"尚楚撇嘴,"烦!"

白艾泽故意笑他和个小孩儿似的,没吃饱饭就闹脾气。

"滚滚滚!"尚楚勾唇笑了笑,"我吃饱了!"

"吃什么了?"白艾泽问。

尚楚从口袋里掏出一个鸡蛋,对着手机晃了晃:"喏。"

白艾泽有些诧异,他知道尚楚最讨厌吃白煮蛋,说有股子腥味。在青训营的时候,他每天早上都强迫尚楚吃个蛋,得蘸光一碟酱油尚楚才勉强吃几口。

"今天怎么这么懂事,"白艾泽揶揄道,"不用监督,自己就主动吃蛋了?"

"不是,"尚楚垂下眼皮,看不出什么表情,片刻后才抬眼说,"我爸给的。"

白艾泽一眼就看破了尚楚故作轻松的样子,但他没有戳破,而是顺着尚楚的话轻声说:"叔叔很关心你。"

"真的?"尚楚拧眉,有些狐疑地问。

"真的。"白艾泽对他笑着说,"我小时候最大的愿望,就是每天早上我妈妈能监督我吃一个鸡蛋。"

尚楚嘟囔道:"那你也忒没追求了,阿姨是不是每天都逼你吃?"

"你猜。"白艾泽故弄玄虚地挑眉。

尚楚撇嘴:"谁要猜,无聊死了。"

白艾泽笑而不语。

乔汝南哪里会管儿子早晨吃不吃鸡蛋这种琐碎且毫无意义的小事,她一年中大部分时间都在外奔波,为了扩张她的商业版图而忙碌。

事实上,自从白艾泽记事以来,他从来没有和母亲在一张桌子上吃过早餐,一次也没有。

"那以后我监督你呗。"尚楚拿手里的鸡蛋扣了扣手机屏幕,笑着说,"咱们一起吃,我蘸酱油你不许蘸,把阿尧也叫上,让他蘸芥末。"

白艾泽笑着应了一声:"好啊。"

质检考成绩下来了,尚楚总分628,排全校第一。

"小四眼"数学作弊当场被抓,这回监考的都是外面的领导,学校也保不住他,最后他数学单科成绩被取消,总分就剩个可怜巴巴的四百五十几分。

尚楚那叫一个爽啊,他本来在学习上也不算是个多么勤奋的人,前阵子头悬梁锥刺股纯粹是因为被"小四眼"拿第一的事刺激了,现在第一名的位置夺回来了,那股子学海无涯苦作舟的劲儿也过去了,周日的那个补习班他就顺理成章地不去了。

周五中午,尚楚和同桌在食堂吃了饭回来,正在走廊上消食,好巧不巧就遇着隔壁班的"小四眼"。那家伙神气劲儿也不见了,见了尚楚就和耗子见了猫似的,缩着肩膀转脸就躲,被尚楚揪了个正着,挤在墙角痞里痞气地问:"小学霸,这回怎么没发挥好啊?有什么不懂的下次就问我呗,虽然我也没比你高出多少分,也就一百来分吧。小生险胜,惭愧惭愧。"

"小四眼"心虚得很,生怕自己过往的劣迹被曝光,耷拉着眼皮不敢说话。倒是文科班路过的女生见到这一幕,捂着嘴偷笑!

尚楚回头朝她们挑了挑眉毛,又抛了个媚眼,女生们纷纷红着脸咯咯笑着小步跑开。

当天晚自习,尚同学的抽屉里多出了几封情书。

尚楚觉着自个儿简直是魅力无边,堪称人生赢家,尾巴都要翘到天上去了。周六中午,他神气十足地跷脚躺在"特别"的沙发上,看着白艾泽剥九节虾,眯着眼问:"小白同学,这次考了几分啊?上六百分了没啊?"

这倒不能怪他和坐井观天的蛤蟆似的没见识,在他那个学校,能考六百分就是件贼牛的事儿,是全校的重点保护对象。这么一来,导致尚同学认为六百分是一个极其难以达到的目标。

"差不多。"白艾泽一语带过。

差不多?差不多不就是将将踩线的意思吗?

难道他这回考得比白艾泽高?

尚楚一下就来劲儿了,腾地坐了起来,拍了拍白艾泽的肩膀煞有介事地安慰道:"没事儿的,反正历年本一线(本科一批录取分数线)都是五百六十分上下,你考这个分儿上首警已经稳当了,咱们没必要有那么高的追求,生活嘛,平平淡淡才是真……"

白艾泽剔了一块虾肉给他推过去,尚楚嫌弃地撇嘴:"蘸点酱油蘸点酱油,在吃这方面还是得有点追求,不能太平淡了!"

这小混账的尾巴都翘到天上去了。

白艾泽蘸了酱料,尚楚这才满意了,又挑眉问:"说说呗,考了多少分哇?"

"662分。"白艾泽淡淡道。

"你这叫差不多?"尚楚放下搭着白艾泽肩膀的手,讪讪地问。

"六百多都差不多。"白艾泽早看穿了尚楚那点儿小心思,假装谦恭地问,"你考了多少?"

"不提也罢,"尚楚干咳了两声,虚掩着嘴唇,"我也是差不多,差不多。"

"没关系的,历年理科本一线都在五百六十分左右,这个分数已经稳了,我们不必追求过高,毕竟生活平平淡淡才是真。"

白艾泽把尚楚的一套理论给活学活用了,气得尚楚想掐他的脖子。

但尚楚就是个不服输的,在分数上矮了白艾泽一头,就非要在其他方面找补回来点儿。于是他从包里掏出一个粉红色信封,写信人好像生怕别人不知道这是个情书,还在上头画了个俏皮的桃心,红心正中间写了大大的"LOVE"。

"唉,魅力太大就是没办法,你说现在的女生怎么就这么奔放呢?"他晃了晃脑袋,拆了那封信,声情并茂地朗读起来,"高三(8)班的尚楚啊,你太帅了,我每日每夜满脑子全是你,做梦都能梦到你。我就是那个在表白墙上对你表白了八次的'快乐小柠檬',如果你也对我有feel,请加我为QQ好友,我在网上等你哟!"

白艾泽听得津津有味,还象征性地拍了拍掌:"写得不错,以情动人。"

"霸道总裁一般都能收到这玩意儿,"尚楚吹了声口哨,说道,"小白同学,你有没有啊？"

白艾泽眼里满是谑意，很配合地耸了耸肩膀："这么直白的应该没有。"

白艾泽从地上拿起自己的书包，伸手从里头随便拿出一本课本抖了抖，哗啦啦地掉出来五六封信，和雪花落地似的。

末了，他还十分单纯地眨了眨双眼："是这个吗？"

尚楚傻眼了，捡起一封纯黑色的信，上头用印泥盖了个特华丽的戳，信封上还散发着淡淡的花香。

"这都是什么玩意儿？"

白艾泽无辜地摇头："不知道，每天都出现在我包里，我一般不会拆开看。"

尚楚拆了手里那封信，边看边小声读了出来："'艾泽，启信安好。你不需要知晓我是谁，我只是一个普通的恋梦者，可悲又可怜地沉浸在我孤独的梦境中。那个梦是如此绮丽，我与你在清晨的山巅看日出，在午后泡一壶花茶，共读一本厚重的书……'狗屁不通！不看了！"

"写得一般，"白艾泽摩挲着下巴品评道，"没有阿楚那封来得真挚恳切。"

尚楚羞愤交加，把那几封信拢了拢塞到自己包里。

白艾泽收到的情书怎么就这么小清新小文艺呢？还整出个什么"孤独的梦境"，又是日出又是花茶又是读书的，写得情真意切还贼有意境，怎么自己收到的就是QQ空间表白墙，土得掉渣，一比之下可不就相形见绌了！

这一回合，他又输了。

尚楚在冰冷的屋子里又熬过了一个冬天，总算把笨重的冬装塞进衣柜最底层，换上了薄开衫。

到了五月，时间像上了加速发条似的，过得越发快。

高考倒计时三十天的时候，学校召开高三生家长动员大会，要求每位同学的家长都必须要到现场，尚利军去参加了。

这是尚利军第一次以父亲的身份参加儿子学校的活动，他非常开心且紧张，甚至还去二手电器铺搞了个破破烂烂的熨斗，熨他那身过了时的灰色旧西装外套。

从动员大会回来，尚利军乐得双眼发光，从口袋里掏出他带去的笔记本，里头记得满满当当，向尚楚汇报他听了些什么："你们班主任说家长要全力配合学校，为你们营造一个良好的备考环境……"

尚楚平时不是个没耐心的人，但对尚利军耐心极其差，靠在房门边不耐烦地说:"你没必要和我说。"

尚利军见他皱眉,一副不爱听的样子,有点儿沮丧地抿了抿嘴唇,把小本子爱惜地放回到口袋里,又说:"你们班主任和我聊了几句,他说你很有希望考那个警校,还夸了你。"

"嗯。"尚楚的反应很冷淡。

尚利军掏出他那部二手手机,给尚楚看里头的微信界面:"我加了你们老师,他还拉我进了你们班的家长群……"

"哦。"尚楚别过脸,"还有事没?没事我睡了。"

"哦,哦哦哦,"尚利军退后一步,"那你睡,你早点睡觉,你睡。"

尚楚扣着门框的十指微微一紧,面无表情地合上了房门。

五月二十日,小蜜桃的新电影首映,邀请尚楚和白艾泽一起去参加首映礼。

叶粟演的片子在某影评网站上平均得分就没有及格的,白艾泽兴致缺缺,尚楚却很有兴趣,问:"参加这种活动要不要走红毯啊?要的话是不是还得去租西装啊?"

白艾泽无奈地说:"不用,就和普通看场电影一样。"

"哦哦哦,明白!"尚楚在原地转了一圈,又问,"那要不要系个领结啊?"

首映礼在科技大学的礼堂,白御坐在 VIP 观影区,尚楚和白艾泽在后排点儿的位置。

观影前是主创见面会,尚楚头回见到这么多明星,一个劲儿伸着脖子往前看,还偷偷拍了照分享给宋尧。宋尧羡慕得哇哇乱叫,要尚楚把他的满腔爱意转告小蜜桃。

电影就是个洒狗血的爱情片,小蜜桃演的角色因为车祸失去了记忆,忘了自己曾经的爱人,转而爱上了另一个男人,结婚当天摔了一跤磕着脑袋,"唰"一下记忆又回来了。

白艾泽对这剧情很无语,恨不能闭目养神,奈何尚楚却看得非常入迷,看到动情的地方还吸了吸鼻子,一副要掉眼泪的架势。

白艾泽觉得好笑,轻声问:"感动?"

尚楚点点头:"你看叶粟眼睛里都是眼泪,演的时候肯定很动情。"

"都是眼药水。"白艾泽毫不留情地戳穿。

"滚一边去……别打扰我!"尚楚瞪他一眼。

电影高潮时刻是小蜜桃站在两个同样高大英俊的男人中间,两个人逼迫她做出最终的抉择,小蜜桃嘴唇颤抖,捂着脑袋咆哮:"别逼我!你们不要再逼我了!"

手机突然振动。

尚楚还以为是宋尧又发消息了,于是没理。

小蜜桃满脸泪痕,跑到海边,海风吹起她柔顺的头发:"再逼我,我就跳下去!"

手机又振动起来,这回是有人给他打电话。

好好的煽情氛围全给振没了!

尚楚气得掏出手机,打算打字臭骂宋尧一顿,点开一看却愣住了。

班主任给他打电话做什么?

他隐约有种不祥的预感,点进微信:

【尚楚,你现在在哪儿?人没事吧?要不要老师过去看看你?】

【我刚才和校领导们都说了,大家都很关心你,这个紧要关头身体是第一战斗力啊!】

尚楚拧眉,回道:

【刘老师,请问您找我什么事?】

隔了两分钟,班主任回信了。

【你爸爸说你突发疾病需要动手术,在群里找其他家长借钱,你现在情况怎么样?】

【你爸也不把事情说清楚,电话不接,真是急死人了啊!】

尚楚很镇定地回了班主任一条信息,告诉他自己什么事也没有,麻烦老师转告其他家长,千万不要借钱给尚利军。

做好这一切,他才脱力一般,颓然地闭上双眼,后仰靠在了椅背上。

"怎么了?"白艾泽察觉到不对,问。

尚楚深吸一口气,面无表情地说:"我有事先走,你一会儿帮我和白大哥他们说一声。"

马上就要高考了,这个节骨眼上万万不能出任何事。白艾泽实在放心不下,发消息和白御说了一声,匆匆追着尚楚出了礼堂。

"阿楚,"他跑上去抓着尚楚,"出什么事了?"

尚楚的脸上看不出什么情绪,甚至还能对白艾泽挤出一个笑,用云淡风轻的语气说:"没,你出来干吗?快回去快回去,叶粟不说了散场了请客吃大餐的嘛。你多吃点儿,把我那份一并吃回来。"

"我和你一起。"白艾泽看着他的眼睛说。

"一起什么一起，"尚楚拍了拍白艾泽的手背，眼神有些游移，故作轻松地玩笑道，"咱大老爷们儿也需要点儿个人空间……"

"我和你一起。"白艾泽再次强调了一遍，语气是不容置疑的坚决。

尚楚飘忽的眼神这才有了落点，他愣愣地看着白艾泽的眼睛，从白艾泽的双眼中汲取了足以支撑自己的安全感，睫毛忍不住地颤动着。

白艾泽第一次在尚楚的双眼里看到这种不安、惶恐和失措掺杂在一起的情绪，他心头微微一痛。

尚楚不该是这样的。

白艾泽冷静地说："没事，我和你一起。"

尚楚抿了抿干燥的嘴唇，轻轻点了点头。

白艾泽跟着尚楚穿梭在城中村纵横交错的小巷里，他方向感本来就不好，这么复杂的地形估计连导航也没办法准确导出方位，尚楚却对这里非常熟悉，甚至知道哪个地方有堵矮墙能够直接翻过去。

到了一家小酒馆门口，里头隐约传来划拳声，有人叫嚷着骂了几句下流的脏话。尚楚在门外停下脚步，转头对白艾泽说："你在外头等我，我很快就出来。"

白艾泽点头："好，有事就叫我。"

尚楚掀开门帘进了店，里头其实就是一间小卖铺，墙边放了个老旧的木柜，乱七八糟地堆着落满灰尘的廉价零食。

里间热闹得很，没人注意外头来了客人。尚楚熟稔地绕过玄关，踩着一地瓜子壳和鸡骨头，果然在酒桌上看到了正在和人划拳的尚利军。

"哟！小尚怎么来了！"老板喊了起来，招呼道，"来来来，听你爸说你要去做警察了，以后要赚大钱了是吧？过来和叔喝点！"

他是尚楚的老熟人了，每回尚利军在这儿赊了账，他就上门去找尚楚拿钱。他讨钱的时候可不是现在这语气，尖酸刻薄得很。

酒桌上其他人纷纷扭过头，扯着嗓子对尚楚喊，尚楚根本没听清这群人在嚷什么，径直走到尚利军身边，伸手说："钱呢？"

尚利军眼神混浊，眯着眼看了尚楚半晌才想起来这人是谁。他打了个长长的酒嗝，拉着尚楚的手臂炫耀道："这是我……我儿子！马上……就要去重点大学，以后当警察！"

"知道知道。"另一个男人附和了一句，拿了个酒瓶摇摇晃晃地走过来，"那什么，尚哥，咱儿子不是要去做警察吗，有出息！我有个侄子去年犯了点事还在局子里蹲着没出来，你叫咱儿子帮忙那什么……疏通疏通，把我侄子弄出来，行不行？"

尚利军偏头吐了口痰，操起酒瓶咬开瓶盖，仰头灌了一口酒："你有脸说？这……这点小事也值当麻烦我儿子？"

那男人用一种轻蔑的语气说："尚……尚哥，你别是和哥儿几个在这儿吹牛吧？我看你儿子也搞不定！"他接着嘘了一声。

尚利军拍了下桌子，梗着脖子说："我……我尚利军的儿子有什么搞不定的？"

"好！"男人喊了一声。

其余几个人也跟着起哄。

男人把酒瓶塞到尚楚手里，勾着尚楚的肩膀，一副哥儿俩好的样子："小尚啊，和叔叔几个喝点儿！你爸爸是我们老大哥，老大哥的儿子就是我们的儿子！"

有钱请喝酒了就是老大哥，没钱的时候就连水沟边的臭虫都不如。

他说话时酒气混杂着口臭腥味儿扑在尚楚脸上，尚楚冷笑着退开一步，问道："钱呢？"

"走走走！"尚利军眼珠都喝红了，不耐烦地挥了挥手，"别烦老子！老子上辈子欠你的吗！"

"什么钱不钱的，"老板上来打圆场，乐呵呵地把尚楚往后扯了扯，"小尚，你爸喝点酒你就别管了，大人的事小孩子懂什么……"

"行，我不管。"尚楚看了他一眼，"往后他欠你的酒债，你别找我要，我保证不管。"

老板语塞，不自然地挪开目光，支吾着说："他是你爸，你不管他谁管……"

尚楚冷冷一笑，不再和这群人多说什么，从尚利军挂在一边的外套里找出他的手机，翻出微信转账记录。班主任给尚利军转了一千块，尚利军又把这笔钱全部转给了小酒馆老板。

"一千块，"尚楚扫了眼一片狼藉的酒桌，攥紧拳头告诉自己要控制，他用尽最后一点耐心，压着嗓子对老板说，"这里多少钱，你从里头扣了，剩下的钱还我。"

老板顾左右而言他："什么一千块，我不知道啊……"

"装傻是吧？"尚楚一直压着的火气冒出了点儿头，一脸戾气地说，"你在我面前装傻是吧？"

"尚哥，"有个人不怀好意地起哄，"你请兄弟几个喝酒都得你儿子同意？你这老子当得不行啊！"

尚利军当即拍桌而起，双眼通红地瞪着尚楚，一根手指对着他的额头："你滚不滚？你找死是吧？"

尚楚没有理他，又问了老板一遍："这桌多少钱，你自己报个价，多的还我。"

老板接着耍无赖，站到尚利军身后添油加醋地说："老大哥，你不行啊，这点钱都被你儿子管得死死的！"

"老子要你管！没有老子你算什么！"

尚利军狠狠地骂了一句，他有钱请酒，他是这群人里的大哥大，他是个真正的男人，谁能管得了他？

在酒精的作用下，他作为一家之主的自尊心开始无限度地膨胀，根本容不得质疑和挑衅。尚利军在一片起哄声中粗喘着气，挥手往尚楚肩上重重推了一掌！

在他此刻的记忆里，他儿子就是个小鸡崽，根本用不着打，儿子自己就识相地滚到角落里缩着发抖。

但他记错了，尚楚不仅丝毫不躲，还握住了他的手腕狠狠一甩，把他直接反手掼到了墙边。

尚利军踉跄一下，沿着墙面摔倒在地，双腿在地上蹬了几下也没能站起来。

尚楚额角突突地跳，他觉得身体里那团火已经烧着天灵盖了，他已经压不住了，再压他就要爆炸了。

尚利军瘫坐在墙边，刚刚那一摔摔得他胃里翻江倒海，转头"呕"地吐了出来。

尚楚连一个眼神都没有分给他，只是环视了一眼这屋子里的其他几个人，突然勾唇轻轻一笑，说道："不还是吧？行，你不还是吧！"

"砰！"

尚楚一拳砸在桌子上，几瓶啤酒倒在了地上，酒液飞溅得四处都是。

所有人都吓了一跳，慌慌张张地躲到墙角。

老板一时也吓傻了，半晌才梗着脖子吼："你干吗！"

"干吗？"尚楚一脚踹翻了木桌，瓷盘乒乒乓乓地碎了一地，"不还钱是吧？"

老板急红了眼，双手在灶台上胡乱摸索着，摸到了一把菜刀，不管不顾地挥刀冲过来："你敢在老子的地盘上耍狠！"

他还没反应过来，手中的刀不知怎么就被尚楚夺走了。就那么一眨眼的工夫，锋利的刀刃转而正对着他自己，他哆哆嗦嗦地蹲下身子，抱头喊道："杀人啦！警察杀人啦！"

杀人？

尚楚偏头看了眼手里握着的刀，杀人多简单啊！

过去的十几年里，他起过无数次这样的念头，要是尚利军能死就好了。

每一次，当他躲在角落里，看着妈妈被打得遍体鳞伤，他都在想要是尚利军能死就好了。

最好是喝了酒被车撞死、被小混混捅死、失足掉进河里淹死，如果尚利军能死就好了。

有一次尚利军拽着妈妈的头发，把她的头往墙上撞，咚咚咚，一声比一声响。小尚楚哭得眼睛都疼了，响声还没结束。他哆嗦着握紧拳头，想要冲过去狠狠撞开尚利军，然后他看见了妈妈在对他摇头，她满脸都是血，头发一绺一绺地粘在脸上，却对他很努力地笑了笑。

"啪——"

又是一声脆响，一个重重的耳光打在了妈妈脸上。

小尚楚浑身颤抖，他打不过尚利军的，如果他反抗，那这个耳光就会落在他脸上……

他无数次地懊悔自己曾经的胆怯，他甚至连报警的勇气都没有。尚利军把妈妈打得遍体鳞伤，他的懦弱对于妈妈来说何尝不是另一种加害……

"尚楚！"手腕被人从身后猛地攥住，白艾泽的声音焦急且严厉，"放下！"

尚楚背脊倏地一僵，偏头看到白艾泽紧拧的眉头。

"听话。"白艾泽的声音里有不易察觉的颤抖，"不要冲动。"

恍惚中眼前的场景和当年有片刻的重叠，尚楚用力闭了闭眼，额角传来一阵阵的刺痛。

"阿楚……"

尚楚睁开眼，对白艾泽笑了笑，手指一松，手中那把刀"叮"地砸在了地上。

白艾泽松了一口气，上前一步把尚楚护在身后，环视一眼当前的场景。

几个喝醉的男人，几个人缩在墙角哆哆嗦嗦，一个人蹲在地上瑟瑟发抖，还有一个坐在一地呕吐物里，眼神涣散。

"有什么事和我说。"白艾泽淡淡道。

老板抬起头看了他一眼，眼前站着的少年身上穿的都是牌子货，一看就很有钱的样子，于是问："你是谁啊？和他什么关系啊？"

尚利军闻言也掀起眼皮，朝白艾泽看过来。

"你不用管,"白艾泽居高临下地看着他,眼神中没有丝毫情绪,"有事说事。"

"他把我这儿砸成这样,"老板看他斯斯文文的样子,不像尚楚跟个痞子似的,于是壮着胆子站起身,摸了块菜板挡在自己胸前,说道,"怎么赔?"

"阿楚,"白艾泽偏过头,问,"是你砸的吗?"

尚楚止不住地发抖,他也不知道为什么自己就是控制不住地抖。他原以为自己早就被打磨得无所畏惧,这种场面对他来说根本不算什么,这间屋子里所有人加起来都打不过他,他根本不害怕。

但是白艾泽却出现了,在白艾泽身后,"脆弱"这种情绪像是有了自我意识一般,从他的身体深处跑了出来,他根本抑制不住。

"阿楚,告诉我,"白艾泽握住他的手,看着他的眼睛,"是你砸的吗?"

尚楚深吸了一口气,努力维持着冷静,刚想开口,就听见白艾泽说:"不是对吗?好,我知道了,我来解决。"

尚楚张着嘴,愣愣地眨了眨眼。

白艾泽转头看着老板,用非常平静客观的口吻说:"既然是你主张他砸了你的店,那么就该由你进行举证,请问你能够出示任何证据吗?"

老板压根儿听不懂什么主张什么举证的,就知道这男的是和尚楚一伙儿的,于是说道:"想逃是吧!这儿好几双眼睛看着呢!他刚才还差点杀了老子!"

白艾泽掏出手机,打开摄像头,拍了个小视频,将现场其他人的醉态全部录了进去。

"你小子干吗!"老板吼道。

"记录一下现场状态。"白艾泽收起手机,"显然,各位都喝得很醉,不足以提供有信服力的证词。至于杀人,不好意思,你并没有死,相反还非常健康。"

老板扯着嗓子喊:"不想赔钱是不是!和我玩这套!你信不信我……"

"欢迎走法律程序,最好能够提供店内监控,如果可以的话。"白艾泽彬彬有礼地一欠身。

"尚楚!找人来闹事是吧!我弄死你!"老板气急败坏地啐了一口,红着眼一拳砸过来。

白艾泽轻松接住老板的拳头,手腕一拧,老板吃痛"嗷"地叫了出来。

"我说了,"白艾泽声音冷了下来,眼底仿佛结着碎冰,"有事和我说。"

"走吧,"尚楚在他身后小声说,"咱们走吧。"

"好。"白艾泽应道。

"一千块是吧,"尚楚揪着白艾泽的衬衣下摆,对老板说,"我不要了。"

老板愤怒地瞪着他们,一个字也不敢说。

尚利军伸着腿坐在一摊红红黄黄的呕吐物里睡了过去,发出巨大的鼾声。

出了小酒馆,走出去两条巷子,尚楚还是在抖,白艾泽抓着他的手也无济于事。

白艾泽收紧五指,安抚道:"没事了。"

"嗯,"尚楚舔了舔嘴唇,"没事。"

尚楚走到墙边,缓缓蹲下,轻轻地说:"你看了那么多书,你知不知道为什么有人会酗酒呢?为什么有人喝了酒就和变了个人似的呢?"

白艾泽看着他疲惫的侧脸,说:"我也不知道。"

尚楚道:"你说正常人也喝酒啊,喝了酒睡一觉,第二天照样过日子,不是挺好的吗?怎么就有人会这样呢?为什么呢?"

"不要想了,"白艾泽按着他的后脑,"都别想了。"

"我就奇怪了,"尚楚转头看着白艾泽,皱着鼻子笑,"这到底为什么啊?怎么我就遇上这种人呢?白艾泽你说我上辈子得干了多少伤天害理的事儿……"

"你没有,"白艾泽定定地看着他,"你还遇到了我、阿尧、小昭、青茗……还有那么多朋友。"

尚楚一愣,片刻后嗓音沙哑地说:"也是,那就抵消了。"

他遇见的这些人,足以把所有的不快乐都抵消了。

尚楚说他习惯了,他看上去也确实是一副刀枪不入、无坚不摧的样子。

漫长的黑夜里,尚楚闭眼靠在墙上,稍稍平复了心情,再度睁开眼时,仿佛刚刚的无力和颓然都不曾出现过,他又是原来那个嚣张恣意的第一名尚楚。

他冷静得如同在拆解最后一道数学大题,井井有条地做好了一切善后工作——首先,从自己的账户里转一千块还给班主任;其次,编造一个完满的说辞告知说这一切都只是误会,并慎重地表达了歉意;最后,再极其审慎细心地算了算,看账户里剩余的钱还够不够接下来的开销。

他有一笔小小的存款——之前攒起来的,不过这笔钱得留着交大学学费,不能轻易挪用。

他弄了个小记账本,看着上头的数字每周每周地往上累加还挺乐和,仿佛自己成了小财主,再努努力就能奔小康了!攒到两千块的那天,他给自己勾勒出了一张宏伟蓝图,三年致富五年买车十年买房,然后美滋滋地打开游戏,给小宠物买了条向往已久的羊毛围巾，价值300游戏币。

但意外这东西要是能提前预测，那就不叫意外了。那是四月中旬的一个清晨，他照旧在巷子里晨跑，跑了没多会儿突然眼前一黑，就那么直挺挺地摔在了地上。约莫过了两分多钟他才有了点儿知觉，痛倒是没觉得多痛，就是麻，手脚都僵了，手指头和冻住了似的，弯都弯不起来，心跳也是忽快忽慢的，一下轻一下重。

他踉跄着撑着墙壁站起来，靠了一会儿才缓过劲儿，第一反应是把自己眼睛、鼻子、嘴摸了个遍，确认每个器官都在它该在的位置上，这张英俊的脸庞没破相。他摸完后觉得手掌心怎么热热的，低头一看——

一手的血！

鼻血就和城中村排水管的污水似的，源源不绝地往外冒。

他三步并作两步，跑到城中村的第十二条小巷里，穿过一个收破烂的棚户，顺着吱呀作响的木楼梯下了地下室，摸到左数第三扇木门，"砰砰砰"地砸门。

里头住着的是个老光棍，据他自己说他年轻时从业于某个大医院，是个风流倜傥的主治医生，后来不知怎么的就沦落到这破地方了。他手里有些人脉，能弄到一些不好弄的东西，尚楚的药就是从他这儿搞的。

老光棍被吵醒了，睡眼惺忪地开了条门缝，这一看吓了一大跳。门口站着个满脸是血的人，就和厉鬼索命似的。尚楚不由分说地挤到了门里，操起桌上一条布抹了抹脸。老光棍这才看出个人样来，松了一口气，打趣地问他怎么回事，吃完火龙果也不擦嘴，真是邋遢！

尚楚看了看时间，再磨蹭赶不上早读了，于是让他少废话，坐下来看病！

老光棍从一堆破烂里翻出个血压计，给尚楚量了血压。尚楚眼看着高压噌噌噌噌飙到了二百多，差点儿没吓死，怀着一种大限将至的复杂心情给白艾泽发了条短信说自己要死了，然后掐着老光棍的脖子问还能不能治！

"别急别急。"老光棍把血压计重新扔回破烂堆里，"这玩意儿是我昨天在垃圾堆里捡的，刚想找个人试试准不准……"

尚楚这才吁了一口气，反应过来立即又吹胡子瞪眼，恶狠狠地说："你找我试你的破烂？"

"说明它不准。"老光棍摸了摸络腮胡，一本正经地说，"你也算是为医学做出了贡献，验证了一个医学仪器的不精确，感谢你的付出。"

由于失血过多，尚楚眼睛都花了，绷着精神说："少废话，我这怎么回事？"

其实，尚楚的病也不是什么大病，就是常见的哮喘，病情不算严重，发作频率也很低。

只不过，尚楚没去正规医院检查过，用的都是乱七八糟的便宜药，再加上他剧烈运动的频次很高,这一年来身体情况越发糟糕了。冒鼻血算什么,七窍流血都算轻的,再这么折腾下去,迟早有天得猝死。

手机振动起来,是白艾泽的电话,尚楚没接,问道:"有什么办法?"

"别打这个针了呗,去大医院好好看看,"老光棍摆弄着桌上发黄的日历本,"能吗?"

"不能。"尚楚直截了当地回答。

"还得打多久,给个数。"老光棍仿佛预料到了这个答案,紧接着又问。

尚楚想了想,沉声道:"没数。还有别的路子没有?"

"有啊,"老光棍嘿嘿一笑,食指和中指并在一起,放在拇指上捻了捻,"肯花钱就行,钱什么买不来,健康算个屁!"

他说的路子也简单,买好药。

尚楚一直用的是最便宜的那种,五瓶八十块,勉强能用两星期。

"多少?"尚楚问。

"看你能给多少,"老光棍揭下一页日历,跺了跺坑洼洼的地面,毫不掩饰地说,"几百、几千、几万的都有。我也不和你扯虚的,每瓶我就赚你五块中介费,你能给到多少?"

"我没概念,"尚楚敲了敲桌面,"你帮我打听打听,能让我活下去的最低价是多少。"

"成,"老光棍对他的爽快很是满意,"等消息吧!"

尚楚点头,转身刚要离开,突然眼前又是一黑。他差点儿以为又发作了,抬手一摸,发现自己头上被人扔了件外套。

"穿上吧!"老光棍跷着脚,打了个大大的哈欠,"外边凉,别从我这儿出去就冻死了。"

"谢了。"尚楚套上不知道多久没洗、臭烘烘的大外套,"明儿还你。"

"洗了再还啊,"老光棍臭不要脸地提出要求,"睡回笼觉去喽——"

尚楚回去冲了个澡又换了身衣服,手机里有十多个未接电话,全是白艾泽的。

他这才记起刚才以为自己命不久矣,又因为流了太多血脑子不清醒,迷迷糊糊中给白艾泽发了条"临终短信",估计白艾泽这会儿得急死了!

尚楚急急忙忙回了个电话过去,向白艾泽瞎扯说这是清早背诵《过零丁洋》有感,背到"人生自古谁无死?留取丹心照汗青"时心生感慨,觉得生命苦短,难以为国为民做出贡献,不如就这么死去吧!趁着自个儿年轻还没做什么坏事死了算了,啊!好一个质本洁来还洁去啊!

尚楚瞎掰功夫一流,白艾泽也没听出些不对劲,只觉得尚楚大清早又在逗他找乐子,松了一口气的同时,又严肃地向尚楚强调不许再有"死"这种想法,随口说说也不行,背诗感慨也不行。

尚楚忙不迭地应了,吊儿郎当地说我哪舍得死呢。

两天后老光棍来消息了,新药五瓶四百块,已经在地下流通有段日子了,说是这里边用的激素少,对身体伤害也更小。

尚楚说行,一口气买了十五瓶。

记账本上的数字噌噌噌地下跌,上涨的时候增速缓慢,这一跌倒是一夜跌回到了解放前。

加上今儿个又因为尚利军,平白泼出去一千块,"小财主"瞬间被打回原形。

"怎么样?"白艾泽看尚楚在一边嘟嘟囔囔算着账,没说别的什么,只是用轻松的语气调侃道,"小富翁算好了?还够不够请我吃碗牛肉面的?"

"够啊!"尚楚阔气地拍肩,"必须满足啊!"

"加一份牛肉?"白艾泽挑眉问。

尚楚贼兮兮地笑了笑,又悄无声息地蹭了蹭白艾泽的肩膀,商量道:"可以是可以,就是牛肉能不能分我一半啊?"

"傻样儿。"白艾泽笑着薅了把尚楚的头发。

尚楚撑着白艾泽的肩膀一跳,蹦上了白艾泽的背,甩着手臂指挥道:"小白,起驾!"

白艾泽一笑,背着尚楚走在深夜十一点昏暗无光的小巷里,听着尚楚在他背上念叨着七零八碎的话,什么不着调的小曲儿啊,乱七八糟的成语大杂烩啊,到后来连九九乘法表都背上了。

他好像有用不完的精力,如同一个灼灼发光的金色太阳,偶尔遇到阴霾遮住晴天,他就越发用力地发光,用更耀眼灿烂的光线驱散阴影。

但白艾泽知道不是这样。

他背过尚楚很多次,以往都是尚楚和他玩闹。

白艾泽有时候也会想,阿楚也会有走不动的时候吗?

譬如除夕夜一个人落寞地坐在青训基地的操场边的时候,譬如第一次去"特别"时局促地脱掉球鞋袜子的时候,譬如最初面对白御手足无措的时候,譬如每回走到路口就让他别再送了的时候……

这种时候,阿楚是不是真的走不动了呢?

就在刚才,他等在小酒馆门外,突然听到里头传来一声巨响,心头一紧,但他也相信尚楚有能力处理好一切,所以没有第一时间进去。直到里面传来一个男人的叫喊,说着什么杀人了,他才觉得不对,冲到里间后看见尚楚手里拿着一把刀,刀锋锐利,在日光灯下闪着寒光,那一刻他的心跳都停滞了。

他根本来不及思考,身体先于意识一步行动,上前一步攥住了尚楚。

还好他从首映礼上跟过来了,还好他就等在门口,还好他进来得及时。

尚楚不是莽撞的人,他不会做出如此丧失理智的事,但万一呢?

仅仅是一个万分之一,白艾泽却怕这个万分之一。

当时的情形并不复杂,白艾泽轻易就推断出发生了什么。

虽然他没有见过尚利军,但一眼就能看出谁是阿楚的父亲。

是那一群人中,尚楚独独一眼都没有看过的那个人。

他也能看出来,阿楚是真的走不动了。

白艾泽多想尚楚远离这令人窒息的现实,多想雾霾袭来的时候痛快地刮一场大风,把阴郁彻底吹干净,再让太阳照常升起。

白艾泽不识路,尚楚也不给他指路,他们就这么在巷子里漫无目的地穿来穿去。

"我重不重?"尚楚晃着小腿问。

白艾泽如实回答:"重的。"

尚楚笑着往他背上拍了一掌:"有你这么实诚的吗!"

白艾泽托着他的大腿颠了颠:"背得动。"

"那再背会儿,"尚楚懒洋洋地趴在他背上,手指头在他肩膀上点来点去,"你知不知道,前些天我们年段长来给我做思想工作。"

"说什么了?"白艾泽问。

"要我别考警校呗,"尚楚得意扬扬地炫耀,"我这成绩上警校浪费了,考个重本多给学校增光添彩啊!"

"有道理。"白艾泽说。

"我是不是特厉害啊?老师同学都觉得我贼牛,青训营那帮人也把我当偶像,你说我是不是特别强?"

"是,很厉害。"白艾泽笑了笑。

于是尚楚笑了,笑得像一只吃了蜂蜜的小熊,笑了片刻后又说:"那我和你说个事儿,你别告诉其他人,不能外传。"

"好,我一定守口如瓶。"白艾泽回答道。

"我有时候也挺累的,"尚楚吸了吸鼻子,"有时候我想……停一停,但太多人推着我了,全世界都推着我,我已经停不下来了。"

白艾泽喉头一哽，又听到尚楚变得有些沙哑的声音："我不是生下来就这么牛的。哎，我说这干吗，我不是矫情啊，白艾泽你懂吧，我就是……有点累。"

　　"阿楚，"白艾泽背着他穿过一条格外逼仄的巷子，"你可以停一停。如果你累了，我就背着你，像现在这样。"

第3章 ⚡ 夏天的风

教室黑板上写的高考倒计时一天天变少，很快就从两位数变成了个位数。

都说高考就是一场人生战役，班里同学和老师都挺紧张的，尚楚同桌随身携带红牛，刷题累了就咕咚咕咚痛饮一罐，还把参片当零食嚼。

尚楚倒没什么特殊的感觉，他心态本就稳得很，加上首警预录取资格在手，高考在他看来就跟个随堂小测没两样，照旧晨跑、上课、背书、做题。

尚利军工作丢了，他这人就这样，在哪儿都做不长久，撑死了干两三个月，然后去喝酒，故态复萌。他自己知道自己不是人，做的事儿都不是人事儿，没脸见儿子，于是就把自个儿锁在房间里头，有意避开尚楚。

要不是偶尔夜里能听见他在厕所干呕的声音，尚楚险些以为这个人已经消失在世界上了。

尚楚担心他饿死在家里，有天早上出门前往他门缝里塞了两百块钱，晚上回家发现自己房门口放了一个塑料袋，里头装着两个卤猪蹄和两个水煮蛋。

尚楚一点没浪费，啃完猪蹄还不觉得饱，又去厨房倒了一碟子酱油，拿鸡蛋蘸着吃了。

他心里告诉自己说这些都是用他自己的钱买的，他纯粹是因为不想和钱过不去，绝不是为了尚利军廉价又虚伪的关心。

六号下午，尚楚和白艾泽去看考场，两人恰巧都被分在师大附中考试，不过不在同一栋楼。

七号、八号两天和平时的日子没什么两样，尚楚还是早起跑步半小时，坐公交车到附中门口，和白艾泽约在学校附近的一个煎饼摊吃早饭，上午考完再吃个午饭，找个奶茶店歇会儿，下午接着考试去。

八号下午考完最后一场，白艾泽在校门边的大杨树下等尚楚，两人见了面就开始傻笑。外头都是翘首以盼来接孩子的家长，他俩笑了半晌也不知道在笑什么，末了尚楚问："完形填空最后一个空选什么来着？"

"B 吧，"白艾泽说，"我选 B。"

"不能吧！应该选 C 吧！"尚楚瞪大眼，"那你最后一篇阅读题答案是多少？是不是 ACBB？"

前边的考生恨恨地转过头瞪了他们一眼，低声说："能不对答案吗？"

尚楚下巴一抬，极其嚣张地说："不！能！"

周围一圈人纷纷朝他们投来了不满的目光，白艾泽失笑，在引起公愤之前，赶紧拉着尚楚跑了。

六月底出分，首都本一线切到了 548 分，尚楚考了 623 分，白艾泽考了 650 分，这意味着两人上首警八九不离十了。

宋尧和戚昭他们也顺利过了线，在首都上学的五六个人约着晚上出去撸个串聚一聚。

大家找了个露天烧烤摊就开扯，说了些有的没的。苏青茗问了句于帆考得怎么样，江雪城说于帆老家本一线是 529 分，那家伙考了 530 分，刚好踩着线进了！

宋尧说那运气好啊，甭管考多少分，能进首警就成！

江雪城喝了满满一杯啤酒，叹了一口气，又说于帆可能上不了大学了，他妈查出尿毒症，他要是走了，家里就彻底没了劳动力，一大家子人靠谁养。

原本闹腾的一帮人霎时陷入了沉默，宋尧愣愣地张着嘴，似乎想不到这世上还有这种事儿，半晌才压着声音说："要不我们帮帮他？"

"你傻啊，"尚楚往他头上拍了一下，"人家那么要强的人，能拿你的钱？"

"那不太可惜了吗！"宋尧拍了下桌子，"好不容易考上的学校，哪能不去啊！"

"是可惜。"白艾泽沉声道。

尚楚看了白艾泽一眼，两人交换了一个无奈的眼神。

"学肯定要上的啊……"宋尧闷闷不乐地趴在桌上，摆弄着几根竹签子。

尚楚和宋尧离开青训营之后也常有联络，隔三岔五就唠唠嗑聊聊天什么的，四月初那会儿还一起吃了顿火锅。尚楚人缘虽好，但朋友真不算多，宋尧就是其中一个。

他难得遇见宋尧这么率真的人。宋尧活得快快乐乐的，脑袋里一点儿烦恼没有，身上满满都是这个年纪少年人该有的心性，有一腔热血往前冲的勇气，也有被保护得很好的纯良和天真。

尚楚觉得宋尧就是他理想中十八岁大男孩最好的样子，是他再怎么羡慕也成为不了的。

宋尧是真正在温室里长大的孩子,就好比他那回问于帆为什么过年不坐飞机回家一样,也许他这辈子都没法真正理解尚楚和于帆这样挣扎着活着的人。不过那有什么关系,尚楚就是喜欢他这种玻璃罩子里的良善和温暖。

"行了行了,不说这些难过的,没劲儿!"戚昭摆了摆手,重新活络起气氛,"于帆也是成年人了,他做什么选择都有自己的权衡,咱们就别替人家瞎操心了,车到山前必有路呗。来来来,干杯干杯!"

一桌人也就白艾泽没怎么喝酒,万一他们都醉了,他还得清醒着善后。于是他像个老干部似的要了一壶茶水,慢悠悠地饮着。

约莫晚上十点半左右,马路那头开过来一辆车,开出去没多远又倒了回来,停在了路边。

"哎哎哎!"烧烤摊的老板不满地嚷嚷,"堵道上了我这还怎么做生意啊!"

宋尧闻言扭头看了一眼,立即双眼放光,兴奋地扯了扯尚楚的胳膊:"这玛莎拉蒂轿跑SUV啊!少说也得一百来万!"

"什么和什么,听不懂……"尚楚随意摆了摆手,跟着转头看了过去。

车窗缓缓摇下,露出驾驶座上女人精致的侧脸,每一根发丝都打理得恰到好处,珍珠耳环奢华却不显得过分张扬。

"一看就贼有钱的样子……"宋尧贴着尚楚耳朵小声嘀咕,"这是精英啊!"

尚楚点头,低声调侃道:"难不成精英也来路边摊吃烧烤?"

紧接着,他听到身旁传来白艾泽低沉的一声:"妈?您怎么在这儿?"

尚楚一愣,下意识地转回身子,不愿再去看那个很贵的轿车和车里那位精致的富人。

"原来是老白他妈!"宋尧大大咧咧地摇了摇手,打了声招呼说,"阿姨您好,我是宋尧,我们都是老白在青训营里认识的朋友!"

"你们好。"乔汝南笑容和善,又看向白艾泽,语气和缓地说,"我刚从英国飞回来,经过这儿看见一个人像你,我还不敢相信,你好像从来没吃过这类……比较粗糙的食物,没想到真的是你。"

"嗯。"白艾泽没什么表情,"您先回去,我一会儿自己回。"

"好的,你路上小心,如果有需要的话,可以送同学们先回家。"

"您回吧,早点休息。"白艾泽说。

"和同学们多多交流也是好事,"乔汝南目光一闪,抬手捋了捋鬓角的碎发,"以后见面的机会可能不太多了,要珍惜现在的时光。"

尚楚背脊一僵。

"妈妈已经为你联系好了英国的学校，是世界级的高校，这次回来就是帮你办手续的。"乔汝南微笑着娓娓道来。

"出国？"宋尧皱眉，"老白你怎么没和我们说过啊？"

尚楚攥着竹签的手指紧了紧，维持着僵硬板正的坐姿，始终没有动过。

白艾泽闭了闭眼，他知道乔汝南是个体面人，他也不愿在这种场合和母亲起冲突，于是再次说道："您先回去。"

"好的，那妈妈先回家，等你回来我们再商量专业的事情。"

听到轿车开远的声音，尚楚这才身体一软，有些失神地说："要不今儿就散了。那什么，也不早了，散了散了吧！"

"阿楚。"

白艾泽察觉出他语气不对劲。

尚楚拍了拍他的手背，抬头对他笑了笑，小声说："没事儿，我相信你，你要是真打算出国，不可能不告诉我们。"

时间也不早了，大家干了最后几瓶酒就走了。

宋尧喝多了有点儿上头，一直叨叨着说白艾泽不够义气，连出国这么大个事儿也不告诉兄弟们，说着说着竟然还把自己气着了，赌气不和白艾泽说话，还非要拉着尚楚一起不搭理白艾泽。

和个醉鬼没道理可讲，尚楚只好顺着他的话茬子随口附和说是是是、对对对、他是没良心、咱不理他。

白艾泽在路边拦出租车，闻言扭过头，冲尚楚投来一个无奈的眼神。尚楚费劲地扛起宋尧，道："就这点儿酒量还敢吹瓶，死猪似的……"

出租车来了，白艾泽从尚楚那儿接过宋尧，把人塞进后座，帮着系上安全带，给司机报了地址，又掏出宋尧的手机，当着司机的面儿给宋尧的父亲去了个电话，报过去车牌号，最后在宋尧的手机上打开 GPS 实时定位。

尚楚站在后头看着白艾泽有条不紊地把这一连串事儿做完——他做事一贯如此。

白艾泽看着出租车尾灯混入一片车流，这才转过身，眉心隐隐挤出一些褶皱，抿了抿嘴唇说："阿楚，我……"

"接着。"尚楚把他的包扔过去，"走了。"

白艾泽有些走神，没注意抛来的背包，黑色帆布包"啪"一下砸在他脸上，他这才伸手接住。

尚楚双手叉腰"扑哧"一笑，扬了扬下巴问："哎，没被砸坏吧？"

"没。"白艾泽背上包,指尖刮了刮挺拔的鼻梁,"鼻子没塌就行。"

"误会了,"尚楚撇嘴,"我说的是包没被砸坏吧?"

白艾泽低咳了两声:"没。"

"德行!"尚楚扬眉,走到他身边撞了他肩膀一下,打趣道,"你这身手退步了啊,连个包都接不住,训练场上接我的拳头倒是挺准的。"

两人沿着步行道一路往前走,到了没什么人的地方,白艾泽偏头看了看尚楚,眼底目光微闪。

"你不问我吗?"

"我又不是宋尧那个喝多了的傻子。"尚楚打断他,"你根本不知道这事儿,但她确实有让你出国的打算,而且她压根儿不同意你上警校。今天碰巧遇上了,她故意在我们面前说这个,让你下不来台。阿姨估计本来就不爽你和我们这些人混在一块儿,又算准了你不会当面反驳。毕竟你是她儿子,不可能在朋友面前驳她面子。"

白艾泽本来多少有些紧张,担心尚楚误会,这么一来嗓子眼儿里那块大石头总算落了地。

他根本用不着解释,尚楚全替他澄清了。

"怎么知道的?"他释然一笑,偏过头问。

"这还能不知道?"尚楚耸了耸肩,"随便猜猜就猜中了呗,这么简单的小案子,我都不屑看一眼的!"

他语气实在是得意,微扬的眼尾勾出一个狡黠的弧度,白艾泽只好说:"是,尚警官厉害得很,专破大案要案。"

尚楚一脸"不值一提"的表情,倨傲地摆了摆手:"还不快点回去,还有场硬仗等着你呢。"

白艾泽知道尚楚指的是什么,抬手捏了捏眉心。

"加油哟!"尚楚走到他面前,挤挤眼,"等你胜利的消息!"

白艾泽叹了口气:"那我走了。"

"走吧走吧,"尚楚笑着摆摆手,"快去。"

等白艾泽走出去有段距离了,尚楚叫了他一声。

白艾泽回过头,看见尚楚还站在梧桐树下,树荫掩映下看不清表情。

尚楚笑着看看他拐弯离开了,转身准备离开,突然脑袋一蒙、鼻腔一热,他抬手抹了一把。

又流鼻血了!

他现在新药和旧药混着用,症状已经轻多了,偶尔冒点儿血也很快能止住。

尚楚斜靠在梧桐树干上，静静看着白艾泽离开的方向。

白艾泽有一场硬仗要打，他也是。

他们都在彼此看不见的地方，为了将来各自努力着。

"回来了？"

白艾泽到家已经是零点之后，乔汝南坐在大厅沙发上，即使是在深夜的家中，她依旧妆容精致，珍珠耳环在水晶灯下熠熠生辉。

"嗯。"白艾泽换了居家拖鞋，"您不上去休息吗？"

"时差还没倒过来，不急。"乔汝南端起水杯，轻轻抿了一口温水，淡色口红在杯沿留下一个浅印，"不和妈妈聊聊吗？"

"太晚了。"白艾泽打算上楼，空调温度调得很低，他注意到乔汝南只穿了一条单薄的连衣裙，于是到矮柜上拿起遥控，把温度从16℃调到26℃，嘱咐道，"您穿件外套。"

乔汝南笑了笑，再次把温度调到最低。

"不冷吗？"白艾泽问。

"商界有这么一个不成文的理论，"乔汝南的背挺得很直，似乎无论在什么地点面对什么人都无法使她放松分毫，"越是高级的商业场所，所能够达到的温度极限就越低。"

白艾泽像是从未听过这么好笑的话，嘲弄地勾了勾嘴角："这里不是商业场所。"

乔汝南歪了歪头："所以呢？"

白艾泽的眼睛在她的珍珠耳环上停留片刻，才淡淡道："没什么，我上楼了。"

"你没有什么要和我谈谈的吗？"乔汝南问。

白艾泽上了楼梯，抛下一句："我不出国。"

"原因呢？"乔汝南追问。

白艾泽头也不回地说："不愿意。"

乔汝南嘴唇动了动，笑着说："你在那个训练营都交了什么朋友？那个农村养猪的孩子叫什么？于帆是吧？对了，是不是还有一个叫宋尧的，他家境不错，我同意你和他多来往。嗯……我记得还有个叫尚楚的孩子？"

白艾泽脚步一顿，定在了楼梯转角。

"那孩子是叫尚楚吧？"乔汝南头也不抬，似乎笃定了白艾泽还在听，"今天太仓促了，你应该给妈妈好好介绍介绍你的朋友们的。"

"您是怎么知道他们的？"白艾泽缓缓问道。

"过来坐。"乔汝南拍了拍身边的座位，"我去给你倒杯水。"

乔汝南淡淡一笑，从水壶里倒出半杯还冒着热气的开水："要茶包吗？"

白艾泽紧紧盯着她，试图从她精致优雅的妆面下找出一丝一毫的端倪。

但乔汝南把她那个模板似的笑容维持得毫无破绽："听说那孩子还是以全国第一名的成绩考进青训营的？看来也非常优秀。"

白艾泽学着她刚才的样子，轻轻歪了歪头："所以呢？"

乔汝南也给了他同样的答案："没什么，你可以上楼了，明天去中介办咨询申请手续，思年也一起去。"

"我不出国。"白艾泽强硬地表示，"您在做关于我的事的决定前，能否事先征询我的意见？"

"我认为在对你百分之百有益的事情面前，我可以拥有决定权。"乔汝南看着他，上挑的眼线显得她的眼神极度锐利。

"同样，我认为在事关我切身实际的事情面前，"白艾泽慢慢地说，"我也可以拥有一票否决权。"

乔汝南戴着她完美无瑕的面具，从容自若得仿佛置身谈判桌："艾泽，你没有这项权利。"

"我不是您的资产，"白艾泽说，"也不是您用来拉拢什么关系的筹码。"

乔汝南叹了一口气，做出了不起眼的让步："我不限制你交朋友的自由。但我希望你能够早点明白，不要把时间投放在不能带给你资源的人身上，人际关系到最后是资源置换。"

"听明白了，"白艾泽点头，又一脸不知所谓地问，"所以呢？"

乔汝南说："我建议你尽早做出正确投资，不要过多偏离路线，以求利益最大化。"

"当年和我爸在一起也是您投资计划的其中一步吗？"

乔汝南的表情有一瞬的僵硬，但她很快就修复了面具上的裂痕，除了嗓音冷了几分，看上去没有丝毫异样："是的，那是我当时基于现实情况，做出的最优抉择。"

在极低的温度下，白艾泽有种整个人被寒气包裹着的感觉。他从来不在乔汝南面前提起白书松和付思恒一家，因为不确定母亲对他们究竟怀抱着怎样的心情，他一直在天平中间极力维持着某种微妙的平衡，但此刻胸腔里有一团一直压抑着的火在冷气中疯狂滋长，他迫不及待地想要撕裂乔汝南可笑的高级和精致，开始口不择言："哪怕爸爸当时已经有选择吗？您爱过爸爸吗？您所权衡的现实情况里,有考虑过感情这一项吗?"

乔汝南眼里闪过片刻慌乱,趔趄着扶住桌角,闭了闭眼,才说:"艾泽,你不该说这些话。"

白艾泽看着母亲难得的狼狈时刻,竟然生出了一种快慰的感觉。他逼近半步:"这些话我没资格说吗?我也是您利益最大化的其中一环,妈妈,请问我为什么不能说?"

他这声"妈妈"里包含的讽刺意味过于明显,乔汝南站不稳似的靠在桌沿儿,一绺碎发从耳后滑到脸边,珍珠耳环在黑发后若隐若现。

灯火通明的大厅陷入了一片死寂。

良久,白艾泽仰头按了按眉心,疲惫地表示:"抱歉,我失礼了。"

他用这样敬意十足的语气说话时,乔汝南反倒松了一口气,仿佛他们母子二人的关系本该如此,这才是正确的轨道。

"你爸爸有爱人,有儿子,生活美满,"乔汝南攥紧手边的咖啡搅拌棒,好像要抓着点什么东西才能有底气开口的样子,"我只有你了,艾泽,你也要背弃我吗?"

白艾泽已经恢复了理智,眼里没有丝毫波澜,平静地说:"我又有什么呢,妈?"

他又有什么呢,他连一个家都没有,白书松和付思恒的家不是他的家,白御和叶栗的家不是他的家,这个冷气打到16℃充满高级感的地方也不是他的家。

说白了,他什么也没有。

乔汝南闻言背脊一僵,她深吸了一口气,避开这个难堪的话题,重申道:"我不同意你上警校。"

"我一定要上。"白艾泽直面回答道。

"你的意思是要用你爸爸的势力来压我吗?"乔汝南有些刻薄地笑了笑,"在你通过你爸爸进了青训营的那一刻,艾泽,你已经背向我走向他了。"

白艾泽站在钢索中间,两端分别是他的父母亲,他连转脸朝父亲那边多看一眼都是错的。

他真的很累了,没有心力再和乔汝南多说什么,径自转身离开:"我没有。"

到了楼梯转角,他听见乔汝南问:"艾泽,我从来都不明白你的诉求是什么。"

"一个鸡蛋。"白艾泽脚步顿了顿,上了二楼后对着楼下淡淡道,"加件外套吧。"

录取通知书寄到了，请各位新生于八月二十九日上午十二点前前往首都警察学校注册，一旦错过时间，则视为放弃录取资格。

二十九号早晨，白艾泽提着行李箱下楼，乔汝南坐在沙发上。

"艾泽，打算出门吗？去哪儿？"

白艾泽站在楼梯上扫了一眼，门口守着几个身材壮硕的男人，统一穿着黑色西服。

"您从公司调来的？"白艾泽冷声说，"乔总，这么兴师动众，没必要吧？"

张姨不知道怎么回事，不安地站在楼梯边，看了看这对母子想说些什么，又被这冰冷的气氛吓了回去。

"你是我一手培养起来的，你的能力我是清楚的，非常有必要。"

乔汝南今天的妆容比往日更加精细，甚至戴上了那条翡翠项链，显得华贵且疏离。

白艾泽只在泛黄的旧照片里见过这条价值不菲的项链，那是他和父母唯一的一张合照，乔汝南也是化了这样细致的妆，戴着这条翡翠项链。

"行。"

白艾泽一脚踹在行李箱上，箱子滚下楼梯发出巨大的声响。张姨吓得浑身一颤，哆嗦着说："艾……艾泽，有话好好说……"

白艾泽攥紧拳头，眼底一片阴霾，还是选择一言不发，转身上楼。

乔汝南笑了笑，故意拔高音量："打算找你爸爸求助吗？"

白艾泽没有理会。

乔汝南的声音有些颤抖，语气里有明显的愤恨、不甘，还夹杂着小心翼翼的期待。

"他过来又能怎么样，没用的。"

乔汝南是一名不折不扣的商人，在商界势力根深蒂固，她一直努力将儿子栽培成自己的继承人，以继续扩张她的商业帝国。白艾泽确实没有让她失望，成长为一名出类拔萃、能力出众的少年。

平心而论，乔汝南并非严格意义上的独裁大家长，她在自己能够容忍的范围内给了白艾泽足够的自由。白艾泽不愿意出国深造没问题，白艾泽要上国内任何一所大学都没问题，白艾泽要学习任何专业都没问题，但他不能上警校。

白艾泽选择去警校，对她而言无疑是一种可怕的暗示，不仅仅是因为这么做违背了她的意志，更是因为这代表着一种决然的背叛——代表着他选择了他的父亲。

乔汝南绝不接受这种事情发生,她的人生迄今为止都在掌控之中,当年的一次失控已经是意外,是完美画卷上落下的污点,她绝不允许出现第二个污点。

她在生产时刻遭遇大出血险些丧命,生死关头手术室外却只有助理拿着一份重要合同在等待。

乔汝南从来没有"后悔"这种无用且软弱的情绪,白艾泽是她一意孤行非要生下来的,她给他最好的生活条件,送他去最好的学校,给他请最好的老师。作为她的儿子,白艾泽的出色是理所应当。他考了几个第一、拿了多少学科竞赛金奖、在什么比赛中赢得榜首都无须向她告知,但当他出现失利时,必须向她汇报。

这种情况只出现过一次。那年小艾泽七岁,给她打来电话,沮丧地表示那天的钢琴比赛遗憾地输给了另一名小朋友。乔汝南当时在遥远的北美参加一个国际商会,在冰冷的会场冰冷地问他:"为什么呢?"

——你为什么会输呢?

小艾泽愣住了,他是个心胸开阔的孩子,原本只是有稍稍的失落,听到这个问题后却差点儿掉下眼泪,哽咽着向电话那头的母亲道歉。

正如当年她不明白"乔汝南的儿子"为什么会输,不明白小艾泽有多少个早晨在餐桌边等她一起吃一餐早饭,不明白孩子最大的愿望就是母亲能给他剥一个鸡蛋,就像她现在不明白他为什么要去那个青训营,为什么要上那个警校,又为什么一定要走。

其实白艾泽只是想跳下钢索。

原因再简单不过,没有什么对父亲的讨好,抑或是对母亲的背叛,他只是想摆脱这种受人摆布、举步维艰的境况。他的双脚已经被锐利的钢丝磨破了,他只不过是想跳下去,去一个母亲庞大的势力和威压无法企及的地方,换取一些自由喘息的机会和权利。

更何况,还有尚楚和宋尧这些朋友等着他,在下面朝他招手。

总之跳下去就对了。

白艾泽很想跳下去,但跳窗的计划似乎行不通。

他在二楼窗台,无奈地看见底下守着三个穿黑色西装的男人,戴着无线耳麦严阵以待,听见动静他们抬头看了他一眼,迅速汇报着少爷正在二楼南边第二扇窗户,准备跳窗逃跑。

"……辛苦了,天气热,喝点水。"白艾泽扔了两瓶矿泉水下去。

"少爷计划用药迷晕我们再跳窗逃跑。"窗台下传来声音。

"从医学角度说,并不存在令人吸入几秒就不省人事的药物,"白艾泽扶额,忍不住科普道,"从法律角度看,国家明令禁止这类药物交易。"

"黑西装"不为所动地踢开脚边的矿泉水:"少爷正在试图和我们拉近关系。"

"抱歉让你多虑了,我暂时没有这样的想法。"白艾泽面无表情地合上窗户。

硬闯显然并非明智之选,能被乔汝南雇的人都有些来头,如果他现在下去硬刚,离开概率小,受伤概率大,那就得不偿失了。

现在是早晨七点十分,还有时间。

白艾泽非常镇定,在心里权衡了各种办法,让尚楚、宋尧他们过来帮忙?不行,万一连累他们也错过报到时间怎么办……

一番思量后,他觉得最直接也最有效的解决方法仍然是请白书松出面。

他拿出手机,按下通话键后突然一顿,爸爸一定不愿再和妈妈有丝毫接触,付阿姨也不会愿意的,他又何必让父亲难做、让所有人难堪?

"艾泽?"在他犹豫间电话接通了,白书松心情很好地说,"怎么这么早?思恒昨天还说要送你去学校报到,我说你也不是小孩子了,大男孩还要家长送,丢不丢人……"

"是艾泽吗?"那头传来报纸翻动的声音,付思恒在一边笑,"不管多大我看着都是个孩子。当年阿御出国就没送成,这回艾泽就在家里读书,你还不让我送一送,非要我留个遗憾才满意,我说你就是居心不良。"

"不用送。"白艾泽指尖紧了紧,"爸,有件事请您帮个忙。"

"嗯?"白书松笑着说,"难得你主动找我帮个忙,什么事?"

"就是能不能麻烦您……"白艾泽的声音卡在喉头。

"艾泽?"白书松听电话那头的人沉默,问道。

"艾泽和你这个老头子有什么可说的,"付思恒带笑的声音传来,"让艾泽和我说。"

白艾泽目光微动,一度想说没什么,但理智告诉他这个关头不能逞强。

"爸,"他呼了一口气,"首警中午十二点前必须报到,我临时有些事可能赶不及,能不能麻烦您和学校那边说一声,我会尽早到的。"

"简单。"白书松一口应了,抿了一口茶,回忆道,"你们校长是我的老朋友了,二十多年前就认识了……"

"艾泽,"付思恒觉得有异,接过电话,"是不是出了什么事?"

"没事儿,就是犯懒还没收拾行李。"白艾泽笑着说,"您上回送我的那幅字不小心沾水花了,下回还得请您再给我写一幅。"

"那可不行,我的字儿拿出去是能卖钱的,哪能说写就写。"付思恒玩笑道。

挂了电话后,白艾泽又拨出去了一个电话。

"姐。"

"哟!挺稀奇啊!你还知道叫我姐呢?多叫几声听听!"

"没开玩笑。我妈不让我去警校报到,调了很多人看着我,你能不能把我弄出去?"白艾泽语速很快,片刻后又补了一句,"别让大哥和爸爸那边知道。"

叶粟了然地哼了一声:"弟弟,这种事儿找我就找对人了!"

4G 时代但凡是能上网的人,都知道当红歌手叶粟有辆阿斯顿·马丁超跑。小蜜桃开着它前后载过八任绯闻男友,这辆车一战成名,得了个诨名叫"桃毛车",意为小蜜桃的男朋友多如桃毛。

早晨八点至八点二十分,有人目睹这辆拉风的掀背超跑在市中心疾驰,目击者说开车的就是叶粟本人,这位大明星看着心情不佳,更有甚者说她在车上号啕大哭。

全城狗仔们闻风而来,扛着设备一窝蜂地全出动了。小蜜桃把一辆三百多万的跑车开出了老爷车的速度,好像恨不能让全世界都知道她的动向。最快赶到现场的一位狗仔开着奥迪追上她,大声问叶粟打算去哪儿,小蜜桃咆哮道:"我受了情伤,别管我!"

"花花蜜桃叶粟为情所伤好像是要自杀"的消息在微信群、朋友圈、微博上不胫而走,很多车跟在"桃毛车"后头,车窗里伸出相机镜头"咔嚓咔嚓"拍个不停。

八点五十七分,跑车掉头开进了西郊,九点十二分,在一栋别墅前停下。

别墅门口站着几个黑衣保镖,小蜜桃冲上去抓着一个人的手臂:"你叫他出来,我有话和他说!"

"乔总……门口有一个人找你。"黑衣人刚汇报完,抬头看见后头赶过来一堆扛着摄像机架着话筒的,又临危不惧地补充道,"一群人。"

白艾泽听到外头传来闹哄哄的嘈杂声音,推开窗户发现一群人堵在门口嚷嚷着什么"请问你们在一起多久了""请问你们为什么分手"……他定睛一看,他大嫂正在人群中间,一脸要哭不哭的表情,抱着一个黑衣人的手臂不放。

乔汝南闻声踩着高跟鞋出门。

眼尖的狗仔一眼就看出这是乔氏总裁,商界女强人和娱乐圈当红女歌手又是什么关系？这简直是当季最不能错过的劲爆新闻！

白艾泽当即就反应过来叶粟在玩什么花样，一方面感动叶粟作为一个公众人物能为了他想出这样笨拙的方法；一方面看着乔汝南面对一众媒体的挺拔背影，感到了一丝不忍。

狗仔队蜂拥着冲向乔汝南，门口的黑衣人纷纷上去护着她，但他们显然低估了这类人的战斗力，推搡之中实在没办法，在几个窗口下守着的黑衣人只好事急从权，撤到正门那边。

在高大的保镖护卫下，乔汝南纤细的身影几乎被淹没。

有一个瞬间，强烈的自责感排山倒海地向白艾泽扑面涌来，他觉得自己很自私，或许他一定要走的这条路伤害了他的母亲，即使他在心里反复告诉自己乔氏有庞大且专业的公关团队，能够帮她解决后续所有问题，但还是忍不住想，她今天的妆那么好看，也不知道会不会花？她的头发是不是乱了？那些人没推着她吧……

手机突然振动，是尚楚的电话。

白艾泽接起："阿楚？"

"傻站着干吗，跳啊！"尚楚着急地说。

白艾泽愣了一下，下意识地往远处看，一眼就看到了右手方向侧门外的尚楚，踩着一辆明黄色的共享单车，冲他扬手："快快快！"

隔着这么远的距离，他看不太清尚楚的脸，但这都没所谓了，他知道是尚楚在那个方向就够了。

白艾泽对着电话沉声说了一句"来了"，把手边的盆栽小心地用一只手护着，背上双肩包，借着一棵树灵巧地滑了下去。

正门那边乱作一团，相机快门声和发问声不绝于耳，他趁乱顺着墙根飞快地跑出侧门，语气里是掩盖不住的雀跃和激动："你怎么来了？"

"接你呗！"尚楚应该是来得很急，额头上都是细汗，嚣张地一抬下巴，笑着说，"上车！"

"好。"

然而，尚楚收到叶粟的通知来接人的时候没有想过，共享单车没有后座。

尚楚尴尬地笑了一下，跳下来拉着白艾泽就跑。闹腾了十来分钟后，叶粟说："对不起，找错地方了，离谱，哈哈哈。"有一个保镖发现了白艾泽，嚷嚷道"少爷在那边"，但门口围着太多人，根本没法往外挤。

拐过了弯儿，尚楚突然微喘着气对白艾泽说："你这小区绿化做得可以啊，前面还有个景观小喷泉,风景好啊!"

"嗯,前面风景是很好。"白艾泽捧着小盆栽,笑着回答他。

尚楚在路边拦下一辆出租车,直奔首警的方向去。

车里开着空调,白艾泽还是稍稍降下了车窗。

热气顺着缝隙涌进车里,尚楚怕热,立即往另一头靠:"热!"

"马上就关,"白艾泽笑着说,然后侧头看向窗外,平静地说,"我吹吹风。"

尚楚看着白艾泽挺拔的肩背,片刻后,往白艾泽那边挪了挪:"那我也吹吹。"

自由的、热烈的、夏天的风。

第4章 ⚡ 不和

到了首警是中午十一点半,时间还很富余。

办好注册手续后去宿舍,尚楚、白艾泽和宋尧恰好又分到了同间宿舍,另外三个室友都是南方人,操着南方口音,尚楚听着还怪亲切的。

宋尧见了白艾泽很是惊喜,勾着他的脖子说:"老白你不出国啊!我还以为你小子真要抛下兄弟们!"

"他就是为了你留下来的。"尚楚见他们俩这黏糊劲儿,没忍住翻了个白眼,"我的箱子呢?"

"床底下。"宋尧冲他摆了摆手,转头和白艾泽继续唠,"行,以后你就是我第一要好的哥们儿,阿楚只能排第二。"

尚楚"喊"了一声:"谁稀罕似的!"

白艾泽去购置床垫和薄被回来时,尚楚已经铺好床了,他一下躺倒在木板床上,发出了一声舒服的喟叹:"老子尚楚,大学生,牛!"

大学生尚楚几乎每天都斗志高昂,白艾泽能明显地觉察到他情绪高涨,不管是上课还是训练,不管是跑操还是吃饭,他又重新变回了青训营里那个生动鲜活、张扬恣意、一举一动皆是意气风发的尚楚。

坦白地说,白艾泽觉得他本该如此,像山林间一只不被驯化的凶猛小野兽,狡猾又机灵,嚣张又狂妄,见到闯入者就亮出尖利獠牙,实际上却并不咬人,摸摸他的脑袋就知道他是多么善良可爱又柔软。

如果没有见过小野兽在黑夜里无助惊惶的样子,他还以为尚楚生来就是如此。然而,野兽只有在自己认定的领域里才可以放肆地张牙舞爪。

警校和青训营一样,就是尚楚认定的领域。

不久后的某个傍晚,尚楚出宿舍接电话,白艾泽见他穿了件单衣就出去了,担心他着凉,拿着外套给他送过去。

"知道,有钱,嗯,能吃饱……"

走到走廊转角,他听到尚楚冷淡的声音,当即猜出了电话那头是谁,于是站在拐角这头,安静地等尚楚挂了电话。

"外套披上。"白艾泽说。

尚楚一愣,然后把手机塞回裤兜,接过外套敷衍地披在肩上:"体贴啊,还知道送衣服。"

白艾泽无奈地看了他一眼。

尚楚嘻嘻哈哈地把兜帽也一并戴上,双手塞进衣兜,撇嘴嘀咕:"大老爷们儿哪那么容易着凉……"

白艾泽带着谑意调侃道:"你还好意思说,前些日子是谁发烧了,躺床上咿咿呀呀的。"

尚楚炸毛了:"别造谣!"

白艾泽的担心不是没有道理。

降温之后,尚楚的身体似乎变得不那么好了,一个月前发了一次低烧,要带他去医院他怎么也不肯,说喝两杯热水就完事儿了,好在病得不重,在校医院拿了些药,一个晚上就痊愈了;半个月前实训课跑障碍赛道,尚楚过杆的时候从近两米高的单杆上摔了下来,好在摔在了沙地上,皮都没破一点,还嬉皮笑脸地说是脚滑;上周某节课上尚楚趴桌上补觉,被老师抓了个正着,点名要他回答问题,他一脸蒙地站起来,愣了半晌也没说话,白艾泽还想笑话他,扭头一看才发现尚楚鼻下挂着一点已经干涸的血迹……

白艾泽要拉尚楚去做个体检,尚楚却死活不去,还给他亮出了不久入学前的体检报告,上头显示心跳、脉搏、血压以及心、肝、脾、肺、肾哪儿哪儿都正常。他说最近就是换季太干燥了还不适应,过些时候就好了。

白艾泽拗不过他,加上他平时确实活蹦乱跳的,光是乱七八糟的社团就加了三个,闲着没事儿就去流行音乐社串串门吼两嗓子,成天嘴里嚷嚷的要么是"我在仰望月亮之上",要么就是"快使用双截棍哼哼哈嘿"。每周日,他还去绘画社听听课,前几天带回来一幅大作,上头画了一团疑似鬼魂的东西,送给白艾泽,说上头画的就是他。白艾泽从小被人夸俊朗英挺,看着那幅画第一次对自己的样貌产生了怀疑。

尚楚看上去丝毫没有异样,健康得不能再健康,5000米一口气跑下来都不带大喘气的,期中测试成绩一骑绝尘,排在了全专业第二,和白艾泽仅仅差了3分。

他不喜欢医院,白艾泽也就没有强迫他,但他生活习惯实在不好,嫌毛衣笨重臃肿不爱穿,十来度的天穿件衬衣就往外跑;嫌食堂的蔬菜一股子泔水味儿不爱吃,一块钱的辣条一次倒能吃三包;给他泡枸杞泡参茶他还不爱喝,就喜欢和宋尧去小卖铺拼买一送一的两块五的橙汁……

恰好那时候小测出分,尚楚再次以3分之差输给了白艾泽,宋尧看见尚楚一个人蹲小树林里发呆,心情很不爽的样子,宋尧想去安慰安慰,白艾泽却让宋尧不要去。

结合以上种种,宋尧这才恍然大悟,以为白艾泽这是要和他拉小团体孤立尚楚,心说老白和阿楚的关系已经恶化到这种地步了吗?

他原以为两人间只是第一名和第二名的良性竞争,但现在看来远远比他想的要更加恶劣啊!

可爱的和平爱好者宋尧同学一心想要修复"裂痕",于是更加起劲地喊尚楚去买零食,每回还非要拉上白艾泽。

白艾泽知道尚楚最要面子,不好当着宋尧的面直接管他,只好冷着脸,企图用冷酷的眼神制止尚楚伸向辣条的罪恶双手。

这么一来二去的,宋尧更加胆战心惊——老白和阿楚这竞争也过于白热化了吧!怎么上了大学反倒翻脸了呢!

第一名和第二名不和的消息迅速在年级里传开,有人说看见尚楚在食堂的面食窗口点菜,叫阿姨多酸辣,白艾泽一脸不爽的样子,叫阿姨不要给他放,做清汤;有人说看见隔壁政法大学的师姐给白艾泽递情书,尚楚刚好也在,抢了情书塞回师姐手里,说白艾泽这人一无是处,师姐你回头是岸赶快换个对象吧;还有人说某天深夜目睹白艾泽和尚楚一前一后进了小树林,尚楚一步三晃很是嚣张的样子,估计是私下打起来了……

其实吧,警校生日子过得挺苦的,一天到晚都在训练,动不动就蛙跳五百下、俯卧撑两百个,累的时候蹲坑都没劲儿;《侦查学》《犯罪学》《刑法学》……背都背不过来,案例分析题难到让人怀疑人生,有时还会遇到凶残的犯罪现场照片,让人三天都不想吃肉……同学们只好忙里偷闲,想方设法地找乐子,所以大家看见他俩"不和"的时候观感就不自觉放大好几倍。

消息越传越凶,尚楚本来就是个大大咧咧的性子,发现这事儿说也说不清楚,他也懒得搭理,他们爱怎么以为就怎么以为吧。

一学期眨眼就要过去了,临近期末时,导师带白艾泽、尚楚等学生出去做实地调查,实际是让他们考前出去玩一趟,权当放松放松。

尚楚想着要去探险,心里头还挺期待,宋尧听说之后羡慕得流口水,悔恨道:

"当初我怎么没和你俩选一个导师呢!"

不料地点就在一个小山包里头,是首都一个不怎么知名的小景点,因为开发得早,山里早没了猛禽野兽,湖泊石头都是人工雕琢过的痕迹,走几步就是旅馆,一点也不符合探险精神,不过胜在安全指数高。

他们周五下午从学校出发,为期三天两夜。导师在山顶布置了一个凶杀现场,线索就藏在山里,让他们自由发挥,谁找的线索多就算赢。

下午,他们一群人在山脚下的旅店订了房间,兴致勃勃地往山顶出发。

大冬天的,山里头本就没什么人,加上导师提前和景区打了招呼,倒也没人觉得这群小伙子奇怪。

尚楚兴致格外高昂,一路跑在队伍最前头。

一群人四十来分钟就到了山顶,空地上拉了一条像模像样的警戒线,里头躺了一具塑料娃娃,头顶洒了点儿番茄酱做血。

其余人都在嘻嘻哈哈地开玩笑,唯独白艾泽和尚楚非常严肃,查看现场时甚至戴上了专用手套。

现场布置得一点也不难,就是证据挺琐碎的,嫌疑人的衣料碎片、袖扣都布置上了,还留了一串清晰的脚印。

周围有三条路能走,大家都赞同两两分组去找线索,尚楚想着他得和白艾泽一组——这家伙不识路,万一走岔了丢山里怎么办?

其他人也各自打着小算盘,这两人分别是第一和第二,要是和他们一组,指不定成绩都被他们占了,哪有自己发挥的空间啊?再加上都说第一和第二看彼此不顺眼,让他们一组正好,说不定他们就只顾着"窝里斗",没心思做任务了。

一位男生委婉地表示要不一、二名强强联手吧,这主意正中尚楚下怀,他还偏偏做出一副不是很情愿的样子,说:"那行吧,那我就带带他。"

白艾泽在心里笑,有人象征性地问了一下他的意见,他也学着尚楚的样子,倨傲地一抬下巴,表示勉强同意。

等其他人离开了,两人顺着南边的路往下走,各自负责观察一侧山路。

这会儿走得慢,山里风又大,寒意瞬间就来了。尚楚刚才出了一身的汗,被风一吹有点儿哆嗦,但他一心做任务,没太在意身体的细微变化。

直到他在一棵树下发现了第二颗袖扣,弯腰的刹那突然眼前一黑,他没有出声,扶着树干蹲了下去,静静地闭着眼。几秒后眩晕感消失了,他睁眼发现地上有两滴血渍。

他又流鼻血了。

尚楚迅速抹了抹鼻子,但这次的出血显然没有那么简单,他积压了太久的病症在这个时候轰然爆发。

"阿楚，这里有一个笔记本。"白艾泽说。

尚楚连指尖都是麻的，双腿开始发软，喉咙像被一双无形的大手挤压着，渐渐有种喘不上气的感觉。

"阿楚？"白艾泽叫他。

"啊？"尚楚回头，手指掐着虎口软肉的位置，借由疼痛让自己保持一丝镇定，"好渴啊，刚才我们不是经过一个小摊吗，你上去给我买瓶水呗！"

"现在？"白艾泽问，接着敏锐地皱眉，"你怎么了？"

"去吧去吧，我不偷拿你的线索，快点跑腿去！就顺着这条路直走啊，别走岔道！"

等白艾泽的背影消失在视线里，尚楚迅速脱下背包，从里头摸出一个药瓶——

怎么是空的？

他这才想起三天前打药时厕所恰好堵了，他没法处理空瓶，就把东西暂时带回去塞包里藏着，紧接着就忘了这事儿。下午出发前没有仔细检查，就隔着包摸了摸，摸到了个瓶子的形状，于是就直接拎上包走了。

现在怎么办？

现在没有药怎么办？

不适感顺着指尖、脊柱、四肢肆无忌惮地蔓延开来，他又热又冷，恍惚中听见自己剧烈的心跳声和喘息声。

——他扛不住了。

白艾泽买了水，把水放进外套里暖着，沿着大道往下走，在原来的地方却没有看见尚楚。

树干下只有两个背包，却不见人影。白艾泽喊了一声："阿楚？"

他站在原地等了几秒，却没有一丝回应。

白艾泽这才觉得不对，自己离开不超过十分钟，阿楚能去哪儿？他会不会遇上了什么事？

白艾泽心急如焚，大步跑到那棵树边，再次叫道："尚楚！"

依旧没有丝毫回应。

白艾泽掏出手机，按下通话键，但电话始终没有人接。他焦急地环顾四周，试探着喊："阿楚，你在哪里？"

依旧没有人回答，但有一个破碎的、颤抖的、恍如小兽呜咽的声音响起。

白艾泽循声绕过树干，在将近半人高的杂草丛中看到了一个趴着的人，脸颊上是不正常的潮红，一只手掐着喉咙，像离了水的鱼，张着嘴大口大口地喘息……

眼前这一幕让白艾泽呼吸一滞，愣在了原地。

尚楚喘息着仰起头，像是溺水的人见到浮木，求救地伸出双手："救我……"

等尚楚在最近的诊所睁开眼，已经是深夜了。

"醒了？"

白艾泽碰了碰他的额头，果然是一脑门细汗，怕他着凉又不敢把空调温度调太低，于是下床用温水拧了条毛巾，替他擦了擦汗。

尚楚这才舒服了，眼皮动了动却没睁开，咂巴两下嘴又睡了过去。

明天就是周一，安全起见，尚楚这情况估计还需要几天才能返校。白艾泽先给导师发了条短信，扯谎说尚楚在山中不慎伤了脚踝，情势不好，只有中止任务前往医院紧急就医，然后打电话，让宋尧帮他们搞两张假条交到院里，先请个三天假，等他回去再和辅导员当面解释。

半夜，尚楚翻了个身，一只手搭着额头，眼睛也没睁，迷迷瞪瞪地问："几点了啊？"

在旁陪护的白艾泽还没醒，听到动静很自然地拿起手机看了一眼，嗓音低哑地回答："三点十八。"

"哦。"

尚楚也不知道是听着还是没听着，应了一声后就又安静了。

"你再睡会儿吧。"

白艾泽眼皮掀开一条缝，看他两只手都在外头，把他两只手塞回被子里，再次闭上了眼睛。

大约过了五分钟，尚楚猛地睁开眼，扭头看了眼趴在床边的白艾泽，再看看窗外鬼影似的树林，非常平静地平躺在床上，想了想这个周末到底都发生了些什么。

先在山脚的小旅馆订了房间，标间一晚八十块，订了两晚；上山，到达山顶；分头下山；流鼻血了打药；找药，药瓶空了……

空了？

然后呢？

尚楚一拍脑门，发出了一声惊天动地的"啊"，紧接着从床上一跃而起，大脚趾不小心踹到了床头柜，发出了一声惨绝人寰的哀号。

白艾泽被惊醒了，立即拧开床头灯，见尚楚蹲在地上，掰着一根脚指头，表情十分狰狞。

"怎么回事？"

小诊所老板也闻声赶来，听了这惨叫还以为发生了什么事情，战战兢兢地敲门问："没事吧？"

尚楚扭头扬声道："没事没事。"

白艾泽扶额，急忙对着门口解释道："不碍事。"

尚楚小臂横抵在他脖间，俯身贴近，眼神凶狠："我问你，你都知道了？"

白艾泽看着他，沉声说："阿楚，你的身体到底出了什么问题？"

当时情况紧急，下山去医院至少需要三个小时，恰好山腰有间小诊所，白艾泽权衡之下先带尚楚来诊所救治。诊所的医生初步诊断后判断问题不大，就是缺氧了，吊点儿生理盐水就好。

但白艾泽知道，事情绝不可能这么简单，尚楚怎么可能因为这点运动量就缺氧？

尚楚叹了一口气："哮喘，先天的。"

白艾泽呼吸一滞。

尚楚知道瞒不住了，于是一五一十地将自己隐瞒疾病的事情告诉了白艾泽。

说完之后，房间里陷入了长久的沉默。

尚楚下意识地为自己开脱，语无伦次道："我也不想的，我一开始不想撒谎……小白，你信我，我不是故意要瞒的，我就是……我……算了。"

他顿了顿，旋即深呼一口气，仰头看着泛黄的天花板："现在说什么都迟了，我心里明白，不过是不敢承认罢了，其实说到底就是我的错，我太想要这个机会了。"

白艾泽心头一紧："阿楚……"

尚楚偏头看着他，唇边挂着一抹苦笑："小白，我走到死路了，对吗？"

他现在进退两难了。

如果继续隐瞒，意味着他还要打药，谁也不知道他的身体还可以撑多久；如果坦白一切，那么"造假失信"的罪名就会安在他身上，他注定没办法继续走这条他热爱的道路。

白艾泽的喉结上下一动："阿楚，会有路的，先往下走。"

周三下午，两人离开了山腰的小诊所。

尚楚找了家校外的麦当劳等着，白艾泽回宿舍给他拿药，他在厕所里打了药，过了十来分钟起了药效。

"有副作用吗？"白艾泽看着他手臂上新扎的针头，皱眉问道。

尚楚忍着太阳穴传来的刺痛感，嘻嘻哈哈地说："嗨！能有什么副作用，我都打了这么多年了，还这么活蹦乱跳的，能有什么事儿！"

白艾泽还是不放心："不要再打了，去医院看看。"

"不行啊，"尚楚双手插兜，"都逞强了那么多年了，怎么改？"

他这话说得有多轻松心里就有多无奈，白艾泽知道他有他的苦衷，在他身后无声地叹了一口气。

尚楚靠着药物维持又度过了一个学年，期末考试成绩出来那天他和白艾泽在"特别"五楼给一只哈士奇洗澡，成绩发到了年级大群里，他点开一看，直接把成绩表拉到顶端，毫无意外，第一名的名字是三个字，白艾泽。

"怎么样？"白艾泽问。

尚楚冲他竖起大拇指："牛，又是第一！"

其实他对这次期末考还挺有信心的，七月天气燥热，大家都显得懒散不少，没课的时候训练场上却总能看见尚楚在自主训练。

他起得最早睡得最晚，做足了准备要拿下第一名，但没办法。

以前轻而易举的事情，在遇到白艾泽之后却变成了没办法。

尚楚目光微闪，看着洗澡盆里闪闪的泡沫，觉得实在没办法了。

无能为力啊。

面对白艾泽这种天赋型选手，再多的努力好像都没用，就和这一盆泡沫一样，轻轻一捅就碎了。

"去抽根烟吗？"白艾泽摸了摸哈士奇的脑袋，"去吧。"

"行，我去外头抽根烟，恰好感到有点闷。"尚楚笑得很轻松，"你自己行不行啊？"

"可以的，"白艾泽抬头对他笑了笑，"等你回来我就洗好了。"

"成，"尚楚站起身，走出去两步又扭头，"等我回来，我也好了。"

尚楚到了店门外，身上还穿着店里的围裙，坐在广场的小喷泉边抽烟。

这会儿正是中午，日头正盛，没什么人会选这个点来逛商场，尚楚看着脚下短短的影子，觉得有一种难以言明的难过。

刚点上火，另一道影子覆在了他脚背上。

他以为是白艾泽，头也不抬地说："洗完了？怎么这么快？"

"哟！"那人笑了一声，"这不是小尚嘛！"

尚楚手里的动作一停，缓缓抬起头，看着面前站着的男人，冷声问："你是谁？"

"啧！"男人一副熟稔的样子，咧着嘴凑上来，"我是你爸朋友啊！我常和他一起喝酒，咱们上回还见过，就在那小酒馆，记得不？"

"不记得。"尚楚直接掐灭香烟，站起身拍拍裤子，转身就走。

"你在这儿干活呢，小尚？"男人追上来，眯缝着眼看他身上挂着的围裙，惊叹地说，"这地儿都是有钱人来的啊，工资不低吧？"

尚楚冷冷瞥了男人一眼，男人打了一个寒噤，搓着手"嘿嘿"笑了两声："那叔就走了啊，下回一起聚聚哈！"

尚楚压根儿没把遇见个游手好闲的人这事儿当事，回到店里，白艾泽已经给哈士奇洗完澡了，正在给大狗吹毛。

如果说这世界上有比英俊少年更吸引眼球的，那就是英俊少年再加一只英俊的狗。

白艾泽穿着黑色衬衣，都说黑色衬人，这话倒是不假，衬得他笔直又挺括；袖子挽着，摆动小臂的时候肌肉线条流畅且利落；他低垂着头，表情非常专注，下颌线条冷峻，却因为一室的柔软阳光而少了些锋利。

玻璃隔断外，几个来逛店的小姑娘凑在一块儿围观里头正干活的白艾泽，嘀嘀咕咕地说"好帅啊，好想上去加个微信"啊。

尚楚听了会儿墙根，忽然玩心大起，跟着凑到她们身边，跟着她们一块儿探头探脑，小声插了个嘴："你们说的谁啊？"

"哎呀，就里面那个帅哥呀！"一个穿百褶短裙的女孩伸手指了指白艾泽，"太有型了，你看他手臂的肌肉……啊！"

百褶短裙女孩一扭头，见另一个帅哥就站在身边，不禁低呼了一声，脸上泛起了羞赧的薄红。

尚楚双臂抱胸，斜倚在墙上，一脚撑着地，另一只脚的脚尖虚点着地，下颌微扬："就他啊？你们这些小姑娘都怎么想的，都喜欢这个类型的？"

"也，也就还好吧……"百褶短裙女孩掀起眼皮瞄了尚楚一眼，双手揪着衬衣下摆，"里面的小哥哥感觉比较斯文，我个人还是比较中意坏一点的……"

"哟，巧了！"尚楚眉梢一挑，厚脸皮地弯下一点腰，和她平视，勾起一边嘴角，"我不就是你说的那种坏一点的吗？"

百褶短裙女孩紧张又羞涩地抿了抿嘴角,娇娇俏俏地在他肩上推了一下:"哎呀!别逗我了!"

尚楚笑了笑,装模作样地叹了一口气,很是遗憾地说:"里头那个,有主了,你们没机会的。"

"真的?"

尚楚耸耸肩:"真的啊,人家对象可优秀了!"

女孩们失望地离开了,走前还恋恋不舍地回头看了几眼白艾泽。

尚楚哼了一声,酸溜溜地想着这姓白的怎么就这么招人呢?除了高点帅点腿长点,别的也很平平无奇嘛!

百褶短裙女孩走出去几步,又转身小跑着回来,裙摆飘啊飘的怪可爱的,支支吾吾地对尚楚说:"小哥哥,方便加个微信吗?"

"方便方便。"尚楚眯了眯眼,从围裙兜里拿出一张硬卡片,上头是个二维码,压低声音说,"像你这么可爱的小妹妹,有什么不方便的?"

"呀,你好幽默!"

女孩开心地跳了跳,欢欢喜喜地掏出手机扫码,扫出来的却不是微信号,而是"特别"的会员页。

她愣了愣,抬头看向尚楚,这位坏坏的小哥哥笑得很真挚:"加个会员,首充699元送166元,特价商品五折选购,非常划算哟。"

百褶短裙女孩愤愤地跺了跺脚,哀怨地捂着脸跑了。

尚楚挥着二维码,不忘在她身后嘱咐:"妹妹,去前台办会员卡记得报我的工号啊,编号89757,算绩效的!"

百褶短裙女孩回头朝尚楚做了个鬼脸,尚楚愉悦地笑出了声。

白艾泽早就注意到尚楚吊儿郎当地混在一群女孩里头,又是挑眉毛又是抛媚眼的,竟然还和其中一个聊得格外开心的样子。

还能"拈花惹草",看来心情是好了不少。

白艾泽不紧不慢地干完手里的活,把毛发蓬松的哈士奇牵到一旁等候的主人手里,这才从隔间出来。

"完事了?"尚楚靠着墙,懒洋洋地问。

"嗯。"

晚上下班都十点多了,两人留下来关店,然后打算一起去白艾泽家看个电影。上次从西郊别墅"逃"出来后,白艾泽自己在外面租了个小房间,尚楚去过几次,都是和宋尧、戚昭他们一块儿去的,偶尔周末大家就聚着通宵玩牌、打游戏。

这会儿商场里的店都关得差不多了,没什么客人,广场上也非常安静。

白艾泽和尚楚吹着微热的风,慢悠悠地往公交站走。

尚楚和白艾泽说了几句有的没的,一直感觉有些奇怪,总觉得背后有双眼睛在盯着他们。他猛地回头,却只看见空荡荡的街道和对面黑暗逼仄的小巷。

难道是追踪和反追踪手段学多了,养出了职业习惯?

"怎么了?"白艾泽转头问。

"没。"尚楚耸耸肩,"赶得上末班车吗?"

"来得及,"白艾泽看了看时间,"还有十多分钟。"

"成,咱们走快点儿。"

第5章 ⚡ 下限

　　一部电影看完，指针已经走过零点了。尚楚也懒得再回自己家了，于是就在白艾泽的客厅沙发上凑合睡了一晚。第二天醒来都中午了，他伸了个懒腰，打开手机，看见了白艾泽给他发的消息。

　　【我去买烤鸡。】

　　尚楚笑了笑，从白艾泽的衣柜里随便拿了一套衣服穿上，又进厕所往手臂上打了一针药，针头刚拔出来，鼻头忽然一痒——

　　这是要冒鼻血的预兆。

　　尚楚已经很习惯动不动就往外冲的血，也处理得很熟练了，他正用冷水冲脸，听见外头传来敲门声。

　　"来了来了！"尚楚抽了两张纸巾擦干净脸，对着镜子左看看右看看，确定脸上没有丁点儿血渍，这才出去开门，边拧把手边嘟囔，"我说你就不能把钥匙带……"

　　门外站着的不是白艾泽，竟然是乔汝南。

　　外头这么热的三伏天，她依旧精致得没有一丝瑕疵，深黑的眼线在眼尾勾出一个上挑的弧度，显得冷漠且锋利。

　　上回只是匆匆一瞥，这是尚楚第一次这么近地站在她面前，他背脊一僵，有些无措地收紧指尖。

　　乔汝南没有一点惊讶——也许有，但很快就藏好了。她用自如的目光将尚楚从上到下徐徐打量了一遍，笑道："你好，请问这是艾泽家吗？我是艾泽的母亲。"

　　"阿姨您好。"尚楚眼神游移，不知道该看哪儿，"对，白艾泽他……出去买东西了，马上就回来。"

　　"那就好，"乔汝南点头，"我还以为我走错了。"

　　"没有，"尚楚五指紧紧攥着金属把手，"您没走错。"

　　"我也觉得。"乔汝南笑得很和善，"我记得你身上的衣服，艾泽去年在英国买的，国内没有出售这个牌子。我还在想难不成这么巧？"

尚楚抿了抿嘴唇，低头看了眼身上样式简单的白色T恤，有些难堪地退了半步："您先进来坐坐吧，他应该很快就回来了。"

"不碍事。"乔汝南的高跟鞋往前踩了一步，"你是艾泽的同学？"

尚楚嘴唇动了动："是。"

乔汝南轻笑："艾泽性格沉闷，很少把朋友带回家里，看来你们关系一定非常要好。"

"嗯，很好。"尚楚看着自己的脚尖。

乔汝南站在门外，打量了一眼这个小小的出租屋，笑着说："前段时间他和我闹了矛盾，从家里搬了出来。既然你是艾泽的好朋友，那请你帮忙劝劝他，这种地方就不要再住了，条件确实不是很好。"

"他挺喜欢这里的。"尚楚回道。

"有时候喜欢并不是一件好事，"乔汝南平静地说，"能够拥有更好的生活，为什么要为了'喜欢'就放弃？你说呢？"

尚楚心跳得很厉害，即使乔汝南语气平和、笑容亲善，但他还是能感受到一种无形的压制——一种上位者居高临下的压迫感。

他紧紧攥着门把手，想起白艾泽说去给他买烤鸡。那家店他知道，是个小门店，生意很红火，常常要排长队。今天将近四十度的天气，白艾泽还在排队吗？是不是很热？他现在肯定汗流浃背了吧……

"阿姨您好，"尚楚突然不知道哪儿来的勇气，抬头直视乔汝南，清晰地说，"我叫尚楚，和艾泽是很好的朋友。"

乔汝南脸上的笑容纹丝不动。

"尚楚？名字很不错，"乔汝南坐在沙发上，微笑着问，"谁给你起的？"

"家里长辈。"尚楚给她倒了一杯水，"您喝水。"

一室一厅的小出租屋没有厨房，连热水壶都没有。

尚楚在柜子里翻找了会儿，发现还真没有拿得出手的正经水杯，只有前段时间赠送的啤酒杯，只好从里头挑了一只杯壁印有花纹的，好歹好看些。

乔汝南拿起杯子看了看，并没有喝水，接着又把杯子放回桌上，双手交叠搭在膝头："非常动听的名字，你父母亲是怎么取出这个名字的？"

"哦，翻字典随便翻出来的。"尚楚坐在沙发另一端，坐姿非常规矩。

"倒是挺有趣的。"乔汝南掩嘴一笑，又问，"你父母亲都从事什么职业？"

尚楚不自在地抿了抿嘴唇："我很小的时候我妈就去世了，我爸他……就是一个普通职工。"

"抱歉，"乔汝南很适时地投来一个同情的眼神，"你爸爸独自把你带大，一定很辛苦。"

"嗯。"尚楚此刻如坐针毡，但白艾泽还没回来，他总不能任性地撒手就走，只好把这个话题敷衍过去，"要不我给白艾泽打个电话，让他快点……"

"没关系。"乔汝南笑着打断他，"这么热的天气，就不要催他了。艾泽怕热，以往在家里，出去买点东西都要司机接送，这孩子挺娇气的，得亏你愿意包容他。"

尚楚指尖动了动，假装听不出乔汝南话里话外藏着的机锋，礼貌地给出回答："没有，他包容我比较多。"

"对了，"乔汝南做出很感兴趣的样子，上身微微前倾，"你和艾泽是警校同学，不知道你毕业后有什么规划？"

尚楚不动声色地往后坐了一点，有一瞬间的迷茫。

毕业后的规划？

虽然他从来没有想过这个问题，但脑子里飞快地闪过了好几个备选答案。

乔汝南给他的感觉不像是朋友的妈妈，反倒像是表面亲善内里苛刻的上司在百般挑剔初入职场的新人菜鸟。他能想到的所有回答都极其程序化，最后从中挑出了一个最为稳妥的回答："毕业后进入公安局工作。"

乔汝南坐直了身子，笑着点了点头："艾泽应该也是这么想的。"

尚楚"嗯"了一声。

"但是，"乔汝南话锋一转，眼神莫名地变得犀利，"据我所知，警务人员的工资还是比较低微的，不过没关系，我会帮助他的，支撑他的生活应该是绰绰有余了。你呢？"

乔汝南突然轻轻一笑，尚楚从这个轻蔑笑容里看出了淡淡的讥讽，一股烦躁感从心里陡然生起，他很想直接反驳说凭他尚楚的优秀，他不需要倚靠任何人也可以生活得很好。

但乔汝南不会听，她听不进去的。

尚楚清楚地感受到，在她的评价体系里，他一文不值。

就在这时，门口传来了开锁的声音。

"最后一只烤鸡被我买到了，"白艾泽说，"运气不错……"见到里面坐的人，他惊讶道，"妈？您怎么来了？"

听到白艾泽的声音，知道白艾泽就站在他身后，尚楚心头的烦躁感莫名地被浇灭，不动声色地松了一口气。

"我出差回来看看你。"乔汝南看了一眼白艾泽手里拎着的塑料袋，"去买吃的了?"

"嗯。"白艾泽放下塑料袋,站到尚楚和乔汝南中间,"您来多久了?"

乔汝南很是心疼地看着他满头汗水:"这么热的天还往外跑,也不怕中暑。"

她抽了一张纸巾想给白艾泽擦擦汗,刚一抬手动作又顿住了。

——她今天穿了一条无袖连身裙,这个动作似乎不太雅观。

乔总在任何时刻都不忘保持优雅的姿态,白艾泽淡淡一笑,从她手里取过纸巾,在额头上随意一抹。

乔汝南的完美笑容僵了片刻,旋即又恢复如常。

"您来这里有事吗?"白艾泽说,"下次回来通知我就好,我去找您。"

"怎么,妈妈来看儿子还要提前预约吗?"乔汝南的口气有些嗔怪,她轻轻地瞥了尚楚一眼。

"没有,"白艾泽说,"要一起吃午饭吗?"

"我订了饭店,现在过去吧。"乔汝南说,"小尚也一起去吗?"

"我就不去了。"尚楚站起身,对白艾泽说,"对了,我爸刚给我发短信,家里有点事,我先回去了。"

白艾泽知道他不自在,于是没有留他,淡淡道:"好,你到家给我发消息。"

"嗯。"尚楚点头。

白艾泽送尚楚到了楼梯口,尚楚背着双肩背包,跳下两级台阶又转身:"走啦,你回吧。"

"打个车回去,今天热。"白艾泽靠着扶手,双手插兜。

"好,"尚楚冲他摆摆手,"走了走了。"

尚楚没打车,在公交站等了半天才等来公交车,中途又转了两趟车,回到城中村时已经汗流浃背,汗湿的T恤粘在背上,热汗止不住地从额头往外冒。

尚利军不在,估计今天上白班。

尚楚进了厕所打算冲个澡,结果厕所里仍然是一片狼藉。

可能是天气太热就容易暴躁,尚楚狠踹了两脚木门也没法纾解突如其来的火气,草草冲了个澡才觉得好了些。从厕所出来就觉着有点饿,从睁眼到现在什么也没吃,这会儿胃里空得难受。

他心里还惦记着白艾泽给买的烤鸡,掀开餐桌盖布,四五只苍蝇惊慌失措地飞了起来。桌上放着两碟剩菜,一碟是啃了一半的鱼,几根鱼刺就大剌剌地漂在深棕色的汤汁上;还有一碟稀稀拉拉的炒包菜,泛黄的碟边还沾着一点黑色的污垢，不知道是什么玩意儿。

尚楚不耐烦地撸了把头发，面对这两碟残羹冷炙实在不知道怎么下口，干脆回房间躺着。

屋里没有空调，风扇开到了最大也没用，吹出来的风都是热的。

尚楚在床上翻来又覆去，后背贴着粗糙的草席，扎得难受。他伸手去挠背又够不着，干脆一腾身坐了起来，背靠着墙疯狂一顿蹭。

这下子痒是不痒了，但身上又重新冒出了热汗，尚楚实在折腾不动了，趴在席子上喘着气，想着快点儿开学吧，好歹宿舍里有空调能吹吹。

静静地趴了一会儿，尚楚突然觉着自己怎么变得这么娇气。

他从小到大也没住过空调房，小时候在新阳生活，南方的夏天比这里要闷热得多，还不是好好地过来了。以往别说剩菜了，他饿的时候连作业本都撕下来嚼过。妈妈死后，尚利军还是经常出去鬼混，三四天不着家也是常有的事，尚利军走了就把年纪还小的他锁在家里，他饿得两眼发昏，踩着板凳把发臭的鸡蛋在锅里炒一炒就塞嘴里。

尚楚一直觉着自己别的美德没有，吃苦耐劳的本领倒真是挺不错的，所以是从什么时候开始，他变得这么矫情又娇气？

大概是从遇到白艾泽开始吧。

是白艾泽把他照顾得太好，惯坏了。

尚楚叹了一口气，喉头一酸。

他拿起手机给白艾泽发了条信息，问他吃完了没有。

白艾泽没回。

尚楚本来只打算眯会儿，但夏天就是容易睡死过去，他听见响动醒了过来，一看时间已经傍晚六点多了。

他第一时间按亮手机屏幕看了一眼，白艾泽还是没回消息。

厕所里传来了巨大的干呕声和咳嗽声，尚楚戴上耳机，把音量开到最大，愣愣地看着布满霉斑的天花板。

大约过了两首歌的时间，干呕声总算停了，尚利军过来敲了敲房门："回来啦？吃了吗？给你做个蛋炒饭？"

睡久了头晕，尚楚从床上下来，打开门说："行。"

尚利军没想到儿子会给他回应，有点受宠若惊的感觉，搓了搓手，兴奋地说："爸去准备，马上就去准备……"

尚楚看着尚利军忙碌的背影，脑袋里突然冒出一个荒谬的想法：和白艾泽的妈妈比起来,尚利军这样的父亲,也不知道是好还是坏。

尚利军打蛋的时候突然咳了起来,他看到尚楚就在后头站着,非常克制地抬手捂着嘴,但他咳得很厉害,到后来整个人都弓成了一只虾米,唾液从指缝往外飞溅。

尚楚皱眉,问了一句:"没事吧?"

"没,没事……"尚利军对他笑笑,"烟抽多了,喉咙痒,没事,爸没事。"

尚楚想让尚利军去医院看看,但关心尚利军这件事在他看来实在太别扭了,于是没说什么,淡淡地"哦"了一声。

尚利军给尚楚炒了盘花菜,自己就着那两碟剩菜吃饭,又问了尚楚几个无关痛痒的问题,什么在学校吃得饱不饱啊累不累啊之类的,尚楚嗯嗯啊啊地答了。

"爸听说,"尚利军抿了抿嘴,欲言又止地问,"你……你是不是交了个好朋友?"

尚楚咀嚼的动作一顿,"啪"地放下筷子:"你听谁说的?"

"就是那个李,李叔叔说的,"尚利军察觉到儿子脸色不对,讷讷地解释,"爸不是想说什么,你是应该多交些朋友……"

尚楚想到那天在"特别"楼下遇见的酒鬼,又想起昨晚下班时总觉得身后有人在盯着他,顿时胸膛里一团火"噌"地升了起来:"你那个酒鬼朋友告诉你的?他和你说什么?说我在金座打工,手头应该有钱?"

"不是,没有,"尚利军手足无措地放下筷子,慌张地左顾右盼,"我现在不喝酒了,这次都一个多月没喝了,真的不喝了……"

"你这话一年要说多少遍?"尚楚冷笑,"自己听着不恶心吗?"

"真的,"尚利军声音发抖,"爸就是想说,你交了朋友带回家来玩玩,我……"

"不用了,"尚楚起身,"不关你的事。"

回了房间,尚楚心里还是烦躁得很,那股火在胸膛里烧得噼啪作响,越烧越旺,像是要把在乔汝南那儿攒的火气一股脑发泄出来似的。

尚利军不知道在外头打翻了什么东西,传来一声闷响。尚楚对这种声音有种近乎本能的抵抗,他下意识地回想起妈妈被抓着头发往墙上撞的场景,额角突地一跳,狠狠往门上踹了一脚。

"啪!"

本就摇摇欲坠的门把手彻底宣告报废,金属锁头砸到了地上,窟窿里滚出一大堆零部件。

这一声之后，外头的动静也猛地停了，整个房子陷入了诡异的安静。

尚楚双手叉腰，靠在墙边深深呼出一口浊气。

过了一会儿，尚利军小心翼翼地走到尚楚的房门口，把地上掉落的锁头捡起来，没留意发出了点儿响动，他立即缩了缩肩膀，下意识地和尚楚说对不起，说完猫着腰走远了。

接着，尚楚听见尚利军压抑的咳嗽声，那种憋在喉咙里的闷声，尚利军每咳一声都像是一块沉甸甸的石头，像打了死结般坠在尚楚脚踝上，甩也甩不脱。

他可以轻松一脚踹烂房门，除此，什么也做不了。

他总不能把尚利军也一脚踹烂。

就在他躁得上头这么一会儿，手机里进了一条信息，白艾泽发来的。

【刚回。吃饭了吗？】

尚楚撇嘴，现在才"刚回"？这都快十个小时了，吃什么饭能吃这么久？

【我吃完了。你吃饱了吗？烤鸡记得放进冰箱，我下回去再吃。】

过了三十来秒，白艾泽直接拨了个电话过来。尚楚想了想犹豫着问："你回西郊别墅了，还是回出租屋了？"

"出租屋。"白艾泽说。

"哦，那你……没有和你妈妈吵架吧？"

"没有，"白艾泽回答，接着又补了一句，"她这个人，吵不起来的。"

尚楚从这句话里听出了一点苦涩。也对，乔汝南那么精致锋利的一个女人，"吵架"于她而言实在是过分愚蠢的一种做法，不仅姿态不优雅，成效还十分低微。

白艾泽有时候会怀揣着一种隐秘的希冀，他希望乔汝南能和他吵一架，像是平常人家的母亲训斥不懂事的儿子那样，狠狠地斥责他、教训他。但他一年到头连见到她的时间都罕有，拥有正常母子的相处模式更是天方夜谭。

尚楚听着白艾泽那边沉默的呼吸声，抿了抿嘴唇说："我刚和我爸吵了一架，唉，也不算，应该是我单方面吵了他。"

"怎么了？"白艾泽斟酌了一下措辞，"叔叔最近……不是一直很好吗？"

"没，就是不爽。"尚楚的指头抠着草席上冒出的毛边，小声说，"我把房门踹烂了，门关不上了，现在后悔了，跟傻子似的。"

白艾泽轻笑出声："你一脚就把门踹坏了？好厉害。"

这语气听上去就像安抚任性耍狠的小屁孩，尚楚刚才还一直萦绕在胸膛里的躁郁和烦闷突然就烟消云散了。

尚楚挠了挠头，低声问："我做得不对吗？"

"没有不对，"白艾泽说，"只是你可以有更好的沟通方式。"

"那是你不知道，"尚楚急于证明自己的正确，说道，"我小时候他也总骂我和我妈，还会动手。你不知道，他是个很坏的人。"

"阿楚，我的意思并不是因为他是你的父亲，你就应该原谅他或者必须要和他和平相处，"白艾泽安抚道，"我只是希望你想一想，你是不是在面对他的时候，比面对其他人的耐心要差得多。"

尚楚一怔，瞥了眼门锁上的黑窟窿，垂眸说："那我想想吧，先挂了。"

"慢慢想，"白艾泽笑着说，"不着急。"

挂了电话，尚楚闭着眼躺在床上，想着是这样的吗？

他对尚利军的脾气真的坏到连白艾泽都看出来了吗？

尚楚自认脾气不差，不管走到哪儿都能轻松地和人愉快相处，他长得好看、身材挺拔、开得起玩笑，这种人在哪里都能吃得开。

然而，一旦回到这间廉价又逼仄的出租屋，他甚至不用面对尚利军本人，看到留下的一盘剩菜、听到压抑不住的咳嗽都能让他火冒三丈。

他的身体里好像分裂出了两个尚楚。

一方面，年幼的尚楚面对尚利军越畏缩、越懦弱，现在成年的尚楚就要加倍地从尚利军身上讨要回来；另一方面，在城中村的尚楚越潦倒、越糟糕，在同伴朋友面前的尚楚就要表现得更加光鲜、更加恣意。

尤其是在遇见白艾泽之后，白艾泽给了他很多很多的关爱，自打妈妈死后，他从来没有像这样清楚地感受到自己是被照顾、保护着的。但也正是因为这样，每当他回到城中村，面对怎么也洗不尽的痰印和牙膏渍，面对怎么也散不开的闷腥气味，他的心理落差就越来越大……越来越大。

白艾泽总在给他一种错觉，他尚楚值得拥有最好的一切，但现实却不是，现实里的尚楚交完六千多块的学费、住宿费后就口袋空空，冬天暖气坏了也没法修，夏天电扇不出风也没钱换，是连踹坏一个门锁都要事后后悔的傻瓜。

他不知道该怎么办，也没办法和任何一个人诉说他的窘迫。

就在这时候，房门被轻轻敲响了。

尚楚睁开眼，拉开顶着木门的椅子，尚利军站在门外，手臂里抱着一台小小的风扇。

"你房间那台不好吹，"他垂着眼不敢看尚楚，"爸这台和你换……换一下……"

尚楚瞥了一眼，扇叶应该是刚被人拆下来擦过，干干净净的。

"哦。"

他从尚利军手里接过电扇,把自己房间那台递给尚利军。

"明天我买个插销,"尚利军搓了搓手,"给你的房门装上,就能关紧了。"

"知道了。"尚楚点头。

尚利军抱着脏兮兮的电扇走了,尚楚注意到他连拖鞋都没穿,就光着脚踩在地上,像是怕发出一点声音。

他不知道怎么的,一股火又烧了上来。

尚楚重新用椅子顶着门,躺倒在床上,右拳一下下地捶着左心口,想让自己冷静些。

尚利军不管做什么他都想发火,喝酒鬼混的时候他气不过,不喝酒的时候他又气愤。

尚利军凭什么在他面前摆出一副可怜的姿态?是尚利军这个做丈夫、做父亲的对不起这个家,现在又有什么资格来乞求同情?

尚楚闭眼睡了会儿,迷迷糊糊里出现了幻觉,看见妈妈站在窗前,头发长长的,背对着他正在看着外头的天空。他急着想叫她转过身,想说妈你让我看看你的脸,我都忘了你长什么样了,但很快,场景一转又成了一片虚空。

等人清醒过来,心跳却还十分剧烈,尚楚心有余悸地叹了口气,想着妈妈突然来干吗,来了又不让他好好看看,怎么这么快就又走了。

估计是知道他过得不好,想来看看他,让他想开点。

想开点想开点,妈妈以前最常表达的就是想开点。

她这一辈子就是想得太开了,所以活得挣扎,死得也凄惨。

尚楚喉头一酸,长久地凝视着黑暗。

他比妈妈过得好,这是肯定的;妈妈想要他过得好,这也是肯定的。

白艾泽拉高了他快乐的上限,他也该努努力,把那条下限往上提一提。

一整个暑假过去,尚利军表现挺好,还真是滴酒不沾。有天深夜,他那几个酒肉朋友找上门来拉他去酒馆,被他厉声赶跑了。

尚楚倒不是真的相信他就此改过自新回头是岸了,不过也有点诧异,两个多月不碰酒对尚利军来说已经是极限了。再说了,这会儿是假期,尚利军不出去鬼混就没人上门要酒债,尚楚还乐得清闲。

开学报到那天,尚利军往尚楚书包里塞了两千块钱,让他在学校要多吃饭,不要太节俭,有什么聚会就去,和同学们打好关系,周末要是有空就回来,唠唠叨叨地嘱咐了一大堆。

这钱尚楚没推拒,他拿着就是一个多月的生活费,要是放尚利军手里,指不定就成了几顿酒钱,末了打两个酒嗝,听个响就没了。

尚楚离开城中村前去找那个住地下室的老光棍添了几瓶药,老家伙忒不要脸,瞎扯着什么通货膨胀物价上涨捡不到破烂卖了,竟然坐地起价,每瓶要多收尚楚十块钱。尚楚和他讨价还价了老半天,险些把他那个地下室抄了,这才把十块压到了四块五。

尚楚揣着药瓶和针管出了城中村,远远就看到白艾泽在马路对面的广场上等他,身边放着行李箱。尚楚怕白艾泽等急了,扬手叫了他一声,背着鼓鼓囊囊的包快步往他那边跑,过马路的时候差点撞上一辆开过来的电动小三轮。

白艾泽皱着眉,大步走上来拉住尚楚的手臂,训斥道:"跑什么!小学生都知道过马路要看路!"

尚楚厚着脸皮指着自己的鼻尖:"我可是大学生。"

"我看你连小学生都不如。"白艾泽被刚才那一幕吓得够呛,"如果刚刚不是三轮车,而是轿车、面包车、卡车,你现在就是一摊肉泥了知不知道!"

"那我成养料了嘿!"尚楚还没意识到问题的严重性,嬉皮笑脸地抖机灵。

白艾泽看尚楚这副没心没肺的样子就来气,也不搭理尚楚,冷着脸自顾自转过身,拖着行李箱迈开步子就走。

尚楚这才觉得不对,白艾泽这是真生气了?

不至于吧?不就是个小三轮吗?要真撞上了指不定是谁飞呢。

白艾泽冷着一张脸,一言不发地往前走。他走出去几步,发现身后的人没跟上来,于是回头一看,只见尚楚还站在原地,双手环抱在胸前,似笑非笑地看着他。

"你去哪儿啊?"尚楚吹了声口哨,下巴往右边的路口一抬,"公交站在那边,走错了!"

方向感奇差的白艾泽在心里叹了一口气,无奈地摇了摇头,没忍住轻笑出声。

尚楚见他总算有个好脸色了,这才松了一口气,抬手道:"走呗!我带路。"

"过马路要看路。"白艾泽认真地教育道,"下次不许横冲直撞。"

"懂懂懂。"尚楚就烦他唠叨这些,忙不迭地点头,"红灯停绿灯行是吧,知道知道。"

"不仅要知道,"白艾泽非常严肃,"更要做到。"

"我刚真就是太激动了,来得晚了怕你等得不耐烦。"尚楚摇摇手,"我平时过马路都贼小心,没有斑马线我都不走。你听过那个说法吧,走斑马线万一出什么事被撞了还能让对方多赔点钱。"

"你还挺精明。"白艾泽偏头看了他一眼。

尚楚耸耸肩:"可不是,我妈就是……"

话说到一半戛然而止,尚楚抿抿嘴唇,若无其事地移开话题:"你说斑马线为什么要画成斑马的样子?"

白艾泽垂眸,顺着他的话接了下去:"不清楚,也许是醒目吧。"

"我觉得也不是特别显眼吧,"尚楚回头看着身后马路上的白色条纹,"也有些着急的人会看不清的。"

他妈妈当时就没看清,否则她那么谨慎小心的一个人,怎么可能横穿那条车流繁忙的路段。

"好好走路,"白艾泽拽着尚楚的手臂,沉声道,"看前面。"

尚楚笑着转回头,一只手举到太阳穴边,敬了个不伦不类的礼:"Yes,Sir!"

开学后时间又变得无比快了起来,大二开始有选修学分,尚楚坚决不和白艾泽选相同的选修课,理由是两人的课越不同,他拿第一名的概率就越大。

白艾泽当然清楚他的小心思,也就随他去了,除了几门重要的必修课,两人的选修课都是岔开的。

于是,这种做法进一步证实了"第一名和第二名不和"的说法,警校的课程设置本来就不像其他大学那样丰富,选修课加起来统共也没几个选择,在这个范围里还能够做到完美避开,这是得看对方多不顺眼啊!

宋尧也很苦恼,阿楚是他第一要好的哥们儿,老白是他第二要好的哥们儿,他夹在中间,实在好难做人啊!

因此,和平大使宋尧同学贴心地把自己的选修课对半分,一半和尚楚一起上,另一半和白艾泽一起上,争当两人间的润滑剂,还颇为用心良苦地把自己的起床闹铃改成了《友谊天长地久》。

上课铃打响,白艾泽在图书馆三楼找了个空座,从包里拿出一沓厚厚的课件。

这个位置很好,靠着窗户,侧头就能看见不远处的篮球场。

他一手支着脸,看着尚楚帅气地上了一个篮,和宋尧击掌后甩了甩头,亮晶晶的汗水从发梢甩落,在阳光下闪闪发光,怪耀眼的。

就在这时,桌上的手机振动起来,来电人是"特别"的店员小玉。

小玉怎么会这时候给他打电话？难道是大哥出了什么事？

他拿起手机，快步走到楼梯间，轻合上楼梯间的门。

"喂？是我，艾泽。"

"艾泽，小尚在你身边吗？"小玉的声音很焦急。

找尚楚的？

"没有，他在上体育课，手机不在身上。"白艾泽说，"什么事？"

"哎呀，吓死人了！"小玉心有余悸地说，"刚刚有好几个混混，喝得醉醺醺的来店里闹事，其中有一个说……说……"

白艾泽已经隐隐猜测出发生了什么，眉心轻拧，沉声问道："说什么？"

"说他是小尚的爸爸！"

小玉说那几个闹事的赖在店里不走，有个人还吐在了前台，把客人都吓跑了，引来好多人围观。她怎么好言劝说都没用，只好告诉他们尚楚寒暑假才来，现在都开学了哪有时间做兼职，几个店员一起把他们赶跑了。

"艾泽，"小玉叹了口气，小心翼翼地措辞，"你说那个酒……那大叔，不会真是小尚他爸吧？我觉着不像啊……"

"不清楚。"白艾泽说，"这件事不用告诉阿楚，下次再有人找来，把我的电话给他们，我来解决。"

"那不好吧，"小玉有些为难，"要是 Boss 知道把你拖下水了，我……"

"没关系，"白艾泽斩钉截铁地说，"交给我就好。"

"那好吧。"小玉应了下来，又有些担忧地说，"刚刚我忙着安抚顾客情绪，又清理卫生，给小尚打了好几个电话都没人接，耽误了不少时间，我怕他们会去你学校找事，你们自己小心点啊！"

"好，辛苦了。"

那头有人在和小玉小声嘀咕说"小尚怎么和这种人扯上关系啊，以后不会没完没了吧"，小玉赶紧挂断了电话。

走出楼梯间，白艾泽往窗外看了一眼，尚楚脖子上挂着一条白色毛巾，坐在场边的长凳上喘气，发梢上挂着亮晶晶的汗珠，双手搭在膝头，帅气得有点不像话。

宋尧朝尚楚扔了瓶矿泉水，里头还剩半瓶水。尚楚抬手接过，拧开瓶盖，用毛巾抹了把瓶口，一口气全喝光了。

白艾泽皱眉，和他嘱咐过多少次运动完别喝凉的，上课前还特地给他在保温杯里灌了温水，尚楚这混账东西就是不听话。

不过也挺好，尚楚要是真那么乖巧温顺，他就不是尚楚了。

白艾泽无奈地笑了笑，看了眼时间，转头出了图书馆。

首警大门保卫室里，几个中年男人正在发酒疯，嚷嚷着要进去找人。闹出的动静太大，几个来往的学生扒着保卫室大门看热闹，幸灾乐祸地窃笑，边拍照边发在各种群聊里，讨论这几个人是不是脑子有病，闹事闹到警校来了？

"你们到底要干吗？"保安实在没办法了，掏出警棍往桌上重重一敲，"我告诉你们，你们这么闹事情，我们完全可以把你们抓起来的啊！"

"找……找人不行啊？"一个穿着格子衬衣的男人伸出双手，耍无赖道，"你抓啊，有本事你抓啊！"

"行，你们找谁，你说说你们找谁，我给你们查，行吧？"保安打开师生信息系统，"找谁啊到底！"

"尚哥来！"格子衬衣把满脸通红的尚利军拉到前边，又对保安耀武扬威道，"看见没，这……这是我大哥，将来我大哥的儿子当上警察了，我第一个叫他把你……"

保安瞥了尚利军一眼，见他身上穿了件发黄的白色T恤，胸前印着"大发蜂蜜"四个字，衣摆还破了个洞，双眼无神，一副喝多了的涣散神情，于是不屑地轻嗤一声："你就是大哥是吧？你说你找谁，要是没这个人你们赶紧离开，否则我立马报警！"

尚利军踹了一脚桌子，一脚下去反倒自己踉跄了几步，摇摇晃晃地说："老子找我儿子！"

保安不耐烦地问："到底叫什么？"

"叫……叫什么？"尚利军瞪着眼顿了几秒，大着舌头说，"叫尚……尚……努！"

保安在搜索栏里敲下"shang nu"，系统显示没有这个人。

"不是，"尚利军摇了摇手，"尚……尚土……"

保安再次输入"shang tu"，仍旧是空。

"行了行了，出去醒醒酒吧。"保安抓着他的肩膀往外推，"这里是警校，不是你们能闹事的地方，再说也没你说的这个人。过两条街就是体校，师大也不远，你们去那儿找吧！"

格子衬衣一行人在一边添油加醋："尚哥，一个臭看门的也敢这么嚣张，把咱儿子叫出来！"

尚利军被激得双目赤红，大声喊道："给老子把尚……尚……叫出来！"

几个学生赶紧进去帮忙，推推搡搡中，一道清朗的声音横插了进来："找我的。"

众人回头一看，白艾泽站在保卫室门口。他环视了一眼众人，对保安说："给您添麻烦了。"

格子衬衫眯着眼上下打量着白艾泽，猥琐地搓了搓手："你是尚哥儿子的朋友？我上回见你们一起来着！"

白艾泽一个眼神都没分给他，径直走到尚利军面前："叔叔您好，有什么事情您和我说。"

尚楚和宋尧下了课就去图书馆了，在三楼窗边找到了白艾泽占的位置，白艾泽的包挂在椅背后头，人不在。

"老白哪儿去了？"宋尧往四周张望了几眼，"光看见包没看见人啊！"

"你管呢，"尚楚泥巴似的瘫坐在椅子上，闭眼享受冷气，等身上的热气散干净了，才舒服地伸了个懒腰，"爽！"

"爽个屁，"宋尧跷着二郎腿，"你最后那个三分简直丑陋，连篮筐都没碰着。"

"老子那是三分吗？老子那是给你传球！你是站篮下睡着了，还是对面派来演的？"

"滚滚滚！"宋尧一手肘撞在他肚子上，"放你的屁！"

两人压着声音吵嘴，隔壁桌一个认真学习的眼镜男偏头朝他们发射目光攻击，宋尧背脊一冷，赶紧住嘴了。

尚楚哼了一声，从背包侧袋里拿出手机一看，十多个未接电话，前五个是尚利军打来的，后边的全是小玉打过来的。

店里出事了？

尚楚用肩膀撞了撞宋尧，又摇了两下手机，示意自己下去打个电话。宋尧点头，把椅子往里挪了点儿让出道。

尚楚走出图书馆，先是给小玉回了过去，打了三个都没人接。不久小玉回了条微信过来说没事，就问问他新进的那批沐浴露放在仓库哪个位置，现在已经找着了，尚楚这才放了心。

那尚利军给他打电话又是干吗？

尚利军初中肄业，不知道大学的课堂模式是什么样的，还以为大学也和小学和初中似的，从早到晚都在上课，怕打扰尚楚，平时不会给他打电话，偶尔周日打个电话过来问问他有没有吃饱、身体怎样。

今天周四，如果尚利军是清醒的，不会这时候找他，唯一的可能就是他又在喝酒，来要酒钱了。

又来了！

那股火"噌"地就烧了起来，尚楚心里憋得厉害，踹飞了脚边一粒小石子，抬起头，看见白艾泽从斜坡下走上来。

"球赛输了？"白艾泽见他脸色不好，打趣道，"哭鼻子呢？"

"滚！"尚楚翻了个白眼，"你才哭鼻子……不对，你才输了比赛！"

"没输就好，"白艾泽笑了笑，"对面没有我你们还能输，那就太丢脸喽！"

尚楚听出了他话里的意思，往他肩上捶了一拳："你在对面我也能赢！"

"这样啊？"白艾泽眉梢一挑，"那下学期我们选同一门。"

"可以，但没必要。"尚楚义正词严地拒绝。

白艾泽笑着摇了摇头。

"你去哪儿了？"尚楚见他从坡下上来，那边是学校大门的方向，"出去了？"

"嗯，"白艾泽拎起手里的一个纸袋摇了摇，"买这个去了。"

尚楚双眼冒光，一把抢过纸袋："车轮饼啊！"

校门外有家卖车轮饼的小摊，因为物美价廉而深受欢迎，每天下午四点半准时出摊，一天就卖一百个，一人一次限购一个，去晚了没有，想多买没门。附近几个学校的学生们成天踩着点去排队，甚至发展出了代购业务。

尚楚也是上学期托宋尧的福才吃上一次。

"车轮饼真好吃啊！"

尚楚再次发出喟叹，迫不及待地拆开纸袋，坐在阶梯上啃了起来。

白艾泽坐在他身边，看他眯着眼一脸满足的样子，不禁怀疑道："有这么好吃？"

"当然有啊，因为限量所以好吃。"尚楚应了一句，又立即和护食的猫咪似的背过身去，"我不会分你的啊，一口都不可能！"

他们坐的地方是图书馆侧门，面前是一片灌木丛，鲜有同学往这儿走。

白艾泽安静地等尚楚吃完饼，又听他打了个小小的嗝儿，感慨道："人生啊，如果每天都能有人给我买车轮饼，就太圆满了！"

白艾泽假装没听懂他的暗示，平静地回答："有时候缺憾也是一种美。"

尚楚仍然不死心："我认为不是！"

"哦。"白艾泽应了一声，又说，"不能多吃，我刚才看了，卫生情况不是很好。"

"有什么的,"尚楚非常不屑,"我就烦你们这种人,成天卫生卫生的,那啥晚上去三食堂吃大肠粉?"

晚上有晚训,尚楚正站着军姿,突然觉着肚子不舒服,心说难道真吃车轮饼吃坏肚子了,急急往厕所跑。

他这边正蹲着坑,突然听到外头有几个人边撒尿边交谈。

"哎,你听说没?今儿有几个男的来保卫室找碴儿,跟流氓似的说找儿子,结果找的是白艾泽。"

"就大二刑侦那个被吹得百年一遇的天才白艾泽?不可能吧?"另一个人说,"他爸妈那都是大人物啊,成天上新闻的!"

"谁知道呢?"有人哼了一声,"听说他们喝挺醉……"

"兴许是知道人家家里有钱,故意来碰瓷的!"

"白艾泽确实认识他们啊,后来白艾泽下来了,亲自把这几个人领走了……"

尚楚怔了片刻,脑子有些转不过来。

尚利军给他打电话?接着小玉给他打电话?

他眨了眨眼,突然发出一声轻笑。从厕所出来后,直奔宿舍,拿起手机,给小玉发了一条信息。

【下午有人来店里找我?】

第6章 ⚡ 你就是你

晚训都结束好一会儿了，尚楚还没回来，白艾泽心想难道真是吃那车轮饼吃坏肚子了？今天就不该给他买那玩意儿，以后绝不准他再吃了。

操场上，白艾泽在宋尧身边坐下，宋尧随口说了一句："阿楚去多久了？怎么还不回来？不会掉坑里了吧？"

"不会。"白艾泽也是随口应了一声。

宋尧眨眨眼："要不去厕所找找？"

"不用。"

白艾泽心里记着时间，今明两天差不多是尚楚打药的日子，如果他万一顺道窝在厕所里打了一针，宋尧过去可能会坏事。

宋尧一心想着缓和阿楚和老白的关系，于是起身拍拍屁股，拉着白艾泽的手臂催道："走走走，找找去！"

"不去，"白艾泽反手扣着他的手往下一拉，"你也别去。"

宋尧一屁股坐了回来，苦兮兮地瞥了白艾泽一眼，老白自己不去也不许他去，这摆明了是要和他拉个小团体孤立阿楚啊！

宋尧叹了口气，深深感觉到人缘太好、太受欢迎也是一种烦恼。

安静了几秒，他不死心地又问了一遍："为什么不去啊？"

白艾泽用一种"这还用问吗"的眼神看着他，非常客观冷静地动了动嘴唇："臭。"

完了，老白竟然觉得阿楚臭！

不至于啊！虽然最早在青训营两人就不对付，但程度也仅限于偶尔拌个嘴，怎么就变成今天这样了呢！

和平大使宋同学仰望漆黑的夜空，他是个越挫越勇、偏要迎难而上的个性，刹那间心中的使命感熊熊燃烧。

夜风习习，空气清新——此时不谈心更待何时？

"听首歌呗？"宋尧问。

白艾泽点头，示意他随便。

宋尧拿出手机，打开音乐播放器，在悠扬的乐曲中，浑厚的女中音缓缓唱道："怎能忘记旧日朋友，心中能不怀想，旧日朋友岂能相忘，友谊地久天长……"

"好听吗？"

宋尧最近用这首歌做闹铃，每天早上他们在宿舍都得听个十遍八遍，早听得耳朵都长茧了。白艾泽无奈地按了按太阳穴："换一首吧。"

宋尧就是不换，张开双臂，对着黑魆魆的夜空感慨道："Friendship！"他感慨完了还没忘转头给白艾泽做翻译，"就是友谊的意思。"

"好……记得了。"

白艾泽突然觉得尚楚不在，留他和宋尧单独相处是件挺费劲的事儿。

"老白啊，你和阿楚不尝试尝试，"宋尧突然撞了撞他的肩膀，两根食指尖抵在一起，忧心忡忡地说，"建立友谊这种美好的感情？"

白艾泽想也不想，一掌从他两根食指中间劈下，强行劈断友谊的纽带："不尝试，不建立。"

宋尧脸上的笑僵住了，愁云惨淡地想着老白怎么拒绝得这么干脆，看来是一点余地都没有了。

就在这会儿，尚楚从操场那头走了过来，步子跨得很大很急。

"阿楚，"宋尧远远地朝他挥了挥手，"这儿！"

宋尧看见尚楚的黑色帆布鞋停在了白艾泽面前，夜色里看不清他此时什么表情。宋尧把手机音量调大，笑嘻嘻地拍了拍身侧的草地："来来来，咱一块儿欣赏音乐。"

"阿楚？"宋尧这才注意到他铁青的脸色，还没来得及问是怎么回事，就看见他朝白艾泽伸出手，"哎！别打！"

尚楚在众目睽睽之下，狠狠拽住了白艾泽的衣领！

"阿楚你干吗？"宋尧拉着尚楚胳膊，"有什么事你就说！"

尚楚纹丝不动，双眼紧紧地盯着白艾泽，由于过于用力，凸起的骨节隐隐泛着白色。

"没事，不用拉着他。"白艾泽丝毫没有慌乱，对宋尧说了一句后，看着尚楚说，"你知道了？"

"那不然呢？"尚楚面沉如水，嗓音冰冷得仿佛夹带着冰碴儿，"你想瞒我多久？"

"没有。"

白艾泽回答，他知道瞒不住尚楚，当时那么多人都看见了，尚楚迟早会知道，只是他没有想到会这么快。

他们说话时声音很低，除了彼此没有第三个人能听清，围观的吃瓜群众只看见尚楚和白艾泽一个站着、一个坐着，一个抓着另一个的衣领不放。

白艾泽抬手扣着尚楚手腕，在尚楚腕关节上有技巧地一按，尚楚手臂一麻，白艾泽趁势掰开他的手。

"去后山。"白艾泽站起身，抬脚就走。

"哎，老白！阿楚，"宋尧担忧地问，"你们到底怎么……"

尚楚面无表情地跟了过去。

警校后山是片小树林，有人说以前这儿是块乱葬岗，时不时还有闹鬼的故事传出来，平日里没什么人往这走。

白艾泽停在了一棵银杏边，不用转头就知道尚楚肯定跟过来了。他在心里叹了一口气，开口说："阿楚……"

一个"楚"字还没有喊完，身后一阵厉风猛地袭来，白艾泽极其敏锐地侧头，拳风擦着耳畔刮过，他用掌心生生接下尚楚这一拳，被巨大的力道逼得倒退两步。

黑暗中，尚楚眼神凶狠，背脊微弓，像是山林中准备发动攻击的小兽，目光淬了冰似的冷。

作为对手，没有谁比白艾泽更了解他——尚楚刚刚那拳没有留力，这件事远比他想象的更严重。

他深深看了尚楚一眼，往后站了半步，松了松手腕，压低重心，摆出一个防守的姿势，沉声说："来。"

尚楚和白艾泽缠斗在了一起，一招一式都直击要害，白艾泽防守得滴水不漏，统统挡了回去。

尚楚在格斗上从来都差白艾泽一点，加上身体状况不好，没有多久就落了下风。在一个拉颈顶膝再次被白艾泽化解之后，尚楚突然发出了一声低沉的嘶吼，彻底抛开了所有章法，像一个撒泼无赖似的，不管不顾地只想泄愤，朝白艾泽挥拳砸过去。

白艾泽轻易就躲开尚楚毫无技巧的攻击，直到尚楚的喘息声渐渐变得粗重，脸颊在汗水浸透下毫无血色，嘴唇如同一张纸般苍白，白艾泽这才扣住他的小臂，快速闪身到他身后，屈膝在他膝弯位置一顶——

尚楚失去重心，双腿一软，单膝跪在了泥地之上。

他一手撑着膝盖，一手支着地，深深垂下头。

汗水顺着他的额头滑到下巴，再"啪"地砸在地上。

白艾泽也有些微喘，但一个字也没说，安静地站在一旁，等他粗重的喘息声渐渐平复，等他自己抬手把汗擦干，又等他双掌撑着大腿，踉跄着站直身体。

"打够了？"白艾泽问。

"打不过你。"尚楚自嘲地笑笑，看起来平静了不少，"他找你要钱了？"

"嗯。"白艾泽点头。

"多少？"尚楚问。

白艾泽顿了顿，尚楚又问了一句："多少啊？"

"一千块。"白艾泽说。

"哦，一千块是吧，"尚楚掏出手机，"我微信就剩六百多了，剩下的先欠着，下个月还你……"

手机屏幕的光打在他脸上，把他汗湿的睫毛和微闪的瞳孔衬得格外漆黑。

白艾泽心头猛地一痛，上前两步按住他的手："阿楚。"

尚楚抬起头看着他，勾唇笑了笑，问道："怎么，就一千块钱你不会还想找我要利息吧？"

白艾泽皱眉："你知道我不是这个意思。"

"也对喔，"尚楚笑得很开怀，"你是白家二公子嘛，你又不缺钱，怎么会计较这么点利息……"

"尚楚，"白艾泽再也听不下去，沉声打断他，定定地盯着他的眼睛，"你是在气我，还是气你自己？"

笑声戛然而止，尚楚的笑容定格在了苍白如纸片的脸颊上。良久之后，他看着白艾泽："你为什么不告诉我？"

"我希望你可以更专注在你喜欢的事情上。"

尚楚冷笑道："那以后呢？他每个月都来找你，你打算瞒着我养他到老死？"

白艾泽怔了怔，他确实没有考虑这么多，当时他看着球场上熠熠发光的尚楚，他只想要尚楚能一直在阳光下，生动、鲜活、独特。

"那你现在知道他是什么人了，有什么想法没？"尚楚退后两步，"是不是没见过这种垃圾？是不是觉得就和吸血的水蛭一样，沾上了就摆脱不掉了？别怕啊，没事的，习惯了就成，我就是垃圾的儿子，你和我认识这么久了不也习惯了吗……"

他话里藏着针，一下一下地往白艾泽身上扎。白艾泽喉结颤动，打断他："尚楚，你知道你现在在说什么吗？"

"知道啊，怎么不知道？"尚楚的嗓音渐渐有些沙哑，"你怎么那么牛呢？你凭什么自己就去啊？你以为自己是救世主吗？你救不了尚利军，你也救不了我，你只会被一起拖死！"

尚楚知道自己在发抖，但他没有办法控制，大脑机能像是完全失去了控制，他只知道自己最不堪最肮脏又最卑微的一部分被白艾泽看见了。他实际上害怕又恐慌，但他又不知道该如何剖白自己此时混乱的情绪，胸膛里的酸涩和惊惶如同潮水涨到了最高点，他渐渐口不择言起来："你妈没错，你是住在云彩上边的神仙，我开火箭也够不着你的脚后跟，我们怎么做朋友……"

"尚楚，"白艾泽胸膛起伏，眼神逐渐变得锐利，"你就是这么想我的？"

"不是啊，真不是，"尚楚一脚踹在树干上，在抖落的灰尘中和白艾泽对视，"如果我是你，我也会像你一样，不就一千块钱嘛，有什么大不了的！但我是我，我就是这么虚荣又没用的一个人，我怕别人知道我爸就是那么个东西，你知道吧，我就是这么没种……"

白艾泽紧紧盯着他。

"我妈是他花钱买来的，我从小就看见我妈被他打得不成人样，我怎么做的？我一个屁都不敢放！你懂吧，我就是这么没出息，"尚楚闭了闭眼，湿润的睫毛急剧颤动，"小时候就是，长大了也是，我就是这种人。"

"你是。"白艾泽说。

尚楚猛地睁开眼，对上了白艾泽冰冷的目光。

白艾泽不打算像以往那样安慰尚楚，尚楚看见他双手插兜，神色疏离："你看见的你是什么样，你就是什么样。尚楚，你确实没用。"

他说完后转身就走，尚楚站在银杏树下张了张嘴，发现自己喉咙酸痛得可怕，一个音节都发不出来。

白艾泽和尚楚之间的关系陷入了某种微妙的僵滞，也就是俗称的冷战。

那天晚上，尚楚蹲在银杏树后头，脑子里却什么也不想，从小树林回来已经是深夜。

首警十一点半准时断电，他摸黑回到宿舍，宋尧还没睡，估计一直在等他。

听见响动，宋尧立即翻身下了床，把尚楚拽到走廊上，低声问："到底怎么回事？"

"没事。"尚楚嗓子又干又哑，"你回去睡吧。"

宋尧往宿舍里头瞥了眼，把门关紧了，才压低声音骂道，"你今儿发什么神经？有什么话不能好好说？你俩是不是打架了？"

"打了，我先动的手。"尚楚无所谓地耸耸肩，扯着嘴唇，痞里痞气地一笑，"但是没打过，反正我怎么都是输。"

宋尧从尚楚故作轻松的声音里听出了一丝嘲讽和苦涩，他叹了口气，又问："你和老白到底怎么回事？你俩……"

"没事儿。"尚楚捏了捏他的肩膀，"回去睡吧。"

宋尧知道他不愿多说，重重揽了一下他的肩膀，转身回了宿舍。

尚楚跟在宋尧身后进了门，脱了上衣随手扔到阳台上。这么晚澡堂早关门了，他只好拿毛巾胡乱抹了把脸，总算觉得清爽了一些。

白艾泽的床在尚楚对角的位置，尚楚刻意没去看他，在自己床上坐了会儿，嗓子实在干得难受，自然地抬手拿起床头放着的保温杯，旋开杯盖递到嘴边，动作突然一顿——

杯子里是空的。

往常这个杯子里总是有热水，白艾泽从来就没让它空过。

"他真的不管我了？"

这个念头在脑子里一出现，尚楚喉头一阵阵地发紧，愣了几秒钟放下保温杯，拖着脚步去了厕所，往嘴里灌了一大口自来水。

上床之前，他往白艾泽那边瞥了一眼，白艾泽脸朝墙面侧卧着，呼吸平缓，好像睡得很安稳。

——他凭什么睡得那么香？

——老子心神不宁难受得要命，他怎么就先睡了？

——不行，必须睡得比他更沉，得快点睡了，不能事事都输给他。

——不就是吵了一架吗？有什么了不起的，他都不当回事，哼！

尚楚咬着牙，一把拉过被子盖在身上，往耳朵里塞进海绵耳塞，和白艾泽较劲似的，强迫自己闭上眼睛，关闭所有对外界的感知和意识。

他当然不会知道，白艾泽在黑暗中睁开了双眼，按捺下了转身的冲动，最后无声地叹了一口气。

即使前一天睡得很晚，但在生物钟的作用下，尚楚还是在清晨五点半准时醒来，打算去操场晨跑。

他昨晚睡得很不好，夜里惊醒了好几次，这会儿觉得头痛欲裂，眼眶也胀得难受，像有装修工举着锤子往他太阳穴上敲，脑袋里一阵阵的钝痛。

白艾泽已经起床了，人不在，被子叠得方方正正。

　　尚楚对着那床被子愣了会儿神，窗框上飞来一只小麻雀叽叽喳喳叫了两声，他这才回过神来，抱起脸盆去厕所洗漱。

　　刚打开宿舍门，尚楚就撞上了洗漱回来的白艾泽，他背脊一僵，呆呆地怔在了门后。

　　白艾泽身上传来清爽的薄荷气味，头发干爽，衬衣领口一丝不苟。反观尚楚，身上还沾着昨晚没散的汗腥味，上衣皱皱巴巴的。

　　他扣着塑料盆沿的五指收紧，垂头抿了抿嘴唇，嗫嚅着开口："你……"

　　"让一让，挡路了。"

　　白艾泽毫无波澜的声音从头顶传来，语气疏离得如同面对一个陌生人。

　　尚楚呼吸一滞，立即藏好眼底闪过的慌乱，面无表情地往外走，还嚣张地撞了撞白艾泽的肩膀。

　　——不就是装不熟吗？

　　——你姓白的牛，老子比你更牛！

　　尚楚进了厕所才卸下脸上装出来的冷漠，他抬手捶了捶心口，不知怎么回事就是堵得难受。

　　他呼出一口浊气，低头瞥见瓷砖台面上躺着一管薄荷牙膏，他一看就知道是白艾泽落下的。

　　尚楚轻轻一嗤，他每次犯丢三落四的毛病，白艾泽就教训他说脑袋瓜子里都在想些什么，今儿轮到白艾泽这么个一丝不苟的人粗心起来了，也不知道大清早的脑袋里在想些什么！

　　尚楚能确认这就是白艾泽的牙膏。白艾泽在某些不起眼的细节上总有过分的专注，譬如挤牙膏，尚楚就喜欢从中间挤，白艾泽却一定要严格地从牙膏屁股开始，挤用完一些就把空出来的底端往上折，强迫症似的。

　　尚楚抓起那管牙膏，泄愤似的拿拇指在管子中间使劲按了一下，又把白艾泽卷起来的部分掰直了，一通恶作剧做完却并不觉得开心。

　　他垂眼片刻，把薄荷牙膏扔到一边，把自己的柠檬味牙膏挤到牙刷上，刚漱了一下口，突然鼻腔一热——

　　又流鼻血了。

　　尚楚已经可以很熟练地处理这种情况，但就在这时候，身后传来了稳健的脚步声，他在镜子里看见白艾泽正朝这边走来，估计是发现落了东西来取的。

　　——不能让他发现！

　　尚楚心头猛地一跳，捂着鼻子立即闪身进了一边的厕所隔间。

"砰!"

巨大的关门声响起,白艾泽停下脚步,扫了眼一派凌乱的洗漱池,牙刷掉在池子里,还没有用过的牙膏可怜巴巴地摔作几个小白团。

——他在躲。

白艾泽目光微闪,尚利军的突然造访只是一根导火索,揭开了尚楚长久以来的顾虑和局促。

有些事情一直挂在他和尚楚之间,他们都默契地绝口不提。

然而,那层幕布终究要被掀开,尚楚还是想要假装看不到,仍然想要躲要逃,白艾泽这次却不允许了。

他必须逼尚楚一把,他必须逼尚楚亲手割掉那块腐肉。

白艾泽拿起自己落下的那管牙膏,却发现管子被踩躏得不成样子。他看向尚楚进去的那扇隔间门,无奈地摇了摇头。

尚楚钻进了某个牛角尖当中,白艾泽越是冷淡,他就越要放肆,好像这样就能证明他尚楚比白艾泽更强。

他知道白艾泽讨厌什么,白艾泽不让他吃辣,他就要放双倍的辣椒;白艾泽不让他喝凉的,他就偏要往水里加冰块;白艾泽不让他熬夜,他偏偏就要捧着手机打游戏到凌晨……

他都做到这份上了,白艾泽还是不为所动,他的心一天天往下沉:"白艾泽真的不管我了?"

尚楚床头的保温杯空着的第七天,宋尧觉得他们这样把对方当透明人实在不是办法,还不如以前针锋相对见了面就打嘴仗呢。恰好闲得没事干的学生会和师大那边办了个大型联谊,宋尧想着趁这个机会缓和一下他们的关系,警校里都是一群大老粗,出去联谊多见见可爱的小姑娘,一来二去的就有话可说了,二来三去的指不定就和好了!

白艾泽和尚楚一贯不参与这种联谊活动,但尚楚一听宋尧的话,竟然二话不说就应了下来。

宋尧大吃一惊,原本想了一大筐说辞,这下子用不上了,笑嘻嘻地问:"这回你怎么这么主动啊?"

尚楚躺在床上,嬉皮笑脸地说:"有漂亮小姑娘呗,当然要去!"

"是个明白人,阿楚,你长大了。"宋尧欣慰地竖起大拇指,又转头问白艾泽,"老白,一道去呗?"

白艾泽躺在床上看书,淡淡地"嗯"了一声。

"你怎么也这么爽快！"宋尧惊呼。

"听说师大的长得好看。"白艾泽头也不抬地淡淡道。

宋尧老父亲似的点头："老白，你也长大了啊……"

计划中的联谊从周五傍晚开始，天气预报说这一整周都是大晴天，岂料天公不作美，中午就开始下起雨来。

原本安排在室外的露天烧烤泡汤了，好在两校学生会能力强大，就近迁移到一家酒店式KTV里，两所学校经过报名筛选总共来了一百二十多号人，直接包下了KTV其中一整层。

师大确实女生众多，尚楚自从高中文理分科开始，就再没见过这么多女生。首警这边的男生们更是激动，就跟进了天堂似的，走路都是飘的。

为了在师大同学面前展示自己的男子气概，首警学子点的歌都是声嘶力竭号叫型，什么"死了都要爱不哭到微笑不痛快"啊，"狼爱上羊啊爱得疯狂"啊，"我们还能不能能不能再见面，我在佛前苦苦求了几千遍"啊之类的，江雪城这家伙更绝，上去直接来了一首《青藏高原》艳压群雄。

一派喧嚣热闹之中，白艾泽独自坐在最角落的沙发座里，那个位置灯照不到，他从头到脚都隐没在黑暗中，只有手里端着的玻璃杯反射出一点五彩的光。

宋尧是个交际达人，认识的人遍布整个大学城，早不知道去哪个包房嗨唱了。尚楚也不遑多让，非常高调地坐在人群正中间，对来找他喝酒的、猜拳的、要微信的、要电话号码的来者不拒，时不时还油嘴滑舌几句，表演个吐烟圈，逗得身边的小姑娘面红耳赤，拳头软绵绵地砸在他肩膀上。

白艾泽抿了一口杯子里的啤酒，难喝。

"尚……尚楚同学，"外头又来了一个直长发的姑娘，已经不知道是今天第几个了，进了门目标明确地直奔尚楚，后头还跟了几个人举着手机正在录像，"我……我、我我我我……"

估计又是游戏输了来大冒险的，录像的几个人起哄道："快说啊！快快快！"

姑娘捂着脸，扭捏着大喊一声："我是猪——"

哄堂大笑。

尚楚吹了声口哨，歪歪斜斜地靠在沙发靠背上，眉梢一挑，表现出了恰到好处的惊讶："不可能吧？没见过这么漂亮的小猪啊，哪家产的啊？"

他本来就是招人的长相，这会儿因为喝多了酒，眼尾染着薄红，再加上包房里瑰丽的灯光往他脸上一打，在痞气之上凭空多了几分妖冶。

小姑娘红着脸问尚楚要了微信，尚楚很大方地报了微信号。跟着一起来的几个女生羡慕得很，尚楚干脆把自己的微信二维码调出来，直接将手机扔到茶几上，长臂一挥："自己扫。"

角落里，白艾泽把杯子里味道并不好的酒一口喝了个干净。

尚楚和白艾泽两人名声在外，号称他们这届的刑侦"双子塔"，相貌堂堂又能力出众，走到哪里都是焦点，但白艾泽冷得跟座冰山似的，周身散发着"别靠近我"的气场，想上去搭讪的统统望而却步。反观尚楚，又幽默又调皮，爱开玩笑却不显得油腻，虽然有点儿痞里痞气的，但更有个性了，关键是找他搭讪不会碰钉子，先把微信加上了指不定就能有什么后续发展呢！

首警尚楚的微信号在各个群聊里迅速流传开，好友验证消息络绎不绝地发到他手机上，尚楚嫌振得烦，干脆关了验证，随便谁都能加上他。

他不知道喝了多少，最后直接对瓶吹了，快散场这会儿，有个穿着碎花长裙的女生推门进了这个包间。身边的江雪城撞了撞尚楚的肩膀，羡慕道："哎，又来一个！你桃花够旺的啊！"

"碎花裙"扫视一圈，眼神却直接掠过了尚楚，径直往最黑暗的那个角落走去。

"哟，有勇气啊！"江雪城调侃道，"找老白的！"

"碎花裙"看气质是个文艺少女，说话也细声细语的："白同学，我是师大汉语言文学系的古勤勤，和你一届的，一直都知道你，上个月市运会的时候给你递过水，你还记得吗？"

白艾泽站起身，欠身道："抱歉，间隔太久，我确实没有什么印象。"

"没关系，""碎花裙"笑笑，抬手捋了一下耳边的碎发，"上次时间仓促，没能和你交换联系方式，不知道方不方便加一下你的微信呢？"

白艾泽一贯的礼貌却疏离："抱歉……"

"要他微信干吗？"一道带着醉意的声音响起，尚楚提着一个啤酒瓶走了过来，俯身一笑，问"碎花裙"，"你不想要我的？"

"碎花裙"似乎对他这种痞子一样的"不来电"，皱了皱眉，往白艾泽那边靠了靠。

尚楚咂咂嘴，站直身子："行吧，被拒绝了，我伤心啊……"

"碎花裙"显然把他当成喝醉了耍酒疯的流氓，警惕地站到白艾泽身后。

尚楚举起双手以示无辜，对白艾泽说："我什么也没干啊！"

白艾泽偏头对"碎花裙"说："没事，你先出去吧。"

"那怎么行！"尚楚伸手拦下她，"你不是要他微信吗？还没要到吧？我有啊!我给你他微信呗!我看你俩挺那啥……哦对,那个词儿叫什么来着……郎才女貌!"

"你怎么胡说!""碎花裙"红着脸看了白艾泽一眼。

白艾泽面沉如水,从口袋里拿出手机,对"碎花裙"说:"我加你。"

回到学校已经过了零点,雨下得小了些,但没停。

宋尧和其他几个室友扑到床上就和死猪似的睡了过去,宿舍里瞬间鼾声如雷。

尚楚强忍着困意回消息,其实他也不知道今晚都加了哪些人。

有几个小姑娘给他发来语音消息,尚楚故意开了外放。

一直到了凌晨三点多,尚楚实在熬不住了,趴在枕头上脑袋一歪,眼皮渐渐耷拉了下去……

迷迷糊糊中,尚楚觉得背后一凉,他反手摸了一把,发现被子被人掀开了。

他挣扎着睁开眼,白艾泽站在他床边,居高临下地看着他,语气冷淡:"起来。"

尚楚再浓重的睡意在刹那间也都烟消云散了,整整过去八天了,白艾泽第一次主动找他,主动和他说话。

"起来。"白艾泽冷冷重复了一遍。

尚楚见白艾泽如此冷淡,不禁眼眶一酸,他使劲眨了眨眼,很快又摆出一副吊儿郎当的模样,翻了个身呈大字形平躺着:"有事?"

白艾泽神情阴冷,俯身钳着尚楚的手臂,一把将他从床上拽起来。

尚楚压着声音骂,白艾泽的力道很大,他怕吵醒熟睡的室友们不敢大力挣扎,匆匆套上拖鞋就被白艾泽拽出了门。

"你发什么疯!"

被拉出了宿舍,尚楚才用力甩开白艾泽的手,但白艾泽这回用了大力气,攥着他小臂的五指如同钢铁铸成一般坚硬,加上尚楚是醉酒状态,任他拳打脚踢却怎么也挣脱不了白艾泽的桎梏。

白艾泽一言不发,拉着尚楚出了宿舍楼,一直到了宿舍后面空旷的篮球场上。

雨还在下,尚楚的头发很快就湿透了。他看着白艾泽挺拔的背脊,一周多来压着的那股气总算烧到了最高点,破口大骂道:"你发什么神经!老子全身都淋湿了!"

"淋!"白艾泽突然转过身,看着尚楚的眼睛一字一顿地说,"给我好好淋!

不淋清醒就继续！"

尚楚先是一愣，接着咬着牙往白艾泽肩上甩了一拳头："老子清不清醒关你屁事！你管老子拉屎放屁！"

白艾泽不躲不避，生生抗下尚楚这一拳。雨滴落在他乌黑的发梢上，再顺着笔挺的鼻梁往下滑，摇摇欲坠地挂在下颌上。

他的五官极其硬朗，被雨水打湿后显出一种逼人的英挺，他的眼神鹰隼般锋利，紧紧盯着尚楚的双眼，嗓音低沉："尚楚，你自己看看你现在是什么样子。"

"我什么样子？我什么样子你不知道吗！"

尚楚嘲讽地一笑，在脚边的小水洼里重重一踢，污水高高溅起，白艾泽的上衣瞬间多出了几个肮脏的泥点。

看见白艾泽一尘不染的白色衬衣脏了，尚楚心里陡然升起了一阵隐秘的快感，也许白艾泽会因为这个而生气，最好能把白艾泽搞崩溃，就好像一旦他挑起了白艾泽的情绪，那么他就在这场战役中获得了最终的胜利。

但白艾泽还是面无表情，用一种极度漠然的神情注视着他。

尚楚心里有根小刺在钻啊钻的，他心窝疼得不得了。在这种极端难耐的疼痛刺激之下，尚楚伸手指着白艾泽身上的污点，笑着说："这就是我，我就是这个样子！"

"砰——"

白艾泽突然伸手掐着尚楚的胳膊，把他狠狠掼到了篮球架上。尚楚后背猛地砸上金属架子，出于惯性，后脑向后一磕，天旋地转的眩晕感瞬间铺天盖地袭来。

尚楚靠着球架良久才缓过来，费了一些劲才让涣散的瞳孔重新有了焦点。白艾泽站在他身前，额角有青筋突起。

"你可以虚荣，可以自卑，可以逃避，"白艾泽说，"尚楚，但你不该看低你自己。"

尚楚眨了眨眼，睫毛上挂着的雨滴顺着脸颊滚了下去，看上去就像是在流泪。他嗫嚅着低声说："我后背疼……"

"忍着，"白艾泽语气强硬，"站着的人才有资格说疼。"

"我……"尚楚眼神飘忽，不安地抿了抿嘴唇，"我……我后脑也疼……"

"忍着。"白艾泽上前一步，垂眼定定地盯住他，"尚楚，你看看你这个样子，你有什么资格说疼？"

尚楚仰起头，鼻头一紧，眼眶里滚出一滴带着温度的液体："对不起……"

白艾泽静静地看着他，一言不发。

"对不起，"尚楚反复呢喃着这三个字，"对不起……"

"阿楚，你没有对不起我。"白艾泽沉声说，"你没有对不起任何人，你就是你。"

那个雨夜之后，尚楚和白艾泽的关系和好如初。

周末，轮到白艾泽打扫体育器械室，尚楚也一起来帮忙。

他双手背在身后，视察工作似的在器材室里晃了一圈，一转眼瞥见软垫边有个杠铃。他闲着没事儿干就不舒服，走过去举了几下，发现胳膊酸得厉害，于是悻悻地把杠铃放回原位。

白艾泽打回来一桶水，边拖地边饶有兴味地看着尚楚"举铁"。尚楚发现白艾泽在看他，凶神恶煞地瞪了回去："看什么看！有本事你举个我看看！忒沉！"

"是吗？有那么沉？"白艾泽放下拖把，作势要过来举举看，"我试试。"

"试什么试！"尚楚摸了摸鼻尖，"还不赶快拖地去！脏死了，麻溜点儿，我还等着去食堂吃饭呢！"

"好好好。"白艾泽好脾气地应了。

白艾泽拖完地去厕所倒脏水洗拖把了，后头的小厕所里传来哗哗的水流声。

"砰——"

就在这时，一声巨大的闷响从铁门的方向传来，应该是外头有哪个脚臭的把足球踢到门上了。

随着这声巨响，尚楚脑中突然一震，仿佛有哪根筋被重重一弹，那台电扇的频率被开到了最大，把他大脑里的东西搅得乱七八糟，他有一个瞬间眼前一片漆黑，一瞬间完全失去了知觉，整个人从软垫上"啪"地摔了下来。

尚楚趴在坚硬的水泥地上，最初什么感觉也没有，不痛也并不难受，就是单纯的没有感觉。大约过了十多秒，痛觉才开始苏醒，从指尖开始泛起，顺着他的四肢迅速蔓延到全身，太阳穴传来针扎般的疼。

他呼出一口气，挣扎着从地上支起上身，却惊恐地发现自己什么也听不见了——

双耳好像成了两个空洞的风孔，除了呼啸着盘旋的风声，别的什么声音也没有。

外面的叫喊声、加油声、喧嚣声刹那间突然消失，他茫然地拍了拍耳朵，还是没有，一点动静都听不到。

尚楚有些惊慌地喊了一声"喂"，确定自己突然失聪了。但他心理素质极佳，很快就镇定了下来，闭眼平复了片刻，心脏的搏动重新开始变得有力，铁门外的声音重新回笼。

尚楚长吁一口气，抬手一抹鼻子，流血了。

随着流鼻血频率的增加，他发现自己正在使用的这种药，在渐渐失效。

尚楚此时还有些恍惚，眼前都是重影，唯一的念头就是白艾泽应该快要回来了，这副样子万万不能让白艾泽看见。

尚楚掀起上衣下摆，胡乱抹了抹发热的鼻头，佯装若无其事地出了器械室，经过操场时还和正在踢球的几个同学打了招呼。他们邀请他也加入，尚楚摆手说："滚滚滚，就你们这臭水平也配和我踢球？"

他脸上挂着笑，怀里揣着一瓶药，加快脚步往小树林走。

除了加大剂量，他暂时想不到什么别的方法。

一切都很正常，除了有个眼尖的同学注意到尚楚是从器械室出来的，注意到尚楚的衣摆似乎沾着一点血迹，注意到刚刚是白艾泽在收拾器械室，注意到尚楚脚步有些虚晃，神情有些慌乱，还注意到尚楚的目的地似乎是……后山？

白艾泽和尚楚不是出了名的不对付吗？他们两人单独在里头干吗？打架了？

私下斗殴可是要记大过的，他们俩又分别是第一名和第二名，要是这两人被记过了就好玩了，档案上一旦有了污点，将来毕业时竞争力就小了。上回在操场这两人没打起来，不少人都觉得可惜。

大二的学生已经隐隐有了竞争意识，到了大三，全国各个公安局就会来首警挑人，能够被首都公安局看中的人寥寥可数，他们都私下说尚楚和白艾泽肯定已经内定了名额。

凭什么他们就那么优秀，凭什么每个教授都喜欢他们，什么"双子塔"什么天才，凭什么提起他们这一届就只能想到白艾泽和尚楚，凭什么其他人连姓名都不能有……

他这么想着，打开手机摄像头，跟着尚楚往后山树林的方向走。

- 未完待续 -

番外 ⚡ 文化人

尚楚最近迷上了文学创作，唐诗宋词不离手，古文经典不离口，包里揣着本《三国演义》到处走。

这学期，他报了门选修课叫"中国古代文学"，想显得有深度一点。

警校里选修文学课的学生寥寥无几，大部分都是来赚学分混时长的，全坐在阶梯教室后三排。一门课九十分钟，玩手机的、睡大觉的、补其他课作业的……干什么的都有，只有尚楚坐在第一排，全程聚精会神，听得特别认真，时不时还记点笔记，积极和老师进行互动。

并且，在第一天的课堂小测上，他是唯一一个答对了唐宋八大家都是谁的，得到了老师的热烈赞扬，还钦点了尚楚担任本门课程的课代表。

尚楚扬扬得意，心说虽然咱没看过什么文学书，但文学素养还挺高嘛！

于是，自我感觉良好的尚楚同学尾巴都要翘到天上去了，带着一身的艺术细胞来到食堂，和刚打完篮球赛的白艾泽、宋尧会合。

宋尧饿得前胸贴后背，吃起饭来那叫一个狼吞虎咽，两口啃完一个大鸡腿不够，又从尚楚餐盘里叼走了一块红烧排骨。

"姓宋的你过分了啊，我统共就两块排骨！"尚楚气得拍桌，脏话刚要脱口而出，转念一想不行，他现在可是个有素养的文化人，于是他瞪着吃相颇差的宋尧，咬着牙憋出来两句，"真是鸡腿与排骨齐飞，大米饭共哈喇子一色。"

宋尧从堆成小山的白米饭里抬起头："说人话！"

白艾泽戏谑地瞥了尚楚一眼："挺对称。"

"我懒得和你们这种没文化的人说，层次不同。"尚楚哼了一声，迅速从白艾泽的餐盘里夹走了一个鸡翅根，附赠古诗一首，"锄禾日当午，汗滴禾下土。你的盘中餐，不吃归我了。"

宋尧问白艾泽："他是不是有病？"

吃过晚饭，三个人在操场上转悠几圈消食，夕阳灿金色的余晖铺满了整个跑道,深秋的天空显得格外高远,浮云懒懒散散地飘着,偶有飞机掠过天际,拖出一段绵延的白色长尾。

尚楚双手托着后脑,捡了一根凋落的松叶叼在嘴里,觉得此情此景特别有意境,怪不得古时候那些诗人都说什么"触景生情",连他看着这景致,都忍不住诗兴大发。

他正咂吧着松叶酝酿情绪,白艾泽往他后脑勺上敲了两下:"脏不脏?"

宋尧凑到他面前,眯着眼看了会儿,夸张地大喊:"阿楚!有蜘蛛!正往你嘴里爬!"

尚楚赶紧"呸呸"两下吐掉松叶,抬眼就瞅见白艾泽和宋尧正在憋笑,顿时气不打一处来:"你们俩整我呢是吧?"

宋尧勾着他的肩膀:"真有蜘蛛,老大一只了,眼珠子滴溜溜转悠!"

尚楚一脚踹开他,烦得很:"滚滚滚!我的诗兴都被你们整没了。"

"诗兴?"白艾泽眉梢一挑。

"小瞧我?"尚楚指着自己鼻子,"区区不才在下我本人,现在可是中国古代文学课的唯一课代表,官方认证,童叟无欺。"

宋尧恍然大悟:"我说他怎么上完课就奇奇怪怪的,原来是上傻了。阿楚啊,我就说咱不适合选什么文学课,你非不听,跟我们去打球多好,你看看,把自己上出毛病来了吧?"

"啧,"尚楚给了宋尧一个嫌弃的眼刀,"你懂什么,你知道唐宋八大家都是谁吗?"

"知道啊!"宋尧一拍胸脯,"小吃街那家糖饼铺子呗,店名不就叫'把糖送大家',和你那八大家差不多。"

尚楚扶额,仰天长啸:"没文化真是太可怕了啊。"

白艾泽忍俊不禁,"扑哧"笑了出来。

尚楚转而问他:"小白,你知道唐宋八大家是谁吧?"

白艾泽反问道:"你觉得我知不知道?"

尚楚清了清嗓子:"这小学生都知道的基本常识,你应该知道吧?"

他嘴上这么说着,实际上心想你最好别知道,这就和一山不容二虎是同样的道理。一个兄弟帮里也不容第二个文化人,否则他以后还怎么吹牛!

白艾泽饶有兴味地看着尚楚的小表情变化,早就猜出了尚楚打的什么小算盘,于是慢悠悠地说:"知道,赵钱孙李、周吴郑王。"

尚楚先是松了一口气,他果然是唯一的文化人,接着大肆嘲笑起白艾泽和宋尧来。

回到了寝室，尚楚边换鞋边感慨："斯是陋室，唯吾德馨啊！"

宋尧在下铺大嚷："别把你的袜子扔我床上！"

尚楚说："让文化的味道熏陶你。"

宋尧气得三两下爬了上来，"梆梆"给了尚楚两拳。

人一旦受到了激励，干什么都有动力。

中国古代文学课拉了个群聊，老师常在群里发言"课代表尚楚收一下作业""课代表尚楚课前帮忙点一下名""课代表尚楚号召感兴趣的同学参加征文比赛"……课代表尚楚同学备受鼓舞，干什么都倍儿积极。

平日里和人说话，他能用文言文就用文言文，能用七言绝句就用七言绝句，坚决不说大白话。用宋尧的话来说，阿楚这绝对是魔怔了，估计是心理压力太大，扭曲了。

这天，尚楚报名了学校举办的一个古诗词朗读大赛，回到寝室后就兴致勃勃地准备起来。

他翻出一本文学书，在诸多诗词中选中了《琵琶行》，喝了口水清了清嗓子，就声情并茂地读了起来，念到"同是天涯沦落人，相逢何必曾相识"这一段，特别慷慨激昂，激情澎湃地跳上了椅子。

宋尧借了白艾泽的思修课本抄笔记，嘴角抽搐两下，用笔帽戳了戳白艾泽，小声说："阿楚疯了，赶紧劝劝！"

白艾泽正在复习《侦查学》，老神在在地翻了一页书，淡定地说："不用。"

宋尧只能干着急："你不觉得他这样特别像那什么……就被脏东西附身了？"

白艾泽哭笑不得，抬眼说："笔记还抄不抄了？不抄还我。"

"抄抄抄！"宋尧连忙闭嘴，埋头苦干了。

白艾泽放下书本，靠着椅背，闲适地伸了个懒腰，再看向椅子上念诗的尚楚，有些好笑之余，又觉得有几分心疼。

他大概能理解尚楚的这种心态，用专业术语来说，就叫"童年报复性补偿心理"，大概形容的是很多成年人，因为童年时期无法实现的各种缺失，在成年后会对自己进行报复性补偿的症状。

白艾泽高三那年曾经短暂出现过这样的行为。那时他参加青训营的想法遭到了母亲的强烈反对，甚至连身份证都被母亲扣下了。白艾泽搬到了大哥白御家，有一周时间他什么也没干，没日没夜地打游戏。

白艾泽从小就在母亲所谓的"精英教育"方式下长大，打电玩、郊游野营、同学聚餐等这些同龄人的娱乐方式一概与他无关，他要上马术课、高尔夫球课、大提琴课……"精英"两个字像一条镣铐，紧紧缠绕住了他，几乎令他窒息。

坦白说，白艾泽并没有从游戏中得到多么大的愉悦，他也不知道自己为什么会忽然沉迷于游戏。他只是觉得有种莫名的畅快感，仿佛用这种方式就能够挣脱那条镣铐，并且他被困在"精英"牢笼中的、与同龄人迥然不同的童年就能得到某种完满。

一周后，白御切断了家里的电，带着白艾泽造访了心理医生，也正是从心理医生那里，白艾泽知道了自己的行为学名叫作"童年报复性补偿"。

他想，阿楚应该也是一样的。

白艾泽不止一次地听尚楚说起过，如果他有机会回到中学时期，一定要多看书，多陶冶陶冶情操，做个文化人。

他总是漫不经心地、用玩笑的口吻说出这样的话，但眼神却无比认真。

尚楚其实挺羡慕他那些同学的，他们在周末相约去图书馆学习、去咖啡厅写作业、去博物馆看化石展、去天文馆听讲座、去国学厅开朗诵会……他们也会约尚楚，但尚楚总是拒绝，说要在家睡大觉，懒得出门。

实际上，尚楚要去做家教、发传单，去各种招临时工的地方做兼职。

同学们常去的图书馆、咖啡厅、天文馆什么的，尚楚都远远地见过，这些场所窗明几净，地面瓷砖光可鉴人。而尚楚的帆布鞋怎么洗都洗不干净，他的裤脚被磨出了毛边，他的每件衬衣都洗得褪色，他觉得自己的丑陋在这些地方会变得无处遁形，会显得愈发可怖。

他也渴望在每个周末，穿着干干净净的衣服，和同学们一起走进图书馆，找一本老师推荐的课外书，安安静静地读一下午；他也渴望参加朗诵会，听说在朗诵时还会有专门的古琴伴奏，他也想知道自己的声音在琴声下会是如何动听；他也渴望去咖啡厅，点一杯名字很好听的樱花拿铁，找一个靠窗的位置坐下，学习累了就看看外面花坛边的猫咪晒太阳……

或许他真正渴望的，是一个体面的、不需要为了生计奔波忙碌的、正常的童年。

椅子上的尚楚又开始朗读《将进酒》，宋尧乐得合不拢嘴，拿出手机给他录像："哎，老白，你看阿楚这样，像不像跳大神？"

白艾泽倾身看宋尧的手机屏幕，仰拍视角里，尚楚站在高处，阳光透过他身后的窗户，将他整个人披上了一层金光，细小的尘埃环绕在他身边，仿佛是他最忠实的听众。

"五花马,千金裘,呼儿将出换美酒,与尔同销万古愁!"

最后一句话落定,他将书一甩,高举双臂,像是童年神话故事里的英雄那样,迎着光纵身一跃——

"哎哎哎!我脚扭了!赶紧扶我一把!"

尚楚一瘸一拐地参加了朗读大赛,获得了一等奖。

他抱了张奖状回来,宝贝得不得了,放在枕头底下,每天睡前都要美滋滋地欣赏一遍。

宋尧看不惯他这臭屁德行:"阿楚,你至于吗?就这个小比赛,一共就五个人参加。"

"怎么不至于?"尚楚举着奖状哼了一声,"这是文化人的象征,是我文艺细胞的勋章,和你这个文盲简直没法交流,刷你的小视频去!"

宋尧又和他拌了几句嘴,戴上耳机看视频去了。

入夜以后,白艾泽听见床头传来窸窸窣窣的响动,他睁开眼一看,是尚楚正拿着奖状准备挠他的鼻子。

"干什么?"白艾泽轻声说。

"小白,"尚楚蹲在他床边,小声说,"我最近是不是有点烦人啊?"

白艾泽"嗯"了一声:"是有些。"

成天念诗背词的,要说烦人吧,还真是有点儿。

尚楚挠挠脖子:"那我就是刚步入文化人的行列,忍不住要炫耀炫耀。"

白艾泽失笑:"知道了,文化人。这都几点了,赶紧睡觉。"

身后,宋尧的呼噜打得震天响,尚楚做出了一个凶狠的表情:"你和阿尧不会嫌我烦吧?你们俩要是敢嫌弃我,我就掐死你们!"

白艾泽困得眼皮打架:"不会。"

"那还差不多。"尚楚这回放心了,把宝贝奖状揣在怀里,心满意足地爬到上铺睡觉了。

他今天下午去听了一节心理讲座,老师说了个什么童年补偿心理的,具体叫什么尚楚记得不是很清楚,大概意思就是童年时期缺什么,长大了就想补什么。

尚楚一对号,立刻入座了——这不就是现在的自己吗!

老师还说到,这种补偿性的行为都带有一点强迫症属性,很容易给身边的人也带去困扰。所以尚楚有些担忧,他不会给白艾泽和宋尧带来困扰了吧?

宋尧的呼噜声大得仿佛把床板都震响了,白艾泽戴上耳塞,翻了个身。

尚楚忽然觉得无比安心。

真正填满他童年缺憾的,并不是唐诗宋词、四大名著,也不是这张朗读大赛奖状,而是他最难能可贵的朋友们。